PATRICK WOODROW

Kalter Sog

Buch

Das Versprechen der schönen Unbekannten: ein romantischer Abend auf Curaçao. Ihr Gastgeschenk: ein eisgekühlter Cocktail mit tödlichem Gift! Der erfolgreiche Unterwasserfotograf Ed Strachan kann einfach nicht verstehen, warum ihn irgendjemand wegen eines wertlosen Manschettenknopfes umbringen will – dem einzigen Erinnerungsstück an seine toten Eltern ... Bis Ed endlich erkennt, dass die eingravierten Koordinaten auf dem Knopf ihm den Weg zu ihrem wahren Vermächtnis weisen – auf dem Grund des Südchinesischen Meeres. Und damit sind die Karten neu gemischt. Denn nun kann Ed sich seinen skrupellosen Widersachern stellen, wo kein Mensch ihm gewachsen ist: in den eisigen Tiefen des Ozeans ...

Autor

Der Engländer Patrick Woodrow wurde 1971 geboren. Er besuchte die Universität von Cambridge und arbeitete zunächst zehn Jahre lang als Unternehmensberater in London, Singapur und Seattle, bevor er schließlich seine große Leidenschaft, das Schreiben, zum Beruf machte. Patrick Woodrow lebt in London, verbringt jedoch so viel Zeit wie möglich mit Tauchgängen auf der Südhalbkugel. Er schreibt gerade an seinem zweiten Tauch-Thriller mit dem charismatischen Helden Ed Strachan.

Weitere Titel sind in Vorbereitung.

Patrick Woodrow

Kalter Sog

Roman

Aus dem Englischen
von Norbert Stöbe

blanvalet

Die Originalausgabe erschien unter dem Titel
»Double Cross«
bei Arrow Books, The Random House Group Ltd., London.

FSC
Mix
Produktgruppe aus vorbildlich
bewirtschafteten Wäldern und
anderen kontrollierten Herkünften

Zert.-Nr. SGS-COC-1940
www.fsc.org
© 1996 Forest Stewardship Council

Verlagsgruppe Random House FSC-DEU-0100
Das für dieses Buch verwendete FSC-zertifizierte Papier
München Super liefert Mochenwangen.

1. Auflage
Deutsche Erstveröffentlichung August 2007
bei Blanvalet, einem Unternehmen der Verlagsgruppe
Random House GmbH, München.

Dieses Werk wurde vermittelt durch die Literarische Agentur
Thomas Schlück GmbH, Garbsen.
Umschlaggestaltung: HildenDesign, München
Umschlagfoto: Chris West/stockexchange
Redaktion: text in form/Gerhard Seidl
UH · Herstellung: Heidrun Nawrot
Satz: DTP Service Apel, Hannover
Druck und Einband: GGP Media GmbH, Pößneck
Printed in Germany
ISBN 978-3-442-36751-1

www.blanvalet-verlag.de

Für meine Eltern

1. TEIL

Reit mit dem Schaukelpferd nach Banbury Cross
Da sitzt 'ne feine Dame auf 'nem weißen Ross;
mit Ringen und Glöckchen an Fingern und Zehen,
Damit es tönt, wohin sie mag gehen.

Zwei Ringe an der linken Hand, ein Glöckchen an der rechten,
Sitzt sie im Sattel in der richtigen Höh',
Einen Ring am linken Fuß, ein Glöckchen am rechten,
Ist sie weder zu leicht noch zu schwer.

Reit mit dem Schaukelpferd nach Banbury Cross
Da sitzt 'ne feine Dame auf 'nem weißen Ross;
mit Ringen und Glöckchen an Fingern und Zehen,
Damit es tönt, wohin sie mag gehen.

Traditioneller Kinderreim,
leicht abgewandelt

1

Der Spiegel rettete ihm das Leben.

Ed Strachan hatte gar nicht hinsehen wollen, doch der Spiegel befand sich am Fuß der Treppe, und wenn er zur Bar wollte, musste er daran vorbeigehen. Das Dinner lief gut. Sie hatten die zweite Flasche Wein fast geleert, was vielleicht die Erklärung war. Keine Bewegung des Kopfes. Kein Stocken im Gehrhythmus. Nur ein kurzer Blick, um sein Aussehen zu überprüfen.

Nach sechs Tagen in der Sonne von Curaçao war er sonnengebräunt und sommersprossig geworden. Obwohl er geduscht hatte, war sein Haar noch ganz steif vom letzten Tauchgang. Wangen und Kinn waren verstoppelt, das Hemd hing ihm wie neu von den Schultern. Obwohl er nicht eitel war, musste er sich eingestehen: Er sah verdammt gut aus.

Er hatte etwa die Mitte der Treppe erreicht, als ihm klar wurde, was er außerdem noch im Spiegel gesehen hatte.

Um sich zu vergewissern, war es zu spät, doch er hatte es bereits registriert. Er nahm zwei Stufen auf einmal, während er den Eindruck verarbeitete. Es war eine Seitensicht auf den Tisch. Da im Hintergrund, in der Tiefe des Spiegelbilds: Christine Molyneux tat etwas in sein Glas.

Sie hatte sich auf dem Stuhl vorgebeugt und träufelte mit einer Pipette etwas in seinen Wein. Das Glas hatte sie hinter der Speisekarte zu verstecken versucht, und wäre der Spiegel nicht gewesen, hätte er nichts davon gemerkt. Was zum Teufel machte sie da? Der Magen krampfte sich ihm zusammen. Wollte sie ihn unter Drogen setzen?

An der Bar kaufte er eine Packung Zigaretten. Er steckte sich eine an und inhalierte tief. *Ihn unter Drogen setzen.* Ja, so war es. Sie hatte ihm erzählt, sie stehe auf Ecstasy zum Aperitif. Nach der Vorspeise landete ihr Fuß in seinem Schoß, und sie schlug ihm vor, das Zeug mal auszuprobieren. Ihre Theorie war ganz einfach: Sex sei besser mit E, weil es die Lust verstärke und verlängere.

Strachan nahm keine Drogen, deshalb hatte er sie ausgelacht. Als Christine verärgert reagierte, hatte er sich entschuldigt und war Zigaretten holen gegangen. Und jetzt staunte er über ihre Kühnheit. Mit einem Nein fand sie sich nicht so leicht ab.

Morgen wollte er mit den Fotos, die er für den Unterwasserkalender von *National Geographic* aufgenommen hatte, nach London zurückfliegen. Eigentlich hatte er gehofft, Christine dort wiederzusehen, wenn sie zum Wochenende aus den Ferien zurückkam. Nach allem, was er im Spiegel gesehen hatte, war er sich da nicht mehr so sicher. Ihr Kunststückchen mit dem Ecstasy kotzte ihn an. Es war auch so schon alles klar gewesen: Mit neunundzwanzig war er alt genug, um zu wissen, dass eine hübsche Frau, die mit dem Fuß seinen Schoß massierte, nicht unbedingt seine Durchblutung anregen wollte.

Er nahm noch einen Zug von der Camel. Die Entscheidung, die Gläser zu vertauschen, traf er im Handumdrehen. Wenn sie high werden wollte, war das ihre Sache. Ihn ging das nichts an. Er bezahlte die Zigaretten und ging wieder nach unten. Irgendwo in der Ferne spielte eine Musikgruppe Calypso.

Der Lobster Pot war das beste Restaurant in Willemstad. Es war ganz aus Holz und Flechtwerk erbaut und lag unmittelbar am Strand. Ihr Tisch stand ziemlich weit hinten. Auf dem Weg dorthin sah er im flachen Wasser wie Glasscherben funkelnde Drückerfische, die nach Speiseresten suchten. Die Rollos aus

Raffiabast waren oben, und ein Windstoß ließ die Kerzenflammen erzittern.

Christine hatte sich die Strickjacke umgelegt. Sie sah blendend aus. Ihre Zähne waren weiß und ebenmäßig, sodass sie beim Lächeln vor Gesundheit nur so strahlte. Sie war durchtrainiert und kräftig und hatte das Aussehen eines Covergirls. Die Art und Weise, wie die Fältchen in ihren Augenwinkeln in Krähenfüße übergingen, erinnerte ihn an jemanden, doch wer es auch sein mochte, die Verbindung war zu schwach, als dass sie im Moment etwas bedeutet hätte. Der Kellner hatte die Teller abgeräumt, und die Droge in Strachans Glas hatte sich spurlos gelöst. Er setzte sich und drückte die Zigarette aus.

»Ist das nicht eher unpassend für jemanden, der ständig taucht?« Ihr Dialekt: unüberhörbar Londoner East End.

»Das stimmt.« Sie bevorzugte den athletischen Look, weshalb ihr Glas ohne Lippenstiftspuren war, außerdem wiesen beide Gläser die gleiche Füllhöhe auf. Aber so würde es nicht lange bleiben.

Strachan nahm ein Stangenbrot aus dem Korb und brach es in vier Teile. Kaum hatte er die Brotstücke ins Wasser geworfen, stürzten sich auch schon die Drückerfische darauf. Christine drehte sich um und beobachtete das hektische Treiben im Wasser. Strachan langte blitzschnell zu und vertauschte die Gläser. Es dauerte nicht länger als eine Sekunde. Anschließend hob er sein neues Glas.

»Auf die Fische«, sagte er und stieß mit ihr an. Er wälzte den Wein im Mund wie ein Kenner, dann schluckte er alles auf einmal. Ein Bier wäre ihm lieber gewesen.

»Auf die Fische«, sagte Christine. Falls er seine Rolle überzogen hatte, so hatte sie es nicht gemerkt. Sie leerte ihr Glas und ließ Sancerre und Ecstasy gleichermaßen die Kehle hinunterrinnen. Weder würgte sie, noch fasste sie sich an den Hals.

Nur ein Funkeln in den strahlend blauen Augen und ein Lächeln, das so viel bedeutete wie: *Lass uns gehen.*

Das Essen war beendet. Auf einmal hatten sie es eilig. Obwohl er es sich eigentlich nicht leisten konnte, bot Strachan ihr an, sich an der Rechnung zu beteiligen, sie aber meinte, er solle sich nicht anstellen: Sie habe *ihn* eingeladen, und ob sie nun zu ihm oder zu ihr gehen sollten? Über ihrer beider Unterkunft hatten sie bereits gesprochen. Er übernachtete im Zelt; sie hatte ein Zimmer im San Marco. Es war eine rhetorische Frage.

Sie bezahlte die Rechnung, dann eilten sie Hand in Hand auf die Straße.

Christines Zimmer war klein und im kitschigen Karibikstil eingerichtet. Der Hocker am Schreibtisch und der Lehnsessel in der Ecke waren aus Bambus. Die Drucke an den Wänden stellten Boote, Palmen und tropische Früchte dar. Auf dem Boden lag eine zerknautschte Jeans. Auf dem Fensterbrett trocknete ein pinkfarbener Bikini. Strachan musterte geringschätzig die Drucke, während sie Bier aus der Minibar holte.

Christine kicherte. Mit schwerer Zunge befahl sie ihm, sich auszuziehen. Bevor sie ins Bad ging, versprach sie ihm atemlos, in bequemerer Kleidung wieder zu erscheinen. Als sie herauskam, war sie splitternackt, und er erwartete sie im gleichen Zustand auf dem Bett.

»Ausziehen, hab ich gesagt.« Christine schüttelte ihr schwarzes Haar aus, das ihr auf die Schultern fiel.

»Aber ich *bin* ausgezogen.« Strachans Herz hüpfte in der Brust wie ein Golfball an einem kurzen Gummiband.

»M-hm. Leg auch den Manschettenknopf ab.« Sie zeigte auf die Kette mit dem Manschettenknopf aus massivem Silber, die er um den Hals trug. Sie wirkte betrunken.

Auf einmal wurde Strachan von Unbehagen erfasst. Hatte sie etwa schon etwas genommen, bevor sie sein Glas geleert hatte? Wenn ja, hatte sie womöglich eine Überdosis abbekommen. »Der Manschettenknopf bleibt dran.« Seine Stimme zitterte. Der Manschettenknopf war ein Familienerbstück. In den vergangenen elf Jahren hatte er die Kette nur dann abgenommen, wenn er am Flughafen den Metalldetektor passierte. Ursprünglich waren es zwei Manschettenknöpfe gewesen, die sein Großvater angefertigt hatte, doch der andere war in derselben Nacht, in der seine Eltern gestorben waren, gestohlen worden.

Christine legte die Stirn in Falten, als hätte sie eine schwere Nuss zu knacken. »Schon gut«, sagte sie, dann kroch sie auf allen vieren auf ihn zu.

»Chrissie, ich muss dir was sagen.«

Aber sie hörte gar nicht zu. Sie machte die Finger steif wie Klauen und zerknüllte bei jeder Vorwärtsbewegung das Laken. Die helle Haut, die unter dem G-String zum Vorschein gekommen war, glich einem Abnäher aus Papier. Als ihre Brüste ihn streiften, zuckte er zusammen. Ihr Blick war glasig; eben noch hatten ihre Augen gefunkelt. Sie wurde immer benebelter. Er wollte sich aufsetzen und ihr sagen, er habe es sich anders überlegt, sie aber kroch unentwegt weiter. Sie setzte sich auf seinen Bauch und drückte ihn auf die Matratze nieder.

»Chrissie, verschieben wir's auf ein andermal. Dir geht's nicht gut. Ich habe die Gläser vertauscht.« Irgendwas stimmte nicht. Sie bekam kaum noch Luft. »Chrissie?«

In ihren Augen blitzte für einen Moment eine Ahnung davon auf, was geschehen war. Dann verkrampfte sich Christine, fasste sich an die Brust und kippte mit einem dumpfen Geräusch auf den Boden.

2

Christine lag auf dem Rücken. Ihre Lippen färbten sich blau. Sie verdrehte die Augen, bis sie so blind und weiß waren wie gekochte Eier. Strachan kniete neben ihr nieder und nahm das Telefon vom Nachttisch.

Er wählte die Notrufnummer. Sein Zeigefinger rutschte von den Tasten ab. Als er den falschen Bestätigungston hörte, wählte er neu. Diesmal tippte er ganz langsam, und kurz darauf hatte er jemanden in der Leitung.

»Meine Freundin ist kollabiert.« Strachan war in einem Niemandsland zwischen Wirklichkeit und Verstellung gefangen. Seine Stimme tönte ihm überlaut in den Ohren. Es war, als spielte er eine Rolle in einem Theaterstück, über das später geurteilt werden würde. Er war nicht in Panik, wollte aber die Dringlichkeit der Lage vermitteln. »Ich glaube, sie hat einen Herzanfall.«

»Wo sind Sie, Sir?«

»Im San Marco Hotel. Zimmer dreiundvierzig.«

»Ist Ihre Freundin bei Bewusstsein?«

»Nein«, antwortete er. »Sie hat das Bewusstsein verloren.«

»Atmet sie?«

»Nein. Sie atmet nicht.«

»Wie lange dauert dieser Zustand schon an?«

»Etwa zehn Sekunden.«

»Hat sie …?«

»Hören Sie«, unterbrach Strachan, »schicken Sie doch einfach die Ambulanz los.« Und dann legte er auf. Sie hatten keine Zeit zum Plaudern. Christine sah gar nicht gut aus. Er war sich nicht sicher, ob die Sanitäter rechtzeitig eintreffen würden.

Er tauchte jetzt seit elf Jahren und hatte in der ganzen Zeit kein einziges Mal auf seine Erste-Hilfe-Kenntnisse zurückgreifen müssen. Jetzt stürzte alles zusammen mit einer Woge von Adrenalin auf ihn ein. Die Verantwortung, ein Menschenleben zu retten. Er tastete am Handgelenk nach Christines Puls: nichts. Er legte den Zeigefinger auf ihre Halsschlagader: wieder nichts. Er öffnete ihr den Mund und vergewisserte sich, dass die Zunge nicht die Luftröhre blockierte. Dann begann er mit der Herz-Lungen-Wiederbelebung. Schon eigenartig, dass sie endlich Mund an Mund waren.

Nach drei Minuten zeigte Christine noch immer keinerlei Reaktion. Er begann von Neuem und zählte bei der Herzdruckmassage laut mit. In dem Maße, wie seine Verzweiflung wuchs, wurden seine Bemühungen heftiger.

Noch immer keine Reaktion.

Mittlerweile hämmerte er ihr vor lauter Frustration auf den Brustkorb.

Schließlich ließ Strachan sich neben dem Bett auf den Boden sinken und starrte an die Decke. Das Sanitäterteam konnte das Blaulicht und die Sirene abstellen. Es eilte nicht mehr.

Christine Molyneux war tot.

Strachan verschwamm die Sicht. Der Adrenalinschub war so stark, dass er meinte, er müsse sich übergeben. Über seine Gefühle war er sich im Unklaren. Es war, als wäre etwas in ihm geschlüpft. Panik, Angst, Schuldgefühle, Neugier, alles summte in seinem Bauch chaotisch durcheinander wie in einem Marmeladenglas eingesperrte Wespen.

Er trug seine Sachen ins Bad. Er brachte es nicht über sich, Christine anzusehen. Eilig kleidete er sich an, dann trank er etwas Wasser gegen die Übelkeit. Er ging wieder ins Zimmer, zog das Laken vom Bett und bedeckte damit ihren Leichnam. Ob er das um ihret- oder um seinetwillen tat, wusste er nicht. Er war sich nicht sicher, ob der Grund ihre Nacktheit war oder

der Umstand, dass sie tot war. Es kam ihm einfach nur richtig vor.

Strachan bedauerte, im Restaurant nicht nachgedacht zu haben. Hätte er seinen Verstand benutzt, wäre sie vielleicht noch am Leben. Jetzt erinnerte er sich wieder, dass Ecstasy zumeist in Tablettenform eingenommen wurde. Daraus folgerte, dass sie ihm mit der Pipette wahrscheinlich etwas anderes verabreicht hatte. Überhaupt kam es ihm jetzt merkwürdig vor, dass jemand eine Partydroge in Pipetten mit sich führte. Pipetten gehörten in Labors, nicht in Restaurants. Im Nachhinein war man immer schlauer. Trotzdem war es seine Schuld.

Er steckte sich eine Zigarette an. Plötzlich erinnerte er sich an den Ausdruck in Christines Augen, als er ihr gestanden hatte, die Gläser vertauscht zu haben. Begreifen und Verständnis hatten darin gelegen. Als wäre das die Erklärung; als wunderte sie sich nicht im Geringsten darüber, wie ihr geschah; als gäbe sie sich geschlagen. Mit Drogen kannte sie sich aus, also hatte sie auch wissen müssen, ab welcher Dosis es gefährlich wurde. Die Pipette war fünf Zentimeter lang gewesen. Eine große Dosis. Hätte er die Gläser nicht vertauscht, könnte jetzt er mit blauen Lippen und leerem Blick da liegen. Es klang unwahrscheinlich, doch der Gedanke traf Strachan mit der Wucht einer Abrissbirne: *Sie wollte mich umbringen.* Die Sexspielchen waren lediglich Tarnung gewesen.

Was immer Christine vorgehabt hatte, ihr Plan war dank eines Blicks in den Spiegel, eines kurzen Moments der Ablenkung und des Vertauschens der Gläser nach hinten losgegangen. Ein uralter Trick. Sie war darauf hereingefallen, und jetzt hatte sie den Preis dafür gezahlt. So laut, dass es in dem kleinen Zimmer unheimlich widerhallte, sagte Strachan: »Scheiße.« Er fragte sich, was er jetzt tun sollte.

Leicht fiel ihm die Entscheidung nicht. Er wusste, was er hätte tun *sollen.* Da keine Aussicht bestand, Christine wiederzubeleben, erforderte die Situation nicht nur einen, sondern zwei Notfalldienste. Die Polizei aber würde sie nicht einfach in einen Leichensack stecken und Strachan nach Hause schicken. Die würde wissen wollen, was passiert war. Ihr nackter Körper war mit seinen Fingerabdrücken übersät.

Man würde ihn festnehmen. Es würde Wochen dauern, die Angelegenheit zu klären, außerdem war keineswegs ausgemacht, dass es ihm gelingen würde, seine Unschuld zu beweisen. Verdammt noch mal, er wusste nicht einmal, ob er überhaupt unschuldig war. Zu allem Überfluss stand ein Termin an, der über den weiteren Verlauf seiner Karriere entscheiden würde. Wenn er die Filme nicht rechtzeitig bei *National Geographic* ablieferte, konnte er ebenso gut ins Gefängnis gehen. Er wollte sie auch niemandem anvertrauen und bestimmt nicht per Post versenden. Es ging um eine große Summe. Wenn sein Auftraggeber die Fotos für den Kalender verwendete, bekäme er alljährlich einen Anschlussauftrag. Der nächste Flug nach dem, den er bereits gebucht hatte, ginge erst am darauffolgenden Abend. Dann hätte er schon einen ganzen Tag verloren und könnte die Deadline nicht mehr einhalten. Das Coverfoto, das Geld, der Anschlussauftrag und das Renommee würden jemand anderem zufallen. Jemandem, der vielleicht weniger darauf angewiesen war und es auch weniger verdiente. Einem weniger Begabten. Jemandem wie Bill Tanner. Er musste das Flugzeug unbedingt bekommen.

Ein blaues Blitzen im Fenster sagte Strachan, dass die Ambulanz auf dem Vorplatz eingetroffen war. Er warf einen Blick auf den Wecker. 12:08. Sein Flug ging in etwa sechs Stunden, und mit etwas Glück könnte er es schaffen. Sobald er die Filme entwickelt und nach Washington geschickt hätte, würde er in London zur Polizei gehen.

Es kam ihm nicht richtig vor, wegzulaufen. Es kam ihm nicht richtig vor, Christine im Stich zu lassen. Wenn er alles ge-

geneinander abwog, hatte er jedoch kaum eine andere Wahl. Er konnte nicht hierbleiben und auf die Sanitäter warten. Er durfte nicht zulassen, dass man ihn wegen Mordes anklagte. Er durfte seine Karriere nicht jemandem opfern, der versucht hatte, ihn umzubringen. Wenn er den Abgabetermin erst einmal eingehalten hatte, würde er auf jeden Fall herausfinden, warum sie ihn hatte töten wollen. Die Entscheidung war gefallen. Im Moment kam es vor allem darauf an, so schnell wie möglich von Curaçao zu verschwinden.

Ohne sich umzusehen, schlüpfte Strachan in die Turnschuhe und stahl sich dann in die Anonymität des Hotelkorridors. Der Lift war nach oben unterwegs. In wenigen Sekunden würden die Sanitäter hier sein. Er eilte den Korridor entlang und nahm die Treppe.

Im Erdgeschoss angelangt, wandte er sich zu einem Nebenausgang. Er wurde schneller und begann zu laufen. Die Drehtür beförderte ihn mit Karacho auf die Straße.

Sein Zelt stand bei der Tauchschule von Piet und Maggie, sechs Meilen außerhalb von Willemstad in der St. Michiel's Bay. Er trabte die Straße entlang. Jetzt war er froh über seine gute Kondition. Die Anspannung trieb seine Beine an. Er hielt sich an Seitenstraßen und bog erst dann auf die Breedestraat ein, als er auf der Höhe der Drehbrücke Queen Emma angelangt war, die zur St. Anna's Bay hinüberführte. Zu seiner Rechten ragten dunkel die von Rohrleitungen eingefassten Fraktionierkolonnen einer Ölraffinerie auf. Dahinter wurde Gas abgefackelt. Die gelbe Flamme flatterte wie ein Windsack. Als die Brücke hinter ihm lag, wandte er sich nach links und folgte der Küstenstraße, vorbei am Holiday Beach Hotel, bis er auf einen Weg stieß, der zum Strand führte. Er kickte die Turnschuhe fort und schöpfte einen Moment Atem.

Hatte er sie ermordet? Strachan wusste es nicht. Letzten Endes würde es auf juristische Spitzfindigkeiten hinauslaufen. Er hatte die Gläser vertauscht und gewusst, dass sich in dem einen eine verdächtige Substanz befand – aber woher hätte er wissen sollen, dass sie tödlich war? Falls er ihr Mordabsicht nachweisen konnte, würde die Anklage auf Totschlag lauten. *Totschlag?* Das klang auch nicht viel besser. Erneut wurden Zweifel in ihm wach. Schwarz und unverschämt nisteten sie sich am Rande seines Bewusstseins ein. Er versuchte, sie zu verscheuchen. Was immer er Christine angetan hatte, sie hatte mit ihm das Gleiche vorgehabt. Es würde nicht leicht sein, die Polizei davon zu überzeugen, aber jedenfalls erleichterte es sein Gewissen.

Jetzt, da er seinen Laufrhythmus dem Rauschen der Brandung anpassen konnte, entspannte er sich allmählich. Er hatte sie nicht ermordet. Es war ein Unfall gewesen. Er konnte aus der Sache wieder rauskommen, und alles würde gut. Es war ein schrecklicher Fehler gewesen, sie nicht auf die Pipette anzusprechen, doch er hatte alles getan, um ihr zu helfen. Die Chancen standen gut, dass er es nach London schaffen würde, und in etwa siebzehn Stunden würde er die nächste Polizeistation aufsuchen und alles in Ordnung bringen.

Fünfunddreißig Minuten später hatte Strachan die Tauchschule erreicht. Er war außer Atem.

Im ersten Stock des San Marco Hotels in Willemstad herrschte hektische Betriebsamkeit. Hotelgäste spähten wie Prärieratten aus den Türen, voller Neugier, aber auch bereit, jederzeit den Rückzug anzutreten, falls es Ärger geben sollte. Der Chef vom Dienst eilte hin und her und versicherte ihnen, es gebe keinen Anlass zur Beunruhigung.

Im Zimmer 43 war es auch mit einer dritten Defibrillation nicht gelungen, Christine Molyneux wiederzubeleben. Die Sanitäter wollten sie ins St.-Elisabeth-Krankenhaus bringen, doch ihren Gesichtern war zu entnehmen, dass sie sich nichts davon versprachen. Einer von ihnen rief den Einsatzleiter an und teilte ihm mit, sie seien unterwegs.

»Was ist mit dem Mann, der angerufen hat?«, fragte der Einsatzleiter.

»Welchen Mann meinen Sie?«, erwiderte der Sanitäter.

Nach weiteren drei Minuten setzte sich an der Polizeistation Punda ein Streifenwagen in Bewegung.

3

Die Tauchschule Coral Kraal gehörte zu einem Komplex von insgesamt vier Gebäuden, die auf einer kleinen Landzunge lagen. Der weiße Betonblock mit dem blauen, verrosteten Dach war schlicht und geräumig. Die Tür war mit einem Vorhängeschloss gesichert, die Fensterläden waren geschlossen. Ein Einbruch hätte Piet und Maggie in helle Aufregung versetzt, doch Strachan hatte seine Sachen bereits vor dem Restaurantbesuch nach draußen geschafft.

Die Zeemans waren Strachans einzige Freunde, nicht nur in Curaçao, sondern überhaupt. Piet hatte sechs Jahre bei einer Einheit der niederländischen Spezialeinsatzkräfte gedient, bis er wegen einer Schussverletzung an der Hüfte ausscheiden musste. Anschließend war er in die Karibik zurückgekehrt und hatte ein neues Leben als Tauchlehrer begonnen. Strachan hatte ihn vor fünf Jahren an einem Riff vor Bonaire kennengelernt. Piet hatte sich den Fuß unter einem Stein eingeklemmt. Als Strachan mit seinen Kameras auftauchte, hatte Piet gerade angefangen, sich den Knöchel mit dem Messer durchzusäbeln, war allerdings noch nicht besonders weit gekommen. Mit vereinten Kräften war es ihnen gelungen, den Stein zu bewegen. Als Strachan Piet an die Oberfläche beförderte, war dessen

Luftvorrat erschöpft. Wäre er fünf Minuten später aufgetaucht, hätte Piet günstigstenfalls einen Fuß verloren.

Als er an den Vorfall dachte, schüttelte Strachan den Kopf. Um die Veranda herum näherte er sich dem Gebäude. Den Zeltplatz hatte er so ausgewählt, dass er den Meeresblick genießen konnte. Er baute das Zelt ab, wickelte die auseinandergenommenen Stangen in die Plane ein und schob alles in den Beutel. Zelt und Schlafsack schnallte er unten am bereits gepackten Rucksack fest. Als Nächstes holte er die Kameras, Objektive, Scheinwerfer und Filme aus dem Schließfach an der Rückseite der Tauchschule. Er hatte Erfahrung darin, ein Land überstürzt zu verlassen. In weniger als zehn Minuten war er fertig.

Maggie Zeeman hatte sich bereit erklärt, Strachan um halb fünf zum Flughafen zu fahren. Nach allem, was geschehen war, wollte er so lange nicht mehr warten. Nach einem solchen Abend konnte er nicht schlafen. Er wollte in Bewegung bleiben. Er wollte nicht allein sein. Er wollte so weit wie möglich von Curaçao weg. *Arme Christine.* Auch wenn sie möglicherweise versucht hatte, ihn umzubringen, hatte ihn ihr Tod doch erschüttert. Dieses Wort war kläglich unangemessen, doch sosehr er sich auch bemühte, ein besseres fiel ihm nicht ein.

Der Jeep der Tauchschule stand auf dem Bootssteg. Er wurde ausschließlich dazu benutzt, Luftflaschen zu den verschiedenen Tauchrevieren der Insel zu schaffen. In all den fünf Jahren seit seinem ersten Aufenthalt hatte Strachan noch nie erlebt, dass Piet den Autoschlüssel woanders versteckt hätte als im Fach der Sonnenblende. Piet und Maggie wohnten in einem zwei Meilen entfernten Bungalow, deshalb konnten sie das bronchitische Rasseln des Motors nicht hören.

Strachan bemühte sich, so langsam zu fahren, dass er keine Aufmerksamkeit erregte. Offenbar lag er richtig, denn an der Ausfahrt nach Julianadorp wurde er von einem Streifenwagen überholt. Um halb drei Uhr morgens traf er am Hato Airport ein. Der Schweiß lief ihm über den Rücken.

Sein Flieger ging erst um sechs Uhr dreißig. Der Schalter war noch nicht geöffnet. Um die Zeit totzuschlagen, besorgte er sich bei einem Wachmann ein Blatt Papier und setzte sich. Er schuldete Piet und Maggie eine Erklärung – und das nicht nur deshalb, weil er ihren Jeep benutzt hatte. Viele Leute auf der Insel wussten, dass er im Coral Kraal abgestiegen war, und früher oder später würde die Polizei die Zeemans vernehmen. Ihm war es lieber, seine Freunde erfuhren es von ihm, als dass sie auf Mutmaßungen angewiesen waren.

Strachan vertraute den Zeemans, und es tat ihm gut, ihnen den Vorfall zu schildern. Piet und Maggie würden Verständnis für ihn haben. Sie wussten, was diese Reise für ihn bedeutete. Sie wussten, dass er neun Jahre lang auf eine solche Gelegenheit gewartet hatte, wie *National Geographic* sie ihm bot.

Er schrieb rasend schnell und schilderte den Vorfall mit dem Spiegel. Er berichtete ihnen von der Pipette. Er beichtete, wie er die Gläser vertauscht hatte. Er erwähnte die Einladung auf ihr Zimmer. Er schilderte ihren Tod, seinen Anruf bei der Notrufzentrale und seine Wiederbelebungsversuche. Er schrieb, dass er nicht die Polizei gerufen habe, sich aber stellen wolle, sobald er sich über Christines Mordmotiv im Klaren sei. Er schrieb, ihm bleibe keine andere Wahl: Er müsse den Flieger bekommen. Schließlich versprach er noch, sich in Kürze per E-Mail zu melden, und teilte ihnen mit, dass er den Zündschlüssel am üblichen Ort versteckt habe.

Eine halbe Stunde später vertrat sich Strachan in der Schalterhalle die Beine. Es herrschte hektische Betriebsamkeit. Eine Reinemachefrau schob eine summende Bohnermaschine über die Bodenfliesen. Hinter ihr blieb eine glänzende Schneckenspur zurück. Zwei junge Frauen in blauen Uniformen öffneten geraden den KLM-Schalter. Die eine schob eine Karte mit der Flugnummer in einen Halter über der Theke. Strachan war einsachtundachtzig groß. Transatlantikflüge waren auf einem Sitz in der Reihe vor dem Ausgang viel besser zu ertragen. Er wartete, bis die beiden fertig waren, dann checkte er ein.

Die Frau hinter dem Schalter war eine Arawak-Schönheit. Sie war groß gewachsen, und eine kastanienbraune Mähne fiel ihr in den Nacken. Sie war stark geschminkt. Wimpern so dick wie Dornen schützten ihre braunen Augen, und der zur Haarfarbe passende Lippenstift betonte ihre vollen Lippen. Das war eine gute Wahl. Ihre schokoladenbraune Haut und die blauen Revers wurden dadurch betont. Normalerweise hätte Strachan mit ihr geflirtet und versucht, einen Platz in der Business-Class herauszuschinden. Heute war ihm jedoch nicht danach. Wer versehentlich einen Menschen getötet hatte, der hatte anderes im Sinn.

»Könnten Sie mir einen Briefumschlag geben?«, fragte er.

»Ja, sicher.« Sie rief eine Kollegin herbei, die einen Umschlag aus einer Schublade zog.

»Danke. Kann man hier irgendwo Briefmarken kaufen?« Er faltete den Brief, steckte ihn in den Umschlag und befeuchtete die Gummierung mit der Zunge.

»Nicht um diese Zeit.« Die junge Frau am Schalter lächelte ihn an und legte den Kopf schief. »Aber wenn Sie mir das Geld fürs Porto geben, kann ich den Brief gerne in der Frühstückspause abschicken.«

»Das ist sehr freundlich von Ihnen, danke.« Kundenservice auf Karibisch. Strachan reichte ihr den verschlossenen Umschlag und beobachtete, wie sein Rucksack und der Seesack mit der Tauchausrüstung vom Transportband auf den Weg nach London gebracht wurden. Die Kameras waren im Handgepäck verstaut. Die belichteten Filmpatronen wölbten die Taschen seiner Fotografenjacke. Die behielt er stets bei sich. Das war seine Lebensversicherung, sein Hartgeld, seine Zukunft. Zu den Transportleuten hatte er kein Vertrauen.

»Alles in Ordnung?«, fragte die junge Frau von KLM.

»Ist gestern Abend spät geworden.«

Sie nickte verständnisvoll und verabschiedete ihn mit einem Blick ihrer großen Augen. Er nahm Pass und Bordkarte von der Theke und wandte sich zur Wartehalle.

4

Die Maschine war ausgebucht. Strachan saß neben einem niederländischen Pärchen, das sich gern unterhalten wollte. Wo arbeiten Sie, und kommen Sie häufiger nach Curaçao, so was halt. Er erzählte ihnen, er sei Unterwasserfotograf, und erfuhr, dass der Mann Kundenberater bei Hewlett Packard war und seine Frau Lehrerin.

Strachan stand nicht der Sinn nach Small Talk. Christines Tod hatte seine guten Manieren abgetötet. Es war ein Fehler gewesen, seinen Beruf zu verraten; jetzt würden sie den ganzen Weg bis nach Holland darüber quatschen wollen. Jeden Moment würde sich die Frau nach seinem bevorzugten Tauchrevier erkundigen, und der Mann würde ein Erlebnis mit einem Hai hören wollen. Ohne jede Rücksichtnahme machte Strachan dicht. Vor Erschöpfung ganz schwach, schloss er die Augen. Nicht zum ersten Mal fragte er sich, was für ein Mensch Christine Molyneux gewesen war und was sie von ihm gewollt hatte.

Es gab drei mögliche Erklärungen dafür, dass sie ihn hatte unter Drogen setzen wollen. Entweder sie wollte ihn high machen oder ihn betäuben; oder sie wollte ihn töten. Die erste Möglichkeit war am wahrscheinlichsten, letztere am unwahrscheinlichsten. Vielleicht war es voreilig gewesen zu glauben, sie habe versucht, ihn zu ermorden.

Obwohl die Dosis tödlich gewesen war, konnte er an eine Mordabsicht nicht recht glauben. Strachan stahl nicht. Er spielte nicht. Er ging weder in den Puff, noch unterhielt er Beziehungen zu Kredithaien, und die einzigen Schulden hatte er bei MasterCard. Streit bekam er höchstens dann, wenn er mal versehentlich ein Bierglas umstieß oder der Frau eines Fremden zuzwinkerte. Vor zehn Jahren hatte er sich häufig auf der anderen Seite der Welt und der falschen Seite des Gesetzes aufgehalten; dass Christine Molyneux mit jener Zeit in Verbindung stand, als er in Südostasien noch Juwelen geschmuggelt hatte, konnte er nicht glauben.

Hätte sie ihn tatsächlich umbringen wollen, wäre sie ihr Vorhaben direkter angegangen. Warum hätte sie sich mit einem aufwendigen Abendessen und der Verführung aufhalten sollen? Warum hätte sie zulassen sollen, dass sie beide von so vielen Leuten gesehen wurden? Hatte sie gewusst, wie viel Zeit bis zum Einsetzen der Giftwirkung verstreichen würde? Strachan schätzte, dass von der Einnahme mit dem Wein bis zu ihrem Tod zwanzig Minuten vergangen waren. Bei einem großen Burschen wie ihm hätte es sicherlich länger gedauert. Und wenn er nun noch länger im Restaurant hätte bleiben wollen? Wenn er die Einladung, mit auf ihr Zimmer zu kommen, abgelehnt hätte? Das ergab keinen Sinn. Abgesehen von allen praktischen Problemen gab es einfach kein Motiv. Die Vorstellung, dass Christine eine Mörderin war, erschien ihm absurd. Sie war einfach nur eine Großstadtzicke, die Spaß hatte an wildem Sex. Bis zu ihrem Tod hatte er das ganz okay gefunden.

Vielleicht hatte sie ihn nur betäuben wollen. Aber warum? Um ihn auszurauben? Falls *das* ihre Absicht gewesen war, hatte sie sich den Falschen ausgesucht. Strachans Bankkonto war das Papier des Ausdrucks nicht wert. In der Brieftasche hatte er keine achtzig Gulden mehr. Auch Vergewaltigung kam als Motiv nicht in Frage, denn wie hätte er in bewusstlosem Zustand seinen Mann stehen sollen?

Dann hatte sie ihn vielleicht high machen wollen, um besseren Sex zu haben; genau davon hatte sie beim gegrillten Schnappbarsch mit Couscous gesprochen. Oder hatte es sie erregt, ihn heimlich zu manipulieren? Das erschien jedenfalls glaubhafter als die anderen beiden Erklärungen. Sie hatte herumgespielt und sich mit der Dosis vertan, das war schon alles.

Mit dieser Schlussfolgerung war ihm freilich auch nicht geholfen. Umso mehr machte ihm zu schaffen, dass er sie getötet hatte.

Sechs Stunden später war Strachan noch immer hellwach. Er versuchte, sich einen Film anzusehen, konnte aber nicht abschalten. Vor seinem inneren Auge lief ein ganz anderer Film ab: seine Tauchtouren und das Abendessen mit Christine als Endlosschleife. So ging es weiter, während die Maschine die Azoren passierte und in Ost-Nordost-Richtung in den portugiesischen Luftraum eindrang. Er versuchte, mit sich ins Reine zu kommen und seine Schuldgefühle zu mildern. Dann hatten sie Nordfrankreich erreicht, und noch immer fand er keine Ruhe. Er musste ständig an Christine denken.

Alles hatte mit einer Unterhaltung angefangen. Nach dem Mittagessen hatte Piet Zeeman Strachan auf den Rücken geklopft. »Tust du mir einen Gefallen, Ed?«

»Klar.«

»Eine Schülerin von mir hat heute Morgen den Freiwasserkurs abgeschlossen. Ich möchte, dass du sie heute Nachmittag zum Knife Point mitnimmst.«

Strachan schüttelte den Kopf. Am Vorabend hatte er zu viel Rum getrunken. Die Dienstag-Deadline warf ihren Schatten voraus wie ein kreisender Geier. »Kommt gar nicht in Frage. Tut mir leid, Piet, aber das ist das wichtigste Shooting der ganzen Woche. Das Letzte, was ich da brauchen kann, ist eine blutige Anfängerin, die mit der Tarierweste kämpft, den Schlick aufwühlt und die Fische erschreckt.«

Piet legte ihm die Hand auf die Schulter. »Sie wird dich nicht stören. Ich glaube, sie könnte dir gefallen.«

»Wenn du die mit dem pinkfarbenen Bikini meinst, könntest du recht haben.«

»Dann nimmst du sie also mit?«

»Nein.«

»Ed, du wirst sie mitnehmen. Maggie und ich müssen Unterricht abhalten, und ich verspreche dir, dass alles klargehen wird. Außerdem hat sie vor, eine größere Summe für das Schildkröten-Wiederansiedlungsprogramm zu spenden. Das Geld könnten wir im Moment gut gebrauchen.«

»Wie viel?«

»Ein paar hundert Dollar.«

»M-hm. Tut mir leid, Mann.«

Dreißig Jahre nach dem Ausscheiden aus den niederländischen Spezialeinsatzkräften war Piet Zeeman immer noch ein zäher Bursche. Sie feilschten wie Viehhändler. Strachan sagte Nein, Piet sagte Ja, und als die Hand auf seiner Schulter sich zur Faust ballte, sagte Strachan okay, sie könne mitkommen, solange sie ihm nicht in die Quere käme.

Wie sich herausstellte, war Christine Molyneux eine lausige Taucherin.

Strachan vergeudete kostbare Atemluft damit, ihre Ausrüstung auf Vordermann zu bringen. Noch mehr Atemluft, als sie mühsam hinterdreinzockelte. Aber am Ende kam es darauf dann doch nicht an. Nach zwanzig Minuten hatten sie den Barrakuda entdeckt. Er stand in einem Sonnenstrahl am Rand des Riffs, genau an der Stelle, die Piet ihm beschrieben hatte. Barrakudas hatten die schärfsten Zähne aller Meeresbewohner, und der hier war anderthalb Meter lang. Christine behielt einen respektvollen Abstand bei und hielt Strachans Ersatzkamera. Er verschoss zwei Filme, während der Barrakuda reglos im Wasser stand, das Objektiv angrinste und ihn zum Näherkommen herausforderte. Zwei komplette Filme. Zweiundsiebzig Fotos. Dabei reichte ihm schon eins. Schwein musste man haben.

Als sie wieder in der Tauchschule waren, bestand Christine darauf, ihn als Dankeschön dafür, dass er sie mitgeschleppt hatte, zum Essen einzuladen. Er war jetzt gelassener, sein Kater hatte sich verflüchtigt, und Christine war eine Augenweide. Maggie füllte gerade Flaschen mit Druckluft aus dem Kompressor und zwinkerte ihm heimlich zu, als Christine vorschlug, um zehn Uhr abends im Lobster Pot zu speisen.

Kaum waren sie dort eingetroffen, begannen sie auch schon zu flirten. Die Unterhaltung lief wie geschmiert. Christine hatte sich nach der Trennung von ihrem Freund, mit dem sie vier Jahre zusammen gewesen war, einen Urlaub gegönnt. Sie prahlte mit ihrem tollen Einkommen, und er konnte sich gut vorstellen, dass sie mit Klauen und Zähnen darum gekämpft hatte, ihr Glück zu machen. Sie wusste, was sie vom Leben erwartete, und war bereit, es sich zu nehmen. Leb schnell; stirb jung.

Strachan wischte sich über das Gesicht. Letzteres war ihr jedenfalls gelungen.

Das Flugzeug landete planmäßig in Schiphol. Es rollte zum Gate, dann machte der Captain auf Niederländisch eine Ansage, die Strachan nicht verstand. Trotz seiner häufigen Besuche in Curaçao hatte er sich bislang nicht die Mühe gemacht, auch nur die Grundlagen der Sprache zu erlernen. Piet und Maggie sprachen Englisch wie ihre zweite Muttersprache, und den Einheimischen war Englisch ebenso geläufig wie Niederländisch oder Papiamento.

Draußen war es dunkel, und die Regenschlieren am Fenster der Boeing sahen aus wie Kratzer. Als die Ansage auf Englisch wiederholt wurde, verstand auch er, was der Captain zu sagen hatte. Es bedeutete, dass seine Filme nicht mehr rechtzeitig entwickelt werden würden. Es bedeutete, dass er den Abgabetermin verpassen würde. Es bedeutete, dass er den fünfstelligen Scheck und die jährlichen Honorare von *National Geographic* vergessen konnte.

Er war erledigt.

5

Guten Abend, meine Damen und Herren. Hier spricht der Captain. Wie bereits gesagt, es ist zwanzig Uhr sechsundvierzig Ortszeit. Ich hoffe, Sie hatten einen angenehmen, erholsamen Flug. Wir nähern uns jetzt dem Gate, und ich bitte Sie, sitzen zu bleiben, nachdem das Flugzeug gehalten hat. Zunächst einmal wird die Polizei an Bord kommen, um eine Kleinigkeit zu klären. Die Verzögerung dürfte nicht mehr als fünf Minuten betragen. Die Polizei wird in Kürze an Bord kommen. Es besteht keinerlei Grund zur Besorgnis. Ich danke Ihnen für Ihr Verständnis und wünsche Ihnen eine angenehme Weiterreise.«

Kein Grund zur Besorgnis? Strachans Magen hüpfte wie eine Forelle. Jetzt wurde ihm klar, wie naiv er gewesen war. Er würde es niemals bis nach London schaffen. Er hätte es wissen müssen. Es war neun Stunden her, dass er von Curaçao aufgebrochen, und fünfzehn Stunden, dass er aus dem Hotel geflohen war. Die Polizei hatte genug Zeit gehabt, Christines Spur bis zum Restaurant zurückzuverfolgen. Zeit genug, um sich vom Kellner eine Beschreibung ihres Begleiters geben zu lassen, Zeit genug, um die Beschreibung am Flughafen mit seiner Person in Verbindung zu bringen. Viel leichter konnte man es den Fahndern eigentlich nicht machen.

Die Maschine kam ruckartig zum Stehen. Strachan schloss die Augen und wartete auf das Eintreffen der Polizei. Es dauerte nicht lange. »Banbury Edward Strachan?«, sagte ein Mann mit starkem niederländischem Akzent.

Banbury. Es war lange her, dass ihn jemand mit seinem vollen Namen angesprochen hatte. Für gewöhnlich hieß das, dass er in Schwierigkeiten steckte, und das hier war keine Ausnahme von der Regel. Er öffnete die Augen und erblickte zwei Polizisten in dunklen Uniformen, die auf dem Mittelgang standen. Im Flugzeug herrschte aufgeregtes Gemurmel. Noch fünf Reihen vor ihm drehten sich die Passagiere auf den Sitzen um und verrenkten sich die Hälse, um das sich in ihrem Beisein vollziehende Drama mitzuverfolgen.

»Ja.«

»Ich bin Inspector Rutger Verhoeven von Interpol. Das ist Agent Ronald Groote von der örtlichen Polizei. Würden Sie uns bitte folgen, Sir?«

Verhoeven war hochgewachsen und knochig. Er hatte ein kantiges Kinn, schmale, aschfahle Lippen und schwarzes, grau meliertes Haar. Seine aufrechte Haltung strahlte unübersehbar Stolz aus. Strachan schätzte ihn auf fünfunddreißig. Groote war kleiner, älter und übergewichtig. Er hatte die Grenze zum Dicksein längst überschritten und musste sich seitlich durch den Mittelgang schieben, sonst wäre er zwischen den Armlehnen der Economy Class stecken geblieben. Allerdings machte er einen umgänglichen Eindruck und wirkte sogar ein wenig verlegen, weil sie so viele Zuschauer hatten. Wahrscheinlich würde er den guten Cop spielen, bevor er zu einer ebenfalls übergewichtigen Frau heimfuhr und mit ihr Gouda aß und Bier trank.

Strachan schnallte sich ab, nahm die Kameras aus dem Gepäckfach und folgte den beiden, ohne die neugierigen Blicke und das Getuschel zu beachten. Draußen vor dem Flugzeug blieben die Polizisten stehen. Groote baute sich für den Fall, dass er weglaufen sollte, direkt vor ihm auf. Vom Temperaturunterschied bekam Strachan an den Armen eine Gänsehaut.

»Den Pass.« Jetzt, da keine Passagiere mehr in der Nähe waren, verzichtete Verhoeven auf Freundlichkeit. Strachan kannte diesen Typ: ein Polizisteneiferer mit dem Charme eines Stacheldrahtzauns. Er suchte in seinen Taschen, dann reichte er ihm den Pass. Verhoeven sagte, er sei wegen Mordverdachts verhaftet. Groote klärte ihn über seine Rechte auf.

»Die Hände.«

»Wie bitte?«

»Ihre Hände. Zeigen Sie sie vor«, sagte Verhoeven barsch. Zum ersten Mal hatte er die Stimme erhoben.

Strachan tat wie geheißen. Er hielt die hohlen Hände vor die Brust, als bettelte er um Nahrung. Die Handschellen waren kühl und hart. Sie schlossen sich wie Klauen um seine Gelenke. Er geriet nicht in Panik, doch in seinem Bauch tanzte ein Schwarm Schmetterlinge. Am besten hielt er den Mund. Wer schwieg, konnte auch nicht falsch verstanden werden.

»Kopf hoch!« Verhoeven klopfte ihm auf den Rücken, dann schritten sie durchs Gate zum Terminal. Strachan ging dicht hinter Groote.

Sie brachten ihn in ein Arrestzimmer irgendwo in der Tiefe des Terminals. Es lag in einem Labyrinth von Gängen mit abgenutztem Linoleumbelag, Neonröhren an der Decke und Flügeltüren. Ein uniformierter Polizist gesellte sich zu ihnen, der Strachan die Taschen durchsuchte. Ohne Kameras, Brieftasche, Schlüssel und Filme kam er sich verletzlich und ungeschützt vor. Sogar die Schnürsenkel wurden konfisziert.

»Und das Ding, das Sie um den Hals tragen.« Groote saß auf der Tischkante. Er zeigte auf den Manschettenknopf.

Strachan riss abwehrend den Kopf zurück. Der Polizist, der ihn filzte, war Ende vierzig und hatte säuberlich gekämmtes graues Haar und einen akkurat gestutzten geraden Schnauzer. Die Augenfältchen deuteten darauf hin, dass er trotz seines verantwortungsvollen Jobs viel lachte. Auf die linke Brusttasche war sein Name aufgestickt: Ruisdael. Er befand sich genau im richtigen Abstand für einen Tritt in den Arsch. Aber er tat ja nur seinen Job. Strachan entspannte seinen Hals. Mit gefesselten Händen konnte er ohnehin nicht verhindern, dass ihm die Kette abgestreift wurde.

Inspector Verhoeven hatte seine Reaktion bemerkt. Seine Neugier war geweckt. »Lassen Sie mal sehen.« Er streckte die Hand aus, und Ruisdael reichte ihm die Halskette. Verhoeven hielt sie hoch und las die Inschrift vor. »Was ist das, eine Koordinate?«

Strachan nickte. Auf dem Anhänger stand: 01° 17' 43" N. Ein Breitengrad, der nicht nur im Manschettenknopf eingraviert war, sondern auch in seinem Gedächtnis.

»Wo liegt das? In England?« Verhoeven war neugierig, vor allem aber Profi. Von der Fragerei versprach er sich Aufschlüsse über den Charakter des Verdächtigen. Um ein Täterprofil zu erstellen, brauchte man irgendwelche Ansatzpunkte.

»Das weiß ich nicht«, antwortete Strachan wahrheitsgemäß.

»Warum nicht?«

»Dieser Breitengrad durchschneidet sechzehn verschiedene Länder. Um die Kandidaten weiter einzugrenzen, braucht man noch den Längengrad.« Er verschwieg, dass der Längengrad auf dem zweiten Manschettenknopf eingraviert war, der gestohlen worden war. Außerdem verschwieg er, dass die Manschettenknöpfe die Position seines Erbes bezeichneten: ein Geheimnis, das vom Großvater auf den Sohn weitervererbt wurde. Das Geheimnis wäre auch ihm enthüllt worden, doch dann war sein Vater gestorben. Folglich hatte Strachan keine Ahnung, worin sein Erbe nun eigentlich bestand.

»Durch welche Länder?«

Strachan zögerte. Nichts sprach dagegen, es ihm zu sagen. Außerdem konnte Verhoeven es jederzeit selber nachschlagen. »Somalia, Kenia, Uganda, Zaire, Kongo, Gabun, Äquatorialguinea, Brasilien, Guayana, Kolumbien, Ekuador, Mikronesien, Indonesien, Malaysia, Singapur und die Malediven.« Er rasselte die ganze Liste in einem Atemzug herunter. Zahllose Male hatte er den Atlas studiert. Inzwischen kannte er die Ländernamen auswendig.

Verhoeven war beeindruckt. »Warum tragen Sie den um den Hals? Normalerweise trägt man die am Hemd.«

»Ich habe nur einen. Der andere wurde vor langer Zeit gestohlen.« Strachan war müde und durcheinander. Er hatte keine Lust, sich über Manschettenknöpfe zu unterhalten, wollte sich aber kooperativ zeigen. Er war da in eine schlimme Sache hineingeraten.

»Welch ein Pech.« Verhoeven grinste. »Was ist passiert?«

»Das ist eine lange Geschichte.«

»Sie haben jede Menge Zeit, das können Sie mir glauben. Ist das Stück wertvoll?«

Strachan schaute weg. Der zweite Manschettenknopf war in eine alte Zeitung eingeschlagen gewesen und in der Nacht, als seine Eltern gestorben waren, aus dem Safe entwendet worden. Damals war er acht gewesen. Seine Eltern hatten ihn der Obhut einer Babysitterin überlassen und waren zur Feier ihres Hochzeitstages essen gegangen. Die Babysitterin, die sonst immer kam, war verhindert gewesen, und die Aushilfe von der

Agentur hatte irgendwie brutal ausgesehen. Sie hatte ihn sogar geohrfeigt, als er nicht zu Bett gehen wollte.

Sein Pate Adrian Hamilton hatte den Diebstahl eine Woche später bemerkt. Hamilton war ein Cousin seines Vaters und der Testamentsvollstrecker. Im Testament stand, Hamilton solle für den Fall, dass Strachans Eltern vor seinem achtzehnten Geburtstag sterben sollten, die Vormundschaft übernehmen. Des Weiteren sollte Hamilton ihm an seinem achtzehnten Geburtstag die Manschettenknöpfe aushändigen. ›Ed wird ihren wahren Wert erkennen‹, stand dort. Im Testament war die Geheimzahl des Familiensafes aufgeführt, und als Hamilton nur einen Manschettenknopf darin entdeckte, fiel sein Verdacht sogleich auf die Babysitterin.

Als Hamilton eingetroffen war, um seinem Patensohn die schlechte Nachricht zu überbringen, war sie nervös gewesen und hatte es eilig gehabt zu verschwinden. Später war ihm eine Druckstelle im Teppich aufgefallen, die darauf schließen ließ, dass der Safe bewegt worden war. Als er ein paar Tage später die Babysitterin aufsuchen wollte, stellte sich heraus, dass sie bei der Agentur unter falschem Namen registriert war. Das war das entscheidende Indiz, und nun meldete er den Diebstahl der Polizei. Bedauerlicherweise zeigte die kein Interesse. Aus dem Safe waren keine weiteren Wertgegenstände entwendet worden, und ein einzelner verschwundener Manschettenknopf war kein Grund, kostbare Arbeitskraft abzustellen. Um den Schein zu wahren, versuchte man halbherzig, die Babysitterin ausfindig zu machen, doch nach ein paar Tagen wurde der Fall zu den Akten gelegt. Hamilton bemühte sich daraufhin selbst, sie aufzuspüren, hatte die Nachforschungen nach ein paar Jahren aber ergebnislos abgebrochen.

Strachan hatte nicht die Absicht, Verhoeven all das zu erzählen, deshalb beantwortete er dessen Frage nur zur Hälfte.

»Nein«, sagte er. »Der Manschettenknopf besitzt für mich nur Erinnerungswert.«

»Wie hübsch.« Verhoeven, dessen Neugier vorerst gestillt war, warf Ruisdael die Kette mit dem Anhänger zu. Der Polizist fing sie auf und verstaute sie zusammen mit Strachans übrigen Habseligkeiten in einer Plastiktüte. Dann nahm er am Tisch Platz und machte eine Inventarliste.

»Sie passen doch gut auf meine Filme auf?« Das war nicht nur als Frage, sondern auch als Warnung gemeint. Verhoeven war es zuzutrauen, dass er sie ruinierte.

»Machen Sie sich wegen der Filme nur keine Sorgen, Banbury. Ruhen Sie sich ein wenig aus. Vor Ihnen liegt eine lange Nacht.« Verhoeven lächelte, dann verließen die drei Polizisten den Raum. Der Schlüssel drehte sich im Schloss. Ihre Schuhe machten auf dem Linoleum quietschende Geräusche.

Verhoeven hatte ihm die Handschellen nicht abgenommen. Strachans Handgelenke waren geschwollen und wund. Verhoeven hatte die Handschellen so fest wie möglich angezogen, als wäre er von der Schuld des Verdächtigen bereits überzeugt. Der Raum hatte keine Fenster, und es war stickig. Strachan begann zu schwitzen. Er legte den Kopf auf den Tisch. Er war dermaßen erschöpft, dass ihm körperlich übel war. Während er döste, kreisten seine Gedanken um Christine Molyneux.

6

Stunden später erwachte Strachan vom Klirren des Türschlosses. Groote stand im Eingang, in der Hand einen Plastikbecher mit Kaffee. »Es ist Ihnen gestattet zu telefonieren. Wollen Sie?«

Strachan nickte.

Groote ruckte mit dem Kopf. »Dann los.«

Strachan erhob sich. Im von Neonröhren erhellten Gang blinzelte er. Wie lange hatte er geschlafen? Er ging etwas schneller und warf einen Blick auf Grootes Armbanduhr. Es war fünf Minuten nach zwei. Bislang hatte man ihn fünf Stunden festgehalten. Strachan schätzte, dass er mit Unterbrechungen drei Stunden geschlafen hatte. Ihm kam es eher wie drei Minuten vor. Vom Jetlag fühlte er sich benebelt, wie unter Narkose.

»Warum wurde Interpol eingeschaltet? Ich fühle mich geschmeichelt.«

»Dazu besteht kein Anlass. Sie haben eine Landesgrenze überquert. Sie sind Engländer, die Verstorbene ist Engländerin, das Verbrechen wurde aber auf den Niederländischen Antillen verübt. Das verkompliziert die Rechtslage. Wir helfen unseren Freunden in Curaçao. Die sind für Fälle wie diesen nicht so gut gerüstet.«

»Ich dachte, diese Burschen suchen vor allem nach gestohlenen Gemälden.« *Diese Burschen.* Strachan suchte nach einem Verbündeten.

»Inspector Verhoeven bearbeitet ganz verschiedenartige Fälle. Terrorismus, Drogen, Falschgeld, Drogenschmuggel, schweren Betrug. Auch Vergewaltigung bei der ersten Verabredung.«

»*Vergewaltigung*?«

»Genau.«

Das veränderte alles. Strachan hatte das Gefühl, jemand habe ihm einen Tiefschlag versetzt. *Vergewaltigung bei der ersten Verabredung*? Allein schon von dem Ausdruck wurde ihm übel. Entweder die niederländische Polizei zog voreilige Schlüsse, oder Groote wollte ihn einschüchtern. Strachan sprang nicht darauf an. Er wusste, wann es besser war, den Mund zu halten.

Im Büro angelangt, nahm Groote ihm die Handschellen ab. Das Blut strömte in Strachans blasse Hände. Um die Durchblutung anzuregen, massierte er sich die Gelenke. Es dauerte eine Weile, bis das taube Gefühl nachließ. Er trank den Kaffee, den Groote ihm reichte. Er war stark, schwarz und süß. Ihm kam es so vor, als wäre dies der beste Kaffee, den er je getrunken hatte. In England hätte er billig und ranzig geschmeckt, und obendrauf wäre der Dreck des Automaten geschwommen, der seit Jahren nicht mehr gewartet worden war.

Groote reichte ihm ein laminiertes DIN-A4-Blatt mit einer langen Liste von Telefonnummern. Er meinte, er solle die 9 wählen, um nach draußen zu kommen. Botschaften und Konsulate nahmen den größten Raum ein. Sie waren nach Kontinenten geordnet und in alphabetischer Reihenfolge aufgeführt. Ganz unten standen weitere nützliche Telefonnummern: vier Rechtsanwälte, die Heilsarmee und die Amsterdamer Filiale von Western Union.

Strachan gab Groote das Blatt zurück. Da er wusste, wen er anrufen wollte, hatte er keinen Bedarf dafür.

Es war Montagmorgen. Dienstagabend war Abgabetermin. Er hätte jetzt im Labor in der Lupus Street sein und die Fotos entwickeln sollen, um sie gleich anschließend per Luftpost an *National Geographic* in Washington zu schicken. Die Redakteure hatten seine Ende letzten Jahres in der *Scuba Times* erschienenen Fotos der Seeotter vor der Küste von Vancouver gesehen. Angemessen beeindruckt hatten sie ihm das Titelfoto und sieben der zwölf Monatsblätter des nächsten Unterwasserkalenders angeboten und die Auslagen für Reisen nach Schottland, zu den Galapagosinseln – und nach Curaçao übernommen.

Strachan wählte die Nummer. McCauley Gilchrist meldete sich mit seinem gedehnten Virginia-Dialekt.

»Hi, hier ist McCauley Gilchrist. Danke für Ihren Anruf bei

National Geographic. *Entweder ich telefoniere gerade, oder ich bin außer Haus. Bitte hinterlassen Sie Name und Telefonnummer, ich rufe Sie baldmöglichst zurück. Ich wünsche Ihnen einen schönen Tag, und bitte denken Sie daran, rücksichtsvoll mit unserem Planeten umzugehen.*«

Das war ein weiterer Tiefschlag. Strachan hatte den Zeitunterschied außer Acht gelassen. Aufgrund seiner Erschöpfung war er wie gedopt. In Washington war es acht Uhr abends, und Gilchrist war längst nach Hause gefahren.

Strachan war Gilchrist noch nicht persönlich begegnet, hatte aber mehrfach mit ihm über den Kalender und das Kleingedruckte des möglichen Anschlussauftrags gesprochen. Dabei hatte er Gefallen an dem sanftmütigen Amerikaner gefunden. Er stellte ihn sich als einen patriarchalischen Redakteur Anfang sechzig vor. Gilchrist hatte bestimmt graues Haar und einen kurz geschorenen Bart wie Sean Connery in *Indiana Jones und der letzte Kreuzzug*. Er trug Jeans, Cowboystiefel und karierte Holzfällerhemden aus dicker Baumwolle. Auf der Straße stand ein großer Geländewagen vom Typ Jeep Cherokee. Auf dem Beifahrersitz lag eine Baseballkappe mit dem aufgestickten Schriftzug *National Geographic*. Er lebte auf dem Land. Seine Frau hieß Mary.

»McCauley, hi, hier ist Ed Strachan. Ich werde hier noch aufgehalten. Mein Rückflug aus Curaçao wurde um vierundzwanzig Stunden verschoben. Die Fotos werden Sie erst am Mittwoch bekommen. Es tut mir aufrichtig leid, aber ich kann es nicht ändern.«

Strachan sah zu Groote hinüber, der an der Wand lehnte, die Hände in den Hosentaschen. Der Polizist machte sich nicht die Mühe, so zu tun, als hörte er nicht zu. Er schniefte übertrieben. Seine Nase zuckte wie die eines schnüffelnden Bären, was wohl bedeuten sollte, er wittere die Lüge.

»Die Aufnahmen sind fantastisch. Sie werden sehen, welche

ich für das Titelblatt empfehle. Das ist eins meiner besten Fotos. Sie müssen mir vertrauen. Ich weiß, der Drucktermin steht schon fest, aber bitte tun Sie alles in Ihrer Macht Stehende, um ihn zu verschieben.« In Wirklichkeit hatte er keine Ahnung, wie die Fotos werden würden, aber er war zuversichtlich, dass mindestens eine der zweiundsiebzig Aufnahmen ein guter Kandidat fürs Cover wäre.

Strachan bemühte sich, ruhig zu bleiben. Er wollte nicht gestresst wirken. Gilchrist hatte es ihm drei- oder viermal erklärt. Wegen der hohen Qualität der Abbildungen und des großen Papierformats musste die Druckerei für den Kalender volle drei Tage einplanen. Die Druckpressen mussten eingestellt werden, und die Kalender mussten gleich in den Vertrieb gehen, damit sie rechtzeitig zu Weihnachten in den Geschäften lagen. Wenn der Kalender sich verspätete, würde das eine Kettenreaktion auslösen, und die Dezemberausgabe der Zeitschrift wäre gefährdet. Der Abgabetermin war in Stein gemeißelt.

»Treffen Sie bitte keine Entscheidungen, bevor Sie die Fotos aus Curaçao gesehen haben. Sie werden es nicht bereuen.« Mehr konnte er nicht tun. Gilchrist hatte die Fotos von Schottland und den Galapagosinseln gesehen und sich begeistert darüber geäußert. Von der Schottlandreise hatte Strachan ein wundervolles Foto eines Seebären mitgebracht, der einen Achtpfünderlachs jagte. Das Material aus Curaçao würde drei der noch ausstehenden sieben Fotos liefern: das Cover und zwei weitere Fotos aus dem Riff. Die Aussichten, die Druckerpressen anzuhalten, waren gering, dennoch hielt er es für geraten, sich ins Zeug zu legen. Und sei es gegenüber einem Anrufbeantworter.

Strachan legte auf. Groote geleitete ihn durch weitere Gänge. An der Abzweigung zu den Zellen gingen sie vorbei. Jetzt, da Strachan telefoniert hatte, war es für beide Männer an der Zeit herauszufinden, was eigentlich vorging.

Inspector Verhoeven lehnte an der Wand gegenüber dem Vernehmungsraum und erwartete sie bereits. Die Arme hatte er vor der Brust verschränkt, und er sah aus, als habe man ihn versetzt. Er wirkte richtig angesäuert. Groote desgleichen. Sie wechselten ein paar Worte und sahen in Strachans Richtung. Strachan fragte sich, ob das bedeutete, dass sie die Marschroute ändern wollten. Vielleicht hieß das Spiel jetzt, da Groote seinen Gouda und sein Bier verpasst hatte, böser Cop, *superböser* Cop.

Verhoeven trat ins Zimmer und schloss die Tür mit der Ferse. Strachan sah sich um. Mitten im Raum stand ein schwarzer Plastiktisch. Drum herum waren wie Vertäubojen orangefarbene Plastikstühle angeordnet. An der rechten Wand hing ein Kalender, der auch als Dienstplan diente. An der gegenüberliegenden Wand stand ein Handwagen mit einem Monitor und einem Gerät für Videokonferenzen. An der Tür pappte ein Plakat, das davor warnte, das Gepäck unbeaufsichtigt zu lassen. Wie die Arrestzelle war auch dieser Raum fensterlos.

Sie nahmen am Tisch Platz: Strachan auf der einen Seite, die beiden Polizisten auf der anderen. Verhoeven und Groote pflanzten die Ellbogen auf den Tisch, beugten sich vor und verschränkten die Hände wie zum Gebet. Strachan lehnte sich unwillkürlich weit zurück, um sich von ihrer Körperhaltung abzugrenzen.

Schließlich brach Verhoeven das Schweigen. »Sie haben keinen Anwalt angerufen, Banbury. Das war vielleicht unklug. Sie haben das Recht auf einen Anwalt. In zwanzig Minuten kann einer hier sein. Sollen wir einen rufen?«

Strachan zuckte die Schultern. »Spricht er englisch?«

»Selbstverständlich.«

»Und Sie werden die Vernehmung aufzeichnen?«

»Ja. Ich möchte verhindern, dass es zu Missverständnissen kommt.«

»Dann kann der Anwalt warten.« Was sollte das? Der Anwalt würde stumm dabeisitzen und sich ins Bett zurückwünschen. Bei einigen Fragen würde er vielleicht Widerspruch einlegen, aber das konnte Strachan auch selbst tun.

»Wenn Sie möchten, informieren wir Ihre Familie oder Angehörige von Ihrer Verhaftung.«

Strachan schüttelte den Kopf. Er hatte keine engen Familienangehörigen und lebte allein. Und er wollte auch nicht, dass Hamilton von seinen Schwierigkeiten erfuhr. »Wie lange dürfen Sie mich festhalten?«

»Normalerweise sechs Stunden. Dann muss ich entweder ein Ermittlungsverfahren einleiten oder Sie freilassen.«

»Fünf Stunden sind bereits um.«

»Ich weiß.« Verhoeven zwinkerte ihm zu und lächelte. Dann schaltete er energisch das Videogerät ein.

7

Es ist sechzehn Minuten nach zwei Uhr morgens, Montag, der achtzehnte Oktober. Raum dreizehn der Polizeistation am Schiphol International Airport. Anwesend sind Inspector Rutger Verhoeven von Interpol, Ronald Groote von der Flughafenpolizei und Banbury Edward Strachan, wohnhaft in der Tachbrook Street siebenundzwanzig A, London. Die Vernehmung wird aufgezeichnet.« Verhoeven stockte und sah den Beschuldigten an. Strachan nickte bestätigend.

»Mr. Strachan.« Verhoeven sprach das *ch* wie in *Chili* aus, nicht als *k*. Im Flugzeug hatte er diesen Fehler nicht gemacht. Er hatte einen Akzent, doch sein Englisch war gut. Der Bursche griff bereits in die Trickkiste. »Wissen Sie, warum Sie hier sind?«

Strachan nickte.

»Bitte sprechen Sie. Wir brauchen eine Tonaufzeichnung.«

»Ja, Inspector Verhoeven. Ich weiß, warum ich hier bin«, sagte Strachan leise. Mit der Amtsautorität war das so eine Sache. Man konnte sich ihr nur schwer entziehen, und das stieß ihm sauer auf.

»Ist Ihnen klar, dass Sie festgenommen wurden, weil Sie des Mordes und des versuchten Raubes verdächtigt werden?«

»Ja.«

»Gut. Die Vernehmung wird in Anwesenheit von Hoofd-Inspecteur Dirk Koopmans durchgeführt, der über Videokonferenzschaltung von Willemstad in Curaçao zugeschaltet ist.« Pause. »Haben Sie mich verstanden?«

»Ja«, antwortete Strachan. Natürlich hatte er ihn verstanden, er war schließlich nicht blöd. Was sollte das?

Das war Grootes Stichwort. Er drückte mit dem Daumen eine Taste der Fernbedienung. Mit einem leisen Plopp schaltete sich der Monitor ein, und Strachan erblickte das verrauschte Abbild des karibischen Chefinspektors.

Koopmans saß an seinem Schreibtisch. Er trug ein weißes, kurzärmliges Hemd. An seiner Brusttasche leuchtete Baumwolllitze, so bunt wie tropische Fische: die Insignien des ranghöchsten Polizisten der Insel. Sein Haar war kurz geschoren, und sein dunkler Schädel ließ darauf schließen, dass er mehr Zeit im Freien als in seinem Büro verbrachte. Strachan kannte sein Gesicht von einer Posterkampagne gegen Alkohol am Steuer her. Es war hager, aber hart. Die Falten auf seinen sonnengebräunten Wangen erinnerten an die Verwerfungslinien eines Sandsteinriffs.

»*Goedenavond*, Dirk.« Verhoeven war um einen zwanglosen Ton bemüht, vielleicht weil ihn der breitschultrige Inselbewohner mit den kühlen grauen Augen verunsicherte.

»Sie können mich mit ›Sir‹ ansprechen, Inspector.« In Willemstad war es noch neun Uhr abends. Koopmans war nicht in der Stimmung, um zu plaudern. Strachan nahm das als gutes Zeichen. Verhoeven musste sich in Acht nehmen.

Koopmans sprach. Seine Worte erreichten Amsterdam zwei bis drei Sekunden bevor sein Mund sich bewegte. Die Technik war veraltet. Das war keine Echtzeitverbindung. Seine Handbewegungen wirkten abgehackt. »Mr. Strachan. Wie Ihnen bekannt sein dürfte, wurde heute Morgen im Hotel San Marco die Leiche einer jungen Frau gefunden, nachdem von ihrem Zimmer aus der Notruf gewählt worden war. Sie starb an einem Herzanfall, ausgelöst durch Gifte, die heute Nachmittag von der Gerichtsmedizin in ihrem Magen festgestellt wurden. Der Todeszeitpunkt liegt zwischen elf und zwölf Uhr nachts. Sie wurden dabei gesehen, wie Sie mit der Frau im Lobster Pot gespeist haben, und sind vermutlich die Person, die gestern Nacht um dreiundzwanzig Uhr neunundfünfzig den Notruf gewählt hat. Ein Hotelangestellter hat ausgesagt, er habe gegen null Uhr zehn einen Mann, auf den Ihre Beschreibung passt, in großer Eile das Hotel verlassen sehen. Ihr Verhalten ist verdächtig. Erzählen Sie, was es damit auf sich hat. Bitte.«

Strachan suchte eine bequemere Haltung auf dem Stuhl. Auf dem Monitor stand eine Kamera, die ihn beäugte. Koopmans ruhige, kompetente Art gefiel ihm. Er verzichtete auf jedes Einschüchterungsgehabe. Kein Melodram. Seine massige Gestalt und sein Wolfsblick reichten völlig aus. Strachan hatte den Eindruck, er könne eine Beziehung zu ihm aufbauen, wenn er sich kurz fasste und sachlich Auskunft gab. Koopmans würde das gefallen. Außerdem hatte er wie alle guten Cops bestimmt einen Riecher für Lügengeschichten.

Strachan atmete tief durch. »Ich war dabei, als Christine Molyneux starb …« Er stockte. Offenbar hatte er bereits etwas Interessantes gesagt, denn Verhoeven und Groote tuschelten miteinander auf Niederländisch. Koopmans machte sich

Notizen. Entweder er hatte vergessen, den Aufnahmeknopf seines Videogeräts zu drücken – oder er hatte kein Vertrauen in die Technik.

Strachan setzte noch einmal an. »Ich war dabei, als Christine Molyneux starb, aber ich habe sie nicht getötet. Am Flughafen habe ich meinem Freund Pieter Zeeman einen Brief geschrieben. Darin habe ich ihm geschildert, wie es zu ihrem Tod kam und warum ich das Land verlassen musste. Das können Sie bei KLM nachprüfen. Eine junge Dame vom Bodenpersonal hat sich bereit erklärt, den Brief für mich einzuwerfen. Er müsste morgen bei Piet eintreffen.« Er sprach mit fester Stimme. Ruhig und zuversichtlich, denn er wollte den Vernehmungsbeamten vermitteln, dass er unschuldig war.

Groote räusperte sich. »Kennen Sie den Namen der KLM-Angestellten?«

»Yolanda.«

»Und weiter?«

»Das weiß ich nicht«, antwortete Strachan. »Auf dem Namensschild stand nur der Vorname.«

Groote strich sich übers Kinn, als eröffnete diese Information ganz neue Einsichten in den Fall. Verhoeven, dem sogleich klar war, wie nebensächlich das war, startete seinen ersten Angriff. »Vergessen wir KLM. Wer ist Pieter Zeeman, und aus welchem Grund haben Sie Curaçao verlassen?«

»Zeeman betreibt an der Südküste eine Tauchschule. Er ist der beste Tauchlehrer der ganzen Insel«, antwortete Koopmans mit tiefer, freundlicher Stimme an Strachans Stelle. Allerdings war sein Tonfall nicht ohne Schärfe, so als stellte Verhoevens Frage eine Beleidigung von Curaçao dar.

Strachan sah auf den Monitor. Er war ebenso überrascht wie Verhoeven. Wenn Koopmans Zeeman kannte, hatte Strachan Grund zum Jubeln. Zeeman würde für ihn bürgen.

»Fahren Sie fort«, sagte Verhoeven.

»Pieter Zeeman, Tauchlehrer an der Coral Kraal Tauchschule in der St. Michiel's Bay, hat mich mit Christine Molyneux bekannt gemacht. Sie begleitete mich bei meinem letzten Tauchgang am Samstagnachmittag. Ich bin Unterwasserfotograf und wollte den großen Barrakuda am Knife Point fotografieren.«

»Den habe ich selbst gesehen«, sagte Koopmans. »Ein hübscher Brocken. Wiegt bestimmt dreißig Pfund.«

»Ja, mindestens. Eher vierzig, würde ich sagen.« Strachan bemerkte, dass Verhoeven mit ungläubiger Miene auf den Bildschirm starrte. »Sie lud mich zum Essen ein. Maggie Zeeman fuhr mich um zehn Uhr abends zum Lobster Pot. Während des Essens ging ich Zigaretten kaufen und sah zufällig, wie Christine mit einer Pipette etwas in mein Weinglas träufelte.« Für eine Zigarette hätte er jemanden ermorden können. Seit er in Curaçao an Bord gegangen war, hatte er keine mehr geraucht.

»Beschreiben Sie die Pipette«, sagte Groote.

»Die war schwer zu erkennen. Ich war mehrere Meter entfernt. Ich würde sagen, sie war etwa fünf Zentimeter lang. Eher aus Plastik als aus Glas, mit einem fleischfarbenen Gummisauger.« *Sauger*. War das die richtige Bezeichnung? Es war lange her, dass er sich mit Chemie beschäftigt hatte.

»Was war drin?«

»Keine Ahnung. Eine klare Flüssigkeit.«

»Wie ging es weiter?«, setzte Verhoeven nach.

»Als ich von der Bar zurückkam, lenkte ich Christine ab und vertauschte die Gläser.«

»Warum haben Sie das getan?«

»Verzeihung?« Strachan sah zum Monitor, von dem die Frage gekommen war.

»Warum haben Sie die Gläser vertauscht?«, fragte Koopmans, als hätte er tatsächlich den Faden verloren.

»Ich dachte, da wäre eine Droge drin. Sie hatte den ganzen Abend davon geredet, dass sie mit ihrem Freund vor dem Sex Ecstasy nehme. Ich wollte damit nichts zu tun haben.«

»Sie hatte einen Freund?«, fragte Koopmans.

»Nicht mehr. Sie machte in Curaçao Urlaub, um über die Trennung hinwegzukommen.«

»Scheint so, als wär ihr das auch gelungen.« Koopmans lachte leise in sich hinein.

»Den Eindruck hatte ich auch. Jedenfalls hat sie gemeint, ich solle es auch mal probieren, und als ich sagte, ich nähme keine Drogen, erklärte sie, ich wisse nicht, was gut für mich sei. Und dann nahm sie die Angelegenheit wohl selbst in die Hand.«

»Sie waren der Einzige, der sie beobachtet hat?« Verhoeven wollte nicht länger außen vor sein. Koopmans stahl ihm die Schau.

»Genau. In einem Spiegel. Ich hab Glück gehabt.«

»Warum haben Sie sie nicht direkt darauf angesprochen?«

Strachan zögerte. Mit dieser Frage hatte er gerechnet, seit man ihn im Flugzeug festgenommen hatte. Fünf Stunden waren seitdem vergangen, und er hatte noch immer keine zufriedenstellende Antwort parat. Was sollte er darauf antworten? Dass er geglaubt habe, das Zeug werde sie in eine Sexmaschine verwandeln? Dass er sich Hoffnung auf den tollsten Fick seit Erschaffung des Universums gemacht habe? Dass er das Denken seinem Schwanz überlassen habe? Dass er enttäuscht gewesen sei, dass eine junge Frau wie Christine nur an einem One-Night-Stand interessiert sei?

»Ich weiß es nicht. Wohl aus Neugier. Ich wollte sehen, was für eine Wirkung das bei ihr hätte. Es war ziemlich eindeutig, dass wir miteinander schlafen würden. Ich wollte ihre Theorie ausprobieren, ohne die Droge selbst zu nehmen. Sie hatte gemeint, sie nehme das Zeug öfter, da bin ich gar nicht erst auf den Gedanken gekommen, es könnte gefährlich sein. Hab mir wohl gedacht, es wäre nur recht und billig, wenn sie ihre eigene Medizin zu schmecken bekäme.«

»Medizin. Das ist eine etwas unglückliche Wortwahl, finden Sie nicht?« Groote wirkte zufrieden mit seinen idiomatischen Sprachkenntnissen. Strachan sparte sich die Antwort. Groote spielte die zweite Geige. Auf Koopmans kam es an.

»Und dann sind Sie mit ihr ins Hotel gegangen, weil Sie mit ihr Sex haben wollten?«

Strachan zuckte zusammen. Verhoeven hatte die Situation auf ihren nackten Kern reduziert: plump, aber zutreffend. Strachan hatte Christine jedenfalls nicht deshalb begleitet, weil er ihr eine Gutenachtgeschichte vorlesen wollte. »Sie hat mich eingeladen, mit auf ihr Zimmer zu kommen. Wir haben uns ausgezogen, aber bevor etwas passierte, ist sie gestorben.« In der Beziehung konnte er wirklich von Glück sagen. Hätten sie miteinander geschlafen, hätte das gegen ihn gesprochen. In Verhoevens Miene spiegelte sich Enttäuschung wider – als wäre der Grund, weshalb er so spät noch auf war, damit hinfällig geworden. »Dann habe ich den Notruf gewählt und versucht, sie wiederzubeleben. Ich bin in Erster Hilfe ausgebildet, aber es hat nichts genutzt.«

»Könnte es sein, dass Sie dabei nicht richtig vorgegangen sind?«, fragte Koopmans.

»Könnte es sein, dass Sie lügen?«

»Könnte es sein, dass Sie in Panik waren und sie sterbend auf dem Boden haben liegen lassen?« Das war Groote. Die Fragen prasselten nur so auf ihn ein. Sie zogen den Schraubstock an, wollten sich seine Erschöpfung zunutze machen und ihn so unter Druck setzen, dass er einen Fehler machte. Bevor Strachan etwas sagen konnte, stellte Verhoeven bereits die nächste Frage.

»Warum sind Sie ins Bad gegangen? Wollten Sie sich einen runterholen?«, fragte der Niederländer mit einem wölfischen Grinsen.

»Mir war schlecht. Ich wollte einen Schluck Wasser trinken.« Strachan sah Verhoeven in die Augen und sprach ganz langsam, wie zu einem Kind.

»Sie lügen, Banbury«, sagte Verhoeven in einem dermaßen sachlichen Ton, dass Strachan es beinahe selbst geglaubt hätte.

»Nein.«

»Ich sage, Sie lügen.«

»Nein.«

»Was war in der Pipette, Banbury?«

»Ich habe keine Ahnung.«

»Sie lügen. Was war in der Pipette?«

»Warum glauben Sie, ich lüge?«

»Wir stellen hier die Fragen, Banbury, Sie antworten!«, fauchte Verhoeven. Der Tonfall wurde härter. Das war längst keine Vernehmung mehr: Jetzt war es ein Verhör. »Hat die Frau vom Tanzen gesprochen, bevor Sie sie getötet haben?«

Strachan witterte die Falle. Wenn er darauf antwortete, könnte man das als Eingeständnis werten, dass er sie tatsächlich getötet habe. Er schwieg und hielt seine Mimik im Zaum. Er hatte das Recht zu schweigen, und das war eine gute Gelegenheit, dieses Recht auszuüben. Allmählich bedauerte er, auf die Hinzuziehung eines Anwalts verzichtet zu haben. Die Polizisten waren deutlich in der Überzahl. Sie waren zu dritt, und er war allein. Sie hatten Übung darin. Sie würden versuchen, ihm den Teppich unter den Füßen wegzuziehen.

»Okay«, sagte Verhoeven und räumte damit ein, dass die Frage unfair gewesen war. »Dann will ich es anders formulieren. Hat die Frau zu irgendeinem Zeitpunkt davon gesprochen, Sie wolle mit Ihnen tanzen gehen?«

»Tanzen? Nein, nicht dass ich wüsste. Warum?« Die Frage drängte sich Strachan auf. Hätte man ihm Gelegenheit dazu gegeben, hätte er zahllose Fragen gestellt.

»Der Gerichtsmediziner hat festgestellt, dass sie an einer

Überdosis GHB gestorben ist. Spuren davon wurden in einer Pipette gefunden, die sich in ihrer Handtasche befand.«

»GHB? Was zum Teufel ist das?«

»Gamma-Hydroxybutyrat. Das Zeug wird auch als Großer Hammer bezeichnet. In Amerika nennt man es Georgia Home Boy. Es handelt sich um ein Hypnotikum, das von zwei Sorten Menschen benutzt wird.«

»Und die wären?«

»Raver«, sagte Groote.

»Und Vergewaltiger«, setzte Verhoeven hinzu. »Leute, die sich mit einer Unbekannten treffen und sie vergewaltigen, um genau zu sein. Die Substanz macht zunächst euphorisch, aber wenn man mehr als einen Teelöffel davon einnimmt, kann man vorübergehend ins Koma fallen. Und in der Pipette war sicherlich mehr als ein Teelöffel. Das ist eine hässliche Droge – besonders gefährlich, wenn sie zusammen mit Alkohol eingenommen wird. Dann kommt es zu Problemen mit der Atmung.« Er ließ das einen Moment im Raum stehen, dann fuhr er fort: »Sie sehen, wo das Problem liegt: Wenn sie mit Ihnen tanzen gehen wollte, könnte das erklären, warum sie eine Pipette mit GHB in der Handtasche hatte. Da dem nicht so war, erscheint es mir wahrscheinlicher, dass die Droge von Ihnen stammte und dass Sie sie vergewaltigen wollten.«

Strachan wandte den Blick ab und schwieg.

»Warum sind Sie weggegangen, ohne die Polizei benachrichtigt oder auf das Eintreffen der Ambulanz gewartet zu haben?« Koopmans sah auf die Uhr. Offenbar wollte er die ganze Angelegenheit beschleunigen.

»Das steht in dem Brief, den ich Piet geschrieben habe. Ich wollte nach London zurückfliegen, um die Fotos entwickeln zu lassen. Die Filme, die ich in Curaçao belichtet habe, sind der letzte Beitrag zu einer Fotoserie für *National Geographic*. Der Vertrag ist sehr wichtig für mich. Was Abgabetermine angeht, kennt man bei denen kein Pardon. Wenn ich zu spät komme, gehe ich leer aus. Dann nehmen sie halt die Fotos von jemand anderem.«

»Dann war Ihnen der Tod einer jungen Frau also weniger wichtig als Ihr Scheck?« Koopmans klang aufrichtig enttäuscht. Strachan gefiel das nicht. Es stellte die Verbindung in Frage, die er zu ihm hergestellt zu haben glaubte.

»Es ging mir nicht nur ums Geld. Wenn denen die Kalenderfotos gefallen, gibt es alljährlich einen Anschlussauftrag. Ich bin neunundzwanzig; mein höchstes Jahreseinkommen betrug bislang fünfzehn Riesen.« So ganz stimmte das nicht, aber im Moment musste es reichen. Bevor Strachan Fotograf geworden war, hatte er zwei Jahre lang in Malaysia Edelsteine geschmuggelt. Er war im Brückenjahr zwischen Schule und Studium dorthin gereist, hatte sich als Kurier anwerben lassen und dabei festgestellt, dass ihm der Job richtig gut lag. Allerdings hielt er es für geraten, diese Tätigkeit zu verschweigen.

»Ja, und?«

»Ich habe neun Jahre lang meine Fotos an Tauchzeitschriften verhökert und hier und da mal hundert Dollar damit verdient, wenn eins gedruckt wurde. Ich jobbe in einem Lagerhaus, um über die Runden zu kommen. Ich habe mein ganzes Leben lang auf eine solche Chance gewartet. *National Geographic* ist das Größte. In diesem Moment stand meine ganze Karriere auf dem Spiel. Ich habe nicht eingesehen, warum ich mir diese Gelegenheit von jemandem vermasseln lassen sollte, der mich unter Drogen setzen wollte.« Strachan drosch Phrasen. Er hatte die Fassung verloren und hätte sich deswegen in den Hintern treten können.

»Aber Ihr Flieger ging erst um sechs Uhr dreißig. Trotzdem haben Sie das Hotel bereits kurz nach Mitternacht verlassen. Selbst wenn Sie auf die Sanitäter gewartet hätten, wären Sie noch rechtzeitig zum Flughafen gekommen. Warum haben Sie nicht gewartet? Sie wollen doch nicht etwa behaupten, Sie hätten sechs Stunden lang packen müssen?«

»Nein«, antwortete Strachan. »Wäre ich geblieben, hätte ich den Flieger verpasst. Das wissen Sie ebenso gut wie ich. Sie hätten mich nicht abfliegen lassen.«

»Warum nicht?« Von einer unterschwelligen Beziehung war nichts mehr zu spüren. Koopmans hatte Strachan am Haken. Er steuerte aufs große Finale zu. Das war eine Falle. Der plötzliche Tempowechsel und die Umschaltung von Freund auf Feind standen wahrscheinlich auf Seite eins des Verhörhandbuchs. Strachan wusste, was los war. Koopmans wollte sein Verhalten als verdächtig brandmarken. Er wollte ihm das Eingeständnis entlocken, er sei geflüchtet, weil er sich schuldig gefühlt habe. »Ich habe Ihnen eine Frage gestellt.« Koopmans befand sich tausende Meilen entfernt auf der anderen Seite des Atlantiks. Als er sich auf dem Monitor vorbeugte, war es, als sei er im Raum anwesend.

Strachan schwieg erneut. Selbst mit einer so harmlosen Bemerkung wie »Kein Kommentar« hätte er sich eine Blöße gegeben. Wenn er auch nur einen Fingerbreit nachgab, würde Koopmans unerbittlich nachsetzen. Der Polizist kannte sich in der Beziehung besser aus als Strachan.

»Banbury hat's die Sprache verschlagen«, sagte Verhoeven. »Was ist das eigentlich für ein beschissener Name? *Banbury?*«

Strachan kniff die Augen zusammen. Es hatte eine Weile gedauert, aber jetzt hatten sie endlich einen Ansatzpunkt gefunden.

8

Strachan reagierte gereizt. Bei einem Verhör sollte man einen solchen Gemütszustand tunlichst vermeiden. Hätte er die Antwort auf die Frage gewusst, wäre es vielleicht leichter gewesen, doch leider war es so, dass er noch immer keine Ahnung hatte, warum seine Eltern ihn ausgerechnet auf den Namen Banbury getauft hatten.

Er war in einem Militärkrankenhaus in Deutschland zur Welt gekommen. Die Stadt Banbury hatte er nur auf der Durchreise besucht. Die Familie stammte ursprünglich aus Schottland, nicht aus Oxfordshire. Die einzige Verbindung stellte der grauenhafte Kinderreim dar, den sein Vater immer dann aufgesagt hatte, wenn er ihn auf dem Schoß geschaukelt hatte. *Reit mit dem Schaukelpferd nach Banbury Cross.* Strachan hatte ihn sechs Jahre lang täglich zu hören bekommen. Begleitet wurde er von schmerzhaften Stößen, die ihn darin bestärkt hatten, den Reim nie in Gegenwart eines anderen Menschen aufzusagen. Die schlimmsten Stöße erfolgten jeweils zum Ende einer Zeile, während *Banbury* nicht besonders betont worden war. Außerdem handelte der Reim von einer feinen Dame und nicht von dem stämmigen Burschen, der er damals gewesen war; deshalb hatte Strachan an seinem siebten Geburtstag verkündet, von nun an wolle er Edward heißen oder noch besser Ed. Zum Glück war der Name an ihm hängen geblieben. Bis jetzt.

Strachan versuchte, sich zu beruhigen. Es funktionierte nicht. Er drohte, die Fassung zu verlieren, und überging die letzte Frage.

»Wenn ich sie unter Drogen gesetzt hätte, was hätte dann die Pipette in ihrer Handtasche zu suchen?«

»Sie haben sie hineingetan.« Aus Verhoevens Mund klang

das ganz vernünftig. »Als Ihnen klar wurde, dass Sie Christine Molyneux getötet haben, haben Sie dafür gesorgt, dass ihre Fingerabdrücke auf der Pipette waren, und sie in die Handtasche gelegt.«

Strachan spürte, wie ihm die Zornesröte am Hals hochkroch. Sein einziges Verteidigungsargument war, dass Christine als Erste versucht hatte, ihn unter Drogen zu setzen. Und das klang unwahrscheinlich. Seine Position wackelte, und er wusste es. »Hören Sie, sie wollte mich unter Drogen setzen. Was geschehen ist, tut mir leid, aber ich bin für ihren Tod nicht verantwortlich.«

»O doch, Banbury, das sind Sie. Denn selbst wenn wir Ihnen glauben würden, dass sie Ihnen etwas ins Glas geträufelt hat, wäre es doch immer noch Ihre Entscheidung gewesen, die Gläser zu vertauschen. Sie haben ihr eine illegale Droge verabreicht, und das gehört sich nicht.«

Strachan verlor nicht nur die Fassung, sondern auch die Zuversicht. Nicht im Traum hatte er daran gedacht, dass er Christine durch das Vertauschen der Gläser umbringen könnte. Und jetzt würde er ins Gefängnis wandern. »Hätte ich die Gläser nicht vertauscht«, sagte er, »könnte jetzt *ich* im Leichenschauhaus liegen.«

»Und hätten Sie sie darauf angesprochen, wären sie beide noch am Leben«, warf Groote ein.

»Ich bin kein Mörder. Ich habe sie nicht umgebracht.« Strachan vermochte seinen Zorn kaum mehr zu zügeln.

»Mag sein«, sagte Koopmans. »Wie steht es mit dem gestohlenen Jeep?«

»Piet wird Verständnis dafür haben. Fragen Sie ihn, ob er glaubt, ich hätte sie umgebracht.«

»Das habe ich bereits getan. Und er hat gemeint, wenn Sie ihm über den Weg liefen, würde er Ihnen die Füße mit Gewichtsgürteln fesseln und Sie den Haien zum Fraß vorwerfen.

Er wollte heute am Wrack der *Superior Producer* einen Tauchkurs abhalten und konnte die Luftflaschen nicht hinschaffen, weil der Jeep nicht da war.«

»Mist.«

»Das kann mal wohl sagen. Wollen Sie wissen, was er sonst noch gesagt hat?«

»Lieber nicht.«

Es entstand ein langes Schweigen. Strachan hörte seinen eigenen Atem.

»Sie lügen, Banbury.« Verhoeven fixierte ihn mit seinen schwarzen Augen wie eine Schlange. Allmählich wurde das zur stehenden Wendung: Notfalls würde er noch stundenlang darauf herumreiten.

Strachan erwiderte seinen Blick. »Wenn ich sie vergewaltigen wollte, warum hätte ich dann im ganzen Raum Fingerabdrücke hinterlassen sollen? Warum hätte ich die Ambulanz rufen sollen? Ich weiß nicht, warum sie mich unter Drogen setzen wollte. Das ist mir vollkommen schleierhaft. Es ist Ihre Aufgabe, das herauszufinden.« Er sah Verhoeven direkt in die Augen. »Also tun Sie das.«

»Mr. Strachan?« Der warnende Unterton in Koopmans Stimme war nicht zu überhören. »Spielen Sie nicht den harten Burschen. Ich mag keine harten Burschen.«

»Banbury ist kein harter Bursche. Banbury ist ein Feigling. Deshalb hat er eine junge Frau unter Drogen gesetzt. Um sie wehrlos zu machen. War es so, Banbury?«

Strachan kochte vor Wut und Frustration. Am liebsten wäre er aufgesprungen und hätte Verhoeven geschlagen. Irgendwann würde es bestimmt dazu kommen, vielleicht nicht gerade hier, aber es würde nicht mehr lange dauern. Dann könnten sie ihre Differenzen auf die altmodische Art austragen.

»Wissen Sie, was man unter einer Schamhaarkämmung versteht?« Verhoeven fand offenbar Gefallen an der Situation.

»Ich kann's mir vorstellen.«

»Möchten Sie, dass wir eine durchführen? Das lässt sich schnell machen. Das ist die Standardprozedur in Vergewaltigungsfällen. Sollen wir Ihnen bei der Gelegenheit auch gleich noch die Genitalien waschen? Der Arzt ist nicht besonders sanft. Aber vielleicht mögen Sie es ja auf die grobe Tour?«

Hätte Strachan darauf geantwortet, hätte er sich womöglich eine Blöße gegeben. Deshalb schwieg er.

»Genau damit haben wir es hier doch zu tun, nicht wahr? Mit einer gescheiterten Vergewaltigung. Sie haben sie zum Essen ausgeführt. Sie haben sie unter Drogen gesetzt, ihr jedoch eine zu hohe Dosis verabreicht, weshalb Sie Ihren Spaß nicht haben konnten. Banbury, von Leuten wie Ihnen wird mir übel. Vor Leuten wie Ihnen müssen wir unsere Frauen und Töchter schützen.« Verhoeven stand auf und beugte sich über den Tisch vor. Ihre Gesichter waren nur eine Handbreit voneinander entfernt.

Strachan konnte sich nicht vorstellen, dass Verhoeven eine Frau oder eine Tochter hatte. Der heiße Atem des Inspectors roch nach Zigarettenqualm. Strachan fühlte sich verunglimpft. Unter dem Tisch ballte er die rechte Hand zur Faust und machte das Victory-Zeichen. Seine Hand war zum Zustechen bereit. Verhoevens Augen waren nur Zentimeter entfernt.

»Danke, Inspector, das reicht.« Obwohl er sich auf der anderen Seite der Welt befand, griff Koopmans ein und bewahrte Verhoeven vor einer ernsthaften Verletzung. Strachan lockerte die Faust. »Mr. Strachan, wir werden uns morgen weiter unterhalten. Sie haben uns eine Menge Stoff zum Nachdenken gegeben, und ich schlage vor, dass wir alle etwas schlafen.«

»Warten Sie«, sagte Strachan. Eigentlich hätte er froh sein sollen, dass das Verhör endete, doch er stand zu sehr unter Druck. Seine Freilassung stand immer noch in weiter Ferne. »Haben Sie die Angestellten des Lobster Pot vernommen? Haben Sie die Reservierungen der Nachbartische überprüft? Vielleicht hat ja jemand gesehen, wie sie mir etwas ins Glas geträufelt hat.« Das war zwar nur ein Schuss ins Blaue, aber er musste nach jedem Strohhalm greifen. »Hat das Restaurant Videoüberwachung?«

»Lassen Sie das unsere Sorge sein. Ich schlage vor, Sie beruhigen sich erst einmal. Sie haben auch so schon genug Schwierigkeiten, da brauchen Sie sich nicht noch Inspector Verhoeven zum Feind zu machen.«

Strachan nickte. Scheinbar lag der Fall ganz klar. Alle Indizien deuteten auf Vergewaltigung bei der ersten Verabredung hin. Es gab eine Tote, und die Polizei suchte nach einem Schuldigen. Bislang hatte ihn das Adrenalin in Gang gehalten, jetzt aber spürte er auf einmal wieder seine Erschöpfung. Das Ganze würde sich noch länger hinziehen. Außerdem hatte Koopmans recht. Wenn er sich aufregte, war ihm damit nicht geholfen. Strachan musterte Koopmans mächtige Gestalt, die den Bildschirm ausfüllte. Als er sich zum Monitor vorbeugte, verdeckte sein weißes Hemd die Sicht aufs Zimmer. Der Bildschirm in Raum Nummer 13 wurde dunkel.

»Kennen Sie Hoofd-Inspecteur Koopmans?«, fragte Verhoeven.

»Nicht persönlich. Aber ich habe von ihm gehört.«

Verhoeven brummte; Strachans Antwort hatte ihn offenbar nicht zufriedengestellt. Nach wie vor misstrauisch, vielleicht sogar ein wenig neidisch, musterte er seinen Verdächtigen. So als stellte Strachans Sonnenbräune eine besondere Beziehung zum Polizeichef der Insel her.

»Lassen Sie sich Ihre Aussagen noch einmal durch den Kopf gehen. Schlafen Sie drüber. Morgen unterhalten wir uns weiter. Es ist jetzt zwei Uhr achtundvierzig. Inspector Verhoeven beendet die Vernehmung.« Er drückte die Stopp-Taste, die Tonbandspulen kamen zum Stillstand.

»Zwei Uhr achtundvierzig? Wenn ich mich nicht irre, haben Sie bislang noch kein formelles Ermittlungsverfahren eingeleitet.«

Verhoeven nickte lächelnd. »Das stimmt.«

»Und Sie dürfen mich lediglich sechs Stunden lang festhalten?« Strachan hatte eine Rettungsleine gesichtet und ergriff sie mit beiden Händen.

»Richtig.«

»Dann müssen Sie mich also jeden Moment freilassen?«

»Falsch.«

»Warum?«

»Habe ich vergessen, das zu erwähnen?« Verhoeven starrte ihm in die Augen. In seinem Blick lag das unausgesprochene Versprechen, dass sich schon noch eine Gelegenheit bieten würde, sich unter vier Augen auszusprechen. »Die Zeit zwischen Mitternacht und neun Uhr morgens wird nicht berücksichtigt.«

9

Sie schritten den Gang entlang, passierten eine Stahltür und erreichten wieder den Zellentrakt. Ein Betrunkener wurde gerade in eine der Zellen verfrachtet. Seine zerlumpte Kleidung und das verfilzte Haar wiesen ihn als Profipenner aus. Noch aus fünfzehn Metern Abstand stieg Strachan beißender Uringeruch in die Nase.

Strachan wurde von Ruisdael begleitet, dem Polizisten, der seine Habseligkeiten inventarisiert hatte. Hinter ihm fiel klirrend die Tür ins Schloss. In dem Raum gab es eine Metallpritsche, an der gegenüberliegenden Wand lehnte eine dünne, beigefarbene Matratze. Strachan ließ sich auf die Pritsche fallen. Zumindest hatte man ihm keine Handschellen angelegt. Es war noch kein Ermittlungsverfahren eingeleitet worden, und man hatte ihn nicht wieder nach Curaçao zurückgeflogen. Da der Abgabetermin immer näher rückte, hatte er wirklich Besseres zu tun, als im Gefängnis Bon Futuro Bekanntschaft mit kolumbianischen Kokainschmugglern zu machen.

Die Zelle war klein, aber sauber und maß etwa dreieinhalb mal fünf Meter. Eher eine Arrest- als eine Gefängniszelle. Eine Neonröhre an der Decke überflutete den fensterlosen Raum mit Licht. An einer Wand standen ein Holztisch und ein Stuhl, daneben war ein Plastikwaschbecken mit Plastikhähnen. In der Ecke neben der Tür war hinter einer grauen Trennwand die Toilette versteckt. Die Wand war übersät mit eingeritzten Graffiti. Vor den Blicken des Wachpersonals geschützt, hatten die verschiedenen Insassen mithilfe des Plastikgeschirrs ihrer Verachtung für das niederländische Gesetz Ausdruck verliehen. Die Buchstaben waren groß und kindlich – seiner eigenen Handschrift nicht unähnlich.

Normalerweise hätte Strachan an einem solchen Ort keinen Schlaf gefunden. Es war blendend hell, ständig schlugen Türen, draußen bellten Hunde und tosten die Triebwerke der Düsenflugzeuge. Aber die Umstände waren nicht normal. In den letzten vierundzwanzig Stunden war er neun Stunden geflogen, war verhaftet und verhört worden. Man hatte seine einzige Einnahmequelle konfisziert, und er hatte miterlebt, wie jemand an einer Überdosis gestorben war. In Minutenschnelle war er eingeschlafen.

Zunächst schlief er traumlos, doch nach einer Weile erblickte er die große Hirnkoralle am Anfang des Riffs von Knife Point. Die Sicht betrug etwa zwanzig Meter. Ein Schwarm Engelbarsche schwebte über algenbedeckten Steinen und rotierte wie ein Mobile in der Strömung. Rechts von ihm schnappte eine

Karettschildkröte mit ihrem prähistorisch wirkenden Schnabel nach einem abgestorbenen Korallenast. Zu seiner Linken senkte sich das Riff steil ab und verschwand in der blaugrünen Leere des offenen Meeres. Das Blubbern der aufsteigenden Luftblasen tönte ihm in den Ohren.

Ein dumpfes Geräusch sagte ihm, dass Piet ihm mit dem Ruderboot folgte. Piet schlug auf den Stahlrumpf. Im Morsecode teilte er Strachan mit, er solle machen, dass er aus dem Wasser herauskomme. Piet hatte gesehen, wie Verhoeven mit einer Harpune ins Wasser gegangen war, und der Polizist kam schnell näher. Strachan schlug heftig mit den Flossen aus, um zwischen den Steinen in Deckung zu gehen. Als er mitten durch den Schwarm pflügte, stoben die Engelbarsche auseinander wie die Funken eines Schneidbrenners. Was er hinter den Steinen sah, erschreckte ihn so sehr, dass ihm der Atemregler aus dem Mund fiel.

Christine Molyneux hing in der Strömung. Zunächst hielt Strachan sie für tot, denn sie regte sich nicht, und ihr nackter Körper wirkte ganz steif. Dann aber bemerkte er die feinen Luftblasen, die aus ihrem Mund austraten. Er schwamm zu ihr hinüber und langte zum Reserveatemregler. Er wollte ihn sich gerade in den Mund schieben, als er feststellte, dass ihm die Luft ausging. Er klopfte auf die Druckanzeige. Die Nadel verharrte im roten Bereich. Er saugte fest am Mundstück. Nichts. Er saugte erneut. Er hörte das gedämpfte Ventilgeräusch, als Gummi gegen Gummi drückte. Seine Luftflasche war leer.

Wenn er jetzt in einem Schwung auftauchte, riskierte er eine Stickstoffvergiftung. Christine war seine einzige Überlebenschance. Strachan legte die Hände um ihren Kopf, presste seinen Mund auf den ihren und füllte seine Lungen mit der Luft, die sie ausatmete. Er verschloss ihren Mund mit den Lippen. Ihr Atem schmeckte bitter und fühlte sich irgendwie kreidig an. Ihm wurde auf der Stelle übel, und er stieß sie von sich weg. Ihre Augen zeigten das Weiße.

Ihr Gesicht hatte die olivgrüne Farbe eines Zombies. Ihre Schultern fühlten sich schleimig an, denn es hatten sich bereits Algen darauf festgesetzt. Ihr Haar wogte in der Strömung wie eine schwarze Fahne. Fische fraßen an ihren Zehen. Kleine Lippfische knabberten an ihrer Haut. Das heraussickernde Blut sah aus wie grüne Tinte.

Während sein Gehirn nach Sauerstoff schrie, beäugte Strachan die Blasen, die aus Christines Mund kamen. Das waren gar keine Luftblasen. Das waren Tropfen einer durchsichtigen Flüssigkeit. Gift. In diesem Moment erwachte sie zum Leben. Unvermittelt legte sie die Hände um seinen Kopf, wie er es eben bei ihr getan hatte. Er versuchte, sich von ihr zu lösen, doch ihre Finger umklammerten seine Schläfen wie ein Schraubstock. Sie flüsterte etwas. Er wehrte sich, doch sie war zu stark. Sie legte die Lippen an sein Ohr. Jetzt konnte er sie deutlich verstehen: »*Lass uns tanzen!*«

Unvermittelt wieder hellwach, schwang Strachan die Beine aus dem Bett und massierte sich das Gesicht. Der Kopfschmerz trieb seine Klauen in sein Hirn. Während er geschlafen hatte, war jemand in die Zelle gekommen und hatte Brot, Marmelade und Wasser auf den Tisch gestellt. Hastig verzehrte er das Frühstück. So karg die Mahlzeit auch war, verschaffte sie seinem Körper doch den dringend benötigten Zucker.

Strachan hatte das Zeitgefühl verloren, doch es musste Vormittag sein, als Agent Groote wieder auftauchte. Der Polizist öffnete die Tür und nahm, die Hände in die Hüften gestemmt, im Türrahmen Aufstellung. Er sah auf Strachan hinunter. »Wirklich erstaunlich, Banbury. Eigentlich sitzen Sie zu tief in der Scheiße, um so ruhig dazusitzen.« Er wirkte gut gelaunt. Sein gutturaler Tonfall war schwungvoller als am Tag zuvor.

Vielleicht hatte er sich endlich seine Kohlenhydrate einverleibt.

Strachan erwiderte seinen Blick. Einschüchtern lassen wollte er sich nicht.

»Es ist Zeit«, sagte Groote und schlug die Augen nieder. »Kommen Sie mit.«

Strachan wurde erneut in den Raum mit der Videokonferenzanlage gebracht. Die übelriechenden Hinterlassenschaften der nächtlichen Polizeiarbeit waren unübersehbar. Die Plastikbecher waren als Aschenbecher missbraucht worden. Der abgestandene Zigarettenqualm war so dick und giftig wie Industriesmog. Er sehnte sich nach einer Zigarette. Eine so lange Rauchpause hatte er bisher noch nie eingelegt. Er sah Groote an, der wiederum Verhoeven ansah. Verhoeven schüttelte den Kopf.

»Kommen Sie schon, Rutger. Seien Sie nett, und geben Sie mir eine Zigarette.«

»Halten Sie den Mund, und setzen Sie sich.«

Erst jetzt bemerkte Strachan, dass die Videoanlage bereits lief. Koopmans wartete darauf, dass Ruhe eintrat. Er sah aus, als hätte er die ganze Nacht durchgearbeitet. Durch das Fenster in Koopmans Büro sah man blauen Himmel. Strachans Sehnsucht, nach Curaçao zurückzukehren, ließ seine Gier nach einer Zigarette auf einmal in den Hintergrund treten.

Fünftausend Meilen entfernt registrierte Koopmans eine Bewegung. »Guten Morgen, Mr. Strachan. Ich habe ein paar interessante Neuigkeiten für Sie.«

Strachan nickte.

»Inspector Verhoeven wird Ihre Akte in Kürze an den Ermittlungsrichter weiterleiten.«

10

Das soll eine interessante Neuigkeit sein?« Strachan war am Boden zerstört. Koopmans spielte anscheinend mit ihm. Vielleicht hatte er sich ja in ihm getäuscht.

»Ja. Fürs Erste gehen wir von einem vorsätzlichen Vergehen aus. Wir können Ihnen kein Verbrechen nachweisen, aber mit Ihrer eigenen Aussage räumen Sie einen Gesetzesverstoß ein.«

»Worin besteht der Unterschied?« Strachan bemühte sich, sich seine Erleichterung nicht anmerken zu lassen. Man würde ihn nicht des Mordes anklagen, das allein zählte. Gestern war er noch der Schurke gewesen. Die Beweislast war erdrückend gewesen. Offenbar war man in der Nacht zu neuen Erkenntnissen gelangt. Zu Erkenntnissen, die ihn entlasteten.

»Bei einem Vergehen wird von einer rechtlich relevanten Schuld ausgegangen, ohne dass diese nachgewiesen werden muss. Die einzig statthafte Verteidigung bestünde darin, *alle* Schuld von sich zu weisen, aber nach allem, was Sie uns erzählt haben, würde ich Ihnen davon abraten, diesen Weg einzuschlagen.«

»Na großartig. Bin ich jetzt frei?«

»Bald. Aber ich muss Sie warnen: Es wird weiterhin gegen Sie ermittelt. Es könnte sein, dass die Indizien ausreichen, um Sie des *dood door schuld* anzuklagen.«

»Was für ein Tod? Was zum Teufel soll das sein?« Wenn sie schon über sein Schicksal entschieden, sollten sie sich zumindest verständlich ausdrücken.

»*Dood door schuld.* Wörtlich übersetzt Tod durch Verschulden. Es bedeutet, dass Sie die junge Frau getötet haben und Schuld an ihrem Tod tragen, auch wenn das nicht Ihre Absicht war. Wenn Ihnen das besser gefällt, könnte man auch von fahrlässiger Tötung sprechen.«

Es gefiel ihm nicht. *Dood door schuld* klang weniger schwerwiegend, deshalb sagte Strachan, Koopmans solle dabei bleiben.

»Bis der Fall geklärt ist, müssen Sie sich täglich bei Interpol melden. Ein falscher Schritt, und Sie werden schneller eingelocht, als Sie furzen können. Inspector Verhoeven ist Ihr Kontaktmann.«

»Klar.« Strachan warf Verhoeven einen Blick zu, der besagte, ihr Kontakt werde kurz und wenig erfreulich sein. Sein Selbstvertrauen war wiederhergestellt. »Gestern sind Sie noch davon ausgegangen, dass ich schuldig bin. Was hat Sie veranlasst, Ihre Meinung zu ändern?«

»Es gab heute Nacht einige interessante Entwicklungen«, antwortete Koopmans. »Der Gerichtsmediziner hat bestätigt, dass die Verstorbene keinen Geschlechtsverkehr hatte, und ...«

»Gut!«, sagte Strachan. »Für wen haben Sie mich eigentlich gehalten?«

»Zweitens haben wir uns Ihren Rat bezüglich der Überwachungskameras im Restaurant zu Herzen genommen. In dem Gebäude sind keine Kameras vorhanden, aber auf dem Parkplatz ist eine installiert. Auf dem Band ist die Verstorbene zu sehen. Sie war nervös. Sie hat in der Handtasche gewühlt, und dabei ist ein Gegenstand ins Blickfeld der Kamera geraten. Das Bild ist zu unscharf, um letzte Zweifel auszuräumen, aber es scheint sich bei dem Gegenstand um eine Plastikpipette zu handeln, auf die die Beschreibung zutrifft, die Sie uns gestern gegeben haben. Wenn Ihre Aussage der Wahrheit entspricht, können Sie von Glück sagen, dass Sie die Gläser vertauscht haben. Die Dosis in einer Pipette dieser Größe hätte ausgereicht, ein Nashorn umzuhauen.«

»Verdammt noch mal«, sagte Strachan. Etwas Besseres fiel ihm nicht ein. Dann hatte sie also tatsächlich vorgehabt, ihn umzubringen. Das war ein bisschen viel auf einmal, und er würde die Information später verarbeiten müssen. »Sonst noch etwas?«

»Ja. Der Name der Verstorbenen lautete nicht Christine Molyneux.«

Diesmal sagte Strachan: »Scheiße.« Dann erinnerte er sich an den kurzen Moment der Verwirrung, als er gestern ihren Namen erwähnt hatte. Das erklärte im Nachhinein die fragenden Blicke und das Geflüster auf Niederländisch. Ein falscher Name. Das sprach zu seinen Gunsten. Sie hatten die ganze Zeit schon Bescheid gewusst.

»Das kann man wohl laut sagen.« Koopmans grinste.

»Und wie lautete ihr richtiger Name?«

»Das geht Sie nichts an, Mr. Strachan. Was Sie …«

»Das geht mich nichts an? Soll das ein Scherz sein? Sie wollte mich umbringen.«

»Ich scherze nicht. Warum sollte ich in einer so ernsten Angelegenheit wie versuchtem Mord scherzen? Was Sie etwas angeht, das ist die Strafe für das Vergehen, dessen Sie sich tatsächlich schuldig gemacht haben.«

Strachan sank der Mut. Die letzten Minuten waren großartig gewesen. Er hatte das Gefühl, auf die nächsten Minuten gut und gerne verzichten zu können.

»Wir könnten Sie auch nach Curaçao zurückschicken und die Angelegenheit dort vor Gericht bringen. Dann würden Sie sich eines vorsätzlichen Vergehens für schuldig bekennen, bekämen zwanzig Tage Gefängnis und eine kleine Geldstrafe aufgebrummt.«

Strachan schwieg, vom Wörtchen »könnten« wie hypnotisiert.

»Aber ich möchte die Kosten für den Flug und den Gefängnisaufenthalt sparen. Aus irgendeinem Grund kaufe ich Ihnen die Geschichte ab. Ich glaube zwar, Sie haben es faustdick hinter den Ohren, aber ich halte Sie nicht für einen Mörder. Also werde ich Ihnen eine Geldstrafe aufbrummen und Ihnen die Rückkehr nach Curaçao so lange untersagen, bis die Untersuchung abgeschlossen und Ihre Unschuld zweifelsfrei bewiesen ist. Für Leute wie Sie habe ich keinen Platz in meinen Gefängnissen.«

Strachan kannte den Grund: Drogenschmuggel. Das südamerikanische Festland war nur sechzig Meilen entfernt. Curaçao war eine Zwischenstation auf den nach Europa führenden Hauptschmuggelrouten. Da die Drogenkartelle ihre Netzwerke ausweiteten, hatte sich die Zahl der Festnahmen in den letzten drei Jahren verdreifacht. Die Lokalzeitungen waren voll davon. »Wie hoch ist die Geldstrafe?«, fragte er.

»Eintausend Dollar dürften reichen.«

»Eintausend Dollar?« Strachan sog scharf den Atem ein. Das würde wehtun. »Wann muss ich zahlen?«

»Fragen Sie Piet Zeeman. Dem schulden Sie das Geld.«

Strachan wurde erst siedend heiß, dann kalt. Jetzt begriff er, weshalb Koopmans seiner Version des Tathergangs Glauben schenkte. Vielleicht schuldete der Polizist Piet einen Gefallen? Im Grunde aber war das egal. Piet hatte ein kleines Wunder bewirkt, und Strachan war wieder frei. Es gab einen Videobeweis und einen falschen Namen, doch es waren Freundschaftsbande, die ihn vor dem Gefängnis bewahrt hatten. Diese Gelegenheit war zu gut, um sie sich entgehen zu lassen, deshalb lächelte er und zwinkerte Verhoeven zu. Der Niederländer funkelte ihn an, ganz grau am Hals vor unterdrücktem Zorn.

Koopmans fuhr fort: »Wenn Sie noch einmal den Fuß in mein Land setzen, werde ich Sie festnehmen. Habe ich mich verständlich ausgedrückt?«

»Unmissverständlich«, erwiderte Strachan. Er hatte keinen Zweifel daran, dass Koopmans mit Bedacht von »seinem« Land gesprochen hatte. Die Vorstellung, den Coral Kraal nie wiederzusehen, war ein schwerer Schlag, aber die tausend

Dollar Strafe waren zu verschmerzen. Er konnte nur hoffen, dass Verhoeven in den nächsten Tagen seine Unschuld zweifelsfrei beweisen würde, doch aus irgendeinem Grund bezweifelte er das.

»Gut. Agent Groote wird Sie ins nächste Flugzeug nach London verfrachten.«

»Danke, Chief. Noch eine letzte Frage.«

»Ja?«

»Was hat Piet Zeeman sonst noch gesagt, als Sie gestern mit ihm gesprochen haben?«

»Er sagte, Sie seien schwer in Ordnung und es sei vollkommen ausgeschlossen, dass Sie die Frau getötet hätten. Ich für mein Teil glaube ihm. Ich bin eng mit Piet befreundet. Wir spielen seit zwanzig Jahren miteinander Karten. Heute Abend treffe ich ihn wieder.« Koopmans lehnte sich entspannt zurück. Was ihn anging, war die Angelegenheit erledigt. Interpol würde die letzten Puzzleteile zusammenfügen, während er und seine Leute sich wieder der richtigen Polizeiarbeit widmen könnten. Da von hundert Männern nur vierzehn im Rauschgiftdezernat arbeiteten, hatte er jede Menge zu tun. »Leben Sie wohl, Mr. Strachan.«

Der Monitor wurde schwarz.

Im Zellentrakt gab es ein kurzes verwaltungstechnisches Zwischenspiel. Strachan musste die Entlassungspapiere unterschreiben, während Verhoeven die Formalitäten für den täglichen Anruf besprach und ihm seine Karte reichte. In schlichter schwarzer Schrift waren darauf seine Büro- und eine Handynummer aufgeführt. Strachan sollte ihn einmal alle vierundzwanzig Stunden anrufen und ihm seinen Aufenthaltsort mitteilen.

Strachan quittierte den Erhalt seiner Habseligkeiten, dann erst fiel ihm auf, dass die Filme verschwunden waren. Er trat einen Schritt auf Verhoeven zu, der ihn angrinste wie ein Krokodil. »Wo sind die Filme?«

»Tut mir leid. Offenbar sind sie abhanden gekommen. Es gibt hier einen nachlässigen Angestellten, der bisweilen persönliche Habseligkeiten irrtümlich in den Müll schmeißt.«

Strachan zielte auf Verhoevens Lippen. Er spannte das Handgelenk an und legte seine ganze Kraft in den Hieb. Dabei stellte er sich vor, der Aufschlagpunkt befinde sich an der Hinterseite von Verhoevens Kopf. Als würde er mitten durch das Gesicht des Cops hindurchboxen. Er wollte die maximale Wirkung erzielen.

Der Hieb glitt von Verhoevens Schläfe ab. Im letzten Moment hatte Groote Strachans Arm nach oben gestoßen. Strachan verlor das Gleichgewicht, bekam aber dennoch Verhoevens überraschten Gesichtsausdruck mit. Die Überraschung machte Genugtuung Platz, als Groote Strachan mit einem Nackengriff fixierte.

Strachan hatte schon schwerere Männer als Verhoeven geschlagen, doch noch keiner hatte ihn so präzise geboxt. Es nutzte nichts, dass er die Bauchmuskeln anspannte. Verhoevens Knöchel traf genau den Solarplexus, dessen Nerven schrillten wie ein Windspiel bei Sturm. Strachan klappte zusammen und bekam keine Luft mehr. Dann drehte Groote ihn weg.

Verhoeven richtete sich die Ärmel und rückte die Krawatte zurecht. »Wir beide sprechen uns noch, Strachan.«

»Darauf freue ich mich schon«, knurrte Strachan mit zusammengebissenen Zähnen. Er hatte das Gefühl, in seiner Brust sei eine Nagelbombe explodiert.

»Zum Teufel mit Ihnen.«

»Das hätten Sie wohl gern, Verhoeven. Zum Teufel mit Ihnen.«

Groote ließ Strachan los und zog einen gepolsterten DIN-

A4-Umschlag hinter dem Schreibtisch hervor. Mit der anderen Hand wirbelte er Strachan herum und versetzte ihm einen Stoß ins Kreuz. Strachan taumelte den Gang entlang Richtung Terminal. »Das reicht«, sagte Groote und drückte ihm eine Bordkarte in die Hand. Dann sagte er, das Gepäck befinde sich bereits an Bord.

Als sie das Gate erreichten, hatte der Schmerz in Strachans Brust nachgelassen. Niedergeschlagenheit hatte seinen Platz eingenommen. Er kehrte ohne die Filme nach England zurück. Er hatte sich aus der tiefsten Grube befreit, in die er je hineingefallen war, musste aber einen hohen Preis dafür zahlen. Seine Glaubwürdigkeit bei *National Geographic* war verspielt. Die Aussicht, einen langen Winter in Hamiltons Lagerhaus schuften zu müssen, zerrte ihn nieder wie ein schwerer Anker. Er war umsonst nach Curaçao gereist. In seinem Alter war keineswegs sicher, dass er noch einmal eine solche Chance bekommen würde. Eine Drogenfrau und ein sadistischer Cop hatten sie ihm vermasselt. In dreißig Stunden würde er zur Masse der gescheiterten Künstler gehören. Ein ausrangierter Fotograf, der nie richtig ins Geschäft gekommen war.

Die Passagiere gingen an Bord. Groote zeigte dem Bodenpersonal seinen Dienstausweis vor und begleitete Strachan bis zum Flugzeug. So ungern er ins feuchte und kalte London zurückkehrte, konnte Strachan es gar nicht erwarten, Schiphol den Rücken zu kehren, doch als er die Schwelle der Maschine übertreten wollte, rief Groote ihn zurück.

»Das habe ich heute Nacht im Müll gefunden.« Er warf Strachan den Umschlag zu. »Bitte schicken Sie mir einen Abzug von dem Barrakuda.« Er gab Strachan seine Karte. »Meine Kinder würden sich freuen. Vielleicht können Sie auch noch den Hai beilegen.« Auf einmal wirkte er verlegen. Schuldbewusst. Er errötete. »Mein Junge ist erst acht. Er ist ganz vernarrt in Haie.«

Strachan schüttelte den Umschlag. Die Filmpatronen rappelten darin wie ein Schatz. Er reichte Groote die Hand, und der Polizist schlug ein.

»*Dank je zeer*, Agent«, sagte Strachan mit einem breiten Grinsen. »Ich werde sehen, was ich tun kann.«

11

Als Strachan das Gepäck durch die Wohnungstür wuchtete, peitschte ihn der Regen wie ein Aufseher einen Galeerensklaven. Seine Wangen brannten.

In Pimlico bewohnte er ein Ein-Zimmer-Apartment, das über einem indischen Restaurant lag. Es machte nicht viel her, dafür brauchte er weder auf die Meinung seiner Familie noch irgendwelcher Freunde Rücksicht zu nehmen. Die bescheidene Einrichtung stammte vom Flohmarkt und aus nicht abgeholten Restbeständen von Hamiltons Lagerhaus. Wenn er die Miete, die Filme und die Flugtickets bezahlt hatte, blieb fürs Auto oder schicke Möbel nicht mehr viel übrig – von einer Rentenversicherung oder Rücklagen ganz zu schweigen. All das aber kümmerte Strachan nicht. Bis heute Morgen hatte er sich nichts weiter gewünscht, als sich hinter dem Coral Kraal eine bescheidene Hütte zu bauen und ein Boot anzuschaffen, das groß genug war, um damit nach Aruba und Bonaire zu fahren, wo er die beste Unterwassersafari südlich von St. Lucia anbieten wollte.

Die Zeemans hatten ihn so lange beschäftigen wollen, bis er eine Arbeitserlaubnis bekommen hätte. Sobald Geld hereingekommen wäre, hätte er eine Aufenthaltserlaubnis beantragen können. Die Einwanderungsbestimmungen wurden in Curaçao ausgesprochen lax gehandhabt. Da alljährlich sechshundert Kolumbianer eine Aufenthaltserlaubnis bekamen, hatte auch Strachan sich gute Chancen ausgerechnet. Curaçao war die Arme-Leute-Version der Cayman-Inseln: Jeder, der nach Geld roch, war dort willkommen. Das Tauchrevier war so gut, dass er hohe Preise hätte verlangen können, und es hätte nicht lange gedauert, bis man ihn hätte bleiben lassen. Bis heute Morgen hatte er alles klar und deutlich vor sich gesehen. Jetzt war ihm dieser Weg versperrt. Schlimmer noch, er hatte den einzigen Mann geschlagen, der die Tür wieder hätte aufsperren können. Wer immer Christine Molyneux gewesen sein mochte, sie hatte eine große Verantwortung auf sich geladen.

Strachan duschte eilig, brühte Kaffee und rauchte die erste Zigarette seit achtundvierzig Stunden. Es tat gut, aber es reichte noch nicht. Er steckte sich eine zweite an. Und dann eine dritte. Endlich gingen das Koffein und das Nikotin in seine Blutbahn über, die beiden Stimulanzien, die ihn in die Lage versetzen würden, die kommende Nacht durchzustehen. Als er die Wände seines Zimmers betrachtete, verspürte er die wohlvertraute Erregung, die jedem Gang zum Labor vorausging.

Die Wände waren bedeckt mit Fotos früherer Reisen um die ganze Welt. So viel Blau. So viele Fische. Er kam sich vor wie in einem Aquarium. Die besten Fotos waren von Glaswechselrahmen geschützt, aber Glasrahmen waren ein teurer Luxus, deshalb hatte er die meisten Bilder lediglich auf die Tapete geklebt. Die Fotos vermittelten Strachan das Gefühl, jemand zu sein. Er hatte kein Geld, keinen Job und keine Freundin, aber wie viele Menschen hatten schon gesehen, was er gesehen hatte? Zum Beispiel einen Mimic Octopus? Das Tier war erst vor ein paar Jahren entdeckt worden, und er war einer der Ersten gewesen, die es fotografiert hatten. *Underwater World* hatte gut gezahlt für die Fotoserie.

Er sah auf die Uhr. Es war sieben Uhr abends. In Washington war es zwei. Er nahm den Telefonhörer ab.

»Hier ist McCauley.« Gilchrists leise, bescheidene Stimme meldete sich schon nach dem ersten Klingeln.

»McCauley. Hier ist Ed Strachan.«

»Ed. Wie geht's?«

»Gut. Haben Sie meine Nachricht bekommen?«

»Ja, sicher.«

»Und?«

»Da kann ich leider nichts machen, mein Freund. Wenn die Fotos nicht bis morgen um diese Zeit hier sind, lassen wir Bill Tanner ran.« Bill Tanner war Kanadier; ein alter Hase und jetzt, da David Doubilet in den Ruhestand gegangen war, der einzige fest angestellte Unterwasserfotograf des Buchverlags von *National Geographic*. Er war gut, aber Strachan war besser. Tanner nahm noch immer Tierfotos auf; Strachans Fotos waren Kunst.

»Kommen Sie, McCauley, Sie wissen, was ich kann. Die Fotos sind aus Curaçao, die besten, die ich je geschossen habe.«

»Wenn das so ist, können wir sie nächstes Jahr verwenden. Es tut mir ehrlich leid, Ed. Ich weiß, wie sehr Sie sich ins Zeug gelegt haben, aber ich kann die Druckmaschinen nicht anhalten. Wenn Sie die Negative bis morgen Mittag herschaffen, kriegen wir das hin. Die Druckvorlagen sind vorbereitet, und ich brauche nur eine halbe Stunde, um die Fotos auszuwählen. Sie hätten es nicht auf die letzte Minute ankommen lassen sollen. Verdammt noch mal, Sie hatten Monate Zeit.« Es entstand eine Pause, als Gilchrist seine Sekretärin bat, einen Anrufer auf der anderen Leitung zu vertrösten. Sein Tonfall wurde umgänglicher. »Schicken Sie die Fotos morgen mit dem ersten Flieger ab, der Heathrow verlässt, dann haben Sie genügend Zeit. Die Zeitverschiebung wirkt sich zu Ihren Gunsten aus.«

Strachan lächelte in sich hinein. Sobald er sich eine Digitalkamera leisten könnte, würde alles einfacher werden. Dann könnte er die Fotos auf den PC laden und per E-Mail in die

Staaten übermitteln. So wie die Dinge lagen, hatte Gilchrist allerdings recht. Er konnte es noch immer schaffen.

»Ed?«

»Ja?«

»Sie sind sich über die Folgen doch im Klaren, oder?«

»Wie meinen Sie das?«

»Wenn ich die Fotos nicht rechtzeitig bekomme, kann ich Ihre Spesen nicht übernehmen.«

»Ja, ich weiß. Darüber wollte ich gerade mit Ihnen reden ...«

»Ed?«

»Ja, ich bin noch dran.«

»Was soll der Scheiß? Sie haben keine Zeit, mit mir zu quatschen. Kommen Sie in die Gänge, dann reden wir morgen weiter.«

»Danke, Mr. McCauley.«

Strachan packte die Filme ein und stürzte aus der Wohnung.

12

Die Uhr tickte. Eigentlich wollte Strachan geradewegs zum Labor gehen, doch er war noch immer von seinem Erlebnis in Curaçao erschüttert, weshalb der Wunsch überwog, zunächst mit einem Freund zu sprechen. Hamiltons Wohnung am St. George's Square lag auf dem Weg. Er wollte seinem Paten nur kurz mitteilen, dass er wieder in London war. Von seinen Schwierigkeiten wollte er ihm nichts erzählen, doch da Hamilton ihn nach dem Tod seiner Eltern großgezogen hatte, war es nur recht und billig, ihm Hallo zu sagen.

Hamilton war Junggeselle und bewohnte eine Dreizimmerwohnung an der Westseite des Platzes. Das Haus im klassischen Regency-Stil war von Thomas Cubitt in der ersten Hälfte des neunzehnten Jahrhunderts entworfen worden. Hamiltons Wohnung nahm den ersten und den zweiten Stock des fünfstöckigen Hauses ein. Wie alle anderen hatte es eine Stuckfront mit weißen Säulen, hohen Erkerfenstern und einen anmutigen Balkon, der Ausblick auf den Stadtpark bot.

Als Strachan den Platz erreichte, ertönten gerade die Glocken von St. Saviour's. Ihr Klang kam ihm zutiefst englisch vor. In anderen Ländern läuteten die Glocken nur, doch in England sangen sie. Ihr Klang war so rein und klar wie Schneeschmelze, die sich durch das Bett eines Gebirgsflusses ergießt. Er lächelte wehmütig. London war doch gar nicht so übel, und er hatte zudem das Glück gehabt, in einem gut betuchten Viertel aufgewachsen zu sein.

Strachans Eltern waren beide Einzelkinder gewesen, deshalb hatte es keine Tanten oder Onkel gegeben, die ihn nach deren Tod hätten aufziehen können. Seine Großmutter väterlicherseits und sein Großvater mütterlicherseits lebten damals beide noch, doch da die alte Dame in Schottland zu Hause war und sein Großvater nicht mehr Auto fuhr, hielten sie es für geraten, dass er zu seinem Paten zog. Er besuchte seine Großeltern weiterhin in den Ferien, doch zehn Jahre lang war Hamiltons Wohnung sein Zuhause gewesen.

Als er davorstand, stürzten widerstreitende Gefühle auf ihn ein. So war es jedes Mal, wenn er durch die Tür trat. Es war wie ein Nachhausekommen – bloß war das nicht sein richtiges Zuhause. Seine Vorstellungen davon, was ein Zuhause war, waren mittlerweile so verschwommen geworden, als hätte er alles nur geträumt. Der St. George's Square erinnerte ihn daran, welches Glück es bedeutet hatte, dass Hamilton für ihn da gewesen war, rief ihm aber auch das Unglück ins Bewusstsein, das dazu geführt hatte, dass er überhaupt auf ihn angewiesen gewesen war. Von seinem achten bis zu seinem achtzehnten Lebensjahr war der Raum im zweiten Stock sein Spielzimmer gewesen, seine Höhle, sein Arbeitszimmer, sein Turnraum und sein Schlafzimmer. Dort hatte er gelacht und geweint; dort hatte er stundenlang die sich träge dahinwälzenden Fluten der Themse beobachtet – und von einem Moment auf den anderen gegen die Wände gehämmert, bis ihm die Knöchel bluteten. Seine Zuflucht vor der Welt war auch seine Gefängniszelle gewesen.

Er klingelte. Hamilton betätigte den Türöffner und begrüßte ihn in der Wohnungstür mit ausgestreckter Hand. Ihre Beziehung war seit jeher etwas linkisch. Hamilton war kurz verheiratet gewesen, hatte sich aber scheiden lassen, bevor er eigene Kinder bekommen hatte, was wahrscheinlich die Erklärung dafür war, weshalb er sich bisweilen in der Rolle des Ersatzvaters unbehaglich fühlte. Umarmt hatten sie sich nie. »Ed, mein Lieber! Willkommen daheim. Wie geht's, wie steht's?« Wie üblich trug er ein Cordsamtsakko und ein kariertes Hemd. Sein Haar war akkurat in der Mitte gescheitelt und roch nach dem Färbemittel, mit dem er sein Alter übertünchte.

»Ganz gut«, log Strachan. »Und wie geht's dir? Du wirkst überrascht, mich zu sehen.«

»Überhaupt nicht. Mir geht's prima. Komm doch rein.« Hamilton sprach wie ein altmodischer Lehrer. Langsam und mit Bedacht, als stemme er sich dem Lauf der modernen Welt entgegen. Seit er aus dem Militär ausgeschieden war, handelte er mit Antiquitäten, und jetzt führte er eine Meile weiter in der Sloane Street eine Galerie, ein Lagerhaus und einen Auktionsraum.

»Ich kann nicht lange bleiben. Ich muss arbeiten.«

»Um diese Zeit?«

»Es ist erst acht.«

»Ja, stimmt. Acht Uhr. Höchste Zeit für einen guten Schluck.« Hamilton geleitete Strachan ins Wohnzimmer, dann ging er in die Küche und bereitete die Drinks. Er kaufte immer nur Glenrothes Whisky bei Berry Brothers & Rudd, und im Laufe der Jahre war auch Strachan auf den Geschmack gekommen.

Während er auf die Rückkehr seines Paten wartete, blickte Strachan sich im Zimmer um. Hamiltons Geschmack setzte ihn immer wieder in Erstaunen. Das Zimmer war ein wahres Schatzkästlein, angefüllt mit Mahagonimöbeln, vietnamesischer Kunst und Krönungstassen aus chinesischem Knochenporzellan. Perserteppiche aus Tabriz und Esfahan bedeckten den Boden, über dem Kamin hing ein Spiegel aus dem Hochbarock. In seinem ehemaligen Zimmer stand jetzt ein Klavier von Sébastien Erard. Hamiltons größter Stolz – eine Marmorstatue von Giambologna, die Achill darstellte, hielt in der Diele Wache. Obwohl die Sammlung von drei Kontinenten und aus zahllosen unterschiedlichen Epochen stammte, wirkte das ganze Ensemble doch vollkommen ausgewogen. Es herrschte eine fürchterliche Enge, doch alles war mit militärischer Präzision angeordnet.

»Und, wie war's auf Curaçao?« Hamilton war hinter ihm aufgetaucht, in der Hand zwei Whiskygläser aus Kristall.

»Wie immer«, antwortete Strachan. »Wie läuft das Geschäft?«

»Im Moment weniger gut. Der Sommer war bislang eher flau. Die Verkäufe sind zurückgegangen.«

»Das tut mir leid.« Strachan bemerkte, wie sein Pate seine Halskette musterte. »Was ist?«, fragte er.

»Sag mal, trägst du das Ding eigentlich auch beim Tauchen?« Sie nahmen in den Sesseln Platz.

»Immer. Die lege ich niemals ab.«

»Das ist gut.«

»Warum fragst du?«

»Nur so. Mir ging gerade eine neue Theorie zu deinem Erbe durch den Kopf.«

»Ach Gott, nicht schon wieder! Aber lass hören.« Strachan schenkte seinem Paten ein müdes Lächeln. Die Spekulationen über sein Erbe und den Ort, wo es versteckt sein könnte, waren im Laufe der Jahre ein ständig wiederkehrendes Thema ihrer Unterhaltungen geworden. Alle halben Jahre wieder kam es aufs Tapet, manchmal ernsthaft, manchmal eher spielerisch. Sie hatten sogar versucht, einen Privatdetektiv zu engagieren, der die Babysitterin ausfindig machen sollte, waren aber bei jeder Vorbesprechung ausgelacht worden. Da ein falscher Name und eine zwanzig Jahre alte Beschreibung die einzigen Hinweise waren, hatte niemand den Fall übernehmen wollen.

»Glaubst du, es könnte sich um ein Kunstwerk handeln?«

»Haben wir das nicht schon erörtert?«

»Ich könnte mir vorstellen, dass es sich um eine Statue handelt.«

»Warum gerade eine Statue?« Sie hatten die Liste der sechzehn Länder schon häufig durchgekaut und waren übereingekommen, dass Malaysia und Singapur am ehesten in Frage kamen, da Strachans Großvater während des Krieges dort gewesen war. Was das eigentliche Erbe betraf, so erstreckten sich ihre Mutmaßungen über ein weites Feld von grandios bis lächerlich. Eine Statue lag etwa in der Mitte.

»Dein Großvater war ein zäher alter Bursche, aber er hatte ein Faible für Skulpturen. Ich weiß gar nicht, warum ich nicht schon eher darauf gekommen bin.«

»Möglich wär's«, sagte Strachan. Er war nicht bei der Sache, sondern musste ständig an den Fotokalender denken. Hamilton musterte ihn forschend, geradezu nervös. »Keine Ahnung«, meinte Strachan. »Was soll ich deiner Meinung nach tun? Aufspringen und verkünden, du hättest recht mit deiner Vermutung?«

»›*Ed wird ihren wahren Wert erkennen.*‹ Was könnte dein Vater damit gemeint haben?«

»Ich weiß nicht. Du warst damals dabei, ich nicht.«

»Gibt es etwas, das du mir sagen solltest?«

Strachan musterte seinen Paten verständnislos. Das war eigenartig. Sie hatten das Thema schon tausendmal durchgekaut. »Nicht dass ich wüsste.« Er trank einen großen Schluck Whisky und wandte zum Zeichen, dass das Thema für ihn abgeschlossen sei, den Blick ab.

Sie plauderten noch ein paar Minuten, dann leerte Strachan sein Glas und erhob sich. Der Abgabetermin rückte stetig näher. Er fühlte sich ein wenig schuldbewusst, weil er nicht länger blieb, und nahm sich im Stillen vor, Hamilton beim nächsten Mal mehr Zeit zu widmen. Hamilton hatte sich tapfer bemüht, ihn auf dem schmalen Pfad der Tugend durch Kindheit und Adoleszenz zu bugsieren, und hatte etwas Besseres verdient als immer nur Kurzbesuche wie diesen. »Wartet der Lagerjob noch auf mich?«, fragte er.

»Ja. Jedenfalls noch eine Zeit lang.«

Strachan nickte. »Danke für den Drink. Ich finde allein hinaus.« In der Diele wäre er beinahe über einen Stapel Gemälde gestolpert. Insgesamt waren es sechs. Offenbar aus der Renaissance, wahrscheinlich ein Vermögen wert. Aber das war einmal gewesen. In jeder Leinwand war ein großes Loch, als hätte jemand mit dem Fuß hindurchgestoßen. Kein Wunder, dass es für die Galerie in diesem Sommer nicht so gut lief.

13

Das Labor befand sich in einer Souterrainwohnung gegenüber der Siedlung Peabody Trust. Strachan zahlte monatlich zweihundert Pfund für den Schlüsselbund und zeitlich unbeschränkten Zugang. Die Nutzung der Laborausrüstung war inbegriffen. Verbrauchsmaterialien wurden anteilig bezahlt.

Das Labor gehörte einem lettischen Fotografen mit Namen Dimitri Spelowski. Er war in den Achtzigern nach Großbritannien gekommen, um der Heirat seiner Schwester mit einem englischen Rechtsanwalt beizuwohnen. Als er feststellte, dass sich hier sechsmal leichter Geld verdienen ließ als in Lettland, war er geblieben. Spelowski war ein jovialer Mann mit einem Clownsgesicht. Er mochte Wodka und Pornos, am liebsten gleichzeitig, und wäre Strachan gern näher gekommen, als diesem recht war. Strachan hatte nichts gegen ihn, aber sie hatten einfach keine Gemeinsamkeiten.

Im Labor hielt sich niemand auf. Zu dieser späten Stunde wunderte Strachan das nicht. Er war einer von nur drei Stammkunden, die in den vergangenen fünf Jahren diesen Kellerraum aufgesucht hatten. Mit den anderen beiden kam er gut zurecht. Toby Bachop war ungefähr im gleichen Alter wie er. Strachan fotografierte Fische; Bachop lichtete Fischstäbchen ab. Außerdem noch Teller mit Erbsen, Mikrowellenklöße und Kochbeutelbroccoli für Kunden wie Bird's Eye und Findus. Die Arbeit musste fürchterlich öde sein, aber wenigstens hielten seine Motive still. Tammy Summers war die dritte Benutzerin. Ihre Brüste waren ebenso falsch wie ihr Name. Bislang wusste Strachan nicht mehr von ihr, als dass sie sich bemühte, auf Seite drei der *Sun* zu landen. Strachan hatte eine Schwäche für hübsche junge Frauen im Labor, und mehr als einmal hatten sie es miteinander getrieben – was mehr war, als der alte Spelowski von sich sagen konnte. Strachan hatte ihn zweimal dabei ertappt, wie er den Papierkorb durchwühlt hatte, nachdem Tammy ihre neuesten Oben-ohne-Filme entwickelt hatte.

Er schaltete das Licht ein, betrat Spelowskis Büro, stellte das Radio an und suchte Brixtons Piratensender, der Reggae-Musik spielte. Als der DJ »Pressure Drop« von Toots and the

Maytals spielte, geriet er in Hochstimmung. Im Moment hatte er Entspannung dringend nötig. Die letzten vierundzwanzig Stunden waren turbulent gewesen. Die Routine des Filmentwickelns würde ihm guttun. Im Vertrauen darauf, dass er die Bilder frühmorgens mit FedEx würde verschicken können, machte Strachan sich an die Arbeit.

Um Mitternacht hatte er sieben von vierzehn Filmen entwickelt und vergrößert, darunter auch zwei Filme, die den Barrakuda zeigten. Schon auf den ersten Blick war klar, welches Foto Gilchrist verwenden würde, trotzdem fertigte er fünfzehn verschiedene Vergrößerungen an, um seinem Auftraggeber die Wahl zu lassen. Die Fotos legte er neben einen Stapel von Tammys Bildern auf den Schreibtisch. Er warf einen Blick auf das oberste Foto. Auf dieser Fotoserie war sie irgendwo auf dem Land und saß splitternackt auf einem weißen Pferd. Als er die Fotos sah, fiel ihm der Kinderreim ein, den sein Vater ihm eingehämmert hatte.

Da sitzt 'ne feine Dame auf 'nem weißen Ross.

Das Wort *Ross* war stets von einem Kniestoß gefolgt worden, weshalb ihm bis zum Alter von sechs Jahren ständig der Hintern wehgetan hatte. Seitdem konnte er Pferde nicht ausstehen. Wie gewöhnlich hatte Tammy es nicht richtig hinbekommen. Sie hatte das Aussehen und die Figur eines Glamourgirls, doch ihrem Fotograf fehlte es an der nötigen Technik. Entweder stimmte das Licht nicht, oder er benutzte den falschen Film. Die Aufnahmen wirkten schäbig, nicht erotisch. Kopfschüttelnd legte Strachan sie wieder weg.

Während er darauf wartete, dass das Kaffeewasser kochte, rauchte er eine Zigarette. Seine Gedanken schweiften zu Christine Molyneux ab. Piet Zeeman war mit Koopmans befreundet, deshalb konnte er bestimmt ihren richtigen Namen herausfinden. Strachan wusste nicht, was er mit der Information anfangen sollte, aber seine Neugier war geweckt. Wenn es ihm gelänge, ihre wahre Identität zu lüften, würde ihm vielleicht klar werden, warum sie ihn hatte unter Drogen setzen wollen. Das könnte dazu beitragen, Verhoeven seine Unschuld zu beweisen, was wiederum dazu führen würde, dass das Einreiseverbot nach Curaçao aufgehoben wurde. Einen Versuch war es wert.

Der Zutritt zu Spelowskis Büro war den Labormitbenutzern eigentlich untersagt, aber sie hielten sich nicht daran. Strachan schaltete den PC ein. Er loggte sich bei Hotmail ein und schickte eine kurze Mail an den Coral Kraal ab. Wenn Piet nicht gerade einen nächtlichen Tauchgang unternahm, würde er zusammen mit Maggie beim Packen sein. Bevor sie losfuhren, checkten sie immer ihre E-Mails. Strachan schrieb schnell, ohne auf Tippfehler zu achten.

Er dankte Piet dafür, dass er die Strafe bezahlt und sich bei Koopmans für ihn eingesetzt hatte, und entschuldigte sich noch einmal dafür, dass er den Jeep entwendet hatte. Dann bat er Piet, sich nach dem wahren Namen der Toten zu erkundigen. Er schlug vor, den Hoofd-Inspecteur beim nächsten Kartenabend darauf anzusprechen – natürlich ganz beiläufig und ohne zu erkennen zu geben, dass Strachan dahintersteckte. Schließlich bat er ihn noch, Maggie zu grüßen, und versprach, die beiden trotz des Einreiseverbots im nächsten Jahr zu besuchen.

Um vier Uhr hatte er die restlichen Karibikfotos entwickelt. Er wählte die zwanzig besten aus. Gilchrist würde zwei davon nehmen. Als Nächstes machte er für Ronald Groote noch zwei Abzüge vom Barrakuda und für seinen Sohn einen von einem Riffhai. Er hatte das unangenehme Gefühl, Verhoeven könnte mit seiner Drohung, sie würden sich noch sprechen, recht behalten, deshalb schien es ihm ratsam, sich mit Groote gutzustellen. Das könnte ihm vielleicht noch nützen. Deshalb legte er zudem einen Stachelrochen und einen Hammerhai obendrauf.

Eine Stunde und vier Camel später trug er seinen Verbrauch ins Hauptbuch ein. Er schaltete die Geräte aus, ging ins Arbeitszimmer hinüber und packte die Vergrößerungen und Negative ein. Für den Fall, dass Piet gleich antwortete, lief der Computer noch.

Er hatte Glück. Der Montagabend war in Willemstad offenbar dem Poker vorbehalten. Jetzt fiel ihm auch wieder ein, dass Koopmans das zum Ende des zweiten Verhörs kurz erwähnt hatte. Piet hatte bereits geantwortet. Auf Curaçao war es Mitternacht, und die E-Mail war vor gerade mal zehn Minuten abgeschickt worden.

Du bist wirklich ein hoffnungsloser Fall. Kannst du dich nicht wenigstens mal eine Woche lang zusammenreißen? Die Frau hieß Molly Newchris. Nicht besonders einfallsreich. Maggie lässt dich grüßen. Warte nicht bis nächstes Jahr, komm Weihnachten. Und bring ein verdammt großes Geschenk mit.

Das war's. Typisch Piet Zeeman: kurz und bündig. Mit dem Schreiben hatte er es ebenso wenig wie Strachan.

Er starrte auf den Bildschirm, fuhr mit dem Zeigefinger durch die Staubschicht auf dem Glas. Wie oft hatte sie den falschen Namen wohl gebraucht? Nichts weiter als eine Verdrehung von Vor- und Nachname. Verdenken konnte er es ihr nicht: Auch wenn es nicht unbedingt Piets Vorstellung von Raffinesse entsprechen mochte, hatte Christine Molyneux doch einen viel besseren Klang als Molly Newchris. Der Name klang eher nach den an London angrenzenden Grafschaften als nach East End.

Strachan nahm das Telefonbuch zur Hand. Dabei stieß er

eine Graslilie um, deren Topf auf dem Boden zerschellte. Beim Blättern färbten sich seine Finger schwarz. Es gab mehrere Einträge unter dem Namen *Newcross*, aber nur einen einzigen unter *Newchris*. Gott sei gedankt für ihren ungewöhnlichen Namen.

Molly hatte in der Bermondsey Street gewohnt. Strachan notierte sich die Adresse auf einem Zettel. Dass sie im Telefonbuch stand, deutete darauf hin, dass sie keiner kriminellen Organisation angehörte. Falls sie dennoch Mitglied einer Bande gewesen war, brauchte man sich vor denen nicht zu fürchten. So lächerlich es war, verspürte er doch eine gewisse Erleichterung. Jedenfalls war er nicht das Opfer gerissener East-End-Krimineller. Profis standen für gewöhnlich nicht im Telefonbuch. Auch nicht solche, die einem anscheinend ohne Motiv an den Kragen wollten.

Er schaltete den PC aus, dann legte er Fotos und Negative in einen flachen Karton, den er einstweilen noch unverschlossen ließ. Zu Hause musste er noch die Fotos aus Schottland und die von den Galapagos-Inseln dazutun. Er adressierte das Paket an McCauley Gilchrist und rief dann bei FedEx an. Das Mädchen im Callcenter sagte, das Paket werde zwischen acht und halb neun abgeholt. Die Eilzustellung nach Washington werde neundundvierzig Pfund kosten. Strachan fluchte, entschuldigte sich und willigte ein. Dann ging er nach Hause.

Der Mann von FedEx holte das Paket exakt um Viertel nach acht ab. Strachan meinte, er werde ihn persönlich haftbar machen, wenn es nicht noch am selben Tag unbeschädigt in Washington eintreffe. Als der Kurier ihn daraufhin argwöhnisch musterte und Einwände erheben wollte, verabschiedete Strachan ihn mit einem beruhigenden Lächeln.

Dann ging er nach oben und schlug die Bermondsey Street im Stadtplan nach.

14

Die Bermondsey Street führte mitten durch Borough. Südlich der Themse erstreckte sie sich von der London Bridge Station über die Long Lane bis zur Dover Street und zur Old Kent Road. Sie lag zentral genug, um von dort aus zur City zu pendeln. Die alten Lagerhäuser waren in moderne Apartmentwohnungen umgewandelt worden. Als Strachan um sechs Uhr abends erwachte, hatte er neun Stunden geschlafen. Er fühlte sich frisch und ausgeruht. Von Pimlico aus ging er zu Fuß zur Bermondsey Street. Für den Weg brauchte er nur eine Stunde.

Mollys Wohnung lag in einem alten Backsteinlagerhaus. Die Fassade war originalgetreu restauriert worden, vermochte aber niemanden zu täuschen. Die Wohnungen waren bestimmt teuer und gehörten Anwälten mit Paisley-Krawatten, Bankern in Nadelstreifen und überbezahlten Firmenberatern. Das Gebäude war über seine schmutzige Vergangenheit hinausgewachsen. Es hatte die Wurzeln gekappt und genoss einen neuen Lebensabschnitt. Ein Blick in das Schaufenster des Immobilienmaklers ergab, dass Eigentumswohnungen in dieser Straße von vierhunderttausend aufwärts zu haben waren, ein weiterer Grund, dieser verrückten Stadt bei der ersten Gelegenheit den Rücken zu kehren.

In der Lobby gab es keinen Wachmann. Er musterte die Briefkästen. Molly Newchris' Wohnung lag im dritten von insgesamt vier Stockwerken. Strachan stieg so zielstrebig die Treppe hoch, als wohnte er hier. Obwohl niemand zu sehen war, wollte er keinen Verdacht erregen. Bald würden die Banker heimkommen. Als Nächstes kämen dann die Anwälte; die Berater würden erst nach neun hier auftauchen.

Vor ihrer Tür hielt eine Terrakotta-Urne Wache. Darin

wuchs eine buschige grüne Pflanze, weder eine Yucca noch ein Farn. Die Tür war hellbraun, die Klinke verchromt. Der Spion erinnerte Strachan an die Aufnahmekamera des Videokonferenzgeräts in Schiphol. Als er hindurchspähte, sah er die stark verzerrte Diele. Er hatte den Eindruck, sie sei meilenweit entfernt. Es war, als blicke er durchs falsche Ende eines Teleskops. Nichts rührte sich in der Wohnung.

Strachan klopfte. Als niemand öffnete, drückte er die Klinke: abgeschlossen. Er klopfte erneut, lauter als zuvor. Noch immer nichts. Als er überzeugt war, dass sich niemand in der Wohnung aufhielt, ging er in die Hocke und inspizierte das Schloss, das so massiv war, dass es einer Bank zur Ehre gereicht hätte. Wenn er die Tür eintrat, würde er sich nur den Fuß brechen. Jedenfalls wusste er jetzt, welches Werkzeug er beim nächsten Besuch mitnehmen musste.

Er war die Treppe bereits zur Hälfte hinuntergestiegen, als er plötzlich stutzte. Die Wahrscheinlichkeit, irgendwo einen versteckten Schlüssel zu entdecken, war nahezu gleich null, aber er konnte es wenigstens versuchen. Er trabte wieder nach oben. Unter der Türmatte war nichts, doch als er den Pflanzenkübel ein Stück beiseiteschob, funkelte es darunter messingfarben. Die Tür hatte nur ein Schloss, das sich mit dem Schlüssel problemlos öffnen ließ.

Strachan trat in die Wohnung und schob die Tür hinter sich zu. Der Schnappriegel stieß gegen den Türrahmen, verharrte einen Moment, dann sprang er von der Metallkante wieder ab. Strachan war bereits weitergegangen. Dass die Tür noch angelehnt war, bemerkte er nicht.

Die holzgetäfelte Diele führte in eine große, offene Küche. Die Kieferdielen waren teilweise mit bunten Teppichen mit Folkloremuster bedeckt. Die dreiteilige Sitzgarnitur in cremefarbenem Leder harmonierte mit dem nackten Backstein. Die eine Wand zierten sechs Schwarz-Weiß-Drucke der Skyline von Manhattan. Die Wohnung war geschmackvoll eingerichtet. Strachan verspürte Schuldgefühle, weil er ihren Tod mit verursacht hatte. Ihre Persönlichkeit hätte ihn gereizt, und er bedauerte, dass er nicht mehr über sie wusste.

Ein Bogenfenster bot Ausblick auf die sich bis zur London Bridge erstreckenden Dächer. Es war schon dunkel, und im rostfarbenen Lichterschein der Stadt konnte er die Satellitenschüsseln erkennen, die darauf warteten, vom Regen sauber gewaschen zu werden. Doch es herrschte Begräbniswetter, und es fiel die falsche Sorte Regen. Ein schmutziger, ätzender Regen, der ihn noch mehr von der sonnigen Karibikinsel trennte, von der er bis vor Kurzem geglaubt hatte, er könne dort bald ein neues Leben beginnen. Er ließ die Aussicht eine Weile auf sich wirken und haderte mit seiner Verbannung. Dann riss er sich mühsam los. *Steh nicht tatenlos rum. Tu etwas.*

Als Strachan sich an die Durchsuchung machte, fiel ihm als Erstes der schienbeinhohe Beistelltisch ins Auge.

Darauf lag ein hoher Stapel Tauchzeitschriften. Obenauf lag die Ausgabe der *Underwater World*, in der seine Fotostrecke über den Mimic Octopus erschienen war. Als er das Heft vom Stapel nahm, fiel ihm die nächste Zeitschrift auf. Es handelte sich um ein älteres Exemplar von *On-the-Edge*. Auf einer Doppelseite in der Mitte des Hefts waren seine Fotos der Bullenhaie vor der Küste von Sansibar abgelichtet. Bei der dritten Zeitschrift war es noch auffälliger. Auf der Titelseite der *Scuba Times* waren Itchy und Scratchy abgebildet, die beiden Seeotter, die ihm einen Preis eingebracht hatten. Sie schwammen auf dem Rücken und knackten gerade Austern. Im Hintergrund flammte bernsteinfarben die Küstenlinie von Vancouver. Er hatte das Foto halb über, halb unter Wasser aufgenommen, und es war wirklich toll.

Strachan blätterte im restlichen Stapel. Es waren nur solche Zeitschriften vertreten, in denen Fotos von ihm abgebildet waren: sein Lebenswerk auf einem Haufen. Mit einem Anflug von Stolz wandte er seine Aufmerksamkeit wieder der *Underwater World* zu. Er blätterte darin, bis er den Artikel über den Mimic Octopus gefunden hatte.

Was ihm da ins Auge fiel, veranlasste ihn, sich aufs cremefarbene Sofa zu setzen. »Scheiße«, sagte er.

15

Am Anfang des Artikels war ein kleines Schwarz-Weiß-Foto abgedruckt. *Fotos von Ed Strachan.* Auf dem Foto saß er in einem Liegestuhl und hatte die Hände hinter dem Kopf verschränkt. Er erinnerte sich noch genau. Einer der Bootsjungen hatte es aufgenommen. Der silberne Manschettenknopf an der Halskette war bis auf die Prägung deutlich zu erkennen. Molly Newchris hatte einen roten Kringel darum gemacht.

Als er eilig die anderen Zeitschriften durchblätterte, stellte sich heraus, dass er im Laufe der Jahre mehrfach abgebildet worden war. Nicht in allen Beiträgen, und meistens nur mit Passfotos. Insgesamt stieß er jedoch auf fünf Fotos, auf denen auch die Halskette zu sehen war. Alle fünf hatten die gleiche Behandlung erfahren. Der Manschettenknopf war rot umkringelt, sein Name unterstrichen.

Damit war ein Teil des Geheimnisses gelüftet. Strachan hatte noch immer keine Ahnung, wer Molly gewesen war, wusste aber jetzt wenigstens, worauf sie es abgesehen hatte. Nämlich auf den Manschettenknopf.

Plötzlich kam ihm der Gedanke, dass sie im Besitz des fehlenden Manschettenknopfs gewesen sein könnte. Der einzelne Knopf wäre für sie ohne den zweiten wertlos gewesen, und die umkringelten Fotos deuteten darauf hin, dass ihr das bewusst gewesen war. Es war, wie er vermutet hatte: Die beiden Manschettenknöpfe zusammen waren äußerst wertvoll. So wertvoll, dass sie ihn deswegen hatte unter Drogen setzen wollen. Wertvoll genug, um deswegen zu töten.

Er setzte die Durchsuchung gründlicher fort als zuvor. Der zweite Manschettenknopf musste ganz in der Nähe sein. Er hatte bereits eine Gänsehaut.

Als Kind hatte Strachan häufig mit dem Gedanken gespielt, irgendwann einen verborgenen Schatz zu entdecken. Später hatte diese Fantasievorstellung an Reiz verloren. Sein Manschettenknopf war ohne das Gegenstück wertlos. Irgendwann gelangte er zu der Überzeugung, dass er das Geheimnis des verschwundenen Manschettenknopfs niemals lüften würde. Sollte er irgendwann ein Kind haben, würde er den Knopf weitervererben, wie sein Vater es getan hatte. Jetzt aber stürzte alles wieder auf ihn ein. Er wühlte in Mollys Schubladen wie ein Schwein auf der Suche nach Trüffeln.

Er war in ihrem Schlafzimmer, als er hinter sich ein Geräusch hörte, doch er reagierte zu langsam.

»Keine Bewegung.«

Strachans Herzschlag setzte einen Moment lang aus. Eine Frauenstimme; zittrig, aber aggressiv, der East-End-Dialekt ebenso stark wie bei Molly.

»Hände hoch.«

Er gehorchte. Die Stimme klang auf einmal älter als gerade eben noch.

»Wer sind Sie? Drehen Sie sich nicht um, sonst schieße ich.«

»Ich bin ein Freund von Chris…, von Molly.«

»Wie heißen Sie?«

»John Smith.« Etwas Besseres fiel ihm auf die Schnelle nicht ein.

»Was machen Sie hier?« Die Frau weinte jetzt.

»Ich habe von Mollys Tod gehört. Ich konnte einfach nicht

glauben, dass sie tot ist. Ich wollte ihr nahe sein.« Er wunderte sich selbst, wie mühelos ihm die Lügen über die Lippen kamen.

»Drehen Sie sich um. Behalten Sie die Hände oben.«

Mit erhobenen Händen drehte Strachan sich langsam um. Die Frau stand in der Tür. Sie war keine Polizistin und hatte auch keine Waffe. In der rechten Hand hatte sie ein Handy, in der linken eine kleine Dose – vielleicht Pfefferspray.

»Ich habe den Notruf gewählt und brauche nur eine Taste zu drücken, dann wird der Anruf durchgestellt«, sagte sie drohend. Sie hatte ihm erst dann gestattet, sich umzudrehen, als sie sicher war, dass von ihm keine Gefahr ausging.

Sie standen sich in viereinhalb Metern Abstand gegenüber. Die Frau war Ende fünfzig. Ihre Frisur war ein Dohlennest wirrer Strähnen. Sie wirkte gequält und ernst. Von den Tränen aufgelöster Lidschatten rann ihr über die Wangen. Sie packte das Handy fester und wischte sich mit dem Ärmel über das Gesicht. Dabei verschmierte sie ihr Make-up. Jetzt hatte sie Ähnlichkeit mit einem mageren, ausgezehrten Panda.

Sie trug schlichte, preiswerte Sachen von BHS oder Debenhams: einen grauen Wollrock, eine schwarze Strumpfhose und eine alte blaue Puffa-Jacke. Die Schuhe hatte sie vor der Wohnungstür ausgezogen, um sich unbemerkt in die Wohnung schleichen zu können. Trotz des in Auflösung begriffenen Make-ups war Strachan auf den ersten Blick klar, wen er da vor sich hatte. Das war Mollys Mutter, und er würde ein wenig schauspielern müssen.

Dann aber geschah etwas Seltsames. Mollys Mutter schlug die Hand vor den Mund. Sie wurde leichenblass und zitterte am ganzen Leib. Strachan fürchtete schon, sie könnte jeden Moment in Ohnmacht fallen. Unwillkürlich machte er einen Schritt auf sie zu, um sie notfalls aufzufangen. Sie wich vor ihm zurück. »Mein Gott!«, rief sie. »Sie sind das.«

Er erkannte sie sofort. An der Art und Weise, wie sich in ihren Augenwinkeln Krähenfüße bildeten, als sie ihn anstarrte. Trotz des zeitlichen Abstands von einundzwanzig Jahren war ein Irrtum ausgeschlossen. Sie war Mollys Mutter – aber auch die Frau, die ihn in der Nacht, als seine Eltern gestorben waren, geohrfeigt hatte. Die brutale Babysitterin, die er vom ersten Moment an nicht hatte ausstehen können.

16

Wo ist der Manschettenknopf?« Strachan trat noch einen Schritt vor. Hamilton hatte recht gehabt. Diese Frau hatte ihn gestohlen.

»Keinen Schritt weiter, sonst rufe ich die Polizei.« Offenbar sah sie ihm an, dass er sie wiedererkannt hatte. Sie wich aus dem Schlafzimmer in die Diele zurück.

Strachan wollte ihr nicht wehtun. Selbst damals, als er für die malaiischen Smaragdschmuggler gearbeitet hatte, war Gewalt gegen Frauen allein Pili Parang, dem Bandenführer, vorbehalten gewesen. Außerdem stellten das Telefon und das Pfefferspray nicht zu verachtende Waffen dar. Er musste sie mit Samthandschuhen anfassen. Schließlich hatte sie ihre Tochter verloren. »Wo ist der Manschettenknopf?«, wiederholte er. Leiser diesmal. Nahezu einfühlsam, aber eben nur fast. Sein Mitgefühl hielt sich in engen Grenzen. Für eine Diebin, die Mutter der Frau, die ihn hatte unter Drogen setzen wollen, hatte er nur wenig übrig.

Mrs. Newchris' Antwort überraschte ihn. Sie sagte nicht: Welcher Manschettenknopf? Sie sagte nicht: Ich habe keine Ahnung, wovon Sie reden. Stattdessen sagte sie: »Ich hab ihn nicht mehr. Ich habe ihn weggegeben.«

Damit verriet sie ihm mehr, als sie vermutlich hatte preisgeben wollen. Es war ein Eingeständnis ihrer Schuld. Strachan hatte auf Hamiltons Theorie gesetzt, und das hatte sich ausgezahlt. Diese Frau hatte in der Nacht, als seine Eltern gestorben waren, den anderen Manschettenknopf gestohlen. Einundzwanzig Jahre später hatte ihre Tochter versucht, sich das Gegenstück anzueignen.

Widerstreitende Emotionen prasselten auf Strachan ein wie eine Salve von Armbrustbolzen. Zorn, Erleichterung, Verwirrung. Zorn, denn hätte sie den Manschettenknopf nicht gestohlen, wäre ihm dieses Durcheinander erspart geblieben und Molly wäre noch am Leben. Erleichterung, weil sie den Verdacht zerstreuen konnte, er habe Mollys Tod absichtlich herbeigeführt. Mrs. Newchris konnte ihn entlasten. Sie war sein Rückflugticket nach Curaçao. Wenn es ihm gelang, sie dazu zu überreden, mit Koopmans oder Verhoeven zu sprechen, könnte sie erklären, warum Molly versucht hatte, ihn zu betäuben. Als Erstes aber machte er sich ihre Verwirrung zunutze. Es war, als spielte er *Mastermind*. Er hatte die Stifte in den richtigen Farben, hatte sie aber noch nicht in der richtigen Reihenfolge angeordnet.

»Wann haben Sie ihn weggegeben?«

»Heute Morgen.«

»Heute Morgen?«

»Ja.«

»An wen?«

»Einen Bullen. Eine holländischen Bullen.«

»Hatte der auch einen Namen?«, fragte Strachan überflüssigerweise. Er wusste ganz genau, wer das gewesen war. Jetzt erst wurde ihm bewusst, welches Risiko er eingegangen war, als er sich Zugang zu Mollys Wohnung verschafft hatte. Verhoeven bearbeitete den Fall, also war davon auszugehen, dass er als Erstes mit Mollys engsten Angehörigen sprechen würde. Vielleicht hatte er Mrs. Newchris sogar die Nachricht von

Mollys Tod überbracht. Obwohl Molly bereits seit zweiundsiebzig Stunden tot war, wirkte die Trauer in den Augen ihrer Mutter noch ganz frisch. Ihre Tränen waren Ausdruck der Verzweiflung über einen Verlust, den sie noch nicht verarbeitet hatte. Ungeschminkte, untröstliche Trauer. Wahrscheinlich hatte sie es erst heute Morgen erfahren, und Strachan konnte sich einen geeigneteren Überbringer einer solchen Nachricht vorstellen als Rutger Verhoeven.

»Verhoffen oder so ähnlich«, schluchzte sie. »Er hatte einen starken Akzent.« Sie stockte. »Sie sind Ed Strachan.«

Er nickte. »Und Sie haben ihm den Manschettenknopf gegeben?«

»Ja.«

»Warum?«

»Er hat gemeint, er untersuche Mollys Tod. Die genauen Todesumstände seien noch ungeklärt. Er hat gesagt, ich müsse ihm helfen, den Schuldigen zu finden.« Sie musterte Strachan vorwurfsvoll. Sie standen im Wohnzimmer. Sie kniff die Augen zusammen, dann funkelte sie ihn an.

Mrs. Newchris warf sich auf ihn wie eine Todesfee. Wie eine mythische Gorgo mit gebleckten Zähnen und wirrem Haar. Mit dem Pfefferspray zielte sie auf seine Augen. Strachan wich einen Schritt zurück, packte sie bei den Handgelenken und riss ihre Arme nach oben, als sie auf den Auslöser drückte. Er grub ihr die Daumen in die Handgelenke, bis sie die Spraydose fallen ließ, dann wich er der sich absenkenden Aerosolwolke aus. Er hatte keinen direkten Treffer abbekommen, spürte aber bereits ein Brennen in den Augen und im Hals. Mollys Mutter wehrte sich mit aller Kraft. Sie trat ihn gegen das Schienbein. Er zuckte zusammen.

»Sie haben Molly umgebracht!«, schrie sie. »Sie Schuft! Sie haben sie getötet! Wer soll sich jetzt um den Jungen kümmern?«

»Um welchen Jungen?«

Die Antwort kam aus der Diele. Erst ein kurzer Schrei, dann ein langer, gefolgt vom gedehnten Wimmern eines Säuglings. Strachan wurde ganz flau. Er konnte das Kind nicht sehen, nur hören. Molly hatte ein Kind. Indem er die Gläser vertauschte, hatte er dessen Mutter getötet. »Was ist mit dem Vater?«, fragte er, weniger weil er es wirklich wissen wollte, sondern um sein Schuldgefühl zu dämpfen.

»Der Vater hat sie sitzen lassen! Der Vater ist ein Schuft, genau wie Sie! Ich bring Sie um! Ich bring Sie um, Sie Mörder!« Sie spuckte ihm ins Gesicht. Erst theatralisch, dann, als sie merkte, wie gut es ihr tat, noch einmal in vollem Ernst. Der Speichel landete auf seinem Augenlid und rann ihm über die Wange. Er wagte nicht, ihre Handgelenke loszulassen.

Mrs. Newchris war außer sich. Da es sinnlos war, mit ihr vernünftig argumentieren zu wollen, konzentrierte er sich darauf, sie festzuhalten. Sie vollführten einen grauenhaften Tanz: Mrs. Newchris trat nach ihm, und er wich den Tritten so gut es ging aus. Er hielt sie auf Armeslänge von sich und spannte seinen Bizeps an, um zu verhindern, dass sie ihm die Handgelenke verdrehte und ihn biss. So ging es eine Weile weiter, bis sie müde wurde. Ihr Geschrei machte Schluchzen Platz. Sie war körperlich und emotional erschöpft. Strachan desgleichen. Er schob sie zurück und geleitete sie zum Sofa. Sie ließ sich aufs Polster fallen. Dann schlug sie die Hände vors Gesicht und weinte.

Der Kampfeswille hatte sie verlassen. Strachan musste etwas sagen. Der Klang seiner Stimme würde sie auch dann beruhigen, wenn sie gar nicht zuhörte. »Mrs. Newchris, ich habe Molly nicht ermordet. Ihr Tod war ein Unfall. Sie wollte mich unter Drogen setzen. Ich habe lediglich die Gläser vertauscht. Wenn ich gewusst hätte, dass eine Überdosis darin war, hätte ich das niemals getan.«

»Ich weiß.« Sie nickte, schniefte, schluchzte, alles gleichzeitig.

»Das wissen Sie?«

»Der Inspector hat es mir gesagt. Er hat gemeint, Sie hätten ausgesagt, die Gläser vertauscht zu haben, aber das glaube er Ihnen nicht.«

»Aber *Sie* glauben mir, nicht wahr?« Ihr »Ich weiß« hatte resigniert geklungen. Als wüsste sie genau, dass es ein Unfall gewesen war. Als wüsste sie, dass sie ihn für den Tod ihrer Tochter nicht verantwortlich machen konnte. Als hätte sie es die ganze Zeit schon gewusst.

Sie schluchzte hinter vorgehaltenen Händen.

»Was hat der Inspector sonst noch gesagt?« Er musste die Stimme heben, um ihr hemmungsloses Schluchzen zu übertönen.

»Er hat mich gefragt, ob ich schon einmal von einem gewissen Banbury oder Ed Strachan gehört hätte. Ob Molly ihn jemals erwähnt habe. Als ich sagte: ›Nein, wer ist Ed Strachan?‹, sagte er, das sei der Mann, mit dem Molly zuletzt gesehen worden sei.« Mrs. Newchris sprach zwischen den Fingern hindurch. Die Finger glichen einem Fenstergitter; um die Flut ihrer Seelenpein einzudämmen, die sich aus ihrem Innersten ergoss, waren sie denkbar ungeeignet. Schluchzend fuhr sie fort: »Dann hat er mich gefragt, ob sie jemals Drogen genommen habe oder in Schwierigkeiten geraten sei und was sie auf Curaçao gemacht habe. Er stellte eine Frage nach der anderen. So viele Fragen. Er war wie ein Terrier, er ließ einfach nicht locker.«

Strachan musste sie beruhigen. Er musste nachdenken. Er brauchte eine Verbündete. »Mrs. Newchris.«

»Michelle.«

»Mrs. Newchris.« Er wollte sie nicht beim Vornamen nennen. Das wäre ihm unpassend vorgekommen. »Ich mache jetzt

Kaffee. Und dann erzählen Sie mir alles, was Sie über den Manschettenknopf wissen. Molly ist tot, Sie können sie nicht wieder lebendig machen. Am besten reden Sie sich alles von der Seele und machen reinen Tisch.«

Es war nur ein Versuch, doch er wollte sie unbedingt in ein Gespräch verwickeln. Die Alternative wäre gewesen, ihr damit zu drohen, sie wegen des vor einundzwanzig Jahren gestohlenen zweiten Manschettenknopfs festnehmen zu lassen. Allerdings konnte er sich gut vorstellen, dass eine erfahrene Diebin wie Michelle Newchris den größten Teil ihres Lebens damit zugebracht hatte, der Polizei bei den Ermittlungen behilflich zu sein. Eine Fahrt zum Polizeipräsidium wäre für sie wohl kaum lästiger gewesen als ein Besuch im nächsten Supermarkt. Außerdem fehlte es ihm an Beweisen. Deshalb musste er mit ihr reden.

Strachan erhob sich. Während das Wasser kochte, schaute er in Mollys Krüge hinein. Aus den Augenwinkeln beobachtete er, wie Mrs. Newchris in die Diele trat. Sie bemühte sich, mit einem Papiertaschentuch ihr verheultes Gesicht in Ordnung zu bringen. Dann hob sie den Jungen hoch. Er hatte schwarzes Haar und blaue Augen, genau wie Molly. Er lächelte seine Großmutter an.

Im Kühlschrank war keine Milch, deshalb machte Strachan schwarzen Kaffee mit Zucker: stark und süß, wie er ihn gern hatte. Als er ins Wohnzimmer zurückkehrte, wirkte Mrs. Newchris beinahe gefasst. Er lehnte sich zurück und hielt die Kaffeetasse in der Hand. Offenbar war sie jetzt bereit, mit ihm zu reden.

17

Sie haben meinem Vater den Manschettenknopf gestohlen? Wann? Warum?«

»Ich habe mein Leben lang gestohlen. Aber immer nur Kleinigkeiten. Hier und da ein bisschen Schmuck. Wertsachen aus Handtaschen und Brieftaschen.«

»Und Safes.«

»Ja. Kombinationsschlösser waren meine Spezialität.« Mrs. Newchris rang sich ein Lächeln ab. »Der von Ihrem Vater war ein schweres Stück Arbeit. Ich habe fast eine Stunde dafür gebraucht.«

»Warum haben Sie nur den einen Manschettenknopf gestohlen?«

»Es war nur einer im Safe. Das meiste Zeug war die Mühe nicht wert. Hauptsächlich irgendwelche Dokumente. Staatsobligationen, Aktien und dergleichen. Ganz oben lagen ein kleiner Beutel aus blauem Samt und eine alte Zeitung. Es war auf den ersten Blick zu erkennen, dass da etwas Wertvolles drin war, und da hab ich mich halt bedient.«

Mrs. Newchris musterte Strachan schuldbewusst. Ihre Abwehr war zusammengebrochen. Sie war gar nicht der Drachen, für den er sie gehalten hatte. Sie war eine einsame kleine Diebin, die nach lebenslanger Plackerei ihre Tochter verloren hatte. Bislang hatte sie weder einen Mr. Newchris noch andere Kinder erwähnt. Strachan stellte sich vor, wie sie Molly ganz allein aufgezogen hatte. Sie hatte gestohlen, um über die Runden zu kommen. Jetzt war Molly tot. Die Strafe wog schwerer als ihre Schuld. Offenbar konnte sie noch immer nicht begreifen, wie ihr geschehen war.

»Der zweite Manschettenknopf war in der Zeitung versteckt. Gleich neben dem ersten«, sagte er.

»Ha! Das hätte ich mir denken können. Sie wurden getrennt aufbewahrt. Sehr schlau.«

»Eigentlich nicht. Reden Sie weiter.«

»Gegen zehn klingelt das Telefon. Ein Polizist ist dran. Er meint, es sei etwas Schreckliches passiert. Jemand würde mit Ihrem Großvater vorbeikommen, aber ich solle Sie nicht aufwecken. Es tut mir leid, Mr. Strachan. Ganz ehrlich.«

Er war sich nicht sicher, ob sie sich für den Diebstahl entschuldigte oder ihm nachträglich ihr Beileid zum Tod seiner Eltern aussprach. In letzterem Fall hätte sie sich die Mühe sparen können. Er wollte ihr Mitgefühl nicht, außerdem hatte er einundzwanzig Jahre Zeit gehabt, darüber hinwegzukommen.

Seine Eltern waren auswärts essen gegangen und nicht wiedergekommen. Ein Betrunkener in einem gestohlenen Wagen hatte sie mit dreiundvierzig Meilen pro Stunde auf einem Fußgängerüberweg gerammt. Der Wagen hatte sie in der Mitte des Oberschenkels getroffen. Wie die von einem strammen Schuss aus dem Boden gerissenen Stäbe eines Krickettors waren sie über das Dach des Fahrzeugs geschleudert worden. Hamilton hatte aus *König Lear* zitiert, um ihm die Tragödie begreiflich zu machen: *Was Fliegen sind den müß'gen Knaben, das sind wir den Göttern; sie töten uns zum Spaß*. Strachan war damals acht gewesen, und Shakespeare hatte ihn nicht zu trösten vermocht. Im Laufe der Jahre aber hatte er die Zeilen mehrfach nachgeschlagen. Ganz allmählich hatten die Worte wie ein Antibiotikum die bösartigen Zellen seines Kummers angegriffen, bis er den Tod seiner Eltern irgendwann als grausamen Schicksalsschlag betrachtet hatte: als etwas Unvorhersehbares und Unerklärliches. Das war beinahe so etwas wie eine Erklärung. *Was Fliegen sind den müß'gen Knaben*. Seitdem konnte er wenigstens mit Fremden darüber sprechen, ohne die Fassung zu verlieren.

»Eigentlich wollte ich den Beutel in den Tresor zurücklegen

und auf die Polizei warten, aber es war ja nicht anzunehmen, dass man mich durchsuchen würde, nicht wahr? Außerdem war in dem Beutel noch ein Zettel.«

»Was stand darauf?« Strachan rutschte zur Sesselkante vor. So angespannt wie ein Sprinter in den Startblöcken hing er an den Lippen der Frau.

Michelle Newchris stand auf und ging durch die Diele in Mollys Schlafzimmer. Kurz darauf kehrte sie mit einer gefalteten Postkarte zurück. Der Karton war inzwischen mürbe geworden und hatte sich an den Rändern gelblich verfärbt. Als sie ihm die Postkarte reichte, schnappte er danach wie ein hungriger Vogel.

Man wiegt sie auf in Silber,
bis sechzig Jahre geh'n ins Land,
Wenn du sie dann vereinst,
wiegt man sie auf in Gold.

Arthur Strachan, Oktober 1945

Strachan hatte Mühe, die Postkarte still zu halten. Als er die Arme verschränkte, bemerkte er, dass sie zitterten. Also war es tatsächlich wahr. Die beiden Manschettenknöpfe waren der Schlüssel zu einem wertvollen Erbe. Die Postkarte war bislang der stichhaltigste Beleg dafür. Strachan las die Zeilen erneut. Die Handschrift seines Großvaters war akkurat, aber auch kühn. Seine verschnörkelte Unterschrift hatte etwas Kalligraphisches. Seit er die Zeilen verfasst hatte, waren sechzig Jahre vergangen, was vielleicht die Erklärung dafür war, weshalb Molly und ihre Mutter jetzt die Initiative ergriffen hatten.

Er bemerkte, wie Michelle Newchris seinen Manschettenknopf anstarrte. Im V-Ausschnitt seines T-Shirts war er deutlich sichtbar. In diesem Moment hatte sie eine gewisse Ähnlichkeit mit Gollum. Es hätte ihn nicht gewundert, wenn sie sich auf ihn gestürzt und *Schatzzz!* gezischelt hätte. Er lehnte sich zurück. Die Unterhaltung nahm einen äußerst günstigen Verlauf, und er war gespannt, was Mrs. Newchris sonst noch zu bieten hatte. »Wie ging es dann weiter?«, fragte er.

»Also, jetzt, da ich wusste, dass die beiden Manschettenknöpfe wertvoll waren, habe ich im Haus nach dem zweiten Knopf gesucht, musste die Suche aber erfolglos abbrechen, als die Polizei mit Ihrem Großvater eintraf. An dem Tag, als Ihre Eltern beigesetzt wurden, versuchte ich es erneut, da ich wusste, dass niemand zu Hause sein würde, aber auch da hatte ich kein Glück. Da ich mich noch immer nicht geschlagen geben wollte, beobachtete ich das Haus und kam bald zu dem Schluss, dass nur Mr. Hamilton als Besitzer des zweiten Manschettenknopfs in Frage kam. Eines Tages folgte ich ihm nach Hause und merkte mir die Adresse. Ich durchsuchte sogar zwei Mal seine Wohnung, konnte den zweiten Manschettenknopf aber nicht finden.«

»Das wundert mich nicht«, sagte Strachan. »Die folgenden zehn Jahre war er in einem Bankschließfach untergebracht.«

Michelle Newchris hätte beinahe aufgelacht. »Typisch! Ich hab doch gewusst, dass es reine Zeitverschwendung war. Irgendwann gab ich auf. Hätte ich es weiter probiert, hätte ich den Bogen überspannt und wäre geschnappt worden. Den gestohlenen Manschettenknopf brachte ich am nächsten Tag ins Pfandhaus, aber dort wollte man mir nur fünf Piepen dafür geben. Da hab ich ihn Molly geschenkt.«

Strachan schüttelte mitleidig den Kopf. Hamilton hatte fast zwei Jahre auf die Suche nach Michelle Newchris verwandt, und sie war geradewegs in seine Wohnung hineinspaziert.

»Molly gefiel der Manschettenknopf auf den ersten Blick. Sie wissen ja, wie kleine Mädchen mit Schmucksachen so sind. Vor dem Einschlafen hat sie ihn sich unters Kopfkissen gelegt.«

»Wie hat sie mich gefunden?«

»Sie hat sich in Schwierigkeiten gebracht. Sie arbeitete bei einer Bank und hat wirklich gut verdient, aber irgendwann warf sie das Geld mit beiden Händen raus. Sie war immer schon eine Verschwenderin, keine Sparerin, und ehe sie sich's versah, war sie bis über beide Ohren verschuldet. Schließlich bat sie mich um Geld, aber ich hatte keinen Penny. Da fiel mir die Postkarte wieder ein. Das war alles, was ich ihr geben konnte. Das und die Geschichte, wie der Manschettenknopf in meinen Besitz gelangt war.«

»Aber wie hat sie mich gefunden?«, wiederholte Strachan. Diese Frau hatte seine Frage noch immer nicht beantwortet. Vielleicht wusste sie es selbst nicht.

»Durch die Zeitschriften.« Sie zeigte auf den Stapel auf dem Beistelltisch. »Ich habe ihr gesagt, wo Ihr Pate damals gewohnt hat, und sie hat gemeint, sie wolle sich der Sache annehmen. Ich hab gesagt, sie solle nichts überstürzen. Das war schließlich zwanzig Jahre her, und Mr. Hamilton war möglicherweise umgezogen. Außerdem wollte ich nicht, dass sie hinging, weil ich Angst hatte, sie könnte geschnappt werden. Ich hatte die Wohnung zwei Mal durchsucht und nichts gefunden, deshalb meinte ich, das wäre reine Zeitverschwendung. Aber sie wollte nicht auf mich hören. Ich habe keine Ahnung, wie hoch ihre Schulden waren, aber es muss eine ganze Menge gewesen sein. Am nächsten Tag schleppte sie die Zeitschriften an. Mr. Hamilton wohnte immer noch an derselben Adresse. Den Manschettenknopf hat sie nicht gefunden, dafür aber den Mann, der ihn besitzt. Nämlich Sie.«

Strachan nickte. Im Laufe der Zeit hatte er Hamilton zahlreiche Fotos geschenkt, doch die Zeitschriften hatte er stets mehr geschätzt. Hamilton war sein größter Fan und besaß alles, was je von ihm gedruckt worden war. Die Zeitschriften verwahrte er in seinem Arbeitszimmer.

»Molly war so aufgeregt. Sie meinte, die beiden Manschettenknöpfe seien der Schlüssel zu einem verborgenen Schatz, und den wolle sie finden, und dann wären wir reich. Und dann hat sie Pläne geschmiedet, Sie zu bestehlen.« Michelle Newchris hob den Säugling hoch und setzte ihn sich auf den Schoß. Der Junge hatte sich wieder beruhigt. Er kuschelte sich an sie und schlief ein.

»Mich zu *bestehlen*? Sie wollte mich *umbringen*.«

»Nein«, sagte sie trotzig. »Molly wollte Sie unter Drogen setzen. Das war meine Idee. Sie umzubringen war nie ihre Absicht. Die Droge sollte Sie eine Weile betäuben, und in der Zeit wollte sie Ihnen den Manschettenknopf abnehmen. Aber Sie haben die Gläser vertauscht, und für eine so kleine Person wie Molly war die Dosis viel zu hoch. Deshalb ist sie gestorben.«

»Und das haben Sie alles dem Inspector erzählt?« Irgendetwas musste er sagen. Er musste die Unterhaltung in Gang halten, sonst würde er platzen. Koopmans hatte gemeint, die Dosis in der Pipette habe ausgereicht, ein Nashorn umzuhauen, und es war nicht auszuschließen, dass Molly sich vertan hatte. Wahrscheinlich würde er nie erfahren, ob sie ihn lediglich betäuben oder umbringen wollte. Trotzdem klebte ihr Blut an seinen Händen. Ihr Sohn würde ohne Mutter aufwachsen. Strachan wusste, was da auf ihn zukam. Ein Zuckerschlecken war es jedenfalls nicht.

»Nein. Ich habe ihm gar nichts gesagt. Bei den Bullen hab ich noch nie gesungen.«

Das könnte ein Problem darstellen. Er musste Mollys Mutter dazu bewegen, ihr Geständnis in Verhoevens Beisein zu wiederholen. Das war die einzige Möglichkeit für ihn, unbeschadet aus der Patsche herauszukommen. »Wo haben Sie mit ihm gesprochen? Hier?«

»Ja. Ich wollte vor dem Abflug nach Curaçao eine Weile in Mollys Wohnung sein. Ich soll sie dort identifizieren.« Auf einmal rannen ihr wieder Tränen über die Wangen, dick und schwer wie Regentropfen. Strachan hörte, wie sie auf dem Holzboden zerplatzten.

»Wann haben Sie mit ihm gesprochen?« Es war erheblich leichter, jemanden auszufragen, als selbst verhört zu werden. Ihm war es so jedenfalls lieber.

»Heute Morgen. So gegen elf.«

Das war gut. Verhoeven würde sich frühestens gegen Abend hier blicken lassen. Strachan konnte sich ein wenig entspannen. Er hätte gern gewusst, ob der Inspector die Zeitschriften gesehen hatte. Er beschloss, eine als Beweisstück mitzunehmen. Notfalls konnte er behaupten, Michelle Newchris habe sie ihm überlassen. Verhoeven würde ihm den Einbruch niemals nachweisen können, außerdem wog dieses Vergehen weit weniger schwer als *dood door schuld*. Hoffentlich hatte Verhoeven einen Blick in die Zeitschriften geworfen. Es wäre eine Genugtuung für ihn, dem Niederländer das Beweisstück ins Maul zu stopfen.

Etwas aber war noch unklar. »Eines verstehe ich noch immer nicht«, sagte er. »Sie haben ihm nichts erzählt, aber Sie haben ihm trotzdem den Manschettenknopf überlassen. Warum das?«

Mrs. Newchris' Blick wanderte zum Fenster, daran merkte er, dass sie log. Verhoeven hatte bestimmt keine Rücksicht auf ihre Verfassung genommen. Vielleicht mochte es ihr ja gelingen, der örtlichen Polizei etwas weiszumachen, aber mit einem Dreckskerl wie ihm konnte sie es bestimmt nicht aufnehmen. Auf einmal fiel es Strachan wie Schuppen von den Augen. Verhoeven hatte Druck gemacht, und sie hatte gesungen wie ein Vogel.

»Vielleicht hab ich ihm ja ein bisschen was erzählt. Sozusagen zur Ablenkung. Er überschüttete mich mit Fragen. Wie ich schon sagte, er war wie ein verdammter Terrier, ja, das war er.

Als ich den Manschettenknopf erwähnte, wollte er wissen, wo Molly den ihren verwahrt hätte, und da ging ich ihn holen. Er wollte ihn sich ansehen, und da gab ich ihm das Ding. Als ich es wiederhaben wollte, hat er nur gelacht und gemeint, das sei ein Beweisstück.«

»Das stimmt«, sagte Strachan. Wenn sie Verhoeven auch nur halb so viel erzählt hatte wie ihm, war er aus dem Schneider. Verhoeven war wahrscheinlich schon wieder in Amsterdam und telefonierte vielleicht gerade mit Koopmans. Er würde die St. Michiel's Bay wiedersehen. Das Gehörte reichte ihm fast schon. Aber nur fast. Eine Frage musste er noch stellen. Jetzt, da Verhoeven den zweiten Manschettenknopf hatte, war dies die wichtigste Frage überhaupt. Die Frage, die ihm die letzte halbe Stunde über auf der Zunge gelegen hatte.

»Mrs. Newchris, wie lauten die Ziffern, die auf Mollys Manschettenknopf eingraviert sind?«

»Das weiß ich nicht«, sagte sie. »Ich kann mich nicht mehr erinnern. Da war ein Buchstabe, O, und drei Zahlenkolonnen. Ich glaube, eine davon lautete neununddreißig. Ja, neununddreißig, denn das ist meine Glückszahl bei der Lotterie.«

»Und an die anderen Zahlen erinnern Sie sich nicht mehr?«

»Nein.«

Es war nicht auszuschließen, dass sie log, aber Strachan bezweifelte das. Weil sie ihm ihr Herz ausgeschüttet hatte, wollte er ihr gern glauben. Als sie vom Tod seiner Eltern gesprochen hatte, hatte sie ihn angesehen, als gäbe es zwischen ihnen eine Gemeinsamkeit. Er hatte seine Eltern verloren, sie ihre Tochter. Diese beiden Tragödien überwanden alle zwischen ihnen bestehenden Barrieren. Nein, wenn sie die Zahlen gewusst hätte, dann hätte sie sie ihm auch verraten.

Er stürzte den Rest des Kaffees hinunter. Dann nahm er eine Zeitschrift vom Stapel und erhob sich. Er war hier fertig. Es hatte keinen Sinn, noch länger zu bleiben. Er war heute schon genug Risiken eingegangen. Sie gingen zur Tür. Mrs. Newchris schlurfte auf den Strümpfen hinter ihm her. Der große Zeh schaute bereits hervor. Von den Fußtritten, mit denen sie ihn malträtiert hatte, war er ganz geschwollen.

»Ich danke Ihnen. Sie haben mir sehr geholfen.« Strachan sagte das nicht gern, doch es stimmte. Er legte die Hand aufs Geländer und setzte einen Fuß auf die Treppe. Eine Frage aber hatte sie noch immer nicht beantwortet, deshalb drehte er sich noch einmal um. »Woher wusste Molly, dass ich mich auf Curaçao aufgehalten habe?«

Michelle Newchris aber tat so, als hätte sie ihn nicht gehört, und schlug ihm die Tür vor der Nase zu.

18

Als Strachan auf die Straße trat, hatte der Regen aufgehört. Wolken trieben am Himmel, es wehte ein schneidender Wind. Eine Bö fegte Laub in den Rinnstein zu seinen Füßen. Wegen der Kälte vergrub er die Hände tief in den Manteltaschen. Beim Gehen zog er die Schultern hoch. Halb zehn Uhr abends in London, nachmittags in der St. Michiel's Bay. Dort schien jetzt die Sonne. Eine gute Zeit, um hinters Riff rauszuschwimmen und nach Delfinen Ausschau zu halten. Hier in der realen Welt aber war es schon spät, und er war hungrig.

Er überquerte die London Bridge, folgte der Cannon Street, der Queen Victoria Street und dem Themsekai bis zum Strand, wo ein McDonald's war. Selbst um diese Zeit war es dort gerammelt voll. Die Gäste saßen dicht gedrängt, kämpften um freie Sitzplätze, rempelten sich gegenseitig an. Er aß im Stehen. Ein übervoller Abfallbehälter rülpste einen Papierbecher aus, der genau vor seinen Schuhen landete und sie mit Bananen-Milchshake bespritzte.

Beim Tauchen aß Strachan besser. Die meiste Zeit verbrachte er in Ländern mit warmem Wasser, wo der Wechselkurs günstig und der Fisch billig und schmackhaft war. In Ländern wie Ecuador, Thailand und Kenia, wo man mit zehn Dollar am Tag auskam. Hier in London verzehrte er Schweinefraß. Er schlang Snacks hinunter, und wenn er mal selbst kochte, wärmte er meistens etwas in der Mikrowelle auf. Das Essen diente lediglich der Selbsterhaltung, solange er im Lagerhaus arbeitete und für die nächste Überseereise sparte. Es war ein deprimierender Kreislauf. Das Lager bezeichnete er gerne als Yin und das Meer als Yang. Im Moment lag eine lange Yin-Periode vor ihm.

Klagen wollte er dennoch nicht; schließlich hatte er diese Lebensweise selbst gewählt. Schon früh war ihm klar gewesen, dass er für eine Karriere im Anzug nicht geschaffen war. Auch der Perspektive, der Familientradition gemäß zum Militär zu gehen, konnte er nichts abgewinnen. Lieber wollte er in einem Drive-in die Bestellungen entgegennehmen, als sich auf dem Exerzierplatz herumkommandieren zu lassen. Auch wenn die Uniformen sich kaum unterschieden, konnte er dort am Ende des Arbeitstages zumindest nach Hause gehen.

Strachan hatte nie schlaue Ratschläge in Anspruch genommen und war eher zufällig auf die Unterwasserfotografie gestoßen. Ohne zu wissen, was er eigentlich machen wollte, hatte er sich nach dem Schulabschluss ein Jahr Auszeit gegönnt. Hamilton hatte ihn mit Carl Ryan bekannt gemacht, einem Freund aus Militärzeiten, der in Malaysia einen Treibstoffhandel betrieb. Ryan gab ihm einen Job. Mit einem großen Geländewagen fuhr er im ganzen Land herum, notierte den Treibstoffbestand der Tankstellen und erstellte eine Vorhersage für die im nächsten Monat benötigten Treibstoffmengen. Damals gab es in Europa, geschweige denn in der Dritten Welt, noch kein Internet, und aufgrund der Sprachbarriere war auch auf Telefonate kein Verlass. In Mathe war Strachan immer besonders schwach gewesen, doch er konnte mit einem Taschenrechner umgehen und achtete darauf, dass er keine Fehler machte. Da er nicht wieder nach England zurückkehren wollte, legte er sich ordentlich ins Zeug. Als der Sommer zu Ende ging, teilte er Hamilton per Postkarte mit, dass er aufs Studium verzichten und in Malaysia bleiben wolle.

Ryan musste zwei Orte an der Nordostküste anfahren. Der eine war Kuala Besut, von wo aus man zu den Perhentian Islands gelangte. Die Inseln waren in Taucherkreisen bereits berühmt. Strachan nahm sich ein paar Tage frei, unternahm seinen ersten Tauchgang und war auf Anhieb begeistert. Als er ein halbes Jahr später seinen Rettungstaucherschein machte, hörte er auf, die einzelnen Tauchgänge zu protokollieren. Er hatte bereits zwei Logbücher vollgeschrieben, doch diese Mühe zahlte sich nicht aus. Elf Jahre später schätzte er, dass er mindestens vier Monate seines Lebens unter Wasser verbracht hatte.

In Malaysia hatte er auch Runi und Pili Parang kennengelernt. Das Land nahm einen Ehrenplatz in seinem Gedächtnis ein. Dort hatte nicht nur seine Laufbahn als Unterwasserfotograf ihren Anfang genommen, sondern auch seine Karriere als erfolgreichster Smaragdschmuggler ganz Südostasiens.

Strachan hing auch dann noch seinen Erinnerungen nach, als er den Hamburger verdrückt hatte. Er ging zum Trafalgar Square, passierte Whitehall und die Houses of Parliament und erreichte das Morpeth Arms an der Vauxhall Bridge, als es bereits auf die Sperrstunde zuging.

Dienstags war nicht viel los im Pub, und er wollte nur einen Moment bleiben, zwei Guinness trinken und sich umhören, was es Neues gab. Tammy war leider nicht da. Er hätte gern mit ihr gesprochen. Sie verfügte über die besondere Gabe, in Zeiten wie diesen beruhigend auf ihn einzuwirken. Er machte sich immer noch Sorgen wegen des Abgabetermins bei *National Geographic*. Inzwischen sollten seine Fotos eigentlich dort eingetroffen sein. Wenn nicht, wären jetzt Bill Tanners Bilder auf dem Weg zur Druckerei. Auf dem Rückweg zu seiner Wohnung versuchte Strachan, die Tatsache herunterzuspielen, dass seine weitere Karriere von dem Telefonanruf abhing, den er jeden Moment machen würde.

Als er den Schlüssel ins Schloss steckte, sprach ihn jemand aus der Dunkelheit an. Er hatte sich nicht verfolgt gefühlt, also hatte der Mann wohl auf ihn gewartet.

»*Goedenavond*, Banbury.«

Niederländisch – eine Halskrankheit.

19

Strachan drehte sich nicht um. Das hatte ihm gerade noch gefehlt.

»Sie möchten mich in Ihre Wohnung einladen? Sehr freundlich von Ihnen.«

Verhoeven hatte eine Fahne. Strachan konnte sie riechen. Vielleicht hatte Verhoeven schon den ganzen Abend im Pub auf ihn gewartet. Was sollte er tun? Er konnte schlecht Nein sagen – der Typ war ein Cop –, deshalb ließ er ihn achselzuckend eintreten. Verhoeven legte ihm die Hand auf die Schulter und versetzte ihm einen Stoß. Nicht besonders fest, aber dennoch geriet er ins Stolpern.

»Sie haben sich nicht gemeldet, Banbury. Ich hatte Sehnsucht nach Ihnen.«

Sie standen vor seiner Wohnungstür. Verhoeven hatte recht. Strachan hatte vergessen, sich telefonisch zu melden. Aber darauf kam es jetzt nicht mehr an. Verhoeven war offenbar über alle seine Schritte auf dem Laufenden.

»Was wollen Sie, Rutger?« Jetzt erst drehte Strachan sich zu ihm um. Verhoeven war ganz in Schwarz gekleidet wie ein Gestapomann. Schwarze Schuhe, schwarze Jeans. Schwarzlederner Regenmantel und schwarze Lederhandschuhe. Sein Gesicht war vom Alkohol gerötet. Er war gereizt und konnte es offenbar gar nicht erwarten, Strachan auseinanderzunehmen.

»Ich wollte mal sehen, was Sie so machen. Und in Erfahrung bringen, wo Sie heute Abend waren. Also, wo *waren* Sie, Banbury?«

Verhoeven folgte Strachan in die Wohnung. Strachan zog seinen Mantel aus und warf ihn aufs Sofa. Er sagte, er habe einen Spaziergang gemacht und eine alte Freundin besucht.

Verhoeven aber hörte ihm gar nicht zu. Er betrachtete Strachans Fotos. Hingerissen wie ein Kind, das zum ersten Mal ein Aquarium besucht. Ein Bild fesselte ihn besonders. Er konnte sich einfach nicht davon losreißen. Geschmack hatte er, das musste Strachan ihm lassen. Das Foto zeigte das aufgerissene Maul eines Mantas, eines der harmlosen Riesenrochen, die im Sangalaki Marine Reserve von Kalimantan häufig anzutreffen waren. Auf dem Foto hielt der Manta direkt auf ihn zu. Die Kamera nahm er offenbar gar nicht wahr. Das Maul war weit aufgerissen. Die Hörner leiteten das Plankton an türpfostengroßen Kiemen vorbei. Strachan hätte ihm direkt in den Schlund schwimmen können. Bis auf einen schmalen bläulichen Rand nahm das Maul fast das ganze Foto ein. Das machte unter anderem seinen Reiz aus: Es dauerte eine Weile, bis dem Betrachter klar wurde, was er da eigentlich vor sich hatte.

»So.« Endlich riss Verhoeven sich von dem Bild los. Er war beeindruckt. Vielleicht verstand er jetzt, weshalb Strachan so heftig reagiert hatte, als man ihm die belichteten Filme vorenthalten hatte. »Warum haben Sie nicht angerufen?«

»Ich hab's vergessen.«

»Vergessen? Und wenn ich Sie wieder festnehmen und vergessen würde, Sie freizulassen?«

Strachan ließ ihn quatschen. Sollte er ruhig seinen Spaß haben. Wenn Verhoeven etwas Wichtiges besprechen wollte, würde er irgendwann schon die Kurve kriegen.

»Erzählen Sie mir von dem Manschettenknopf, den Sie da um den Hals tragen.«

Strachan schwieg noch immer. Verhoeven wusste inzwischen über die Manschettenknöpfe Bescheid. Er hatte mit Michelle Newchris gesprochen. Sie hatte ihm den zweiten Manschettenknopf gegeben und die Leerstellen ausgefüllt, die Strachan in Schiphol offen gelassen hatte. Es machte keinen Sinn, etwas zu wiederholen, was Verhoeven bereits bekannt war.

»Das ist der eine der beiden Manschettenknöpfe. Christine Molyneux hatte den anderen. Deshalb haben Sie sie unter Drogen gesetzt.« Verhoeven zählte eins und eins zusammen, und heraus kam null.

»Sie hieß Molly Newchris. Und *sie* wollte *mich* unter Drogen setzen, also reden Sie keinen Scheiß. Sie wissen ganz genau, dass sie den zweiten Manschettenknopf nicht mit nach Curaçao genommen hat. Sonst hätte ihre Mutter Ihnen das Ding nicht heute Morgen geben können.« Um seinen Worten Nachdruck zu verleihen, warf er ihm die Zeitschrift zu, die er aus Mollys Wohnung hatte.

Verhoeven reagierte überrascht. Er rang um Fassung. Christine Molyneux' wahre Identität unterlag noch der Geheimhaltung. »Woher kennen Sie ihren wahren Namen? Hat Koopmans Ihnen den verraten?«

»Nein.« Verhoeven wollte mehr hören, doch den Gefallen

tat Strachan ihm nicht. Verhoeven wurde unruhig. Als könnte er sich nicht entscheiden, ob er Strachan physisch oder mental angreifen sollte. Strachan schwelgte in seinem Unbehagen.

»Sie haben ihre Mutter besucht? Wann? Heute Nachmittag?«

»Wie ich schon sagte, ich habe eine alte Freundin besucht.«

Verhoeven rang frustriert die Hände. Die steifen Lederhandschuhe knarrten. »Ich glaube, Sie sollten mir jetzt Ihren Manschettenknopf geben. Der stellt ein wichtiges Beweisstück dar. Ich muss ihn konfiszieren. Wenn Sie die Wahrheit sagen, könnte dies das Ende der Ermittlungen bedeuten. Geben Sie ihn mir. Bitte, Banbury. Seien Sie ein braver Junge.«

Strachan grinste. Er hatte Molly nicht vorsätzlich unter Drogen gesetzt, und Verhoeven wusste das. Der Niederländer hatte bereits genug Beweismittel, um den Fall abzuschließen. Dass er in seiner Wohnung erschienen war, hatte ausschließlich persönliche Gründe. Vielleicht hatte Verhoeven es ja selbst auf den Schatz abgesehen. Vielleicht hatte er die Koordinaten vergessen, die er in Schiphol auf dem Manschettenknopf gesehen hatte. Vielleicht brauchte er den Manschettenknopf tatsächlich, um den Fall abzuschließen. Wie auch immer, dieser Besuch konnte nur auf eine Art und Weise beendet werden. Und wenn Verhoeven kämpfen wollte, war es Strachan nur recht.

Im Alter von dreizehn Jahren hatte Hamilton ihn aufs Bradfield College geschickt, eine wundervolle alte Public School im ländlichen Berkshire. Sein Vater hatte bei seinem Tod zwanzig Jahre lang gedient, weshalb die Army ein großzügiges Stipendium bewilligte, das den Großteil der Kosten deckte. Bradfield war in akademischer Hinsicht eher Mittelmaß, doch die Sporteinrichtungen und das Schwimmbecken waren spitze. Vor allem darauf lenkte Strachan seine Energien. Den größten Teil davon, aber nicht alles. Den Rest verwandte er darauf, kämpfen zu lernen.

Nach dem Tod seiner Eltern war er ein Einzelgänger geworden. Die meiste Zeit über war er allein: er gegen den Rest der Welt, und der tat gut daran, vor ihm auf der Hut zu sein. Das Leben hatte ihm übel mitgespielt, und seine aufgestaute Wut ließ er in den Warteschlangen bei der Essensausgabe, in den Schlafsälen und Umkleideräumen an seinen Klassenkameraden aus. Es war eine kostspielige Erziehung, bezahlt mit blauen Flecken und Schürfwunden. Wenn ihn jemand beleidigte, hielt Strachan sich nicht erst lange mit Beschimpfungen auf, sondern schlug gleich zu. Im Laufe der folgenden fünf Jahre entwickelte er sich zu einem guten Schwimmer, und es gab nicht viele Jungs, die sich mit ihm anlegten. Die meisten waren froh, wenn er ihnen aus dem Weg ging, und die anderen versuchten es mit schmutzigen Tricks.

Bei einem Kampf schützt man instinktiv Kopf, Unterleib und Bauch, und Strachan lernte früh, an anderen Stellen anzugreifen. Er zielte auf Knie, Füße und Finger. Mit fünfzehn hatte er den Bogen raus. Im Kampf kommt es vor allem darauf an, dem Gegner in kürzester Zeit maximale Schmerzen zuzufügen. Es geht darum, ihn so weit zu schwächen, dass er beim großen Finale wehrlos ist. Strachan war als Kind nicht besonders groß, aber er war ein Draufgänger und hatte keine Hemmungen, anderen wehzutun, solange er am Ende als Sieger dastand. Damals hatte das den entscheidenden Unterschied ausgemacht. Manchmal profitierte er auch jetzt noch davon.

Sein Vertrauenslehrer merkte, was ablief, und drohte damit, ihn von der Schule werfen zu lassen. Er meinte, wenn er nicht lerne, seine Wut zu beherrschen, werde er fliegen. Der Lehrer sprach auch mit Hamilton, für dessen Lösungsvorschlag Strachan ihm heute noch dankbar war. In den Ferien meldete Hamilton ihn für einen Selbstverteidigungskurs des örtlichen

Turnvereins an, damit er Selbstbeherrschung lerne. Der Lehrer, ein Israeli, hatte früher für den Mossad gearbeitet und brachte Strachan *Krav Maga* bei.

Die meisten Kampftechniken orientalischen Ursprungs beinhalten auch ein starkes Element von Zen-Buddhismus. Selbstverteidigung und waffenloser Kampf setzen den Einklang von Körper und Geist voraus. Gewalt ist das allerletzte Mittel. *Krav Maga* jedoch ist anders. Diese Kampftechnik entstand auf den Straßen von Bratislava und wurde in den Fünfzigerjahren vom israelischen Militär weiterentwickelt. Dabei wird auf größtmögliche Einfachheit und Wirksamkeit Wert gelegt. Der Kämpfer lernt, ohne das geringste Zögern zu reagieren. Er wird auch darauf trainiert, die Gewalt zu steigern, falls es angebracht ist. Im Gesetzesvollzug liebt man dergleichen.

Strachan liebte diese Technik ebenfalls. Das Training in der Turnhalle ging von realen Situationen aus, und die Lehrer unterzogen ihre Schüler dem gleichen Stress, dem sie auch bei einem echten Angriff ausgesetzt gewesen wären. Im Grunde war es ganz einfach: Gekämpft wurde mit Ellbogen, Knien und Fäusten. Drei Jahre lang ging er in den Ferien zweimal wöchentlich zum Training. Kaum hatte er damit angefangen, kämpfte er nicht mehr in der Schule, aus Angst, jemanden ernsthaft zu verletzen.

Das aber war Geschichte. Jetzt sah die Situation anders aus, und deshalb sagte er zu Verhoeven: »Wenn Sie den Manschettenknopf haben wollen, holen Sie ihn sich doch.«

»Banbury, wir sind beide etwas zu alt für derlei Spielchen. Geben Sie ihn mir, sonst nehme ich Sie wegen Behinderung der polizeilichen Ermittlungen fest.« Verhoeven zog die Handschuhe stramm und glättete das Leder um die Finger, damit sie nicht rutschten. Die Geste wirkte bedrohlich.

Strachan bezweifelte, dass der niederländische Polizist befugt war, ihn hier in England festzunehmen. Trotzdem war er auf der Hut. Er stand unter Strom. Er ballte die Hände in den Taschen, entspannte sie und ballte sie wieder. Er lockerte die Gelenke, bis sie sich geschmeidig anfühlten. »Inspector Verhoeven, ein Arschloch wie Sie bekommt meinen Manschettenknopf nur über meine Leiche.« Zum Zeichen, dass es ihm ernst war, setzte er ein gemeines Lächeln auf.

Verhoevens Rechte war in der Tasche des Regenmantels verschwunden. »Das lässt sich leichter machen, als Sie glauben.« Er zog etwas heraus. Eine Waffe. Ein Schlagstock. Er war dreißig Zentimeter lang, aus Stahl und schmiegte sich nahtlos an die behandschuhte Hand. »So«, sagte Verhoeven – sein gelassener Tonfall ließ erkennen, dass er sich im Vorteil wähnte. »Ich sage es jetzt zum letzten Mal: Geben Sie mir den Manschettenknopf.«

Strachan schüttelte den Kopf. Sie standen sich im Wohnzimmer im Abstand von etwa einem Meter gegenüber. Er zog die Hände in dem Moment aus den Taschen, als Verhoeven ihn angriff.

20

Als Verhoeven sich auf Strachan stürzte, hielt er den Totschläger hoch erhoben, denn er wollte ihn im Gesicht treffen. Verhoeven erwartete offenbar, dass Strachan zurückweichen würde, doch stattdessen trat er einen Schritt auf den Polizisten zu. Verhoeven schlug überrascht zu, doch Strachan ahnte die Bewegung voraus, riss den linken Arm hoch und blockte ihm das Handgelenk. Gleichzeitig versetzte er Verhoeven eine Gerade aufs Kinn und erwischte ihn mit dem Handballen. Der Kopf des Bullen flog nach hinten, wobei Verhoeven sich anscheinend auf die Zunge biss, denn auf einmal blutete er aus dem Mund.

Verhoeven war bewaffnet, doch Strachan war im Vorteil und setzte sogleich nach. Er tänzelte vor und legte die Fäuste zusammen. Sein nächster Schlag war ein wilder Schwinger gegen Verhoevens Schläfe, der ihn niederstreckte wie der Treffer eines Heckenschützen. Strachan hätte dem Ganzen an diesem Punkt ein Ende machen sollen. Mit einem festen Kopftritt hätte er den Niederländer ausschalten können. Doch er zögerte. Er wollte keinen Bullen töten, weshalb er nicht seine ganze Kraft hineinlegte.

Verhoeven war auf den Knien. Er sah den Tritt kommen, packte Strachans Wade und riss dessen Bein hoch, sodass Strachan die Arme ausstrecken musste, um das Gleichgewicht zu wahren. Strachan rechnete damit, dass Verhoeven ihn entweder nach hinten stoßen oder ihm das Bein verdrehen würde, um ihm dann mit dem Totschläger einen Schlag auf den Hinterkopf zu versetzen. Stattdessen ließ sich der Cop aufs Sofa fallen. Strachans rechtes Bein zog er mit und stieß dessen linkes Bein gleichzeitig weg. Strachan stürzte wie ein gefällter Baum und landete mit einem dumpfen Geräusch auf dem Hintern.

Verhoeven warf sich auf ihn wie ein tobsüchtiger Schakal. Aus seinen Mundwinkeln floss Blut. Mit dem ersten Hieb pulverisierte er Strachans Nase. Strachans Mund war voller Blut. Ihm verschwamm die Sicht. Noch ein solcher Treffer, und es wäre aus mit ihm. Strachan standen noch zwei Waffen zur Verfügung: die Stirn und das Becken. Er kombinierte sie perfekt miteinander, um Verhoeven abzuwerfen. Er zog die Beine an und kippte vor, bis sein Gesicht dicht vor Verhoevens Kopf war. Dann rammte er ihm die Stirn gegen die Nase. Verhoeven war benommen. Seine Kräfte ließen nach. Noch ein Hüftstoß von Strachan, und Verhoeven lag auf dem Rücken und fasste sich an die Nase. Der Totschläger fiel ihm aus der Hand.

Strachan wälzte sich nach rechts. Am Bein des Esstischs zog er sich hoch. Er hatte einen Treffer einstecken müssen, Verhoeven hingegen drei. Er kam zwei Sekunden vor dem Niederländer auf die Beine. Dann zog er die Gewaltschraube an.

Verhoeven kroch noch immer wie das Opfer eines Zugzusammenstoßes auf dem Boden herum. Strachan holte mit dem rechten Fuß aus und trat ihm mit voller Wucht in die Rippen. Verhoeven rollte sich instinktiv zu einer Kugel zusammen und schlang die Arme um den Kopf. Strachans nächster Tritt zielte in den Unterleib, worauf Verhoeven aufklappte wie ein Buch. Strachan warf sich auf Verhoeven, rammte ihm die Knie gegen die Brust und spürte, wie die Luft aus der Lunge entwich. Dann hob er den Totschläger auf und drehte die Gewaltschraube noch weiter an.

Während Verhoeven nach Luft schnappte, hörte er auf, sich zu wehren, wodurch er Strachan Gelegenheit gab, ihn auf dem Boden festzunageln. Der Niederländer fasste sich an die Hüfte. Der Regenmantel klappte auf, und jetzt sah Strachan das Pistolenhalfter. Totschläger waren eine Sache, Revolver eine ganz andere. Er musste dem Ganzen ein Ende machen, bevor Verhoeven die Waffe ziehen konnte. Strachan wusste, dass Verhoeven keinen Moment zögern würde, ihn zu erschießen.

Langsam und methodisch schlug Strachan mit dem Totschläger zu. Die Wirkung war mit der einer stumpfen Axt vergleichbar. Der erste Schlag brach Verhoeven den Wangenknochen. Aus dem purpurfarbenen Striemen von der Größe einer Pflaume lief ihm Blut übers Gesicht. Als Nächstes zielte Strachan auf den Mund. Einer der Schneidezähne musste dran glauben. Der Totschläger drang durch den Gaumen hindurch und blieb erst im Rachen stecken. Als Verhoeven hustete, wurde Strachan von Blut und Speichel bespritzt. Nach dem dritten Schlag hörte Verhoeven zu schreien auf. Nach dem vierten rührte er sich nicht mehr.

Strachan fürchtete schon, er hätte den Niederländer getötet. Wahrscheinlich wäre es aussichtslos gewesen, die Geschworenen davon überzeugen zu wollen, dass dies schon die zweite Person sei, deren Tod er unabsichtlich verschuldet habe. Wenn es um tote Cops ging, war die Polizei immer besonders motiviert und ging mit äußerster Härte vor. Dass ihn ganz Interpol jagte, wollte er unter allen Umständen vermeiden. Erleichtert registrierte er, dass Verhoevens Herz noch schlug.

Der Bulle war bewusstlos. Strachan wusste nicht, wie lange es dauern würde, bis er wieder zu sich kommen würde, aber wenn es so weit war, sollte er möglichst weit weg sein. Er schätzte, dass ihm eine Stunde Zeit blieb. Vielleicht sogar etwas länger, falls Verhoeven tatsächlich so viel getrunken hatte, wie sein Atem vermuten ließ. Strachan musste ihn wegschaffen.

Er durchsuchte Verhoevens Taschen und fand den zweiten Manschettenknopf, dann wuchtete er den Bewusstlosen hoch. Er taumelte zum Sideboard und schnappte sich für den Fall, dass sie unterwegs gesehen wurden, eine Flasche Jack Daniel's. Notfalls konnte er so tun, als kehrten sie betrunken von einer Party heim. Mit dem Ärmel wischte er sich das Blut vom Gesicht. Mit den Zähnen zog er den Korken aus der Flasche und spuckte ihn auf den Boden. Der Whisky brannte an der geplatzten Lippe, doch er fühlte sich gleich ein wenig gestärkt. Bevor er den bewusstlosen Verhoeven die Treppe hinunterschleppte, nahm er noch einen Schluck. Auf der Straße angelangt, legte er sich den Cop über die Schultern.

Verhoeven war schwerer als erwartet. Strachan schwankte unter seinem Gewicht, was die Scharade noch überzeugender machte. Er bog nach links auf die Tachbrook Street ein, die zu den Geschäften des Warwick Way führte. Zur Rechten gab es eine kleine Sackgasse. Darin standen drei Müllcontainer und ein Glassammelbehälter. Die Container quollen über. Auf dem

Boden lag ein Haufen Plastikmülltüten. Insgesamt mussten es an die fünfzig sein. Ideal.

Strachan ließ Verhoeven mitten auf den Haufen fallen. Die stinkenden Mülltüten sackten unter seinem Gewicht in sich zusammen. Strachan begoss den Polizisten mit Whisky, dann wischte er die Flasche ab und warf sie dem Niederländer in den Schoß. Das Ganze machte ihm Spaß. Irgendwie war es ausgleichende Gerechtigkeit. Erst vor zwei Tagen hatte Verhoeven in Schiphol seine belichteten Filme in den Müll geworfen.

Eigentlich war es ein hübsches Fleckchen, um inmitten von chinesischem Fast-Food-Müll, Staubsaugerbeuteln, vollgeschissenen Windeln und Fischgräten die Nacht zu verbringen. Wenn Verhoeven Pech hatte, würden ihn die Ratten annagen. Ein Jammer, dass er überfallen worden war. Allerdings hatte Strachan schon an zahllosen gefährlicheren Orten als auf einem Müllhaufen in Pimlico übernachtet, und Verhoevens Chancen, die Nacht zu überstehen, standen gut. Wenn er zu sich kam, würde er Schmerzen haben, aber er würde überleben. Er würde sein Gesicht im Krankenhaus richten lassen und anschließend bei Strachan klingeln.

Dann aber wäre er längst über alle Berge. Er würde am Kreuzungspunkt der beiden Koordinaten eine Schatzsuche beginnen.

Strachan schloss die Hand um den Manschettenknopf in seiner Tasche. Nach einundzwanzigjähriger Trennung waren Länge und Breite endlich wieder vereint.

2. TEIL

»Ferner«, sagte der Kapitän, »ich erfahre, dass wir auf Schatzsuche gehen – erfahre es, wohlgemerkt, von meiner eigenen Mannschaft. Nun ist das mit der Schatzsucherei eine heikle Sache; ich mache solche Fahrten nicht gern; und ich mache sie ganz besonders dann nicht gern, wenn sie geheim sind und wenn das Geheimnis – ich bitte um Entschuldigung, Mr. Trelawney – dem Papagei erzählt worden ist.«

(Robert Louis Stevenson, *Die Schatzinsel*)

21

Strachan war noch nie in Singapur gewesen. Für Smaragdschmuggler war dieses Land streng verboten. Wegen der strengen Gesetze und der drakonischen Strafen war das Risiko einfach zu groß. Außerdem hatten die gesetzestreuen Bürger des reichsten Landes der Region keinen Bedarf an geschmuggelten Juwelen.

Bei seiner Ankunft war es früh am Morgen. Durch das Taxifenster sah er, dass Singapur seine vorgefassten Meinungen voll bestätigte. Die vom Flughafen in die Stadt führende Schnellstraße war makellos. Auf dem Mittelstreifen standen dicht an dicht große Holzkübel mit blühenden Blumen. Palmen säumten die Straßen in exakt bemessenem Abstand. In den meisten anderen Städten hätte dieser Straßenabschnitt als botanischer Garten gelten können. In Singapur war das – angeblich – eine Behelfsstraße.

Strachan hatte den größten Teil des Fluges über geschlafen. Der Jetlag würde erst später einsetzen. Als er in der Jugendherberge eincheckte, federten seine Schritte noch.

Nachdem er Verhoeven abgeladen hatte, war er in seine Wohnung zurückgekehrt und hatte Gilchrist angerufen. Gilchrist hatte ihm mitgeteilt, dass die Fotos eingetroffen und sechsundfünfzig Minuten vor Ablauf der Frist in die Druckerei gegangen seien. Er war ganz begeistert von den Bildern und wollte von Strachan wissen, wie in aller Welt er diesen beeindruckenden Barrakuda aufgespürt habe. Strachan hatte ihm lachend erklärt, das sei ein Berufsgeheimnis, doch es mache ebenso viel Spaß, die Motive aufzuspüren, wie sie zu fotografieren.

Wäre er nicht so in Eile gewesen, hätte Strachan sich eine Flasche Champagner gekauft. Dann hätte er Tammy angerufen und sie gefragt, ob sie mit ihm den bisherigen Höhepunkt seiner Karriere feiern wolle. Die Möglichkeit, dass Verhoeven bereits zu sich gekommen sein könnte, machte ihm jedoch Feuer unter dem Hintern. Obwohl er das Gepäck aus Curaçao noch immer nicht ausgepackt hatte, war er in einer Viertelstunde auf und davon.

Es war zu spät, um gleich loszufliegen. Trotzdem fuhr Strachan nach Heathrow und kaufte sich in einem Buchgeschäft einen Atlas. Er setzte sich auf den Boden, spielte mit den beiden Manschettenknöpfen herum und schlug nach, wohin die Reise gehen sollte.

Die Koordinaten auf dem zweiten Manschettenknopf lauteten: 103° 39' 01" E. Der Schnittpunkt mit dem Breitengrad des ersten Manschettenknopfs lag irgendwo auf oder dicht bei der Insel Singapur. Strachan geriet in helle Aufregung, als ihm klar wurde, dass die Koordinaten mit der Vergangenheit seines Großvaters korrelierten, die er aus Hamiltons Erzählungen kannte. Sein Großvater hatte im Krieg überwiegend in Malaysia gekämpft, aber auch einige Zeit in Singapur verbracht.

Am Schalter von British Airways erkundigte er sich nach dem billigsten Ticket. Er bekam ein Rückflugticket für fünfhundert Pfund. Nicht dass er vorgehabt hätte, nach London zurückzukehren, aber man hatte ihm gesagt, mit einem einfachen Ticket ließe die Fremdenpolizei niemanden ins Land.

Die Nacht verbrachte Strachan in der Wartehalle mit dem Seesack, in dem die Tauchutensilien verstaut waren, als Kopfkissen. Es war nicht das erste Mal, dass er auf dem Flughafen schlief, und die Nacht ging im Handumdrehen vorbei. Morgens um halb neun hob die Maschine ab. Er vermutete, dass

Verhoeven noch bewusstlos war, denn trotz der gebrochenen Nase passierte er die Passkontrolle, ohne dass die Beamten ihn eines zweiten Blickes gewürdigt hätten.

In der Jugendherberge in Singapur duschte Strachan und rasierte sich. Seine Nase war purpurrot und so zart wie eingelegte Pflaumen, doch sie war nicht zum ersten Mal gebrochen und würde schon wieder heilen. Die Atemwege waren anscheinend frei, und das war die Hauptsache. Er zog Shorts und T-Shirt an, und um zehn Uhr hielt er auf der Orchard Street Ausschau nach einem handlichen GPS-Gerät.

GPS ist die Abkürzung für Global Positioning System, ein satellitengestütztes Navigationssystem. Die Bodenstation wertet die Satellitendaten aus und berechnet mittels Triangulierung Geschwindigkeit, Ort und Höhe über dem Meeresspiegel. Mit Spezialgeräten kann man Längen- und Breitengrad zentimetergenau bestimmen, während die meisten Geräte nur auf etwa drei Meter genau sind. In dem Atlas, den er in Heathrow gekauft hatte, waren nur Grad und Minuten verzeichnet, doch die Koordinaten auf den Manschettenknöpfen waren bis auf die Bogensekunde genau. Mit dem GPS konnte Strachan den bezeichneten Ort nicht verfehlen.

In einem Supermarkt für Elektronikartikel fand er das Gesuchte. Es war ein Modell der mittleren Preisklasse. Jetzt, da Gilchrist die Fotos hatte, würde er auch die Spesen bezahlen. Strachan würde die Kosten für die Reisen nach Curaçao, zu den Galapagosinseln und nach Schottland erstattet bekommen. Im nächsten Monat würde er das erste Honorar erhalten. Dann wäre er so flüssig wie schon lange nicht mehr, weshalb es ihn auch nicht weiter kratzte, dass er für das GPS mehrere hundert Dollar hinblättern musste.

An einer Imbissbude aß Strachan zu Mittag. Er bestellte Rindfleisch *kway-teow* und ein Glas Melonensaft. Beim Essen studierte er die Bedienungsanleitung, und als er gegessen hatte, war er damit durch. Das GPS bekam ein starkes Signal herein. Es zeigte seine Position in Grad, Minuten und Sekunden an. Da er sich ein paar Meilen nördlich der auf den Manschettenknöpfen verzeichneten Koordinaten befand, nahm er ein Taxi und sagte dem Fahrer, er solle in südwestliche Richtung fahren.

Nach fünf Minuten warf der Fahrer ihn raus. Dass Strachan ihn bat, in der verkehrten Richtung in eine Einbahnstraße zu fahren, fand er gar nicht lustig. Der zweite Fahrer zeigte mehr Verständnis. Er hatte zwar keine Ahnung, was Strachan vorhatte, fand aber Geschmack an dem Auftrag und drückte ständig auf die Hupe, als handele es sich um einen Notfall. Strachan gefiel das.

Sie fuhren über palmengesäumte Straßen, passierten eine Überführung und ließen das Geschäftsviertel im Zentrum allmählich hinter sich. Während sie sich Jurong und Tuas näherten, wurde die Umgebung immer mehr von Industrieanlagen bestimmt. Strachan, der vom Rücksitz aus Anweisungen gab, stellte fest, dass sie zum Containerhafen fuhren. Das war schlecht. Wenn sich sein Erbe im Hafen befand, würde es schwierig werden heranzukommen. In einer Sackgasse des ans Wasser angrenzenden Industriegebiets hielten sie an. Hier ging es nicht mehr weiter. Strachan gab dem Fahrer ein gutes Trinkgeld und machte sich daran, die letzte Strecke zu Fuß zurückzulegen.

Er ging am Kai entlang und musste sich beherrschen, um nicht zu rennen. Zu seiner Rechten waren Lagerhäuser, zur Linken ragten gelbe Kräne auf. Auf dem Geländer saßen chinesische Schauerleute und rauchten. Hier im Hafen war mehr Verkehr als auf den Straßen. Ramponierte Hausboote fuhren zwischen den Schiffen umher und lieferten Wäsche, Nahrungsmittel und Post aus. Auch Zollboote waren unterwegs.

Strachan war einen solchen Betrieb nicht gewohnt. Für gewöhnlich tauchte er in tropischen Riffs. Im geschäftigsten Hafen der Welt tauchen zu müssen ging ihm gegen den Strich. Sollte sich sein Erbe hier im Wasser befinden, hatte ihn sein Großvater vor eine nahezu unlösbare Aufgabe gestellt. Abgesehen von der Gefahr, von einer Schiffsschraube verletzt zu werden, war das Wasser stark verschmutzt. Die Sicht war hier gleich null.

Strachan ging weiter. Der GPS-Anzeige zufolge war er dem gesuchten Ort ganz nahe. Bald darauf stellte sich heraus, dass er doch nicht nass werden würde. Seit er sich im Hafen befand, stimmten die Grad- und Minutenangabe, doch jetzt war er nur noch eine Längensekunde vom gesuchten Ort entfernt. Noch ein paar Schritte, und die dreiundvierzig Grad östlicher Länge wären erreicht.

Hinter den Kränen lag ein stinkendes Restaurant, wo es Fischsuppe gab. Über den Köchen, die auf dem Hof den morgendlichen Fang ausnahmen, kreiste unter lautem Gekreische ein Schwarm Möwen. Zwei Fischerboote lagen am Kai. Die Ketten, mit denen sie festgemacht waren, klirrten im Rhythmus der Wellen. Strachan atmete tief durch. Es roch nach feuchtem Tauwerk, Fischschuppen und dem Kerosin der Restaurantöfen.

Sein Adrenalinpegel stieg. Er war im Begriff, das Familienerbe zu finden. Er würde das Geheimnis lüften, das ihn beschäftigt hatte, seit er achtzehn geworden war. Er lächelte. Mit moderner Technik war alles so einfach.

Weiter voraus sah er eine alte Befestigungsanlage aus Kalkstein. Sie war nicht größer als ein Gartenschuppen und lag auf einem grasbewachsenen Hügel von etwa zehn Metern Höhe. Offenbar stammte sie noch aus der Zeit vor dem Krieg. Während das GPS die Bogensekunden zählte, wurde ihm klar, dass dies sein Ziel war. Er begann zu traben. An dem Geländer vor einem Lagerhaus lehnte ein Wachmann, der ihn teilnahmslos musterte.

Der Hügel war die höchste Erhebung am Kai. Von der Befestigung aus konnte man alles überblicken. Von außen wirkte das Fort wie eine leere Hülle mit Geschützpforten. Die Kanonen waren längst verschwunden, und als Strachan die Stufen hinaufstieg, fürchtete er, die Befestigungsanlage könnte leer sein.

Dem war nicht so. Jemand erwartete ihn dort.

22

Strachan erkannte sie auf den ersten Blick: die Dame aus dem Kinderreim seines Vaters. Sie saß auf einem weißen Ross.

Die feine Dame und das Pferd waren beide aus Stein und standen in einer Vitrine aus Plexiglas. In einer Ecke blinkte die Kontrollleuchte der Alarmanlage. Auf einem Wandbügel war zusätzlich noch eine Überwachungskamera montiert, und ein hüfthohes Metallgeländer verhinderte, dass man der Vitrine nahe kam.

Die Statue war etwa ein Meter zwanzig hoch und blickte aufs Meer hinaus. Sie war aus einem einzigen weißen Steinblock gehauen und faszinierend in ihrer Schlichtheit. Trotz der Flecken auf dem Fell war das Pferd sehr beeindruckend. Stolz wie bei einer Parade stand es da. Es hatte hervorquellende Augen, eine gestutzte Mähne und einen geflochtenen Schweif.

Die Reiterin war nicht minder graziös. In der einen Hand hielt sie die Zügel. Den anderen Arm hatte sie ausgestreckt. In der Hand hielt sie eine Perle. Ihr Gesicht war rundlich, das Haar, wie bei Chinesen üblich, glatt gekämmt. Bekleidet war sie mit wallenden Gewändern, und sie trug Schmuck. Ihr rätselhaftes Lächeln glich dem der Mona Lisa.

»Da sitzt eine feine Dame auf einem weißen Ross«, sagte Strachan. Der Bezug lag auf der Hand.

Er warf einen Blick auf die Informationstafel an der Wand. Bei der Dame handelte es sich um Gong De Tian, die chinesische Glücksgöttin. Die Perle in ihrer Hand vermochte Wünsche wahr werden zu lassen. Die Statue stammte aus der Han-Dynastie, und der Kunstrat von Singapur schätzte, dass sie um hundert vor Christus entstanden war. Im achtzehnten Jahrhundert hatte man sie als Glücksbringerin für die Händler nach Singapur gebracht. Hätte Hamilton sie sehen können, wäre er hin und weg gewesen. Sie musste ein Vermögen wert sein.

Ein Vermögen wert. War das sein Erbe? Konnte er irgendwelche Ansprüche darauf geltend machen? Ganz unwahrscheinlich war das nicht. Die Statue war es sicherlich wert, ihretwegen um die halbe Welt zu reisen. Strachan hatte keine Ahnung, wie man ihren Wert bemessen sollte, doch ein Boot in der Karibik wäre bestimmt drin.

Aber was sollte er tun? Die Statue stehlen? Hatte sie früher mal seinem Großvater gehört? Vielleicht handelte es sich ja um Kriegsbeute? Vielleicht hatte er sie den Japanern abgenommen, und die Regierung von Singapur hatte sie ihm zum Dank geschenkt? Vielleicht gab es ja irgendwo ein Dokument, das den Besitzanspruch der Familie Strachan belegte? Oder sein Großvater hatte sie jemandem abgekauft, der ihren wahren Wert nicht gekannt hatte. Ihren *wahren Wert.* Hamilton hatte gemeint, Strachan werde den wahren Wert der Manschettenknöpfe erkennen, doch bislang war er nur verwirrt. Eine Menge Fragen schwirrten ihm im Kopf herum. Antworten hatte er bislang keine.

Er trat in den Sonnenschein hinaus und steckte sich eine Zigarette an. Er musste nachdenken. Die Antwort war im Kinderreim verborgen, so viel war klar. Warum hätte sein Vater sonst so viel Wert darauf legen sollen, dass er ihn auswendig lernte? Warum hätte ihn sein Vater sonst geloben lassen sollen, den Reim niemandem zu verraten?

Lächelnd zog Strachan an der Camel. Er hatte den Reim immer für Nonsens gehalten. Er war monoton, und der Versrhythmus stimmte nicht ganz.

Reit mit dem Schaukelpferd nach Banbury Cross
Da sitzt 'ne feine Dame auf 'nem weißen Ross;
mit Ringen und Glöckchen an Fingern und Zehen,
Damit es tönt, wohin sie mag gehen.

Zwei Ringe an der linken Hand, ein Glöckchen an der rechten,
Sitzt sie im Sattel in der richtigen Höh',
Einen Ring am linken Fuß, ein Glöckchen am rechten,
Ist sie weder zu leicht noch zu schwer.

Reit mit dem Schaukelpferd nach Banbury Cross
Da sitzt 'ne feine Dame auf 'nem weißen Ross;
mit Ringen und Glöckchen an Fingern und Zehen,
Damit es tönt, wohin sie mag gehen.

Die Bruchstücke fügten sich allmählich zusammen. Ihm wurde ganz schwummrig. Vielleicht lag es auch an der Sonne. Banbury Cross konnte auch *Banburys Cross* bedeuten: Banburys Kreuzungspunkt, an dem sich die auf den Manschettenknöpfen eingravierten Koordinaten schnitten. Dass sich die Dame auf dem weißen Ross zufällig an deren Schnittpunkt befand, war ausgeschlossen. Strachan hatte keine Ahnung, was der Rest bedeutete, aber irgendwas musste daran sein. Der Kinderreim war ein Rätsel.

Die erste – und die letzte – Strophe hatte er bereits in Büchern entdeckt, daher wusste er, dass sie nicht speziell für ihn gedichtet waren. Bei der zweiten Strophe war er sich nicht so sicher. In dem ursprünglichen Kinderreim kam sie nicht vor. Jetzt wurde ihm klar, dass sein Großvater sie gedichtet und sein Vater sie ihm vorgesagt hatte. Der Hinweis war in der zweiten Strophe versteckt. Strachan wurde von Erregung erfasst und begann zu schwitzen.

Er ging wieder in die Festungsanlage hinein und bemühte sich, keinen verdächtigen Eindruck zu machen, denn schließlich wurde er ja über Video beobachtet. Das Pferd war ein edles Exemplar. Muskulös und unerschrocken. Aber was sollte er damit anfangen? Einfach mitnehmen konnte er es nicht. Erstens war es zu schwer, und zweitens würde der Alarm ausgelöst werden, und dann würde er nicht weit damit kommen.

Er kam einfach nicht weiter. Von der Hitze bekam er allmählich Kopfschmerzen. Er brauchte Zeit zum Nachdenken, und die Kühle eines klimatisierten Raums wäre auch nicht schlecht. Seine feine Dame saß zwar zu Pferd, würde ihm aber nicht weglaufen, und da es erst Mittag war, hatte er Zeit genug, sich über die Statue schlau zu machen.

Strachan ging am Kai entlang zurück und überlegte, warum sein Name einem Kinderreim entnommen war. Er wusste nicht so recht, was er davon halten sollte. Allerdings hätte es schlimmer kommen können. Beispielsweise hätte er auch Bo-Peep heißen können. Und das wäre ihm nun gar nicht recht gewesen.

In seinen ersten sechs Lebensjahren war er für diesen Moment konditioniert worden. Es hätte die Angelegenheit erheblich vereinfacht, wenn sein alter Herr ihm die Lösung verraten hätte, anstatt ihm ein Rätsel aufzugeben. Das aber war seine Rückversicherung gewesen. Der Reim musste rätselhaft sein.

Und nur für Strachan verständlich, für den Fall dass die Manschettenknöpfe in falsche Hände fielen. Zum Beispiel Molly oder Verhoeven.

Ed wird ihren wahren Wert erkennen. Vielleicht, vielleicht aber auch nicht. Als er die Hauptstraße erreicht hatte, hielt Strachan ein Taxi an. Er bat den Fahrer, ihn zur Nationalbibliothek zu bringen.

23

Die Nationalbibliothek und das Nationalarchiv waren in einem Gebäude mit Kupferdach am Rande des Fort Canning Parks untergebracht, auf der anderen Seite des Singapore River. Von außen wirkte es nicht besonders groß, doch in seinem Inneren wurde Strachan klar, dass er Hilfe brauchte.

Er zog ein Warteticket, dann wartete er eine Viertelstunde, bis seine Zahl auf der Digitalanzeige erschien. Es war sein erster Bibliotheksbesuch seit der Schule, und in Gegenwart so vieler Bücher fühlte er sich unbehaglich. Bilder waren sein Medium, nicht Worte.

Am Empfangsschalter tauschte er den Pass vorübergehend gegen einen Tagesausweis ein. Als er sein Anliegen vorbrachte, hörte der Bibliotheksangestellte gar nicht hin. »Sie füllen ein Anforderungsformular aus.«

»Ich weiß nicht, was ich anfordern soll«, erwiderte Strachan. »Ich habe keinen bestimmten Autor oder Titel im Sinn.«

»Kein Formular, kein Buch.« Der Angestellte sah ihn nicht einmal an.

Strachan musterte den Mann. Der Namensplakette an seiner Halskette nach war er 1948 geboren, doch er wirkte jünger. Die Bibliotheksarbeit war bestimmt nicht stressig, dennoch zeigte er nicht die geringste Bereitschaft, Strachan behilflich zu sein.

»Hören Sie«, sagte Strachan, zunehmend gereizt, und trommelte mit den Fingern auf den Schalter. »Ich brauche ein paar Bücher über chinesische Mythologie. Sie dürfen die Titel selber auswählen.«

Der Bibliothekar starrte weiterhin auf den Bildschirm. Mit der Rechten tippte er, mit der Linken schob er Strachan ein blaues Blatt Papier zu. »Anforderungsformular«, sagte er.

»Haben Sie heute einen besonders schlechten Tag, oder sind Sie immer so unhöflich?« Strachan wartete die Antwort nicht ab. »Sollte Ersteres zutreffen, kann ich Ihnen versichern, dass er noch viel schlimmer werden wird.«

Jetzt sah der Mann ihn an. Strachan meinte schon, er wolle den Wortwechsel fortsetzen, doch irgendetwas hielt ihn davon ab. Vielleicht hatte er ihn eingeschüchtert. Strachan hoffte das jedenfalls. Wenn man mit Höflichkeit nicht weiterkam, war das ein probates Mittel. Der Bibliothekar kritzelte etwas auf das blaue Formular und legte es dann in einen Sammelkorb zu seiner Rechten.

»Danke«, sagte Strachan. »Das war sehr großzügig von Ihnen.« Er nahm wieder Platz und wartete fünf Minuten. Das Formular wurde abgeholt, und zwanzig Minuten später wurde er aufgefordert, die Bücher am Schalter in Empfang zu nehmen.

Er setzte sich in einen stillen Winkel des Leseraums im zweiten Stock. Das erste Buch brachte ihn nicht weiter. Es handelte sich um einen schweren Leinenband über den chinesischen Pantheon. Aufgeführt waren nur die Hauptgottheiten wie Guan Di, der Gott des Krieges, und Guan Yi, die Göttin der Barmherzigkeit. Er suchte im Index nach seiner feinen Dame, konnte sie aber nicht finden.

Das zweite Buch behandelte die Entstehung der Mythen.

Strachan wurde von Geschichten über Drachen abgelenkt, die Sonnen über den Himmel schleuderten. Ein Mythos handelte von der Frau eines Bogenschützen. Sie hatte ein verbotenes Elixier getrunken, dann war sie zum Mond hochgeschwebt und hatte sich in eine dreibeinige Schildkröte verwandelt. Der Grund dafür wurde nicht genannt. Molly Newchris hatte ebenfalls ein verbotenes Elixier getrunken, war aber nicht so glimpflich davongekommen. Die Mythen waren ausgesprochen farbig. Er hätte den ganzen Tag weiterlesen können. Doch er wollte seinen Reichtum mehren, nicht sein Wissen, deshalb nahm er das dritte Buch zur Hand.

Da endlich wurde er fündig.

Gong De Tian wurde auf einer einzigen Seite abgehandelt. Darauf war auch die Statue abgebildet, die er in der Kalksteinfestung gesehen hatte. Offenbar war dies eine ihrer berühmtesten Darstellungen. Der knappen Erläuterung zufolge handelte es sich um eine seltene, unbedeutende Gottheit. Strachan verschlang den kurzen Text.

Die drei Namenssilben bedeuteten *Verdienst*, *Rechtschaffenheit* und *Himmel*. Ursprünglich war dies die Hindu-Gottheit Lakshmi gewesen, dann hatten die Chinesen sie zusammen mit dem Buddhismus übernommen. In chinesischen Tempeln wurde sie als ernste, schöne Frau dargestellt, mit einer Blumengirlande als Kopfschmuck, prachtvoller Kleidung und Schmuck. Im Laufe der Zeit war ihre Kleidung dann immer würdevoller geworden. Von der Ming-Dynastie an – 1368 bis 1644 – wurde sie häufig auch als Kaisergemahlin dargestellt.

In der Linken hielt sie zumeist eine *ru-yi* – eine wunscherfüllende Perle – oder eine Perlenschnur. Mit der Rechten machte sie das Zeichen der Furchtlosigkeit. Häufig waren im Hintergrund sieben Berge abgebildet. Die Berggipfel waren von bunten Wolken eingefasst. Auf einem der Gipfel stand ein Elefant mit sechs Rüsseln. Mit einem Rüssel hielt er eine Achatflasche, aus der sich Kostbarkeiten ergossen. Gong De Tian wurde häufig von einem betenden Mystiker flankiert, der für gewöhnlich weiß gekleidet war und zentralasiatischer Herkunft zu sein schien. In einer Hand hielt er ein Räucherfass. Sein Gebet stellte sicher, dass die Flasche des Elefanten sich niemals leerte.

Das alles war interessant, aber noch interessanter waren die Anmerkungen. Sie waren handschriftlich neben dem Foto beigefügt. Zwei Koordinaten, eingefasst von sechs Fragezeichen:

???
01° 17' 43" N
103° 39' 01" E
???

Die Koordinaten stimmten mit denen von Strachans Manschettenknöpfen überein. Ihm wurde übel. Er kannte die Handschrift.

Er klappte die Innenseite des Einbands auf. Das Buch war zwar bei der Ausgabe elektronisch registriert worden, doch da er sich hier in Singapur befand, hatte er auch eine Ausleihkarte abzeichnen müssen. Auf der Karte waren lediglich siebzehn Personen vermerkt, die das Buch in den vergangenen dreißig Jahren ausgeliehen hatten.

Eine davon war Adrian Hamilton gewesen.

24

Strachan blätterte im Buch und suchte nach weiteren handschriftlichen Einträgen. Da er keine fand, ging er nach draußen, rauchte zwei Zigaretten und steckte sich nach einer

Weile eine dritte an. Seit seinem letzten Tauchgang am Knife Point überstürzten sich die Ereignisse.

Der Eintrag datierte vom Dienstag, dem 12. Oktober. Das war erst vergangene Woche gewesen. Hamilton war in Singapur gewesen, während Strachan sich auf Curaçao aufgehalten hatte. Also hatte Hamilton den zweiten Manschettenknopf gefunden.

Strachan ließ sich kurz die andere Möglichkeit durch den Kopf gehen. Es war durchaus möglich, dass sein Vater Hamilton vor seinem Tod beide Manschettenknöpfe gezeigt und sein Pate sich die Koordinaten notiert hatte. Vielleicht hatte Hamilton die Längenangabe die ganze Zeit schon gekannt. Aber wenn das stimmte, warum war er dann erst jetzt hierhergeflogen? Nein, er musste erst kürzlich darauf gestoßen sein. Strachan zweifelte nicht daran, dass sich der zweite Manschettenknopf in Mollys Wohnung befunden hatte.

Er musste daran denken, wie Hamilton bei seinem letzten Besuch auf das Erbe zu sprechen gekommen war. *Ich könnte mir vorstellen, dass es sich um eine Statue handelt.* So hatte er sich ausgedrückt. Ganz beiläufig, mit Unschuldsmiene.

Ärger wallte in Strachan auf. Der Zorn sprudelte in seinen Adern wie geschütteltes Sodawasser. Millionen Bläschen suchten nach einem Ventil. Hamilton war sein Pate. Hamilton war der Cousin seines Vaters. Hamilton war ein entfernter Verwandter, gehörte aber gleichwohl zur Familie. Dennoch hatte Hamilton ihn verraten.

In der Bibliothekslobby gab es mehrere Telefonzellen. Strachan wechselte zwanzig Dollar, damit ihm das Kleingeld nicht ausging. Er krampfte die Hand um den Hörer, außer sich vor Zorn. Er musste etwas unternehmen. In Singapur war es zwei Uhr mittags, in London sechs Uhr morgens. Strachan war es egal. Wenn der verlogene Mistkerl nicht schon wach war, würde er es bald sein.

Hamilton hatte ein Telefon am Bett stehen und meldete sich nach dem dritten Läuten.

»Du hast den zweiten Manschettenknopf gefunden, stimmt's?«

»Ed? Bist du's?«

»Wer sonst? Du hast mich angelogen, Adrian – du kennst den Längengrad.«

Schweigen. Das war ein ziemlich unsanftes Erwachen. Strachan stellte sich vor, wie sein Pate sich im Bett aufsetzte und sich die Augen rieb.

»Woher weißt du das? Wo bist du?«

»Das tut nichts zur Sache. Sag mir, was du letzte Woche in Singapur gemacht hast.« Strachan hatte mit seinem Paten noch nie in diesem Ton gesprochen.

»Du bist in Singapur?«

»Das habe ich nicht gesagt.«

»Ed, was ist los? Ist alles in Ordnung?«

»Okay, Adrian, jetzt hör mir mal zu. Ich bin tatsächlich in Singapur. Ich bin in der Bibliothek. Ich habe soeben ein Buch entdeckt, das du dir vergangene Woche ausgeliehen hast. Du hast Bescheid gewusst, stimmt's? Deshalb hast du gemeint, bei dem Erbe könnte es sich um ein Kunstwerk handeln. Du hast die Statue gesehen. Ich will wissen, wie du darauf gekommen bist.«

»Ja, das stimmt«, antwortete Hamilton prompt. Strachan entspannte sich ein wenig. Hamilton wollte es also nicht abstreiten. »Und wie bist *du* darauf gekommen?«

»Das ist doch egal. Komm schon, Adrian, beantworte meine Frage, und renk die Sache wieder ein.«

»Ed, lieber Junge! Beruhige dich.« Hamilton war jetzt hellwach. Er hatte sich wieder gefasst. »Ja, ich habe die Statue gefunden.«

»Und wie bist du darauf gekommen?«

»Das war ein paar Tage vor deiner Abreise nach Curaçao. Ich hab mich nicht gut gefühlt, deshalb bin ich eher nach Hause gegangen. Und da war jemand in meiner Wohnung.«

»Molly Newchris.«

Eine weitere lange Pause. »Ed, woher weißt du das alles?«

»Das sag ich dir später. Red weiter.« Strachan warf Geld nach. Das Telefon verschlang die Münzen in einem erschreckenden Tempo.

»Sie war in meinem Arbeitszimmer und durchwühlte die Schreibtischschubladen. Sie merkte gar nicht, wie ich ins Zimmer trat. Es war offensichtlich, dass sie mich bestehlen wollte, deshalb schloss ich die Tür ab, damit sie nicht weglaufen konnte. Ich sagte ihr, ich werde die Polizei rufen, wenn sie mir nicht sagen würde, was sie da täte. Du würdest nie drauf kommen, was sie mir erzählt hat.«

»Weiter.«

»Die Frau war die Tochter der Babysitterin. Sie glaubte, ich besäße den zweiten Manschettenknopf, und wollte ihn mir stehlen. Als das geklärt war, zwang ich sie, mir den Längengrad zu verraten. Anschließend ließ ich sie gehen.«

»Du hast sie gehen lassen?«

»Ich sah keinen Sinn mehr darin, die Polizei zu rufen. Ich hatte auch so schon genug Arbeit, da wollte ich mir die Lauferei ersparen. Außerdem wussten wir ja jetzt, was wir schon immer wissen wollten.«

»Nicht *wir*, Adrian. *Du*.« Es entstand eine lange Pause. »Hast du ihr den Breitengrad verraten?«

»Nein, natürlich nicht.«

»Hast du ihr gesagt, dass ich mich auf Curaçao aufhielt?«

»Nein, Ed. Natürlich nicht. Worauf willst du hinaus?«

Strachan zögerte erneut. »Okay«, sagte er dann. »Das klingt plausibel. Aber warum zum Teufel hast du mir nichts davon gesagt, als ich vorgestern bei dir war?«

»Es sollte eine Überraschung sein. Da ich davon ausging, dass wir den Manschettenknopf nicht mehr zurückbekommen würden, wollte ich einen neuen anfertigen lassen und ihn dir zu Weihnachten schenken. Vorher wollte ich wissen, wohin die Koordinaten führen. Natürlich war ich neugierig. Das darfst du mir nicht vorwerfen. Ich wollte herausfinden, ob du etwas Wertvolles erben würdest, oder ob alles nur ein Spaß war.«

Strachan brummte. Vielleicht hatte er ja überreagiert. Vor lauter Aufregung war er paranoid geworden und hatte geglaubt, Hamilton habe ihm sein Erbe rauben wollen. Ausgerechnet der Mann, der ihn nach dem Tod seiner Eltern großgezogen hatte. Der Mann, der in den vergangenen einundzwanzig Jahren für ihn gesorgt hatte. Der Cousin seines Vaters. Sein eigen Fleisch und Blut. »Adrian, ich muss Schluss machen. Es tut mir leid, dass ich aggressiv geworden bin.«

»Ed, warte. Hast du den zweiten Manschettenknopf? Wie bist du darauf gekommen, nach Singa…?«

Er konnte den Satz nicht mehr zu Ende bringen. Strachan waren die Münzen ausgegangen.

Strachan war müde. Er ging zu Fuß zur Jugendherberge zurück. Währenddessen kam ihm der Vers auf der Postkarte seines Großvaters in den Sinn.

Man wiegt sie auf in Silber,
bis sechzig Jahre geh'n ins Land,
Wenn du sie dann vereinst,
wiegt man sie auf in Gold.

Das war 1945 geschrieben worden. Was immer sein Erbe sein mochte, jetzt, da sechzig Jahre vergangen waren, war es bestimmt noch wertvoller als damals.

Die Statue war zweitausend Jahre alt. In dieser Zeit war ihr Wert sicherlich gestiegen, aber irgendwie wäre das allzu offensichtlich gewesen. Sein Großvater war ein Schlitzohr gewesen.

Strachan hatte ihn nie kennengelernt, und das wenige, was er von ihm wusste, stammte von Hamilton. Arthur Strachan war Silberschmied gewesen, bevor er im Zweiten Weltkrieg in der Infanterie gedient hatte. Er war nach Malaysia geschickt worden und hatte Japanisch gelernt. Im März 1942 war seine Patrouille in einen Hinterhalt geraten. Nach einem heftigen Feuergefecht war ihm die Munition ausgegangen, und er war gefangen genommen worden. Man hatte ihn auf einen Kriegsgefangenentransporter gebracht, der nach Japan wollte. Das Schiff war bei schlechtem Wetter auf ein Riff aufgelaufen und irgendwo vor der malaysischen Küste gesunken.

Arthur Strachan hatte das Unglück als Einziger überlebt. Er wurde an der nächsten Insel angespült, baute sich ein Floß und war drei Monate im Südchinesischen Meer unterwegs, bis er einen australischen Vorposten auf Borneo erreichte. Für seine geglückte Flucht wurde er später mit dem Verdienstkreuz ausgezeichnet. Das war eine der großen Überlebensgeschichten des Krieges, die alsbald in die militärische Folklore Eingang fand. Offenbar hatte er den Orden und das Schmuckgeschäft später verkauft, um eine Expedition in den Fernen Osten zu finanzieren. Jetzt kannte Strachan den Grund. Sein Großvater war hierhergekommen, um für seinen Vater die Angelegenheit zu regeln, war dann nach England zurückgekehrt und hatte die Manschettenknöpfe angefertigt.

Strachans Ärger verflog allmählich. Selbst wenn Hamilton tatsächlich versucht haben sollte, ihm das Erbe zu rauben, war er in eine Sackgasse geraten. Strachan stellte sich vor, wie sein Pate die Kalksteinfeste besichtigt und die gleichen wirren Gedanken im Kopf gewälzt hatte wie er selbst. War er nur deshalb auf die andere Seite der Welt gereist, um mit einem nahezu undurchführbaren Diebstahl konfrontiert zu werden? Welche Ansprüche konnte die Familie Strachan auf die Statue der chinesischen Göttin geltend machen? Und wie zum Teufel sollte er sie in seinen Besitz bringen?

Hamilton war verwirrt nach England zurückgekehrt. Er hatte nicht weitergewusst. *Ed wird ihren wahren Wert erkennen.* Dieser Satz musste ihn mächtig angestachelt haben. Gereizt, verlockt. Was immer seine Motive waren, Hamilton wusste, dass es nicht damit getan war, die beiden Manschettenknöpfe zu vereinen. Deshalb hatte er ja auch gefragt: »*Gibt es etwas, das du mir sagen solltest?*«

Ums Verrecken nicht, dachte Strachan. Es kam überhaupt nicht in Frage, dass er Hamilton von dem Kinderreim erzählte. Wenn man die ersten sechs Lebensjahre lang täglich etwas eingehämmert bekam, nahm man das nicht auf die leichte Schulter. Die Ermahnung seines Vaters, niemandem von dem Reim zu erzählen, war das einzige Verbot, das er nie gebrochen hatte. Jetzt war ihm klar, was es damit auf sich hatte. Die Statue, die Postkarte und der Kinderreim waren der Schlüssel zum Familienerbe.

Als er an der Jugendherberge ankam, fiel der Groschen. Gong De Tian war gar nicht sein Erbe. Sie wies lediglich den Weg.

25

Obwohl er aufgeregt war, hatte Strachan in seiner Unterkunft Mühe, wach zu bleiben. Der Jetlag hatte zugeschlagen. Als er sich aufs Bett fallen ließ, war es gerade erst Nachmittag.

Um drei, vier und fünf Uhr morgens wachte er auf. Das

Ross aus dem Kinderreim galoppierte in seinem Kopf wie ein Karussellpferd im Kreis. Morgens um halb sechs gab er es auf, weiterschlafen zu wollen, und ging nach draußen. Zu der Jugendherberge gehörte auch ein Pool. Er schwamm hundert Bahnen und legte jede dritte unter Wasser zurück. Schwimmen hatte er mit drei gelernt, und bei Verlassen der Schule hatte er alle Rekorde gebrochen. Jetzt half ihm das Schwimmen, sich zu entspannen.

Das Rätsel und Hamiltons Beweggründe gingen Strachan beim Frühstück gleichermaßen im Kopf herum, doch da war auch noch etwas anderes, nicht minder Wichtiges. Er konnte nicht mehr lange in Singapur bleiben. Verhoeven sollte inzwischen eigentlich wieder bei Bewusstsein sein, und er musste damit rechnen, dass ein internationaler Haftbefehl an alle Interpol-Niederlassungen gegangen war. Verhoeven hatte beide Manschettenknöpfe gesehen – den einen in Schiphol, den anderen in London. Er war ein Ermittler, und es gehörte mit zu seinem Job, sich auch kleine Details einzuprägen. Möglicherweise hatte Ruisdael die Koordinaten des ersten Manschettenknopfs sogar in die Liste seiner Habseligkeiten aufgenommen. Verhoeven würde die beiden Koordinaten miteinander kombinieren und sich als Nächstes auf den Weg zur Kalksteinfeste machen. Selbst wenn der Niederländer den Fall der örtlichen Polizei übergeben sollte, war er in Singapur nicht mehr sicher. Der Boden unter den Füßen wurde ihm allmählich zu heiß. Strachan musste von hier verschwinden.

Er beschloss, ins südlich gelegene Indonesien weiterzureisen. Bali war aus mehreren Gründen eine gute Wahl. Er war zwar noch nie dort gewesen, doch er wusste, dass sich das Tauchen dort lohnte. Es lag so nahe, dass er für den Fall, dass er das Rätsel löste, kurzfristig nach Singapur zurückkehren konnte, außerdem würde Verhoeven Mühe haben, ihn unter all den anderen Rucksackreisenden ausfindig zu machen. Vor allem aber waren die Flugtickets nicht teuer: Am Schwarzen Brett der Jugendherberge hing ein Sonderangebot aus.

Zwanzig Minuten später hatte Strachan den Flug gebucht und bezahlt. Er wollte gerade ein Taxi anhalten, um zum Flughafen zu fahren, als er am Ende der Straße einen Juwelierladen bemerkte. Ihm fiel ein, dass er vor der Abreise noch etwas zu erledigen hatte.

Gemächlich schlenderte er zu dem dreißig Meter entfernten Laden. Sein Gepäck war nicht schwer, doch in den Tropen ließ man es am besten geruhsam angehen. Er zeigte dem Juwelier den zweiten Manschettenknopf und bat darum, ihn an der Halskette zu befestigen, denn er wollte die beiden Manschettenknöpfe wieder vereinen. Der Juwelier meinte, das sei nicht schwierig. Da Strachan der erste Kunde des Tages war, machte er sich gleich ans Werk.

Strachan sah ihm bei der Arbeit zu. Er wollte die beiden Manschettenknöpfe nicht aus den Augen lassen. Da es ein paar Minuten dauern würde, entspannte er sich nach einer Weile und sah sich im Laden um.

Auf einem Tischchen neben dem Eingang stand ein Opiumdöschen. Es war blutrot und von Hand mit goldenen Drachen und betenden Mönchen bemalt. Als Strachan das Döschen öffnete, missdeutete der Juwelier sein Auflachen und bot ihm Sonderpreise für alles an, was ihm gefiele. Strachan aber hörte gar nicht hin. Das Döschen war voller Ringe, und in dem Moment, als er es öffnete, fiel ihm die Lösung des Rätsels ein. Strachan grinste über beide Ohren, als er den Juwelier bezahlte; er grinste noch immer, als er in ein Taxi sprang. Nach zwanzigminütiger Fahrt hatte er die Kalksteinfeste erreicht. Eine Viertelstunde später stand er wieder in der Bibliothek. Und eine Stunde darauf befand er sich im kühlen Wartesaal des Changri-Fährhafens, und um elf hatte er Singapur hinter sich gelassen.

Er fuhr nicht nach Bali.

Adrian Hamilton wollte sich bereits schlafen legen, als es auf einmal läutete. Er bekam nur selten Besuch, zumal nach Mitternacht. Er nahm den Hörer der mit Video ausgestatteten Sprechanlage ab. Vor der Tür stand ein Mann. Trotz der Dunkelheit konnte er erkennen, dass sein Besucher übel zugerichtet war. Er machte einen eher verdächtigen Eindruck.

»Wer sind Sie?«

»Ich bin Inspector Rutger Verhoeven vom Amsterdamer Interpolbüro.«

Hamiltons Blick schweifte unwillkürlich zu dem Bilderstapel in der Diele. »Können Sie sich ausweisen?«

Verhoeven hielt seinen Ausweis in die Kamera, die in die Verkleidung eingelassen war.

»Wie kann ich Ihnen helfen?«

»Ich suche nach Banbury Strachan. Darf ich reinkommen?«

Hamilton zögerte kurz. »Ja, bitte.« Er betätigte den Türöffner, und die Haustür öffnete sich mit einem leisen Klicken.

26

Die Insel Pulau Tioman liegt auf einer Position 2° 46' nördlicher Breite und 104° 10' östlicher Länge, vierzig Meilen von der Ostküste der Halbinsel Malaysia entfernt. Sie ist achtundzwanzig Meilen lang und neun Meilen breit. Es gibt dort bewaldete Berge, azurblauen Himmel, Strände mit Korallensand und von Fischen wimmelnde Riffs. Ende Oktober ist eine gute Reisezeit. Nach zehn Uhr morgens ist der Sand so heiß, dass man barfuß nicht mehr darüberlaufen kann, doch die Regenzeit ist nicht mehr fern, und die meisten Touristen sind bereits abgereist. *Time* hat Pulau Tioman einmal als eine der schönsten Inseln der Welt bezeichnet, und ein paar Jahre zuvor hat sie Hollywood als Kulisse für Rodgers und Hammersteins *South Pacific* gedient.

Strachan diente die Insel als Basislager für die Suche nach seinem Erbe. Sie war nur fünfzig Meilen von der neuen Position entfernt, und näher kam er einfach nicht heran. Außerdem hatte er gute Aussichten, dort alte Freunde wiederzutreffen.

Tioman war der Geburtsort von Runi und Pili Parang, den malaysischen Smaragdschmugglern, mit denen er zusammengearbeitet hatte. Kennengelernt hatte er sie vor zehn Jahren zu Silvester in einem Nachtclub in Kuala Lumpur. Runi war wie aus dem Nichts aufgetaucht, hatte Strachan ein Bier ausgegeben, sich zu ihm gesetzt und gemeint, er habe ihn schon mal gesehen, könne sich aber nicht mehr erinnern, wo das gewesen sei. Strachan versicherte ihm, es handele sich um einen Irrtum, bedankte sich aber gleichwohl für das Bier.

Runi lächelte nur und redete weiter. Strachan war perplex. Runi Parang war nicht nur ein sehr einnehmender Mann, sondern wusste anscheinend auch eine Menge über ihn. Er wusste, dass er vom Sohn seines Hausmeisters geschmuggelte Zigaretten kaufte und dass er einen großen Geländewagen fuhr, der der Ölgesellschaft gehörte, bei der er angestellt war. Er wusste, wie er sich durchschlug, dass er gern tauchen lernen wollte, was er sich bei seinem geringen Gehalt jedoch kaum leisten konnte. Strachan kam zu dem Schluss, dass sie sich tatsächlich irgendwo in Malaysia begegnet sein mussten, und sagte: »Ja, stimmt, jetzt fällt's mir wieder ein.« Das war zwar gelogen, aber es war Silvester, und er war durstig.

Der Bier wurde gebracht, Runi kam zur Sache, und als das Jahr 1994 alkoholvernebelt ins Jahr 1995 überging, verkaufte Strachan seine Seele und wurde Bandit, verführt von einem redegewandten Gauner und dem Versprechen, er werde mehr Geld verdienen, als er tragen könne.

Die Parang-Brüder handelten auf dem Schwarzmarkt mit

gestohlenen Smaragden und brauchten einen neuen Kurier. Der bisherige Kurier hatte dem Rückspiegel nicht ausreichend Aufmerksamkeit geschenkt und saß jetzt im Gefängnis von Melaka. Seine Zunge hatte er im Zaum gehalten, denn sonst hätte Pili veranlasst, dass sie ihm jemand abschnitt, also konnten sie das Geschäft nach Beendigung des Urlaubs problemlos fortführen. Ehemals im Ölgeschäft tätige Westler konnten sich in der Region frei bewegen, ohne Verdacht zu erregen, und das versprochene Geld machte es ihm leicht, den Job bei Carl Ryan an den Nagel zu hängen. Das Risiko war gering. Die Gefahr war nicht so groß, dass mit ernsthaften Schwierigkeiten zu rechnen war, aber groß genug, dass Strachan sich wie ein Spieler vorkam. Er konnte dem Angebot ebenso wenig widerstehen wie ein Bär dem Honig.

Die Smaragde wurden nahe der thailändischen Grenze von der australischen Matterson Blanchard Company gefördert. Die Firma beschäftigte billige einheimische Arbeitskräfte: ausgebeutete Bauern, die sich gierig auf jede Verdienstmöglichkeit stürzten. Als Strachan zum ersten Mal die Bergwerke besichtigte, war er entsetzt über die körperliche Verfassung der Arbeiter. Mit einem Wochenlohn von zwanzig Dollar ließ sich gegen Unterernährung, Skorbut, Denguefieber und Tetanus wenig ausrichten, weshalb es ihm keine Gewissensbisse bereitete, Matterson Blanchard zu bestehlen.

Die Arbeiter schmuggelten das Erz im Mund und im After heraus. Manchmal schluckten sie es auch und schieden es später aus. Nach Arbeitsschluss wurden sie zwar durchsucht, doch es gab keine Röntgengeräte, außerdem schmierte Runi zur Sicherheit die Wachleute. Die tüchtigsten Bergarbeiter schmuggelten dreimal wöchentlich eine Ladung heraus. Strachan traf sie an verschiedenen geheimen Orten in der Stadt. Er zahlte ihnen vierzig Dollar pro Lieferung, ein hübsches Zubrot. Eine Zeit lang sah er sich sogar als malaysischen Robin Hood, der von den Reichen nahm und die Armen beschenkte. In geschliffenem Zustand wogen die meisten Steine weniger als ein Karat, doch hin und wieder fand sich auch ein größerer Stein, für den Strachan bis zu hundert Dollar zahlte. Runi und Pili verkauften sie zum zehnfachen Preis, was allen eine gute Gewinnspanne sicherte. Strachans Anteil betrug zwölf Prozent.

Als Nächstes musste er die Edelsteine bei Anwar Shahnon abliefern, dem Steinschneider der Bande in Kuala Lumpur. Am nächsten Tag waren sie fertig und konnten an Sammler als Edelsteine verkauft werden: geschliffen, poliert, klassifiziert und gewogen. Dann traf er sich irgendwo auf dem Land mit Pili und überreichte ihm einen alten Kleidersack mit dem Logo des FC Liverpool. Mit Smaragden fuhr er hin, mit Bargeld kam er zurück und hatte doch ein Grün gegen das andere eingetauscht.

Neun Monate lang lebte Strachan wie ein König. Bei den Juwelieren, den Kriminellen und den Touristen, die Südostasien besuchten, herrschte eine große Nachfrage nach billigen Steinen. Er verdiente dreißigtausend Dollar, erwarb einen eigenen Geländewagen und mietete eine Strandhütte auf den Perhentian Islands. Als die Parang-Brüder das Geschäft international ausweiteten, reiste er in der ganzen Region umher. Zuerst kamen Thailand und Kambodscha an die Reihe. Dann Laos, Indonesien und die Philippinen. Das Leben war eine einzige Party. In manchen Restaurants von Bangkok, Kuala Lumpur und Jakarta bekam er selbst dann einen Tisch, wenn es gerammelt voll war. Frauen aufzureißen war einfacher, als in einem Fass Fische zu angeln. Nach der Einsamkeit infolge des Todes seiner Eltern und der strengen Disziplin im Internat war Malaysia das reine Paradies. Jetzt, da er Geld im Überfluss hatte, lernte Strachan richtig tauchen und machte im Handumdrehen die nötigen Scheine. Er kaufte sich eine gute Tauchausrüstung, und nachdem der erste Reiz, Haien und Schildkröten nachzuspüren, verflogen war, erwarb er eine Kamera und lernte fotografieren. Noch nie zuvor hatte er sich so lebendig gefühlt.

Das Ende kam plötzlich, und es war blutig. Strachan hatte zusammen mit Runi, dem Steinschneider und den anderen beiden Kurieren einen besonders guten Monat gefeiert. Pili war verhindert und hielt sich auf Tioman auf. Sie waren in einer lauten Bar, und Strachan ging nach draußen, um Hamilton mit dem Handy anzurufen. Es war der Geburtstag seines Paten, und den vergaß Strachan nie. Vorsichtig ausgedrückt war der Zeitpunkt günstig gewählt.

Die Polizisten stürmten mit gezückten Schlagstöcken durch den Hintereingang in die Bar. Runi Parang war der Kopf der Bande, doch in diesem Fall entschied er sich für seine Muskeln. Das war eine schlechte Wahl. Als Strachan in die Bar hineinrannte, um zu helfen, wimmelte es dort von Bullen. Auf die Anwesenden prasselten Schläge nieder. Runi und Anwar, der Steinschneider, lagen zusammengekrümmt auf dem Boden. Dane und Kiwi, die anderen beiden Kuriere, trugen bereits Handschellen. Strachan schätzte die Lage auf den ersten Blick richtig ein: Vorsicht war die Mutter der Porzellankiste. Er machte kehrt und rannte weg.

Sein Wagen stand in einer Nebenstraße. Er fuhr die ganze Nacht durch, überquerte die Grenze zu Thailand und nahm einen Zug nach Bangkok. Vier Stunden später war er außer Landes. Zum Packen hatte er keine Zeit gehabt – auch sein Geld hatte er zurücklassen müssen. Als er in London auf dem St. George's Square stand, besaß er nur die Kleider, die er am Leib trug, und sechzehn Dollar Bargeld. Hamilton fand das gar nicht lustig.

Jetzt stand Strachan auf dem Vordeck der Fähre und erinnerte sich lächelnd an die damalige wilde Zeit. Es war nicht gerade ein typisches Brückenjahr, andererseits war er noch nie ein Herdenmensch gewesen.

Die Sonne versank hinter dem Horizont, und am kupferfarbenen Himmel tauchten die schroffen Berggipfel von Tioman auf. Palmen raschelten im Wind. Ein Flederhund flog lautlos am Strand entlang, dann beschrieb er einen Bogen aufs Meer hinaus und lenkte Strachans Aufmerksamkeit auf eine große Luxusyacht, die im Tiefwasserkanal vor Anker lag. Die Yacht hatte vier Decks und eine Landeplattform für Helikopter: Diese Art Kreuzer hatte er bislang nur in Monte Carlo oder auf den Bahamas gesehen. Auf der ganzen Welt gab es bestimmt nur eine Handvoll vergleichbare Schiffe. Kopfschüttelnd richtete Strachan den Blick wieder auf die Insel. Der Kapitän drosselte den Motor, und die Fähre glitt antriebslos auf den Ponton zu. Aufgeschreckt vom Licht huschte eine Krabbenfamilie die Holzstreben hinunter und verschwand schuldbewusst im Meer.

Strachan hatte kein großes Verlangen, Pili Parang wiederzusehen, doch da Runi noch im Gefängnis war, wollte er sich die Gelegenheit, Informationen einzuholen, nicht entgehen lassen. Verhoeven würde alles daransetzen, ihn zu ergreifen, und die Zeit wurde allmählich knapp. Obwohl er dem Malaysier sein Geheimnis nicht anvertrauen konnte, würde der sich dennoch als nützlicher Verbündeter erweisen. Strachan brauchte dringend Informationen, einen Übersetzer und einen Verhandlungsführer, und Pili würde mit alldem dienen können. Er würde ihn über die Bedingungen vor Ort ins Bild setzen, würde übersetzen, wenn er mit Einheimischen zu tun hatte, und niedrigere Mietpreise für Sauerstoffflaschen und ein Boot aushandeln.

Als er auf die wahre Position seines Erbes gestoßen war, hatte Strachan als Erstes an ein Boot gedacht. Die Lösung des Rätsels war, wie er vermutet hatte, in der zweiten Strophe des Kinderreims verborgen gewesen, doch er war erst darauf gekommen, als er beim Juwelier die Ringe im Opiumkästchen gesehen hatte.

Gong De Tian war vornehm gekleidet. Sie trug Ohrringe, eine enge Halskette, aber keine Ringe und Glöckchen an Fingern und Zehen. Als Strachan zu der Festungsanlage zurückgeeilt war, hatte er darum gebetet, dass sich seine Vermutung bewahrheiten möge. Vor der Statue hatte er den Reim aufgesagt und dann vor Erleichterung gelacht, als sich seine Theorie bestätigte.

Zwei Ringe an der linken Hand, ein Glöckchen an der rechten,
Sitzt sie im Sattel in der richtigen Höh',
Einen Ring am linken Fuß, ein Glöckchen am rechten,
Ist sie weder zu leicht noch zu schwer.

Er hatte sich tatsächlich nicht getäuscht: Finger und Zehen waren ohne Schmuck. Um in der richtigen Höh' im Sattel zu sitzen, musste sie Ringe und Glöckchen an den Händen tragen. Um weder zu schwer noch zu leicht zu sein, musste sie Ringe und Glöckchen an den Füßen tragen. Erst wenn der fehlende Schmuck vorhanden war, würde die Musik erklingen.

Strachan war sich sicher, dass ›Höhe‹ für geographische Breite stand. Das Gewicht – nicht zu leicht noch zu schwer – stand somit für die geografische Breite: für die Entfernung in die Ost- oder Westrichtung des Meridians. Die Ringe und Glöckchen der Göttin standen für Grad und Minuten. Verdammt noch mal, das Gradsymbol hatte sogar Ähnlichkeit mit einem Ring, und das Symbol für eine Minute glich dem Klöppel einer Glocke. Wenn er die jeweiligen Grade und Minuten zu den Koordinaten der Manschettenknöpfe addierte, ergab das eine neue Position. Letztlich lief es auf ein bisschen Arithmetik hinaus.

Um den korrekten Breitengrad zu bestimmen, addierte Strachan zu der entsprechenden Koordinate des Manschettenknopfs zwei Grad für Gong De Tians linke Hand und eine Minute für ihre rechte. Diese Rechnung wiederholte er mit den Zehenglocken und schrieb alles auf.

Breitengrad	
Manschettenknopf/Koordinaten der Göttin =	01° 17’ 43” N
plus 2 Ringe linke Hand, eine Glocke rechte =	+ 02° 1’
Koordinaten des Erbes =	**03° 18’ 43” N**
Längengrad	
Manschettenknopf/Koordinaten der Göttin =	103° 39’ 01” E
plus eine Glocke rechter Fuß, ein Ring linker =	+ 01° 1’
Koordinaten des Erbes =	**104° 40’ 01” E**

Als Strachan sicher war, die Lösung gefunden zu haben, eilte er zur Bibliothek und schlug in einem Atlas nach. Die Strophe enthielt keinen Hinweis auf Bogensekunden, deshalb ging er davon aus, dass sie mit denen der Manschettenknöpfe übereinstimmten. Die Bogengrade führten ihn zur Ostküste Malaysias. Die Minuten führten ihn zu einer Ansammlung von sechs kleinen Inseln im Südchinesischen Meer. Das waren die Kerkullas, die zu einem Nationalpark gehörten. Das ganze Archipel war lediglich zehn Meilen lang. Die Inseln waren aufgereiht wie Perlen auf einer Schnur. Sechs Kaurimuscheln im weiten blauen Meer.

Pulau Tioman war der den Kerkullas am nächsten gelegene Außenposten der Zivilisation. Die Fähre war billiger als das Flugzeug, außerdem waren die Sicherheitsvorkehrungen nicht so streng, was es Verhoeven erschweren würde, seine Ortswechsel nachzuverfolgen. Am Terminal erstand er einen Reiseführer, dem er entnahm, dass die Inseln zu klein waren, als dass sie bewohnt gewesen wären. Außerdem waren sie von gefährlichen Riffen umgeben. Das gab den Ausschlag. Ein weiterer Puzzlestein rückte an seinen Platz. Strachan wusste, wonach er suchen musste. Daran bestand nicht mehr der geringste Zweifel.

Korallenpolypen sind ein bis drei Millimeter lang. Als Einzelwesen können sie nur dem Plankton gefährlich werden, weshalb sie Kolonien bilden. Sie wachsen auf den Skeletten ihrer Vorfahren und den Überresten abgestorbener Mollusken, und so entsteht ein Riff. Das Great Barrier Reef ist eintausendzweihundertfünfzig Meilen lang und besteht aus zahllosen Skeletten. Die Riffs bieten Rotalgen, die genau wie die Skelette überwiegend aus Kalzium bestehen, Unterschlupf und Nahrung. Kalzium ist spröde, aber auch hart. Man findet es in Zähnen und Knochen, in Marmor und Zement. Kalzium kann scharf sein. Es durchschneidet Metall und auch Fleisch. Oder auch Schiffe.

Zum Beispiel den Rumpf eines japanischen Truppentransporters, der im Jahr 1942 mit britischen Kriegsgefangenen an Bord von Malaysia nach Japan unterwegs war. Dabei musste das Schiff dicht an den Kerkullas vorbeigekommen sein. Falls dann noch schlechtes Wetter und ein tropischer Wirbelsturm hinzugekommen waren, war es durchaus denkbar, dass es nicht an den Inseln *vorbeigefahren*, sondern aufgelaufen war. Es war vom Kurs abgekommen. Dem Sturm konnte es nichts entgegensetzen. Die Natur war zu stark. Das wartende Riff schlitzte den Schiffsrumpf auf wie eine Konservendose. Es gab einen einzigen Überlebenden. Jahre später markierte er die Position des Schiffes mithilfe zweier silberner Manschettenknöpfe und einer Statue – und eines zusammengeschusterten Kinderreims.

Strachan suchte nach dem Schiffswrack seines Großvaters. Er würde ein Boot brauchen. Und wenn Pili Parang sich auf Tioman aufhielt, war er genau der richtige Mann, um ihm eines zu besorgen.

27

Als die Fähre angelegt hatte, ging Strachan nach Kampung Air Batang hinein, wenn man so wollte die Hauptstadt von Tioman. Er kannte die Insel bereits. Die Parang-Brüder hatten sie früher wie einen Countryclub genutzt; statt Sitzungssälen und Büfetts gab es hier allerdings Strände und gegrillten Fisch.

Strachan fiel auf, dass die Insel in rasender Entwicklung begriffen war. In fünf Jahren würde sie es mit Ko-Phi-Phi und Ko Samui aufnehmen können. Er zählte fünf Tauchschulen – vier mehr als vor zehn Jahren. Die Hauptstraße war gesäumt von Bars und Verkaufsständen, die alles Mögliche feilboten, angefangen von gefälschten Oakley-Sonnenbrillen bis zu Bambus-Windspielen. Ein abgerissener Tourist bot ihm Pilze an und versprach ihm unvergessliche Halluzinationen, doch Strachan erwiderte, der Wandel der Insel sei bereits verstörend genug.

Kampung Air Batang wirkte provisorisch. Die Flitterwöchner und Geschäftsleute bevorzugten das acht Meilen weiter südlich gelegene Berjaya-Resort. Hierher kamen die jungen Leute mit dem schmalen Geldbeutel. Strachan schlenderte mit geschulterten Seesäcken durchs Dorf. Mit neunundzwanzig kam er sich wesentlich älter vor als die hübschen blonden Mädchen, die in bunten Bikinis die Hauptstraße auf und ab schlenderten und in Ferienlaune nach Nippsachen Ausschau hielten. Er beäugte sie lüstern wie ein Fuchs die Hennen im Stall.

Das Zelt hatte er in der Eile in London gelassen, deshalb mietete er nördlich des Dorfs eine einfache Hütte. Auf das nervige Bassgedröhn der Nachtclubs konnte er gut verzichten, außerdem fühlte er sich in der Natur wohler. Manche Zimmer in der Gegend kosteten lediglich zwei Dollar die Nacht. Es gab keinen Ventilator, dafür waren Hahnengeschrei, Ratten und Kakerlaken im Preis inbegriffen. Er wählte die mittlere Kategorie. Sein Zimmer war mit Doppelbett, Moskitonetz, Ventilator und Meerwasserdusche ausgestattet und kostete sechs Dollar pro Nacht. Er besaß ausreichend Tropenerfahrung, um sich rasch zu akklimatisieren, und die Vorstellung, das Zehnfache für ein Zimmer mit Klimaanlage zu zahlen, erschien ihm absurd. Dass er einen Hitzschlag bekommen würde, war ebenso unwahrscheinlich, wie dass der Papst an sexueller Überanstrengung starb.

Am nächsten Morgen begann Strachan sich umzuhören. Als Erstes nahm er sich die großen Bars vor und wurde bereits beim dritten Versuch fündig. Die Angestellten der ersten beiden Bars schüttelten lediglich den Kopf und musterten ihn verständnislos, als sie Runi Parangs Namen hörten. Als er sich jedoch nach Pili erkundigte, reagierte der Geschäftsführer der dritten Bar ganz anders. Ja, er kenne Pili Parang, wisse aber nicht, wo er sich aufhalte. Strachan war klar, dass er von dem Mann nicht mehr erfahren würde: In seiner Miene spiegelten sich Abneigung und Missbilligung wider.

»Hey, Mister.«

Strachan wollte gerade nach draußen gehen, als ihm jemand auf die Schulter tippte. Er drehte sich um. Der Junge, der den Boden gewischt hatte, grinste ihn an. »Sie suchen nach Pili?«

»Stimmt. Er ist mein Freund.«

»Das glaube ich nicht.« Der Junge schwenkte lachend den Zeigefinger.

»Weißt du, wo er steckt?«

Der Junge nickte. »Er ist auf der *Fubuki.*«

»Was ist das? Eine Insel?«

Der Junge lachte erneut. »Nein. *Fubuki* ist ein großes Boot.«

»Wie groß? Meinst du etwa die Yacht im Kanal?« Der Junge nickte wieder, dann lächelte er Strachan an und zog fragend die Brauen zusammen. »Wem gehört die?«, fragte er belustigt. Pili Parang und eine Luxusyacht passten so wenig zusammen wie eine Nonne und ein Bulldozer.

»Keine Ahnung. Das Boot ist aus Japan.«

»Japan?« Damit schien ausgeschlossen, dass Pili an Bord angestellt war. Dass er einen Höflichkeitsbesuch abstattete, war jedoch ebenfalls unwahrscheinlich.

Plötzlich näherte sich der Geschäftsführer und ohrfeigte den Jungen so heftig, dass dieser sich taumelnd aufrichtete. Strachan wollte zwar nicht eingreifen, fühlte sich aber schuldig an der Bestrafung des Jungen. Er wusste, dass er Gefahr lief, den Bogen zu überspannen, wenn er diese heikle Unterhaltung fortführte, doch viel hatte er noch nicht in Erfahrung gebracht.

»Zwanzig *rinngit*«, sagte der Junge.

Strachan hatte nur Singapur-Dollars in der Brieftasche. Da im Reiseführer stand, dass man damit auch auf Tioman bezahlen könne, hatte er aufs Geldwechseln verzichtet. Er zog einen Fünf-Dollar-Schein heraus. Wahrscheinlich war das zu großzügig, aber kleiner hatte er es nicht. Außerdem hatte sich der Junge das Trinkgeld verdient.

Der Junge schnappte sich den Schein und grinste ihn an, als hätte er soeben einen Haupttreffer in der Lotterie gelandet. Der Barkeeper, der die Aktion finster beobachtet hatte, sagte etwas Unverständliches. »Im Palms«, flüsterte der Junge. »Die Bar liegt an der anderen Seite des Dorfs. In zwei Tagen.«

Strachan war erleichtert. Am Palms war er gestern Abend vorbeigekommen. »Was ist mit Runi? Kennst du den auch?«

Der Junge nickte und lehnte das Kinn an den Besen.

»Wo ist er?«

»Runi ist verschwunden«, antwortete der Junge. »Schon vor meiner Geburt.«

Strachan verabschiedete sich mit einem Kopfnicken. Er hatte dem Jungen schon genug Ärger eingebrockt. Dann war Runi also immer noch im Gefängnis. Zehn Jahre waren eine lange Zeit, und Strachan machte sich Sorgen um seinen ehemaligen Boss. Es war schade, dass Runi nicht da war. Runi war der umgänglichere der beiden Brüder; während er in Pili lediglich einen Geschäftspartner gesehen hatte, war Runi sein Freund geworden.

Kam Runi zu Besuch, wurde meistens gescherzt und geraucht. Klopfte hingegen Pili bei einem an, stahl man sich am besten aus der Hintertür und nahm die Beine in die Hand. Die Aussicht, ihn bald wiederzusehen, trieb Strachans Adrenalinspiegel in die Höhe. Er hatte nie Angst vor dem Malaysier gehabt, war sich aber bewusst, dass der jüngere der Parang-Brüder etwas von einer Schlange hatte. Man erzählte sich, ein Kurier habe einmal fünfzig Dollar abgezweigt. Pili habe ihn geblendet, indem er ihm die Tentakel einer Qualle auf die Augäpfel drückte. Ob das nun stimmte oder nicht, jedenfalls hatte er den Ruf eines Vollstreckers.

Strachan hatte es besser als die meisten verstanden, sich mit Pili gutzustellen, und war zuversichtlich, dass es ihm gelingen würde, auch jetzt wieder eine Beziehung zu ihm herzustellen. Wie Napoleon von seinen Generälen verlangte Pili von seinen Kurieren, dass sie Erfolg hatten. Strachan war das gelungen, weshalb Pili ihm gewogen war. Es bestand sogar eine kleine

Chance, dass Pili in den vergangenen zehn Jahren gereift war. Jetzt war er zweiundvierzig und vielleicht weniger unberechenbar als damals. Die Dämonen, die ihn früher geritten hatten, schaukelten jetzt vielleicht in der Hängematte und schlürften in der Sonne Cocktails. Strachan war gespannt, ob sich seine Hoffnung bewahrheiten würde.

In der Zwischenzeit gab es viel zu tun, und die beiden Tage würden wie im Flug verstreichen.

Als Erstes rief Strachan McCauley Gilchrist an und gab ihm die Telefonnummer der Niederlassung von Western Union in Kuantan, der nächstgelegenen größeren Stadt auf dem malaysischen Festland. Unverhoffte Erbschaften waren gut und schön, aber für den Fall, dass ihn am Ende des Regenbogens kein Topf mit Gold erwarten sollte, musste er dafür Sorge tragen, dass seine Karriere nicht an Schwung verlor.

Die Vereinbarung mit Gilchrist war ganz einfach. Strachan sollte jeden Monat dreihundertsechzig Fotos zum Archiv von *National Geographic* beisteuern: eine umfangreiche Bibliothek von Unterwasserfotos, die auch für andere Verlage lizenziert werden und folglich als Zeitschriftenillustration, in der Werbung und auf T-Shirts und Platzdeckchen Verwendung finden sollten. Die einzige Bedingung war, es müsse sich um Originale handeln. Er sagte seinem Verleger, dass er sich gleich an die Arbeit machen wolle und das Geld für die Kalenderfotos brauche, um über die Runden zu kommen. Gilchrist meinte, das sei kein Problem. Am nächsten Tag fuhr Strachan mit der Fähre nach Kuantan und hob den ganzen Betrag in bar ab.

Den Rest des Nachmittags verbrachte er damit, seine Vorräte aufzustocken. Als Erstes erstand er eine detaillierte Seekarte des Südchinesischen Meers. Als Nächstes kaufte er Filme, sechs Anti-Mücken-Spiralen, Vitamin-C-Tabletten und zehn Liter Trinkwasser. Mehr konnte er nicht schleppen.

Wieder in seiner Hütte angelangt, versteckte er den Rest des Bargelds in einem Plastikbeutel unter dem Bett. Auf Tioman wurde eigentlich nicht geklaut, doch bei dieser hohen Summe wollte er kein Risiko eingehen. Gilchrist hatte er gebeten, das monatlich anfallende Honorar vorerst einzubehalten. Im Moment brauchte er nicht mehr Geld. Er hatte noch fast zwölftausend Dollar, und davon konnte man auf der Insel jahrelang leben.

Wenn alles nach Plan lief, würde Strachan in wenigen Tagen wieder abreisen.

28

Entgegen der Voraussage des Jungen ließ sich Pili weder am zweiten noch am dritten Tag in der Bar blicken. Strachan hatte beide Abende dort verbracht und verlor allmählich die Geduld. Nach einer Weile wurde ihm klar, dass er angeschmiert worden war. Böse war er dem Jungen nicht – schließlich war er hier fremd und somit leichte Beute –, doch er ärgerte sich, dass er darauf hereingefallen war. Er hätte auf seinen Instinkt vertrauen sollen und wissen müssen, dass Pili Parang auf einer Millionärsyacht fehl am Platze war. Wenn er den Jungen wiedersah, würde er ihm trotzdem zeigen, was man mit einem Besen sonst noch anstellen konnte.

Es gab keine Garantie dafür, dass Pili überhaupt noch auftauchen würde, und desgleichen war nicht sicher, dass es Strachan gelingen würde, ein billiges Boot aufzutreiben. Daher konnte es nicht schaden, wenn er sich nach Alternativen umsah. Am vierten Tag schlenderte er die Hauptstraße entlang und erkundigte sich nach Bootsfahrten zu den Kerkullas. Seine Schritte waren federnd. Weder die hiesige Polizei noch schlaksige Interpolbeamte ließen sich blicken. Er hatte sich dem Inselleben angepasst und jedes Zeitgefühl verloren. Er wusste nicht einmal mehr den Wochentag. Er hatte eine gute Yang-Strähne, und vielleicht würde er ja nie wieder unter dem Yin von Hamiltons Lager zu leiden haben.

Neben einer Tauchschule lag die Hütte der Touristeninformation, wo auch alle möglichen Ausflüge rund um Tioman zu buchen waren. Als er am Vortag daran vorbeigekommen war, hatte er bemerkt, dass an den Wänden Schwarze Bretter hingen. Neben Angelausflügen und Ausflugstouren in Glasbodenbooten wurden dort Vulkanklettern und Surfen angeboten. Neben Fährverbindungen nach Mersing in grüner Kreide standen Angebote für Dschungeltrecks in blauer. Die Tauchausflüge zu den Kerkullas inklusive Bordunterkunft waren auf der größten Tafel ganz unten in roter Kreide ausgeschrieben. Als Strachan sich mit der Bierdose in der Hand der Touristeninformation näherte, lächelte er wehmütig. An einem Gruppenausflug zum Nationalpark hatte er kein Interesse. Er wollte ein ganzes verdammtes Boot chartern.

In der Touristeninformation herrschte Aufregung. Eine junge Frau hatte einen Streit mit ihrem Freund, der rasch eskalierte. Offenbar ging es um einen Buchungstermin. Strachan wartete darauf, dass er an die Reihe kam, und versuchte, ruhig zu bleiben. Die beiden waren Amerikaner, und wenn es nach ihm ging, wären sie besser zu Hause geblieben. In dieser exotischen Umgebung war lautes Geschrei fehl am Platz.

Die Frau sah ungewöhnlich aus: keine klassische Schönheit, aber ein Hingucker. Die Wangenknochen waren so glatt wie Kiesel und hatten einen anmutigen Schwung. Die Nase war so edel und gerade wie ein Quarzkristall, das Kinn etwas zu lang, um perfekt zu sein. Sie war sonnengebräunt, hatte aber keinen Sonnenbrand, und ihre Haut hatte die Farbe eines Karamellbonbons. Ihre Kleidung war von Quicksilver und O'Neill.

Gelbe Zehensandalen, ein ärmelloses, pinkfarbenes T-Shirt und eine hautenge, abgeschnittene Bluejeans. Die Sonnenbrille war von Nike, der Rucksack von Da Kine. Sie sah aus, als wollte sie auf Maui Base Jumping betreiben. Sie war etwa Ende zwanzig, das braune, glatte Haar fiel ihr auf die Schultern. Um die Konturen ihres Gesichts zu betonen, hatte sie es sich hinter die Ohren gesteckt. Strachan hätte sie auf der Stelle vernaschen können.

Ihr Begleiter konnte nicht mit ihr mithalten. Er war stämmig gebaut, hatte einen kahl rasierten Schädel und ein Spitzbärtchen wie ein Theaterschauspieler. Den Hals hatte er vorgestreckt, und aus seinen Mundwinkeln spritzten Speicheltröpfchen wie Holzspäne von einer Motorsäge. Und dann holte er auf einmal aus und ohrfeigte sie. *Zack!* Das Klatschen ging Strachan durch und durch.

Der Amerikaner stand drei Meter von ihm entfernt. Strachan trat aus der Warteschlange hervor und tippte ihm auf die Schulter.

Der Typ fuhr zu ihm herum. »Kann ich dir irgendwie helfen, Kumpel?«

»Ich glaube nicht.« Strachan starrte ihm in die Augen.

»Also, was guckst du?«

»Ich weiß nicht«, sagte Strachan. »So was wie dich hab ich noch nicht gesehn.«

»Willst du dir was einfangen?«

Strachan trank einen Schluck Bier. »Du würdest doch nicht mal einen Kuharsch mit dem Banjo treffen.«

Der Amerikaner wollte ihn boxen, doch der Hieb ging daneben. Strachan streckte ihn mit dem ersten Schlag nieder: mit einer Geraden aufs Kinn. Die anderen Touristen stöhnten auf, dann begannen sie, aufgeregt zu plappern. Alle Blicke waren auf den Amerikaner gerichtet.

»Tu's nicht«, warnte ihn Strachan.

»Sonst passiert was?« Sein Gegner atmete schwer und bemühte sich, seine Wut zu bezähmen.

»Der Zweite geht immer leer aus.«

Angesichts des Publikums würde der Amerikaner nicht tun, was er hätte tun sollen. Er hätte sich beruhigen und sich bei der Frau entschuldigen sollen, doch stattdessen richtete er sich auf und griff an.

Strachan trank noch einen Schluck Bier und beobachtete, wie der Amerikaner ihm entgegenwankte. Er näherte sich in geduckter Haltung, die Knöchel schleiften fast am Boden. Kräftige Muskeln und ein rasierter Schädel waren beim Straßenkampf nicht entscheidend. Jedenfalls zählten sie weniger als Schnelligkeit und drei Jahre Erfahrung mit *Krav Maga*. Das war ein einfältiger Angriff. Als der Amerikaner noch einen Meter entfernt war, trat Strachan vor und rammte ihm das rechte Knie ins Gesicht. Mit der Wucht eines angreifenden Stiers traf Knochen auf Knochen. Der Oberschenkel prallte mit einem dumpfen Geräusch gegen das Kinn, und diesmal blieb der Typ mit ausgerenktem Kiefer am Boden liegen. Die ersten beiden Runden gingen an Strachan. Eine dritte Runde würde es nicht geben.

Die junge Frau starrte mit offenem Mund ihren Freund an, der im Sand lag und alle viere von sich streckte. Als er mit der Zunge die Zähne betastete, rann ihm Blut aus dem Mundwinkel. Strachan war verlegen. Er hatte keinen Tropfen Bier verschüttet, und sein Puls hatte sich nicht erhöht. Jetzt wusste er, warum Kampfsportarten als *martial art*, also als Kampfkunst, bezeichnet wurden. Nachdem das Gesicht des Typen neu arrangiert worden war, hatte es Ähnlichkeit mit einem Picasso.

Der Amerikaner setzte sich benommen auf. Beinahe wäre es ihm gelungen, sich aufzurichten, als seine Freundin zu dem Schluss kam, dass der Kampf doch über drei Runden ging. Mit entschlossener Miene kam sie herangestürmt und boxte ihn gegen die Schläfe. Schon kippte er wieder um. Es war ein Mordshieb gewesen, und sie klemmte sich die Finger zwischen die Schenkel, so weh taten sie ihr.

Strachan lächelte anerkennend. Das war dumm, denn sie war noch immer außer sich vor Wut. Ohne auch nur Atem zu schöpfen, kam sie herbeimarschiert und schlug ihm mit der flachen Hand so heftig aufs Ohr, dass es dröhnte wie Kirchenglocken. Strachan taumelte zur Seite und grinste verblüfft. Sie hatte eine Menge Kraft in ihrem schlanken Arm. Er wollte eine witzige Bemerkung machen, bekam aber keine Gelegenheit dazu. Die Frau machte kehrt und marschierte den Strand entlang. Mit den Sandalen wirbelte sie kleine Sandwolken auf.

Ein paar Minuten später betrat Strachan die Touristeninformation. Der Amerikaner entfernte sich torkelnd, und die Zuschauer zerstreuten sich in der Mittagshitze. Die Frau am Schalter war ein kleines Mannweib, ihr Gesicht wie aus Granit gehauen. Sie wirkte wie eine Schweizerin und wühlte in ihren Papieren, als säße sie immer noch in Zürich hinter dem Schreibtisch. Als er sich nach einem Trip zu den Kerkullas mit Bootsunterkunft erkundigte, legte sie prompt ein Anmeldeformular auf die Theke. Er meinte, er wolle lediglich mit dem Captain sprechen, und ob sie wisse, wann das Boot wieder zurückkäme? Mit einem Blick, der einen Ziegelstein hätte verdorren lassen, erklärte sie knapp und bündig, das Boot werde morgen Nachmittag zurückerwartet.

»Danke, entspannen Sie sich«, sagte Strachan, dann ging er weiter zur Tauchschule Marine Madness, wo er gerade noch rechtzeitig ankam, um beim Nachmittagstrip mitzufahren.

Aus dem Schatten einer Palme sah ihm ein alter Bekannter nach.

29

Sie tauchten am Magicienne Rock an der Nordspitze der Insel. Angeblich war ein Sägefisch gesichtet worden, Strachan aber ließ sich von dem Hype nicht anstecken. Zu solchen Gerüchten kam es meist dann, wenn ein Neuling etwas sah, das er nicht einordnen konnte, und einen geläufigen Namen dafür erfand. Dann sprang die ganze Insel ins Wasser und hielt Ausschau nach etwas, das bereits zwanzig Meilen weiter war.

Er überließ die Gruppe sich selbst. Wie erwartet schwammen sie am Riff entlang und hielten Ausschau nach großen Tieren wie Haien, Rochen oder Schildkröten. Strachan wusste es besser. Die beste Action bekam man dann geboten, wenn man an Ort und Stelle blieb und die Augen aufsperrte. Deshalb hatte er sich nur fünfzehn Meter vom Ausgangspunkt entfernt, als er zwei ineinander verschlungene balzende Seeschlangen bemerkte.

Seeschlangen sind scheu und schwer zu fotografieren. Die meisten Taucher wissen, dass sie noch wesentlich giftiger als die Königskobra sind, und machen deshalb einen weiten Bogen darum. Was sie nicht wissen, ist, dass die Seeschlangen nur sehr kurze Zähne haben. Was dicker als eine Tischplatte ist, können sie nicht durchbeißen. Wenn man sich vorsieht, ist die Gefahr vernachlässigbar gering. Die beiden balzenden Seeschlangen wollten ständig im Riff verschwinden, weshalb Strachan gezwungen war, sie am Schwanz wieder hervorzuziehen.

Er wollte gerade aufgeben, als die kleinen Schönheiten ihm ein Foto ermöglichten, das sicherlich zu seinen besten zählte. Das Männchen war dem Weibchen unter einen Stein gefolgt, drehte sich dann aber um und bedrohte Strachan, als der es in den Schwanz kniff. Das Männchen schaute nach links, das

Weibchen nach rechts. Da der Rest des Körpers unter dem Stein verborgen war, sah es so aus, als hätte er eine unbekannte zweiköpfige Spezies entdeckt. Die Schlangen hielt die Pose gerade so lange durch, dass er ein paar Fotos schießen konnte, dann schlängelten sie sich davon, vom Blitzlicht verschreckt. Strachan grinste hinter dem Mundstück. *Bill Tanner, du wirst bittere Tränen weinen.* Die Schlangen würden toll aussehen. Die blauen Streifen auf den Hälsen kontrastierten wundervoll mit den purpurroten Algen auf den Korallen. Gilchrist würde begeistert sein.

Es war ein erfolgreicher Arbeitstag gewesen, und nachdem er seine Ausrüstung in der Tauchschule gespült hatte, legte er sich in die Hängematte und las ein Kapitel des Romans, den er im Fährterminal gekauft hatte. Ja, es war ganz schön hart, die Zeit totzuschlagen und auf das leise Brandungsrauschen zu lauschen. Aber irgendjemand musste es tun, warum also nicht Strachan? Schließlich war er ein Profi.

Später am Abend ging Strachan ins Dorf und betrat in der Hoffnung, vielleicht doch noch Pili anzutreffen, das Palms. Pili war nicht da. Sein ehemaliger Arbeitgeber ließ sich einfach nicht blicken, doch als er die Amerikanerin von der Touristeninformation an der Bar sitzen sah, machte sein Herz einen Satz. Sie trank Bier aus der Flasche und schnippte mit der freien Hand Bierdeckel in die Luft. Zehn davon hatte sie am Rand des Bartresens gestapelt. Ihre Hand bewegte sich so schnell, dass er ihr mit den Augen nicht folgen konnte. Die Bierdeckel drehten sich um hundertachtzig Grad, und die junge Frau fing sie auf, bevor sie auf dem Tresen landeten. Der Trick war uralt, aber Strachan hatte ihn noch nie in diesem Tempo vorgeführt bekommen. Sie sah nicht einmal hin. Die Bewegungsabfolge war ihr in Fleisch und Blut übergegangen.

Da ihr Freund nicht zu sehen war, hielt Strachan die Gelegenheit für günstig, ihr Hallo zu sagen und ein paar Dinge zurechtzurücken. Eigentlich sollte er wieder ganz passabel aussehen. Verhoevens Schlagring hatte keine bleibenden Spuren hinterlassen. Die Schwellung unter dem Auge war zurückgegangen, und die Nase saß mehr oder minder in der Mitte des Gesichts. Aufgrund seiner tiefen Sonnenbräune war von der Verletzung kaum noch etwas zu erkennen. Außerdem wollte er sie nicht alleine trinken lassen.

Von ihrem Barhocker aus schaute sie sich einen Film über das Leben im Riff an. Sie trug ein schwarzes Baumwollkleid, das ihr an bleistiftschmalen Trägern von den Schultern hing. Es schmiegte sich an die Konturen ihres Körpers und endete in der Mitte der Oberschenkel. Sie hatte in der Sonne gebadet, und ihre Glieder hatten einen wundervollen Braunton. Sie hatte die Sonnenbrille in die Stirn hochgeschoben und sich das lange braune Haar hinter die Ohren geklemmt, sodass ihr Gesicht voll zur Geltung kam. Make-up brauchte sie keines. Als Strachan sie so betrachtete, beschleunigte sich sein Herzschlag. In diesem Moment wäre er selbst mit einem Bär in den Ring gestiegen. Er war bereit, ihretwegen Pistolenkugeln auszuweichen, über Cañons zu springen, mit Planeten zu jonglieren oder mit bloßen Händen Holz zu hacken.

Er schlenderte zur Bar und stellte sich vier Barhocker von ihr entfernt an den Tresen. Sie tat so, als hätte sie ihn nicht gesehen, doch ihre finstere Miene verriet sie. Er bestellte ein Bier, dann ging er zu ihr hinüber und zog einen Hocker heran.

»Nur zu. Setz dich zu mir. Fühl dich ganz wie zu Hause.« Abends war sie ebenso sarkastisch wie tagsüber reizbar.

»Ich wollte mich nur für den Vorfall am Nachmittag entschuldigen. Ich glaube, ich habe da wohl überreagiert.«

»Mach dir deshalb keine Sorgen. Das war galant. Ritterlich. Typisch englisch.«

Er konnte nicht erkennen, ob das ebenfalls sarkastisch oder

ernst gemeint war. Strachan hoffte, Letzteres träfe zu. »Wie geht es deinem Freund?«

»Er ist nicht mein Freund.« Sie begann, das Etikett von der Flasche zu pulen und wich seinem Blick aus.

Er betrachtete fasziniert ihre schlanken Arme. Sie wirkten so entspannt und träge, dass selbst die Pulerei irgendwie anmutig wirkte.

Die junge Frau nahm einen Schluck Bier und sah geradewegs durch ihn hindurch. »Nicht mehr. Er ist heute Nachmittag abgereist. Deshalb haben wir uns ja auch gestritten. Eigentlich wollten wir morgen abfliegen, aber ich wollte keinen Tag länger bleiben. Für fünfzig Dollar hätten wir die Tickets eintauschen können, aber er war dermaßen auf seinen Terminplan fixiert, dass er davon nichts wissen wollte. Dieser Typ ist ein Arsch. So unglaublich ernsthaft. Sein ganzes Leben läuft nach der Bedienungsanleitung ab, die seine Eltern ihm als Kind in den Hintern gesteckt haben.«

»War es das erste Mal, dass er dich geschlagen hat?«

Sie schlug die Augen nieder. Strachan entschuldigte sich und meinte, das gehe ihn wohl nichts an.

»Ich sollte für ihn jemand sein, der ich nicht bin. Er wollte eine Hausfrau haben. Eine Zuchtstute. Eine Frau, die sich in die Familientradition einfügt. Er stammt aus Philadelphia, aus einer dieser großen Familien: Da dreht sich alles um die Tradition und überkommene Werte. Großes Haus, großer Garten, großes Auto, großes Ego. Er musste immerzu seinen Willen durchsetzen. Widerworte mochte er nicht. Das war er nicht gewohnt. Ich sollte den Mund halten und die Beine breit machen. Keine Ahnung, warum ich mich überhaupt mit ihm eingelassen habe.«

»Und jetzt ist es aus?« Banbury Strachan, der immer gleich mit der Tür ins Haus fallen musste.

»Ja. Und zwar keine Minute zu früh. Hätte ihm schon

längst den Laufpass geben sollen. War sowieso nicht mein Typ.«

Strachan streckte die Hand aus. »Ich heiße Ed Strachan.«

»Mist«, sagte sie. »Und ich dachte schon, du wärst Sir Lanzelot, der seine Maid retten wollte.« Sie reichte ihm die Hand. »Ich bin KT. KT Luker.«

»Katie oder KT?« Strachan war nicht entgangen, dass sie »seine Maid« und nicht »eine Maid« gesagt hatte. Als betrachtete sie sich bereits als Objekt seiner Verehrung. Das gefiel ihm.

»Letzteres.«

»Wofür steht das?«

»Sorry, Schätzchen. Bevor ich dir das sage, musst du mich schon erheblich besser kennen.«

»Wie viel besser?«, rutschte ihm heraus. Er hätte daran denken sollen, dass KT einen schlechten Tag hinter sich hatte. Er machte zu viel Druck.

»Habe ich mich nicht verständlich ausgedrückt, Lance? Sehr viel besser.«

»Woher kommst du?« Das war immerhin besser, als gar nichts zu sagen. Jedenfalls ein bisschen.

»Aus Fort Wayne. Leider.«

»Wieso leider?« Er hatte erwartet, sie würde einfach »Amerika« sagen. Fort Wayne war ihm eigentlich schon zu detailliert. Er hatte keine Ahnung, wo das lag. Allerdings hatte der Name einen coolen Klang.

»Fort Wayne liegt in Indiana. Da gibt es nichts. Nur ein paar Fabriken und eine breite, alte Schnellstraße.«

»Und was machst du da, wenn es dort nichts gibt?«

»Ich mache gar nichts da. Vor einem Jahr bin ich weggegangen. Scheiße, Lanzelot, für wie alt hältst du mich eigentlich?«

»Achtundzwanzig?«

KT lachte, boxte Strachan gegen den Oberarm und sagte: »Ja, stimmt. Danke, Mann.«

Da war er wieder, dieser schwer zu deutende Tonfall. Wie sollte man aus ihr nur schlau werden? »Dann bist du also aus Indiana fortgegangen. Und weiter?«

Sie unterhielten sich eine halbe Stunde lang. KT erzählte Strachan von ihrem Leben. Dass sie erst in Princeton Schauspielschülerin gewesen und dann nach New York gegangen sei und kleine Rollen in Werbefilmen und Soaps angenommen habe. Wie sie nach einer Broadwayaufführung Mike kennengelernt habe, dessen Firma die Inszenierung von *Der Widerspenstigen Zähmung* gesponsert habe. Sie selbst habe dabei die Rolle der Kate gespielt. Strachan wusste über Shakespeare nicht besser Bescheid als über Indiana, vermutete aber, dass Kate die Widerspenstige war und KT die Rolle schon beim ersten Vorsprechen bekommen hatte. Ihrem Auftritt von heute Morgen nach zu schließen, war es noch niemandem gelungen, sie zu zähmen.

Strachan hatte eine Schwäche für hübsche Girls, die in Streitereien verwickelt wurden, und die Unterhaltung lief wie geölt. Jetzt, da Mike sich mit eingezogenem Schwanz aus dem Staub gemacht hatte, sah sie keinen Grund mehr, vorzeitig abzureisen. Strachan mochte sie. Er mochte sie sogar sehr.

»Machst du hier Urlaub?«, fragte sie.

»Kann man so sagen. Geschäft und Vergnügen. Ich bin Unterwasserfotograf.« Er beobachtete sie aufmerksam und stellte zu seiner Genugtuung fest, wie ein Funkeln in ihre Augen trat. Er hatte mal einen Bewerbungsberater gekannt, der beachtlichen Erfolg bei Frauen hatte, weil er sich als Delfintrainer ausgab. Strachans Job war zwar nicht ganz so glamourös, dafür brauchte er aber nicht zu lügen.

»Cool«, sagte sie. »Brauchst du Hilfe? Ich bin eine gute Taucherin. Ich habe bei der PADI den Rettungsschein gemacht.«

Strachan trank einen Schluck Bier und schüttelte den Kopf.

»Du hast schon einen Assistenten, stimmt's?«

»Nein. Ich arbeite allein.« In dieser Hinsicht stellte er eine Ausnahme dar. Die meisten Unterwasserfotografen nahmen jemanden mit, manchmal als Model, manchmal zum Tragen der Ersatzausrüstung. Für Strachan aber war das Fotografieren das reinste Vergnügen, und er hatte die Erfahrung gemacht, dass Assistenten das Ganze eher verkomplizierten.

»Ach, komm schon, das wird ein Mordsspaß. Ich beiße nicht.«

Strachan musste unwillkürlich lachen. Verlockend war es schon. Andererseits forderte er damit den Ärger geradezu heraus. Fall er Pili überhaupt noch ausfindig machen sollte, würde er ihm den wahren Grund für seinen Aufenthalt auf der Insel ebenso wenig verraten wie einer Wildfremden. Außerdem hatte sich seine Bereitschaft, hübsche junge Frauen auf Tauchausflüge mitzunehmen, nach dem Vorfall auf Curaçao beträchtlich verringert. »Das Angebot ist sehr freundlich von dir, aber zu den Kerkullas fahre ich allein.«

»Du willst zu den Kerkullas? Mann, da musst du mich einfach mitkommen lassen.«

Strachan zuckte mit den Schultern. Er ließ die Zügel bereits schleifen. Er hatte wirklich Lust, mit KT Luker etwas zu unternehmen, aber im Moment hatte sein Erbe unbedingten Vorrang. Er wechselte das Thema. »Wonach suchst du eigentlich, wenn dir das ruhige Eheleben nicht gefällt?«

»Nach Abenteuern. Genau wie alle.«

»Nicht alle suchen das Abenteuer.«

KT musterte ihn mitleidig. Dann lächelte sie. »Es gibt zwei Arten von Menschen, Lanzelot. Die einen suchen das Abenteuer, und die anderen zählen nicht.« Er grinste sie an, doch bevor er darauf etwas erwidern konnte, fuhr sie auch schon fort: »Hör auf, mich so anzustarren! Willst du noch ein Bier?«

Strachan erhob sich, legte die Hände auf den Tresen und bemühte sich, nicht zu lächeln. Miss Luker war eine tolle Frau; genau die Art Herausforderung, die er liebte. Manchmal war das Leben einfach ungerecht. »Nein, danke«, sagte er. »Und mach dir nichts draus, wenn ich dich angucke; du bist nicht mein Typ.«

30

Pili Parang beobachtete sie vom Strand aus.

Es war bereits nach neun Uhr abends, doch der Sand war noch immer warm, und er lag auf dem Bauch und ließ die Wärme in seinen Körper einsickern. Seine Marihuanazigarette war bis auf den Stummel abgebrannt. Wäre er weniger abgelenkt gewesen, hätte er die Hitze an seinen Fingern bemerkt. Das Palms war zum Strand hin offen, und obwohl er außer Hörweite war, sammelte er gleichwohl nützliche Informationen über die flirtenden Westler.

»Und er hat gemeint, er sei ein Freund von mir?«

»Ja.« Der Junge nickte. Er fürchtete sich vor dem Mann im Palmenschatten und hielt auf Abstand. Pili Parang war Geschäftsmann. Er führte seine Geschäfte mit harter Hand und bestrafte Fehler mit einer Wildheit, die ihn im südlich von Kota Bahru gelegenen Johor Bahru zu trauriger Berühmtheit verholfen hatte. »Er hat gesagt, er will dich sprechen. Ich hab mir gedacht, er ist vielleicht von der *polis*.«

Pili brummte. Sie unterhielten sich im Einheimischendialekt, der als Bahasa Malay bezeichnet wird. »Das hast du gut gemacht. Verschwinde jetzt.« Er reichte dem Jungen einen Geldschein, den dieser gierig entgegennahm, wobei er jedoch darauf achtete, dass er die Hände des Mannes nicht berührte. Pili sah ihm nach, dann nahm er wieder das Palms ins Visier.

Der Gegenstand seiner Aufmerksamkeit schickte sich offenbar zum Gehen an.

Pili hatte sich auf der japanischen Yacht gut amüsiert. Als er den hoch gewachsenen blonden *gwailo* an der Bar stehen sah, hatte er zunächst an eine Sinnestäuschung geglaubt. Als er jedoch den gelassenen Gang wiedererkannte, war auch der letzte Zweifel zerstoben. Das war Ed Strachan. Ein Gespenst aus der Vergangenheit, von dem er geglaubt hatte, er werde es nie wiedersehen. Zu Anfang war er so aufgeregt gewesen, dass er so lange an den Fingerkuppen genagt hatte, bis sie geblutet hatten.

Zehn Jahre waren seit ihrer letzten Begegnung vergangen, und seitdem hatte sich sein Leben vollkommen verändert. Der Schmuggelring war mit der Razzia aufgeflogen, und aus Angst, verhaftet zu werden, hatte er Tioman drei Jahre lang nicht verlassen. Er war gezwungen gewesen, ehrlich zu werden, hatte in Bars und als Golfcaddy gearbeitet und für Amerikaner und Chinesen Golftaschen geschleppt. Als die Luft wieder rein war, hatte er sich wieder nach Kuantan gewagt und sechs Jahre lang einen kleinen Drogenhandel betrieben, bis er von seinen gegenwärtigen Arbeitgebern angeheuert worden war.

Die Japaner kannten sich mit dem Drogenschmuggel besser aus, als Pili für möglich gehalten hätte, und da sich ihr Einflussbereich von Tokio bis nach Singapur erstreckte, hatte er alsbald erkannt, dass es sinnlos war, mit ihnen konkurrieren zu wollen. Nicht nur der Drogenschmuggel wurde in Malaysia mit dem Tod bestraft, sondern auch die Weigerung, mit dem größten Heroin-Shogun Südostasiens zusammenzuarbeiten. Pili hatte die Wahl, entweder für Wakahama-san zu arbeiten oder zu sterben. Zum Zeichen, dass es ihm ernst war, hatte einer seiner Männer ihm beide kleinen Finger abgeschnitten und sie ihm in die Nasenlöcher gesteckt. Hätte Pili sich geweigert, hätte man ihm den Fuß so lange in den Mund gestopft, bis er erstickt wäre. Stattdessen erklärte er sich bereit, die Vertretung für die Ostküste Malaysias zu übernehmen. Pili trug den Japanern nichts nach. Schließlich musste er noch viel lernen.

Wakahama war einer der mächtigsten Männer der Region. Der Strafverfolgung war er bislang dadurch entgangen, dass er die meiste Zeit an Bord seiner Yacht verbrachte und die internationalen Gewässer nur dann verließ, wenn er nachtanken musste. War eine Besprechung unumgänglich, ließ er die Betreffenden mit dem Hubschrauber einfliegen. An Bord der *Fubuki* war die Gefahr eines Hinterhalts gering, und wenn man jemanden verschwinden lassen musste, ließ sich das auf hoher See viel leichter bewerkstelligen als an Land. Jetzt war er hergekommen, um wie jedes Jahr das Malaysia-Geschäft zu überprüfen. Pili und seine Kollegen hatten gute Arbeit geleistet, und sein Vorschlag, die Freuden von Tioman zu genießen, hatte Anklang gefunden. Pili hatte seine Sache so gut gemacht, dass er eingeladen worden war, noch einen Tag länger an Bord zu bleiben.

Die Zigarette erlosch an der Hornhaut seiner Finger. Pili dachte über die Neuigkeiten nach, die der Junge ihm überbracht hatte. Strachan machte hier anscheinend keinen Urlaub. Er hatte sich für längere Zeit eingerichtet und anscheinend irgendetwas vor. Er tauchte zweimal täglich, doch die Art und Weise, wie er die Karte studierte und mit dem GPS herumspielte, deutete darauf hin, dass er nicht nur zum Fotografieren hergekommen war. Sehr verändert hatte er sich jedenfalls nicht; er lief den Frauen nach und hatte sich anscheinend bereits geprügelt.

Pili schloss lächelnd die Augen. Er wälzte sich auf den Rücken und betrachtete die Sterne. Ed Strachan war nach Malaysia zurückgekehrt. Das musste eine göttliche Fügung sein.

Einhundertfünfzig Meilen weiter südwestlich warteten zwei Europäer an einem Transportband des Changi Airports von Singapur auf das Eintreffen ihres Gepäcks. Der Flug von Europa hierher hatte diesmal länger gedauert, da der Flieger dem irakischen und afghanischen Luftraum ausgewichen war. Die beiden Männer waren müde und erschöpft. Ihre Gesichter waren gerötet und aufgedunsen, als hätten sie sich statt mit den dampfenden Handtüchern, die ihnen die Stewardess gereicht hatte, mit Brennnesseln abgerieben. Trotzdem wollten sie mit ihrer Suche noch heute beginnen. Die Spur war fast eine Woche alt, und sie hatten keine Zeit zu verlieren.

Das Netz zog sich um den nichts ahnenden Strachan zusammen.

31

Am nächsten Tag tauchte das von den Kerkullas kommende Boot am Horizont auf. Strachan stand im Wasser und beschirmte die Augen mit der Hand. Er beobachtete, wie das Boot mit stolz geblähten weißen Segeln näher kam. In der leichten Brise machte es zwölf, dreizehn Knoten und preschte in den Tiefwasserkanal zwischen Pulau Tulai und Pulau Tioman hinein wie ein Vollblutpferd beim Endspurt. Eine halbe Meile vor der Insel wurden die Segel eingeholt, und das Boot wurde langsamer, als der Motor den Rest der Arbeit übernahm.

Die Yacht bot einen wundervollen Anblick. Eine Ketsch mit Gaffelrigg, strahlend weißem Rumpf und poliertem Teakholzdeck. Das Messingruder funkelte in der Sonne. Trotz der Entfernung konnte Strachan die akkurat gebügelten Uniformen der Crewleute erkennen, die sich aufs Anlegen vorbereiteten.

Während das Boot durch die Strömung glitt, las er den Namenszug am Heck. Das Boot hieß *Ariadne*. Ihm sank der Mut. Er hatte geglaubt, es wäre ein kleiner, erschwinglicher Motorkreuzer. Stattdessen handelte es sich um ein dreißig Meter langes schwimmendes Schmuckstück. Wenn er dieses Boot charterte, würde von den zwölftausend Dollar nicht mehr viel übrig bleiben.

Bald darauf kletterten die Bootsgäste über eine Strickleiter zu einem wartenden Schlauchboot hinunter, das der Yacht entgegengetuckert war. Unter lautem Hallo reichte die Crew das Gepäck über die Reling, nahm das Trinkgeld in Empfang und posierte für ein letztes Foto. Für die meisten wäre ein Fünftagestörn mit der *Ariadne* durch den Nationalpark der Urlaub ihres Lebens gewesen. Für diese Leute galt das nicht. Sie würden mit aufgeladenen Batterien und erneuerter Schaffenskraft ihre Arbeitsplätze in Banken und Versicherungen einnehmen und noch mehr Geld verdienen, damit sie die Erfahrung im nächsten Jahr weiter ausbauen konnten. Das war ihr Spiel: Jedes Jahr der Urlaub ihres Lebens. Strachan musterte sie voller Verachtung. Er versuchte sich einzureden, dass er anders sei als sie, dass sein Zyklus von Yin und Yang irgendwie nobler sei.

»Brauchst du ein Boot?« Die Stimme klang hoch und nasal. Strachan erkannte sie auf Anhieb wieder. Als er sich im flachen Wasser umdrehte, erblickte er Pili Parang, der am Strand saß und mit einem Stock Muster in den Sand zeichnete.

»Pili! Ich habe nach dir gesucht!« Strachans Miene hellte sich auf. Sie hatten so viel miteinander erlebt, dass er nicht anders konnte, als sich zu freuen. Er watete durch die Brandung, reichte seinem ehemaligen Arbeitgeber die Hand und musterte ihn prüfend.

Pili war in den zehn Jahren nicht gealtert. Er wirkte lediglich etwas fülliger und gesünder als damals. Seine Haut war dunkler geworden, die Knochen standen weniger hervor. Offenbar achtete er jetzt mehr auf sich. Sein Haarschnitt aber war noch immer wie in den Siebzigern: Löckchen im Wet-Look, zum Zeichen der Verehrung für seinen Liverpooler Helden Kevin Keegan.

Neben dem Smaragdschmuggel und der Gewalttätigkeit war der FC Liverpool Pilis dritte Leidenschaft gewesen. Für alle Jahre zwischen 1970 und 1980 hatte er die gewonnenen Titel und die Tabellenplätze, die Mannschaftsaufstellungen und die Torschützen der Entscheidungsspiele im Schlaf herunterbeten können. Seine Version von »You'll Never Walk Alone« war grauenhaft. Er ergriff Strachans Hand, als wollte er mit ihm Armdrücken veranstalten, und erwiderte sein Lächeln.

»Mann, Pili, was ist passiert?« Strachan merkte sofort, dass an Pilis Hand ein Finger fehlte. Die Wunde war zwar längst verheilt, doch der Anblick war irgendwie grotesk.

»Ein andermal«, erwiderte Pili. »Brauchst du ein Boot?«

Als Strachan Pili lächeln sah, fühlte er sich in die alte Zeit zurückversetzt: in die gute alte Zeit, als die Welt eine Auster war und Pili Parang einer der beiden Männer, die sie ihm auf dem Tablett servierten. Lange Nächte in Kuala Lumpur. Beachpartys bei Vollmond auf den Perhentian Islands. Pili und Runi hatten Trinksprüche auf seine Erfolge ausgebracht und davon geredet, das Geschäft international auszuweiten. Strachan erinnerte sich noch gut an das Hochgefühl, mit dem er die Hand in den Liverpooler Seesack gesteckt hatte, und an seine Freude angesichts der lächelnden Gesichter der Bergleute, die den Lohn für ihre Unterschlagungen in Empfang nahmen.

»Du siehst gut aus, mein Freund.«

»Und du hast zugenommen«, erwiderte Strachan. »Die Leinwand dehnt sich.« Er zeigte auf Pilis nackten Oberkörper, der mit zahlreichen Tätowierungen geschmückt war. Blauschwarze Flammen schlängelten sich um die Unterarme, als wären dies brennende Holzscheite und seine Brust ein loderndes offenes Feuer. Pilis Rücken bedeckte vom Hals bis zu den Shorts ein kunstvolles Muster von Wirbeln und konzentrischen Kreisen. Keine Abbildungen von Personen; keine Symbole oder Tiere. Keine Sprüche. Nichts weiter als ein Aufruhr blauer und schwarzer Tinte. Ein Mahlstrom aus Spiralen, appliziert mit einer Nadel. Strachan hatte auch früher eine Kriegsbemalung darin gesehen.

»Brauchst du ein Boot?«, wiederholte Pili.

»Ja – woher weißt du das?«

»Ich kenne dich gut, Ed. So wie du die *Ariadne* angeguckt hast. Du willst tauchen, ja?«

»Ja, bei den Kerkullas, aber ich will nicht gestört werden.«

»Warum denn das?«, fragte Pili. »Brauchen« war ein starkes Wort, und Pili war sich über seine Bedeutung im Klaren. Strachan hatte irgendetwas vor. Er hatte sich Seekarten und ein GPS-Gerät besorgt; jetzt *brauchte* er ein Boot. Pili witterte eine Gelegenheit.

»Ich möchte ganz besondere Aufnahmen machen. Ich erzähl dir später davon.« Strachan würde das ganz bestimmt nicht tun, doch jetzt, da er sich vergewissert hatte, dass die *Ariadne* für ihn nicht in Frage kam, war er mehr denn je auf Pilis Unterstützung angewiesen. »Kennst du ein Boot, das ich mieten könnte?«

»Ich wüsste da ein Hochseesportboot«, antwortete Pili. »Sehr schnell, sehr hübsch.«

»Gehört es dir?«

»Nein. Ich kenne den Besitzer. Er heißt Sumo.«

»Sumo?«

»Du wirst schon sehen. Ich kann ein Treffen arrangieren – soll ich?« Pili war unruhig geworden und trat einen Schritt zurück.

»Klar. Wann kann ich ihn treffen?«

»Heute Abend, im Palms.«

»Und der verchartert auch an privat?«

»Ja.«

»Und du kannst mir einen guten Preis machen?«

»Ich werd's versuchen.« Pili lachte gezwungen. »Wann willst du dich mit ihm treffen?«

»Um acht?«, schlug Strachan vor.

»Sagen wir, um sieben«, erwiderte Pili. »Wir haben uns viele Jahre nicht mehr gesehen.« Nach kurzem Überlegen setzte er hinzu: »Vielleicht könnte ich dich ja begleiten? Es ist lange her. Wir könnten uns über die alten Zeiten unterhalten.«

Strachan schob die Sonnenbrille über die Augen. Pili fragte jetzt schon zum zweiten Mal, ob er mitkommen könne, und das Neinsagen fiel ihm immer schwerer. Er hatte noch immer keine Ahnung, wie wertvoll sein Erbe war, falls es denn überhaupt existierte, doch in diesem frühen Stadium wollte er auf Nummer sicher gehen. Ein zweites Paar Hände hätte die Sache zwar erleichtert, aber dann müsste er Zeit darauf verwenden, die alte Beziehung zu Pili wiederherzustellen. Außerdem hätte er dem gerissenen Malaysier einen gehörigen Vertrauensvorschuss einräumen müssen. »Nein, danke, Pili. Du kennst mich doch. Ich arbeite lieber allein.«

»Okay, wir werden sehen. Bis dann.« Pili drehte sich um und trabte den Strand entlang.

»Pili!«, rief Strachan ihm nach. Der Malaysier wurde langsamer. »Wie geht's Runi?«

Obwohl Pili jetzt stehen geblieben war, drehte er Strachan noch immer den Rücken zu. Seine wahren Gefühle, die ihm die Gesichtsmuskeln verkrampften und sich als Kribbeln in den Fingern äußerten, ließ er sich nicht anmerken. Als er sich auf die Unterlippe biss, brachte ihn der Schmerz wieder ein wenig zur Besinnung. Über die Schulter hinweg sagte er: »Schön, dich wiederzusehen, Ed.«

32

Um Viertel nach sieben war Strachan wieder im Palms. Er bestellte ein Bier und ein Hühner-Saté, dann nahm er Platz und wartete.

Die Besatzung der *Ariadne* speiste an einem Nebentisch. Der Skipper war mühelos zu erkennen. Er trug ein kurzärmliges Polohemd und eine weiße, bis zu den Knien hochgekrempelte Freizeithose. Seine Haut hatte die Farbe gerösteter Kastanien, seine Schienbeine waren voller blauer Flecken und von Jahren auf See vernarbt. Er war mindestens zehn Jahre älter als der Rest der Crew, und während die anderen plapperten und tratschten, stellte er die anmutige Würde eines Schwans zur Schau, der mitten unter Gänsen schwimmt. Wie viele Einheimische war er dünn und drahtig, doch als er das Glas hob, traten an seinem Arm Sehnen hervor, die so dick wie Stromkabel waren. Er hielt das Bierglas beidhändig und trank mit geschlossenen Augen.

Als er diesen Mann dabei beobachtete, wie er die einfachen Freuden des Lebens genoss, verspürte Strachan einen Anflug von Neid. Auch Strachan hatte sich keine konventionelle Karriere aufgebürdet, musste aber nach wie vor an seine Zukunft denken. Er war immer noch unterwegs. Er besaß noch keine Strandhütte in der St. Michiel's Bay und auch kein Boot für Trips nach Aruba und Bonaire. Der Skipper hingegen war *angekommen*.

Pili verspätete sich und tauchte erst aus der Dunkelheit auf, als Strachan sein drittes Bier getrunken hatte. Er schob einen Stuhl an den Tisch und bestellte zwei weitere Flaschen. In der Zwischenzeit hatte er geduscht und trug jetzt ein weißes T-Shirt über den Shorts. Zu Strachans Verblüffung war es gebügelt. »Hast du mit Sumo gesprochen?«

»Ja«, antwortete Pili. »Er kommt, aber er ist nicht glücklich.«

»Ach?«

»Er will das Boot nicht an eine Einzelperson verchartern. Das Boot hat vier Kojen, und wenn er auf einen Komplettcharter wartet, bekommt er mehr Geld.«

»Wie viel will er für einen Komplettcharter haben?«

»Für eine zweitägige Angeltour mit vier Gästen bekommt er sechzehnhundert Dollar plus Trinkgeld.«

Strachan stieß einen leisen Pfiff aus. »US- oder Singapur-Dollar?«

»Amerikanische.«

»Mist.« Strachan hatte einen Viertagestrip geplant gehabt. Einen Tag für die Hinfahrt, zwei Tage für die Erkundung und einen Tag für die Rückfahrt. Bei den Tarifen, die Pili ihm genannt hatte, würde ihn das drei Riesen kosten, ein Viertel seiner Rücklagen. Für einen Erkundungstrip war das viel zu viel. Für den Fall, dass er ein weiteres Mal dorthin fahren wollte, musste er eine ausreichende Reserve zurückbehalten. Der Aufenthalt auf Tioman stellte sich als wesentlich kostspieliger heraus als erwartet. Die Nähe zu Singapur trieb offenbar die Preise in die Höhe. »Kannst du nicht einen Sonderpreis aushandeln?«

»Ich glaube nicht. Sumo mag mich nicht besonders.«

»Niemand mag dich besonders, Pili, Anwesende ausgeschlossen. Dann sieht es also schlecht aus für mich?«

»Nein.« Pili trank einen Schluck Bier, schürzte die Lippen und saugte die Luft so in den Mund, dass das Bier Blasen bildete. »Ich kann dir helfen. Ich komme mit, und wir teilen uns die Kosten.«

Strachan war sprachlos. Er war sich nicht sicher, ob Pili sein Angebot ernst meinte, und wenn ja, ob das eine gute oder schlechte Nachricht war. Ein Sportboot war die perfekte Tarnung, um sich bei den Kerkullas umzusehen, aber falls sie das Schiffswrack fanden, würde sich das kaum geheim halten lassen. Andererseits tauchte Pili nicht, also bestand immerhin die Möglichkeit, dass der Malaysier nichts mitbekam. »Kannst du dir das denn überhaupt leisten?«

Pili kniff die Augen zusammen. »Vergiss nicht, Ed, ich war dein Boss.«

Strachan grinste. In den ersten neun Monaten als Kurier hatte er dreißig Riesen verdient. Pili hatte wahrscheinlich das Zehnfache eingesackt. Vielleicht hatte er ja klug investiert und noch etwas übrig. »Das Angebot ist sehr freundlich, und es klingt gut. Ich werd drüber nachdenken.«

»Okay«, sagte Pili. »Du hast zwanzig Sekunden Zeit. Da kommt Sumo.«

Strachan wandte sich um. Auf den ersten Blick war klar, woher Sumo seinen Spitznamen hatte. Er war ein Fass von einem Mann mit dem Gesicht eines lachenden Buddhas. Das marineblaue T-Shirt spannte sich über seiner Tonnenbrust, während die Beine wie Bierfässer aus den gelben Shorts ragten. Sein Schwerpunkt musste noch etwas tiefer liegen als der eines Nilpferds. Man konnte sich leicht vorstellen, wie er sich über die Reling beugte und mit einem Fischhaken lässig einen Hundert-Pfund-Thunfisch an Bord zog. Strachan mochte ihn auf Anhieb.

Sumo lächelte, als Pili sie miteinander bekannt machte. Er hatte einen kleinen Rucksack und einen Weidenkorb mitgebracht, die er unter dem Tisch abstellte. Strachan sagte Hallo, und da ihm nichts Besseres einfiel, fiel er gleich mit der Tür ins Haus: »Ich möchte ein Boot chartern.«

Sumo nickte. »Ich weiß. Pili hat's mir gesagt. Wie viele Personen?«

»Eine Person«, sagte Strachan. »Ich allein.«

»Eine Person. Sehr teuer«, meinte Sumo augenzwinkernd. »Zum Angeln?«

»Tauchen.«

»Wo soll's denn hingehen?« Sumo hatte eine tiefe Stimme und einen starken Akzent, sprach aber wie Pili gut englisch. Im Tourismusgeschäft war das eine Grundvoraussetzung.

»Zu den Kerkullas. Vier Tage.«

Sumo lachte leise und zwinkerte erneut, dann zog er einen Taschenrechner aus den Shorts. Unter halblautem Gemurmel tippte er darauf herum.

»Wie viel?«, fragte Strachan und steckte sich eine Zigarette an.

Aus den Fleischfalten von Sumos Gesicht tauchte ein Lächeln auf. Seine Augen funkelten, als er sich mit seiner Pranke über den braunen, fast haarlosen Schädel strich. Er reichte Strachan den Taschenrechner und steckte sich seinerseits eine an.

»Zweitausend Dollar! Mann, ich glaube, du hast die Pilze gegessen, die am Strand verkauft werden.« Strachan lehnte sich grinsend auf seinem Stuhl zurück.

Sumo stimmte ein grollendes Lachen an. Seine Brüste bebten unkontrollierbar unter dem T-Shirt. Er war nicht im Geringsten beleidigt. Das Feilschen gehörte auf Tioman zum Alltag. »Drei Mahlzeiten täglich inbegriffen, und mein Neffe hilft bei der Ausrüstung.«

»So, so. Immer noch zu viel.«

»Dann kann ich dir nicht weiterhelfen.« Sumo versuchte, den Stuhl zurückzuschieben, damit er aufstehen konnte, doch er war so schwer, dass die Stuhlbeine tief in den Sand eingesunken waren. »Morgen kommt ein deutscher Kunde. Ein Banker. Sehr reich.«

Das konnte ein Bluff sein, aber Strachan hatte dennoch das Gefühl, die Gelegenheit entgleite ihm. Es blieb nicht viel Zeit. Verhoeven war inzwischen vielleicht schon in Singapur angekommen. Er würde tagelang brauchen, ein anderes Boot aufzutreiben. »Pili, willst du immer noch mitkommen?«

»Ja. Kein Problem. Ich zahle die Hälfte. Du kannst es mir ein andermal wiedergeben.«

Sumo brummte und spuckte aus. Offenbar hatte er keine Lust, Pili mitzunehmen. Strachans Puls raste. Das Jagdfieber hatte ihn gepackt, und er wollte den Deal abschließen. Gleichzeitig war ihm bewusst, dass Sumo den Preis viel zu hoch angesetzt hatte. Der Moment für die zweite Verhandlungsrunde war gekommen. »Fünfzehnhundert«, sagte er. »Ich und Pili. Halbe halbe.«

Sumo lachte erneut. Das konnte er am besten. »Das ist ein hübsches Boot. Wenn du es siehst, wirst du mehr zahlen wollen.«

»Wann kann ich es sehen?«

»Komm mit.« Plötzlich packte Sumo mit seiner gewaltigen Pranke Strachans Arm. Strachan war ein großer, durchtrainierter Bursche, trotzdem zog Sumo ihn wie einen Rollkoffer über den Strand. Das Meer wirkte im Dunkeln wie aus Quecksilber. Sumo zeigte zur *Ariadne,* die im Tiefwasserkanal festgemacht hatte. Vom Bugspriet zog er mit dem Zeigefinger eine Linie quer über die Bucht hundert Meter nach rechts. Dort im flachen Wasser funkelte eine schlanke, weiße Sportyacht. »Mein Boot.«

Strachan lächelte. Er hatte das Boot bei der Anreise gesehen, als es gerade in See stach. Von der Fähre aus hatte er die Linien bewundert, als der Bug auf gleicher Höhe war. Es war ein Viking 57 Convertible Baujahr 1989 mit drei Decks plus Aussichtsturm. Viel benutzt, aber nicht schäbig, und angetrieben von zwei gewaltigen Diesel-Innenbordern. Strachan hatte in der Touristeninformation Werbeplakate gesehen, auf denen mit hundert Pfund schweren Marlingen, Thunfischen und Wahoos geprahlt wurde. Das Boot wäre bestens geeignet, vier Tage in der schweren Dünung des Südchinesischen Meers zu verbringen. Es war hochseetauglich und stark motorisiert; genau die Art Boot, die er sich eines Tages kaufen wollte, um in der Südkaribik auf Fotosafari zu gehen. »Wie heißt das Boot?«

»*Esprit Bleu.*« Sumo lächelte stolz. Seltsamerweise sprach er französisch fast ohne Akzent.

»*Esprit Bleu.*« Irgendwie war der Name passend. Blau wie der hochprozentige Exportschlager Curaçaos. Er mochte das Boot, deshalb entschloss er sich, mit Sumo auf der Stelle handelseinig zu werden. »Also, wie viel soll es nun wirklich kosten?«, fragte er in möglichst desinteressiertem Ton.

»Nein, nein, nein. Wie viel willst du *zahlen*?« Sumo wollte kein neues Angebot unterbreiten, deshalb dachte Strachan einen Moment nach. Auf den Märkten von Kuantan und Mersing war es das Gleiche. Man wurde genötigt, das erste Angebot zu machen. Die Händler wussten, dass man weniger bot, als man bereit war zu zahlen, und von diesem Punkt aus konnten sie den Preis unerbittlich in die Höhe treiben. Hilfe suchend blickte er Pili an, doch der zuckte nur mit den Schultern, als wollte er sagen: »Was soll ich machen?«

Strachan kratzte sich am Kopf. Um zu unterstreichen, wie schwer ihm die Entscheidung fiel, blähte er die Wangen wie ein Barsch. »Fünfzehnhundert.«

»Achtzehn.«

»Fünfzehn. Das ist mein letztes Angebot.« Alles oder nichts. Bei diesem Spiel musste man damit rechnen, den Kürzeren zu ziehen.

»Ed, lass gut sein. Ich weiß noch ein anderes Boot.« Pili schob sich dazwischen und sah Sumo direkt in die Augen. »Du willst den Job, dann schlag ein. Der Mann ist mein Freund.«

Sumo musterte seinen Landsmann finster. Pilis Tonfall gefiel ihm nicht. Außerdem verstand er nicht, weshalb einer, der auf Tioman geboren war, mit einem *gwailo* gemeinsame Sache machte. Allerdings wusste er genau, dass mit Pili nicht gut Kirschen essen war. Er seufzte schwer. »Fünfzehnhundert, wenn er die Schlange besiegt.«

»Was soll das heißen?«, fragte Strachan.

»Besieg die Schlange, dann kriegst du einen Sonderpreis.«

»Welche Schlange?«, sagte Strachan. »Ich verstehe nicht.«

»Komm, komm.« Wieder packte Sumo seinen Arm wie ein Schraubstock und marschierte mit ihm zurück zum Palms. Pili folgte ihnen mit belustigtem Blick. Als Strachan ihn ansah, nickte der Malaysier ihm aufmunternd zu. Was immer passieren würde, er fand es offenbar in Ordnung.

Sumo langte unter den Tisch und zog den Weidenkorb hervor. Er war etwa dreißig Zentimeter hoch, schlicht und elegant gearbeitet und hatte einen flachen Deckel.

Strachan wich angstvoll zurück.

33

Sumo ging in die Hocke, nahm den Deckel ab und kippte den Korb.

Die Schlange landete als schwarzes Knäuel auf dem Sand. Strachan war kein Herpetologe, doch als sich der Kopf aus dem Gewirr löste, hatte er keine Mühe, die Art zu bestimmen. Es war eine Kobra, an der gespreizten Brillenzeichnung am Hals leicht zu erkennen.

Sumo tippte der Schlange von hinten gegen den Kopf, um sie noch weiter zu reizen. Die Schlange richtete sich sogleich einen halben Meter auf. Die Hälfte des Körpers lag noch immer flach auf dem Sand. Strachan wagte nicht, sich zu rühren. Er war fasziniert von der düsteren Schönheit des Tieres, war sich aber auch der von ihm ausgehenden Gefahr bewusst. Da die Sonne bereits untergegangen war, trug er keine Sonnenbrille. Es war nicht auszuschließen, dass die Schlange spucken würde, und er wollte vermeiden, dass ihm Gift in die Augen kam.

Ein paar Touristen waren aufmerksam geworden. Da sie Sumo wohl für einen Schlangenbeschwörer hielten, waren sie stehen geblieben. Strachan erkannte KT auf den ersten Blick. Sie schob sich in der Gruppe ganz nach vorn und sah ihn aufreizend an. Offenbar war sie der Ansicht, sein Unbehagen sei die gerechte Strafe für die schroffe Abfuhr, die er ihr am Abend zuvor erteilt hatte. Er fing ihren Blick auf und lächelte, doch die Schlange bewegte sich, und er musste auf seine Füße achten. Die Restaurantangestellten grinsten einander vielsagend an, als handele es sich lediglich um einen Party-Gag.

Ohne sich von den Zuschauern stören zu lassen, legte Sumo den Korbdeckel einen Meter vor der Schlange auf den Boden. Dann langte er hinter sich und zog etwas aus dem Rucksack, ohne die Kobra auch nur einen Moment aus den Augen zu lassen. Strachan drehte sich der Magen um, als er sah, was der Skipper da in Händen hielt. Sumo warf es auf den Deckel. Das graue Fellknäuel richtete sich auf, dann blinzelte es mit den braunen Augen.

Die Ratte drehte sich mehrmals im Kreis. Ihre Füße kratzten am Korbgeflecht. Die Kobra begann, vor und zurück zu pendeln und krümmte den Leib zu der sprichwörtlichen S-Kurve, die dem Biss vorausgeht. Sie züngelte. Mit ihren lidlosen schwarzen Augen fixierte sie die Beute. Und dann zischte sie. Es hörte sich an, als entwiche Kohlensäure aus einer unter Druck stehenden Sprudelflasche.

Die Ratte erstarrte vor Angst. Über den Rand des umgedrehten Korbdeckels konnte sie nicht hinwegsehen. Sie wusste nicht, wo die Schlange war, spürte aber ihre Anwesenheit. Sie konnte sie hören. Das kleine Herz pumpte Adrenalin durch den Körper. Dann spreizte die Ratte die Hinterbeine und pinkelte.

Während die Schlange vor und zurück pendelte und den Abstand zur Ratte abschätzte, erklärte Sumo die Regeln. »Wenn du bereit bist, packst du die Ratte. Aber mach schnell. Die Schlange ist hungrig.« Dann lachte er leise in sich hinein. »Wenn du zu langsam bist, musst du ins Krankenhaus. Ich bring dich hin.«

Auf Tioman gab es kein Krankenhaus, aber das wusste Sumo natürlich. Er feilschte mit hohem Einsatz. Strachan schüttelte reumütig den Kopf.

Sumo kniete nieder. Er streckte die Rechte aus, wackelte mit den Fingern und hob den Arm bis in Schulterhöhe. Die Schlange ließ sich durch die wie Espenlaub zitternden Finger von der Ratte ablenken. Lautlos ließ sie die schwarze Zunge vor und zurück schnellen. In ihrem lippenlosen Maul lauerte der Tod.

Sumos Hand erstarrte. Die Kobra wandte sich augenblicklich wieder der Ratte zu. Als Sumo erneut die Finger bewegte, drehte sie einen Fingerbreit den Kopf. Sumos Hand zirkelte blitzschnell durch die Luft. Er packte die Ratte und riss sie über seine linke Schulter, während der Kopf der Kobra gegen das Korbgeflecht prallte. Der Deckel wurde von der Wucht des Schlags ein Stück zur Seite gerückt. Sumo hatte die Ratte gerettet, und die Schlange hatte ihn verfehlt.

Sumo musterte Strachan erwartungsvoll. Seine Augen waren ebenso dunkel und unergründlich wie die der Kobra. »Jetzt du.«

Er appellierte an Strachans Mut, forderte ihn heraus. Die Schlange wollte sich davonmachen, doch der Malaysier zog sie am Schwanz zurück.

»Na los, Lance! Oder traust du dich nicht?« KT forderte ihn ebenfalls heraus. Strachan schoss die Zornesröte in die Wangen. Wie kam sie eigentlich dazu, ihn ständig Lance zu nennen? Er sah Pili an, der mit erwartungsvoller Miene ein wenig abseits stand. Offenbar erwartete alle Welt von ihm, dass er die Herausforderung annahm.

»Achtzehnhundert Dollar. Fünfzehnhundert, wenn du schneller bist als die Schlange«, machte Sumo noch einmal die Bedingungen klar. Er hatte wieder das ansteckende Buddha-Lächeln aufgesetzt. Diesen Mann musste man einfach gern haben. So einen wie ihn wünschte man sich an seiner Seite. Stark wie ein Bulle, braun wie eine Kastanie, schneller als eine zubeißende Schlange.

Strachan erwiderte sein Lächeln. Er hatte vier Bier intus und war gegen die Schlange chancenlos. Sein Entschluss stand fest: Sumo war der Skipper seines Erkundungsboots. »Achtzehnhundert. Wir sind uns einig. Wir treffen uns morgen hier, eine Stunde vor Sonnenaufgang.« Er hob grüßend die Hand, dann marschierte er los zu seiner Hütte.

Er war noch nicht weit gekommen, da fiel ihm etwas Merkwürdiges auf. Das Geplapper im Restaurant war verstummt. Das Rauschen der Brandung verstärkte die Stille noch weiter. Er drehte sich um. KT Luker kniete vor dem Korb und hatte die rechte Hand vorgestreckt. Sie wackelte mit den Fingern, und die Schlange richtete sich drohend auf. Dicht hinter ihr standen die Zuschauer, weshalb sie nicht weiter zurückweichen konnte. Strachan rannte los. Was zum Teufel wollte sie damit beweisen? Dass sie geschickt mit Bierdeckeln umgehen konnte, hieß noch lange nicht, dass sie es mit der Kobra aufnehmen konnte. Bierdeckel bissen nicht. Bierdeckel waren nicht giftig. Bierdeckel hatten keine Reichweite von über anderthalb Metern.

»KT. Tu das nicht.« Er drängte sich zwischen den Zuschauern hindurch und trat neben sie. Er beobachtete gleichzeitig ihre Hand und die Schlange. Mit einem amüsierten Lächeln setzte Sumo die Ratte wieder auf den Deckel. Strachan konnte nur hoffen, dass es sich um einen Scherz handelte. Vielleicht war die Schlange ja gar nicht giftig. Vielleicht war sie gemolken worden. Oder man hatte ihr die Fangzähne entfernt. Ein Blick in das Gesicht des Skippers aber sagte ihm, dass es blutiger Ernst war.

KT hob die Hand bis über Schulterhöhe. Sie ahmte Sumos Technik nach und wackelte mit den Fingern, als spielte sie auf dem Klavier eine Tonleiter rauf und runter. Die Schlange fixierte die Hand. KT beachtete sie kaum. Stattdessen konzentrierte sie sich auf die Ratte. Auf deren Hin und Her im Korb. Auf das Scharren ihrer Füße. Auf das Zucken ihrer Nase. Auf das Blinzeln der Augen. KT schätzte den Abstand von der Hand zur Ratte ab und überschlug im Geiste ihre Erfolgsaussichten.

Sie hielt den Atem an. Wenn Strachan sie jetzt ablenkte, würde sie gebissen werden. Sie konnte nun nicht mehr zurück. Der Schlangenkopf schwenkte zur Ratte. Die Ratte hielt wie gelähmt inne. KT wackelte mit den Fingern. Der schwarze Kopf der Kobra wanderte wieder Richtung Hand. In diesem Moment packte KT zu.

Strachan bekam es nicht mit, denn er hatte die Schlange beobachtet. Die Kobra biss zu schnell zu, als dass das menschliche Auge der Bewegung hätte folgen können. Strachan nahm lediglich die Ausgangs- und die Endposition wahr, nicht aber die Zwischenstadien. Er hörte, wie der Kopf gegen den Deckel prallte. Dann raschelte es, als die Schlange die Zähne löste.

Der Deckel war leer. Da die Schlange von KTs Hand abgelenkt gewesen war, hatte sie in schiefem Winkel zugebissen. Dabei hatte sie einen Bruchteil ihrer Kraft und Geschwindigkeit eingebüßt. Dieser Moment hatte KT ausgereicht. Sie richtete sich auf und hielt die Ratte hoch wie den Hauptgewinn einer Lotterie. Dann trat sie einen Schritt zurück, begab sich aus der Reichweite der gereizten Schlange heraus und grinste Sumo triumphierend an.

Strachan bemerkte, dass ihr die Kobra viel näher gekommen war, als er zunächst gemeint hatte. Am Handgelenk war KTs Hemd eingerissen. Die Fangzähne hatten ihren Ärmel gestreift und den Arm nur um Haaresbreite verfehlt. Hauptsache, der Biss war danebengegangen.

KT reichte Pili die Ratte, damit der sie sicher verwahrte, doch damit hatte dieser nichts im Sinn. Sie hatte das Gesicht Strachan zugewandt und nahm Pili nur aus den Augenwinkeln wahr, weshalb sie zu spät reagierte. Pili warf die Ratte auf den Deckel. Im nächsten Moment biss die Schlange zu. Sie hatte sich zweimal überlisten lassen und wollte den gleichen Fehler nicht noch einmal machen. Sie grub die Zähne in das wehrlose Nagetier, was diesem die Luft aus den Lungen trieb. Die Kobra verdrehte den Kopf und wickelte sich um die Ratte, um sie stillzuhalten, während sie starb. Die Ratte zitterte und schnappte lautlos nach Luft. Das Gift war in der Blutbahn angelangt und wurde mit jedem Herzschlag weiter im Körper verteilt.

Sumo drückte den Kopf der mit ihrer Beute beschäftigten Schlange auf den Sand nieder. Als sie sich nicht mehr rührte, fasste er sie mit Daumen und Zeigefinger am Hals, hob sie hoch und stopfte sie in den Korb. Die Kobra wickelte ihren Schwanz um sein Handgelenk: ein letzter Akt des Widerstands, bevor der Deckel geschlossen wurde. Jetzt konnte sie in Ruhe ihre Beute verschlingen.

Sumo grinste KT zahnlos an, als hätte er das achte Weltwunder vor sich, nickte heftig mit dem Kopf und verneigte sich. Malaysische Bootsleute haben zumeist wenig Respekt vor Frauen; Sumo hingegen machte den Eindruck, als wollte er sich gegen eine jahrhundertlange kulturelle Konditionierung auflehnen. KT bekam es mit und klatschte sich mit ihm ab. Es knallte laut, als sich ihre Handflächen berührten. Sumo heulte begeistert auf. Dann erwiderte er die Geste, achtete aber darauf, nicht zu fest zuzuschlagen. KTs Anspannung und Bestürzung verflüchtigten sich. In ihrem Gesicht spiegelte sich Erleichterung wider. Die Ratte war vergessen, und sie und Sumo waren dicke Freunde.

Strachan hatte genug. Er wandte sich ab und stapfte den Strand entlang, die Hände in den Taschen seiner Schwimmshorts vergraben. KT hatte ihn als Memme dastehen lassen und in Kauf genommen, von einer Kobra gebissen zu werden. Er war in aller Öffentlichkeit gedemütigt worden.

Aber wenigstens hatte er jetzt ein Boot.

Spät in der Nacht startete von der Insel ein kleines Motorboot und nahm Kurs auf die japanische Yacht. Die *Fubuki* lag eine Meile vor der Küste im tiefen Wasser vor Anker, und das Boot brauchte eine Viertelstunde, bis es sie erreicht hatte. Angestellte von Wakahama-san brachen nicht zu einem viertägigen Bootsausflug auf, ohne vorher um Erlaubnis zu fragen. Und sie mussten triftige Gründe geltend machen.

Wie sich herausstellte, verstand Pili Parang sich gut darauf.

34

Am nächsten Abend brachen sie auf: eine vergnügte Crew, angeregt von der Aussicht auf Abenteuer. Strachan, Pili, Sumo und Sumos Neffe, dessen Name Strachan nicht aussprechen konnte. Schließlich verlegte er sich darauf, ihn Shleppy zu nennen. Der Neffe reagierte jedenfalls darauf, und da der neue Name aus Shorty und Sleepy – schläfrig – zusammengesetzt war, passte er jedenfalls zu seiner kleinen Gestalt und seiner ruhigen Art.

Wie sein Onkel war Shleppy dicklich und vergnügt. Das Glücksgen zeigte sich in einem breiten Lächeln, das Strachan im Angel-Cockpit willkommen hieß, auf dem unteren offenen Deck am Heck des Bootes. Nach einem erfolgreichen Angeltag schwamm es in Salzwasser und Blut, doch heute funkelte es makellos weiß. Sumo strahlte voller Stolz, und das war ein weiterer Grund, weshalb Strachan ihn mochte.

Mitten auf dem Deck stand ein großer Drehstuhl, dessen Riemen und Schnallen eher an Folter als an sportliches Vergnügen denken ließen. Es gab Staufächer für große Fische, eine Spüle mit einem Arbeitstisch daneben und einen Tank für lebende Köder. An den Seiten waren Bänke angebracht, von denen aus die Zuschauer den Mann auf dem Stuhl beobachten konnten. Der Stuhl aber würde ihm auf dieser Fahrt wenig nützen. Als Strachan sich im Cockpit umsah, prüfte er es vielmehr auf seine Eignung für Tauchgänge.

Die Heckreling war besonders niedrig, damit die Fische mühelos an Bord gezogen werden konnten. Das Ein- und Aussteigen würde ihm keine Probleme bereiten. An einer Stelle ließ sich die Reling aufklappen, und darunter war eine absenkbare Leiter angebracht, sodass er ins Wasser würde steigen können, anstatt sich einfach hineinzuwälzen. Es gab sogar eine Süßwasserdusche zum Reinigen der Ausrüstung. Das gefiel Strachan. Mit seiner Ausrüstung nahm er es ganz genau. Seine Hauptkamera war eine Nikonos Pro90 mit verschiedenen Wechselobjektiven, Blitzgeräten und wasserdichtem Gehäuse. Da er mehr als zweitausend Pfund dafür hatte hinblättern müssen, ging er ausgesprochen vorsichtig damit um. Kameras mögen kein Wasser. Besonders empfindlich sind sie gegen Meerwasser, da das Salz korrodierend wirkt. Deshalb brachten die Gehäuse mehr Zeit unter der Dusche zu als er selbst.

Shleppy schleppte Strachans Gepäck nach unten, während Sumo ihm das Boot und die Ausrüstung zeigte. Die Zuschauerbänke waren blau gepolstert. Als Sumo die Polster aufs Deck legte, kamen darunter Staufächer zum Vorschein. Im ersten

Fach waren die Rettungswesten. Im zweiten Leinen und Fender. Im dritten waren Taschenlampen, Handschuhe und ein Werkzeugkasten untergebracht.

Sie gingen zur Steuerbordseite hinüber. Im ersten Fach waren bunte Köder verstaut. Sie sahen aus wie ein Unfall in Wartestellung. Im nächsten Fach, das Sumo für verboten erklärte, waren zwei Harpunen. Strachan wunderte das Verbot nicht. Denn in einer Ecke des Staufachs lag auch noch etwas Gefährlicheres: eine Pistole. Die Signalpistole war wahrscheinlich auf der Brücke untergebracht, woraus folgte, dass man mit diesem Ding Kugeln verschießen konnte.

Der Zustand der *Esprit Bleu* war ausgezeichnet. Vom Strand aus hatte sie schlank und schnell ausgesehen, doch nun wurde Strachan klar, dass sie bei der Auslieferung dem neuesten Stand der Technik entsprochen hatte. Obwohl das Boot bereits sechzehn Jahre alt war, musste es immer noch eine halbe Million Dollar wert sein. Nicht zum ersten Mal fragte er sich, woher ein einfacher Fischer das Geld genommen hatte, um sich ein solches Boot zu kaufen.

Sumo geleitete ihn in den großen Salon. Er war nüchternsachlich, geräumig und schlicht eingerichtet. Es gab darin Sofas, eine Musikanlage, einen Barschrank und eine Essecke mit sechs Plätzen. Die Dekoration aber beantwortete Strachans unausgesprochene Frage.

Wie sein verwaister Wohnraum in der Tachbrook Street waren auch hier die Wände mit Fotografien geschmückt. Das erste zeigte Mika Häkkinen, den finnischen Rennfahrer, der neben einem grauen Torpedo stand. Am sichelförmigen Schwanz war zu erkennen, dass es sich um einen jungen Fuchshai handelte. Häkkinen hatte das Foto mit schwarzem Kuli signiert. Die Waage zeigte siebzig Pfund an. Neben Häkkinen grinste Tom Selleck unter seinem Walrossschnauzer hervor in die Kamera. Vor ihm lag ein drei Meter langer Marling. Zwei Fotos weiter rechts hielt Jean-Marie Le Pen einen Thunfisch am Schwanz. Sein Bizeps war mächtig angeschwollen, denn sein Fang wog bestimmt zwanzig Kilo. Strachan wusste, wie viel Sumo seinen regulären Kunden für einen ganzen Tag berechnete. Von den Prominenten sackte er vermutlich noch mehr ein. Allein das Trinkgeld würde einen ordentlichen Batzen ausmachen.

»Wo genau wollen wir eigentlich hin?« Sumo stand mitten im Salon und hatte die Hände in die Hüften gestemmt. Shleppy servierte seinem Gast grinsend eine Schüssel mit Pistazien und einen Gin Tonic. Pili war auf den Ausguck geklettert. An geselligem Umgang hatte er kein Interesse.

Strachan holte die Seekarte aus dem Rucksack. Mit den neuen Koordinaten hatte er die Position des Schiffswracks bestimmt und seine Theorie mehrfach überprüft. Falls er richtig lag, befand es sich zwei Meilen nordöstlich der äußersten Insel. Er tippte mit dem Finger darauf.

»Kerkulla Ketam«, sagte Sumo.

»Ja. Was bedeutet das?«

»Ketam heißt Krabbe. Wonach suchst du?«

»Nach einem Fisch. Ich bin Fotograf.«

Sumo runzelte die Stirn. »Was für einen Fisch?«

»Die Seeratte. Selten und scheu.« Strachan setzte ein Pokerface auf, doch in dem Moment, da er es ausgesprochen hatte, wusste er auch schon, dass er es vermasselt hatte. Die Seeratte gab es zwar, dennoch stand seine Story auf äußerst wackligen Füßen.

Sumo lachte glucksend. Dann spuckte er durchs offene Fenster aus. »Vielleicht ist deine Seeratte ja inzwischen weggeschwommen.«

»Schon möglich«, sagte Strachan.

»Du solltest nicht so lange in der Sonne bleiben, Ed. Das ist schlecht für den Kopf.« Sumo lachte brüllend und knuffte

Strachan in die Rippen. Dann legte er den Zeigefinger an die Lippen zum Zeichen, dass Strachan ihm den wahren Grund für den Bootscharter ruhig anvertrauen könne.

Aber Strachan vertraute ihm nicht. Noch nicht. Bis sie das Wrack erreichten, würde er sich etwas einfallen lassen müssen. »Wir wär's, wenn du das Ding schon mal in Bewegung setzen würdest, damit wir beizeiten in einer hübsch schattigen Bucht vor Anker gehen können?«

Sumo ging hinaus und kletterte behände über die Leiter zur Brücke hoch. Vom Skipperstuhl aus konnte er das ganze Boot überblicken. Strachan fand es beruhigend, dass Sumo und Pili dort oben waren. Sie würden Ausschau halten, während er tauchte. Strachan rechnete nicht mit Schwierigkeiten, wollte aber keine Begleitung haben, und die Pistole im Staufach hatte ihm in Erinnerung gerufen, dass im Südchinesischen Meer Piraten ihr Unwesen trieben. Mit Pili und Sumo an Bord würden die Piraten einen schweren Fehler begehen, falls sie das Boot angreifen sollten.

Shleppy holte die Fender ein. Sumo gab behutsam Gas, und die großen Innenborder erwachten grollend zum Leben. Am Heck begann das Wasser zu brodeln. Die Schrauben rührten das Meer schaumig, und dann nahm das Boot Fahrt auf.

Sumo schaltete die roten und grünen Bugleuchten ein. Backbord und Steuerbord; rubinrot und smaragdgrün wiesen sie den Weg zu den Kerkullas.

35

Die *Esprit Bleu* flog wie eine Seeschwalbe übers Meer. Strachan hatte seinen Drink mit nach draußen genommen. Pili war vom Ausguck heruntergeklettert und döste auf einer Sitzbank. Strachan ließ sich ihm gegenüber auf einem Polster nieder und schaute zu, wie die Sonne hinter den sägezahnförmigen Berggipfeln Tiomans unterging. Er dachte kurz an KT und lächelte, als er sich ihre sonnengebräunte Haut, ihre fein gemeißelte Nase und die grünen Augen vorstellte, die heller funkelten als die Smaragde, die er geschmuggelt hatte.

Aber nicht nur ihr Aussehen faszinierte ihn. Unter der Fassade des Wildfangs war noch immer ihre Herkunft aus bürgerlichem Hause spürbar. Ihr Wunsch, Schauspielerin zu werden, war bei ihren Eltern sicherlich nicht auf Zustimmung gestoßen. Ihnen wäre es wohl lieber gewesen, wenn sie die Quicksilver-Shorts gegen ein Kostüm von Donna Karan eingetauscht und sich mit solchen Leuten wie den Anwälten, Steuerberatern und Bankern umgeben hätte, die gestern Vormittag von der *Ariadne* an Land gegangen waren. Mike hielten sie wahrscheinlich für einen wahren Crack; ein Superstar der Ivy League, Spross einer reichen Familie aus Philadelphia, der dafür sorgen würde, dass ihre Tochter auf dem Pfad der Tugend wandelte. Mike aber hatte sie geschlagen, und deshalb war sie auf Tioman geblieben, hielt Kobras zum Narren und suchte das Abenteuer. Eines war klar: Sie war keine Schaumschlägerin. Schade, dass er sie nicht hatte mitnehmen können. Mit Pili Parang aber gab es bereits einen Mitwisser mehr, als Strachan lieb war, und solange er nicht wusste, worin sein Erbe eigentlich bestand, hielt er es für geraten, deren Zahl möglichst klein zu halten.

Sumo nahm das Gas weg, und der Bootsbug sank in die Wellen ein. Zusammen mit Shleppy saß er auf der Brücke und scherzte. Das grollende Lachen des Skippers dröhnte wie Donner durchs Boot. Die *Esprit Bleu* hatte alsbald ihren neuen Rhythmus gefunden. Die Motoren brummten monoton, und im Cockpit breitete sich eine schläfrige Stimmung aus. Pili streckte sich und verkündete, er gehe in die Koje. Strachan leerte sein Glas und hing weiter seinen Gedanken nach.

Eigentlich hätte er froh sein sollen. Eine Schule Delfine surfte auf der Bugwelle, und am Himmel funkelten die Sterne des Äquators wie Diamanten in einem pechschwarzen Gesicht. Jetzt, da das Geheimnis seines Erbes kurz vor der Auflösung stand, hätte er eigentlich eine ganz ähnliche Erregung verspüren sollen wie in Mollys Wohnung. Stattdessen fühlte er sich niedergedrückt von der Bedeutung des Moments. Er stand an einem Scheideweg. Das Geheimnis, das ihn seit seinem achtzehnten Geburtstag beschäftigt hatte, würde bald gelüftet werden. Und aus einem unerklärlichen Grund war er nervös.

Den einen Manschettenknopf trug er jetzt schon seit elf Jahren um den Hals. Er war ebenso ein Teil von ihm wie die Haare auf seinem Kopf oder die Narbe am Unterarm. Der zweite Manschettenknopf aber hatte alles verändert. An das zusätzliche Gewicht hatte er sich noch nicht gewöhnt. Es vermittelte ihm das unheimliche Gefühl, dass dieser Trip nicht glatt ablaufen würde. Es gab links und rechts, Länge und Breite, Yin und Yang. Es gab Gut und Böse.

Verschiedene Dinge beschäftigten ihn, doch nichts davon war so angenehm wie KT. Seine größte Sorge war, dass er nicht wusste, was er tun würde, falls die Suche erfolglos verlaufen sollte. Für den Fall, dass Verhoeven sich an seine Beziehung zu *National Geographic* erinnern sollte, hatte er keinen Notfallplan in petto. Früher oder später würde der Niederländer diese Spur weiterverfolgen. Beim kleinsten Hinweis, dass Strachan in Schwierigkeiten steckte, würde man ihn feuern. *National Geographic* war die weltweit größte gemeinnützige Wissenschaftsorganisation, deren guter Ruf auf dem Spiel stand. Sobald Gilchrist von dem Vorfall auf Curaçao Wind bekam, würde er Strachan schneller fallen lassen als eine heiße Kartoffel. So wie vor ein paar Tagen in Schiphol würde Interpol ihn diesmal in Heathrow in Empfang nehmen. Bei dieser Expedition ging es um alles oder nichts.

Aber das war noch nicht alles.

Der zweite Gedanke setzte ihm noch mehr zu. Er verfolgte Strachan, seit er von London losgeflogen war, und war so hartnäckig wie ein Schildfisch, der sich an einem Hai festgesaugt hat. Der Grund für seine Unruhe hatte schwarzes Haar und blaue Augen. Mollys Kind. Strachan kannte nicht einmal seinen Namen. Der Junge mochte achtzehn Monate alt sein. Sein Vater war verschwunden, und seine Mutter würde von ihrer letzten Reise nicht mehr zurückkehren. Strachan hatte sie getötet. Er konnte sie nicht wieder lebendig machen.

Er wusste noch immer nicht, ob Molly ihn hatte betäuben oder umbringen wollen. Michelle Newchris hatte darauf beharrt, es habe sich um ein Versehen gehandelt, doch ihre Meinung war mit Vorsicht zu genießen. Er selbst hoffte, die andere Erklärung träfe zu. Das hätte es irgendwie gerechtfertigt erscheinen lassen, dass Molly für ihr Verbrechen mit dem Leben bezahlt hatte. Auge um Auge, Zahn um Zahn. Die Dosis war wirklich hoch gewesen; vielleicht zu hoch selbst für einen Mann seiner Größe. Andererseits hatte sie keinen Grund gehabt, ihn zu töten: Für ihre Zwecke hätte es ausgereicht, wenn er lediglich bewusstlos geworden wäre. Wahrscheinlich würde er die Wahrheit niemals ergründen.

So schwerwiegend diese Überlegungen auch waren, verblassten sie jedoch gegenüber einem dritten Gedanken, der einem im Netz gefangenen Fisch glich. Je heftiger er sich zu befreien suchte, desto mehr verhedderte er sich. Es ging um die Antwort auf die Frage, der Michelle Newchris zweimal ausgewichen war. Woher hatten sie und Molly gewusst, dass Strachan sich auf Curaçao aufhielt?

Dafür gab es nur eine Erklärung. Hamilton hatte es ihnen gesagt. Hamilton hatte Molly auf frischer Tat ertappt und sie gezwungen, ihm den Längengrad zu verraten. Warum hätte er sonst darauf verzichten sollen, die Polizei zu rufen? Vielleicht stimmte es ja, dass er ihr den Breitengrad nicht verraten hatte, aber das bedeutete nicht, dass er ihr nicht gesagt hatte, wo die Koordinate zu finden wäre. Falls er Mollys Augenmerk auf Curaçao gelenkt hatte, war er damit kein Risiko eingegangen, denn schließlich hatte er eine Woche Vorsprung gehabt.

Strachan haderte mit dem Verrat seines Paten. Es war schon spät, als er sich endlich schlafen legte.

36

Am nächsten Morgen erwachte Strachan vom Geschrei einer Frau. Es ging ihm durch Mark und Bein. Beim Aufstehen prallte er mit dem Kopf gegen die Unterseite der oberen Koje. Er zog die Shorts an, nahm das Messer aus dem Seesack mit den Tauchutensilien und stürzte aus der Kabine. Er rannte die Treppe des Wohnbereichs hoch, riss die Glasschiebetür auf und stürmte aufs Hauptdeck, wo er jäh stehen blieb und ungläubig aufstöhnte. »Das darf doch nicht wahr sein.«

Neben dem Boot trat KT Luker Wasser. Es ertönte ein weiterer Schrei – ein Freuden- und kein Angstschrei –, als Shleppy vom Ausguck ins Wasser sprang. Die Arme um die angezogenen Beine geschlungen, stürzte Shleppy sechs Meter in die Tiefe und bespritzte beim Aufprall KT und das Cockpit mit Wasser. KT spritzte ihm ihrerseits vergnügt ins Gesicht, dann wandte sie sich Strachan zu. »Tut mir leid, Lance. Ich hab mir die Passage ehrlich verdient.« Sie kam dicht ans Boot herangeschwommen und sah mit ihren großen grünen Augen zu ihm auf.

»Das ist ein Privatcharter. *Privat*. Weißt du, was das bedeutet?«

»Klar, aber ich war schneller als die Schlange, und du hast es nicht mal probiert. Weißt du, was *das* bedeutet?«

»Sumo.« Strachan versuchte gar nicht erst, seine Verärgerung zu verhehlen, und hob die Stimme. »Ich möchte mit dir reden. Jetzt gleich.«

Sumo kam lächelnd von der Brücke herabgeklettert.

»Hör mal, Lance, das ist nichts Persönliches, aber du hast mich ganz schön angemacht in der Bar.« KT stieß sich vom Bootsrumpf ab. Sie trug einen schlichten schwarzen Badeanzug und schwamm auf dem Rücken wie eine Robbe. »Eigentlich ist es mir ja egal, ob ich dein Typ bin oder nicht. Darum ging es auch nicht. Ich wollte nur freundlich sein, aber du hast einen beschissenen Sexwettbewerb daraus gemacht. Ist dir eigentlich bewusst, wie arrogant du warst? Wenn ich einen hübschen Knackarsch wollte, um mich besser zu fühlen, hätte ich auch ins Berjaya gehen und mir einen zehn Jahre Jüngeren aufreißen können.«

Strachan lachte. »Und du bezeichnest *mich* als arrogant?«

»Ich will bei den Kerkullas tauchen. Sumo ist einverstanden. Und wegen dem Geld mach dir keine Sorgen, ich zahle meinen Anteil. Hör mal, Schätzchen, wenn du dich dann besser fühlst, geh ich dir aus dem Weg.«

Wenn es etwas gab, was seine Stimmung heben konnte, dann war es KT Luker in dem Einteiler, die ihn Schätzchen nannte. Er lächelte verstohlen über seine Schwäche, während sein Widerstand dahinschmolz. »Das ist ein Arbeitstrip«, sagte er. »Um was anderes geht's nicht.«

Sumo, der den Wortwechsel mitverfolgte, verkniff sich ein Lachen. Strachan drehte sich zu ihm um. »Okay«, sagte er. »Wie zum Teufel kommt sie hierher?«

»Wenn's dir nicht gefällt, kannst du jederzeit aussteigen. Tioman liegt da drüben.« Sumo lachte, bis ihm die Tränen kamen.

»Das sollte eigentlich ein Privatcharter sein.«

»Aber du hast deinen Freund mitgebracht, der ist ein

schlechter Mensch.« Sumo ruckte mit dem Kinn zu Pili hoch, der vom Ausguck aus alles beobachtete. »Deshalb nehme ich eine Freundin mit. Außerdem, wem gehört das Boot?«

Trotz seines Zorns musste Strachan unwillkürlich lächeln. Sumos gute Laune war ansteckend. Außerdem ließ er keinen Zweifel daran, wen von seinen Passagieren er bevorzugte. Strachan war im Begriff, es sich sinnlos mit ihm zu verscherzen. Sumo hatte KT offenbar in der unbesetzten Kabine versteckt, und jetzt waren sie Komplizen. Er überlegte, ob er die Debatte fortsetzen sollte, entschied sich aber dagegen. Stattdessen fluchte er und entließ seinen Skipper mit einem Handschlenker. Es blieb ihm kaum etwas anderes übrig. Bis nach Tioman waren es sechzig Meilen. Hätten sie KT zurückgebracht, hätten sie einen Tag verloren. Und solange er nicht wusste, worin sein Erbe bestand, musste er Zusatzkosten unbedingt vermeiden.

Strachan schob das Messer in die Scheide und warf es in den Salon. Er wusste selbst nicht, was er an Deck vorzufinden erwartet hatte, und dass er überreagiert hatte, machte ihn verlegen. Das Messer war eine ernst zu nehmende Waffe: ein Ocean Master mit fünfzehn Zentimeter langer, hundertprozentig rostfreier Titanklinge. Es war schwer, perfekt ausgewogen und für alle möglichen Zwecke geeignet, auch zum Werfen. Hauptsächlich benutzte er es dazu, Früchte zu schälen, Kokosnüsse zu knacken und Taue zu schneiden. Ein einziges Mal hatte er es als Waffe verwendet, und zwar als er von einem Riesen-Drückerfisch angegriffen worden war. Das war auf den Seychellen gewesen. Es hatte sich um ein großes Weibchen gehandelt, das seine Brut verteidigen wollte, und er hatte den Fehler gemacht, geradewegs über das Nest hinwegzuschwimmen. Weiße Haie, Tigerhaie und Bullenhaie waren eine Sache. Aber wenn man wissen wollte, wie es war, von einem Fisch angegriffen zu werden, brauchte man bloß einen laichenden Riesen-Drückerfisch zu reizen. Der hatte Zähne wie ein Pferd und war äußerst muskulös. Als Erstes hatte der Fisch ihm ein Loch in die linke Schwimmflosse gebissen. Dann hatte er ihm ein Stück Fleisch aus dem rechten Unterarm gerissen. Davon hatte er eine große Narbe zurückbehalten.

Strachan hatte mindestens eine Stunde länger geschlafen als die anderen, und das Frühstück war für ihn noch gedeckt. Er schenkte sich Kaffee ein und löffelte eine Kiwi und eine Mango. Dann trat er an die Reling und bekundete Shleppy mit erhobenem Löffel seinen Dank. Shleppy und KT tollten noch immer im Wasser und tauchten sich gegenseitig unter. Shleppy hatte den Babyspeck noch nicht verloren, würde aber mal ein hübscher Junge werden. Er war zwölf oder dreizehn, und in seinem pummeligen, rundlichen Gesicht funkelten haselnussbraune Augen.

Das Meer war türkisblau. Fische knabberten an den Mineralien, die sich auf der Ankerkette abgesetzt hatten. Wie Strachan so aufs Meer hinausblickte, überkam ihn die Sehnsucht, sich die Luftflaschen auf den Rücken zu schnallen. Die Unterwasserwelt war magisch. Kein Lärm, kein Stress. Die Gewässer rund um die Kerkullas waren als mariner Nationalpark ausgewiesen. Es war eines der besten Tauchreviere der Welt, hatte wegen der großen Entfernung zum Festland aber nur wenige Besucher. Er durfte nicht länger warten. Sein Ärger über KTs Trickserei verflog bereits.

Er streckte sich und machte ein paar Liegestütze, dann ging er zur Bugplattform und musterte die Umgebung. Sumo hatte in einer kleinen Bucht von Kerkulla Ketam geankert. Die Kerkullas waren karger als Tioman. Es wehte kaum ein Lüftchen, und der in der Hitze brütende Strand flirrte wie brennendes Paraffin. Die welken Palmwedel waren so trocken wie Zunder.

Die Inseln waren vulkanischen Ursprungs. Am Wasserrand ragten steile, mit Gestrüpp bestandene Hänge auf. Am Ende des Strandes machte Strachan drei Warane aus, die auf der Suche nach Nahrung gemächlich das Gebüsch durchteilten. Die schwarzen Zungen schnellten witternd vor und zurück. Diese kleineren Verwandten der Komodowarane waren immer noch so groß wie Hunde. Im Vergleich zu Tioman waren die Kerkullas ein Naturparadies. Diese urzeitlichen Tiere hatten eine größere Berechtigung, hier zu sein, als die Menschen, deshalb wandte Strachan sich wieder seinem Tauchrevier zu.

Er beschirmte die Augen mit der Hand. Das Revier lag zwei Meilen vor dem Strand. Er hatte sich auf der Karte vergewissert, dass es außerhalb des Nationalparks lag, deshalb brauchte er keine Sondererlaubnis, um dort zu tauchen. Falls sich die Nationalparkpolizei blicken lassen sollte, würde die *Esprit Bleu* die perfekte Tarnung abgeben. Je nach Wassertiefe war nicht auszuschließen, dass dort draußen noch alte Dünung herrschte. Hoffentlich würde KT nicht seekrank werden.

KT und Shleppy hatten ihren Wasserausflug beendet. Strachan folgte KT mit Blicken, als sie die Badeleiter ins Cockpit hochklappte. Ihr Körper war mit funkelnden Wassertropfen benetzt. Sie trat unter die Dusche, legte den Kopf in den Nacken und spülte sich das Salz aus dem Haar. Als sie den Rücken durchbog, kam sie ihm mit dem vorgeschobenen Hals und den herausgedrückten Brüsten ausgesprochen verletzlich vor. Bevor sie auf ihn aufmerksam werden konnte, wandte er sich ab.

Strachan ging nach unten und duschte ausgiebig, ohne sich um Sumos Aufforderung zum Wassersparen zu scheren. Zehn Minuten später war er erfrischt, belebt und unternehmungslustig. Er betastete die Manschettenknöpfe an seiner Halskette. In der Magengrube verspürte er einen Adrenalinstoß. Die Bedingungen hätten besser nicht sein können. Es war ein perfekter Tag für eine Schatzsuche.

37

Sumo, auf geht's!« Strachan steckte sich eine Zigarette an. Er stieß einen Pfiff aus und tippte demonstrativ auf seine Armbanduhr. Sumo war zwar der Captain, aber Strachan bezahlte ihn, und deshalb kam er bereitwillig auf die Brücke zu seinem Kunden.

»Okay. Hier fahren wir hin.« Strachan breitete die Seekarte auf dem Kartentisch aus. In Mapung Air Batang hatte er das Suchgebiet rot umrandet. Die Seiten des Quadrats maßen jeweils eine Seemeile. In der Mitte lag die Position mit den Koordinaten 03° 18' 43" Nord und 104° 40' 01" Ost. Er hatte die Bogensekunden entsprechend den Angaben auf den Manschettenknöpfen eingetragen. Wenn sich diese Annahme als falsch herausstellte, musste das noch nicht das Ende der Unternehmung bedeuten. In der Nähe des Äquators entspricht eine Breitenminute ungefähr einer Seemeile. Da sie sich lediglich dreihundert Seemeilen nördlich des Äquators befanden, hielt er ein Suchgebiet von einer Seemeile Kantenlänge für mehr als ausreichend. Wenn sein Großvater bei der Positionsangabe einen größeren Fehler gemacht haben sollte, würde er mit leeren Händen heimfliegen.

»Sumo, ich möchte das Gebiet nach Quadranten absuchen. Wir fangen außen an und arbeiten uns dann nach innen vor.«

Auf dem Papier wirkte das Gebiet eher klein, doch als sie in See stachen, wurde Strachan bewusst, dass es eine Menge Wasser umfasste. Sumo dachte offenbar das Gleiche. »Ein großes Gebiet, um einen kleinen Fisch zu finden.«

»Ich weiß. Das lässt sich leider nicht ändern. Du fährst mit gleichbleibendem Tempo, da brauchen wir nicht den ganzen Tag. Aber behalt die Anzeige des Sonargeräts im Auge. Wir suchen nach etwas Großem oder Ungewöhnlichem.«

»Wie groß ist der Fisch?«

»Groß, Sumo. Etwa so groß wie ein Schiffswrack.« Jetzt war es heraus. Zum Teufel damit. Die *Esprit Bleu* war ein kleines Boot, und sie waren meilenweit von der Zivilisation entfernt. Er konnte das Geheimnis nicht auf Dauer wahren, und da er das Sonar nicht bedienen konnte, war er auf Sumos Mithilfe angewiesen. Selbst wenn er auch noch den anderen sagte, dass er nach einem Schiffswrack suchte, war er doch der Einzige, der wusste, was sich darin verbarg. Damit versuchte er, seine eigenen Bedenken zu zerstreuen.

In Sumos Blick spiegelten sich Belustigung, Begreifen und Mitleid. Offenbar hielt er die Wahrscheinlichkeit, dass Strachan ein Schiffswrack finden werde, für ebenso gering wie die Wahrscheinlichkeit, dass er auf eine Seeratte stoßen könnte. Sumo studierte erneut die Karte, blinzelte und kratzte sich am Kopf. Dann legte er die Stirn in Falten wie eine Bulldogge. Er tippte mitten in das rote Quadrat. »Sehr gefährlich. Starke Strömung zwischen zwei Riffs.«

Strachan nickte. »Stimmt. Ein guter Ort, um nach einem Wrack zu suchen.«

Diesmal brummte Sumo nur und gab Gas. Strachan verbuchte das als kleinen Sieg.

In der Mitte des Quadrats war eine dramatische Veränderung der Meerestiefe verzeichnet. Der Meeresgrund stieg an dieser Stelle an und bildete zwei parallele Riffs. Sie waren dreihundert Meter lang und sechzig breit und verliefen rechtwinklig zum Nordufer von Kerkulla Ketam. Zwischen den Riffs variierte die Wassertiefe zwischen sechzig und fünfzehn Metern. Drum herum war das Meer im Durchschnitt einen Kilometer tief, weshalb in dem Kanal eine starke Strömung herrschen musste. Da sich zweimal täglich Ebbe und Flut hindurchzwängten, war mit einer starken Kabbelung zu rechnen. Es wäre nicht erstaunlich gewesen, wenn dort ein Wrack am

Meeresgrund gelegen hätte. Wer im Sturm dort hineingeriet, wurde unweigerlich gegen die Korallenbänke gedrückt.

Eigentlich hätte er mit der Suche dort beginnen sollen, doch da so viel auf dem Spiel stand, wollte Strachan kein Risiko eingehen. Der Luftvorrat reichte für acht Tauchgänge. Es gab keinen Grund, nicht gründlich vorzugehen. Deshalb wollte er auch die Umgebung absuchen.

»Woher kennst du Pili?« Wieder ernst geworden, lehnte Sumo sich entspannt zurück. Sein Blick mahnte Strachan, mit der Antwort vorsichtig zu sein.

»Ich war mit seinem Bruder befreundet.«

»Mit Runi?«

»Ja.«

Sumos Gesichtsausdruck veränderte sich merklich. Strachan war offenbar nicht der Einzige, der den älteren der Parang-Brüder bevorzugte. »Runi war ein guter Mann. Das Geld, das er verdiente« – er musterte Strachan prüfend –, »hat er immer mit den Leuten aus seinem Heimatdorf geteilt.«

Strachan nickte. »Wieso *war*? Ist er denn kein guter Mann mehr?«

Sumo schaltete den Autopiloten ein, dann legte er Strachan die Hand auf die Schulter. »Weißt du das denn nicht?«

»Nein. Was ist passiert?« In Erwartung einer schlechten Nachricht stieg Strachan das Blut ins Gesicht.

Sumo blickte zu Pili hinunter, der im Cockpit saß. Obwohl der Malaysier sich außer Hörweite befand, senkte er trotzdem die Stimme. »Runi ist tot. Die Polizei hat ihn getötet. Bei der Festnahme hat man ihn so heftig verprügelt, dass er in einen tiefen Schlaf gefallen ist.«

»Du meinst, er lag im Koma?«

»Ja, Koma. Nach einer Woche wies der Richter die Ärzte an, die Beatmungsmaschine abzuschalten.«

Strachan krampfte sich der Magen zusammen, und er bekam weiche Knie. »Scheiße.« Er setzte sich, erstaunt über seine heftige Reaktion. Obwohl er Runi vor zehn Jahren zum letzten Mal gesehen hatte, sah er dessen Gesicht noch so deutlich vor sich, als wäre es erst gestern gewesen. »Scheiße«, wiederholte er. Noch erstaunlicher als seine Trauer war das Mitgefühl mit Pili, das sich augenblicklich einstellte. Pili hatte seinen Bruder vergöttert und ihm in jeder Beziehung nachgeeifert. Er hatte sich gekleidet wie er, hatte dieselbe Zigarettenmarke geraucht und das gleiche Bier getrunken. Wenn Runi mit einem Mädchen Schluss machte, nahm Pili seinen Platz ein und zog mit ihm gleich. Niemand steckt den Verlust eines Bruders so ohne Weiteres weg, und Pili war es bestimmt noch schwerer gefallen. »Scheiße.«

Außer Trauer und Mitgefühl verspürte Strachan auch einen Anflug von schlechtem Gewissen. Jetzt konnte er sich vorstellen, wie es abgelaufen war. Ein heißer Abend irgendwo im Zentrum von Kuala Lumpur. Eine gut besuchte Bar. Runi in T-Shirt und Jeans, in eine Unterhaltung mit dem Steinschneider und zwei anderen Kurieren vertieft. Sie hatten Bier getrunken und *popiah* gegessen. Strachan war nach draußen gegangen, um Hamilton anzurufen. Kurz darauf hatte die Polizei durch den Notausgang an der Hinterseite die Bar gestürmt. Strachan war in dem Moment wieder nach drinnen gegangen, als die Prügelei begann. Schlag um Schlag. Und dann hatte er kehrtgemacht und war weggelaufen.

Schuldbewusst sah er zum Cockpit. Shleppy erteilte Pili und KT gerade Angelunterricht. Er zeigte ihnen, wie man den Köder warf und mit ihm spielte, ohne dass sich die Leine verhedderte. Bei einer Geschwindigkeit von fünfzehn Knoten war das gar nicht so einfach. Pilis Gesicht war ganz angespannt vor Konzentration. Strachans Herz flog ihm zu. Er nahm sich vor, auf einen passenden Moment zu warten und ihm dann sein Beileid auszusprechen.

Da die Unterhaltung beendet war, brummte Sumo und übernahm wieder das Ruder.

Kurz darauf kam KT auf die Brücke. Hinter Sumos Stuhl stand ein geschwungenes Sofa. Sie legte Handtücher darauf, da das Polster zu heiß war, um sich daraufzusetzen. »Was machen wir eigentlich hier draußen? Näher bei der Insel ist es zum Tauchen doch viel interessanter.«

Strachan seufzte. Schon wieder musste er sein gut gehütetes Geheimnis mit jemandem teilen. KT würde sich mit seinen Erklärungen bestimmt nicht so leicht zufriedengeben wie Sumo. »Ich suche nach einem Schiffswrack.«

»Blödsinn.«

»Okay, du hast recht, es ist Blödsinn.«

»Ein Wrack? Ist das dein Ernst?«

Strachan blickte sich im Boot um. Er tippte Sumo auf die Schulter, dann winkte er Pili und Shleppy zu sich heran. Jetzt waren sie ein Team, da konnte er ihnen ebenso gut reinen Wein einschenken. Im Moment war ihm beinahe alles recht, um sich von den Gedanken an Runi abzulenken.

Es war durchaus vernünftig, die anderen einzuweihen. Denn was wäre, wenn er das Wrack tatsächlich finden sollte? Geheim halten ließe es sich jedenfalls nicht. Außerdem konnte er die Wahrheit immer noch dosieren. Die anderen brauchten nicht zu wissen, dass er auf der Flucht war und dass sich etwas Wertvolles an Bord des gesunkenen Schiffes befand. Das Wort *Erbe* brauchte er nicht auszusprechen.

Niemand unterbrach ihn.

Während er sprach, musterte Strachan die Gesichter seiner Zuhörer. Drei von ihnen lächelten skeptisch. Der vierte zeigte keine Regung.

38

Als Strachan seinen selbstzensierten Bericht abgeschlossen hatte, machten Shleppy und Pili mit dem Angeln weiter, während Ed zusammen mit KT und Sumo auf der Brücke zurückblieb. KT reichte ihm eine Flasche Sonnenmilch und wandte ihm wortlos den Rücken zu.

Froh über die Ablenkung rieb Strachan sie geschlagene fünf Minuten lang mit der Sonnenlotion ein – was Sumo missbilligend zur Kenntnis nahm. Strachan war bereits von Curaçao her vorgebräunt und brauchte sich eigentlich nicht einzureiben, doch als er mit KT fertig war, kehrte er ihr dennoch den Rücken zu und meinte, sie solle das Zeug ordentlich dick auftragen. Während sie ihm die Sonnenmilch einmassierte, schloss er schwelgerisch die Augen. »Okay«, sagte er. »Wir wurden beide auf dem falschen Fuß erwischt. Das tut mir leid. Ich finde, wir sollten unseren Zwist beilegen.«

»Ich höre.«

»Hast du Luftflaschen dabei?«

»Vier Stück.«

Das waren zwei mehr, als er erwartet hatte. Die *Esprit Bleu* hatte keinen Kompressor an Bord, weshalb Strachan acht Luftflaschen mitgebracht hatte. Tags zuvor hatte er sie bei Marine Madness gekauft und dabei einen Sonderpreis ausgehandelt, weil er sich bereit erklärt hatte, ein paar Fotos für den Tauchladen beizusteuern. »Wir werden vier Tauchgänge unternehmen. Zwei heute, zwei morgen. Ich muss tief tauchen, und du bleibst an Bord.«

»Was soll das heißen? Warum?«

»Mir dir zusammen könnte ich nicht tiefer als dreißig Meter gehen.« Wenn KT den Rettungstaucherschein von PADI hatte, der Berufsorganisation der Tauchlehrer, dann wusste sie auch, wie man sich bei einem Notfall verhielt. Strachan traute ihr durchaus zu, in dem warmen Wasser in nicht zu großer Tiefe zurechtzukommen, war sich aber ebenso sicher, dass dreißig Meter für sie die Grenze waren. Unterhalb von dreißig Metern hörte der Spaß auf, und Leichtsinn wurde schwer bestraft.

»Jetzt mach mal halblang. Mit der Tiefe komme ich schon klar.«

»Das glaube ich nicht.«

»Lance, wenn wir das Wrack finden sollten, komme ich mit. Spiel hier nicht die Oberglucke.«

Strachan wollte sich nicht mit ihr streiten, deshalb schlug er einen Kompromiss vor. »Na schön, aber du tauchst nicht unter die oberen Hänge runter.«

»Du meine Güte! Ich kann dir meine Logbücher zeigen – da steht alles drin! Was bildest du dir eigentlich ein, mir vorschreiben zu wollen, was ich zu tun und zu lassen habe? Und wenn du schon ein so umsichtiger Taucher bist, warum willst du dann überhaupt alleine tauchen? Das ist ein Verstoß gegen die Grundregel.«

»Regel Nummer eins besagt, dass man niemals den Atem anhalten soll.«

»Pedant.«

Strachan lächelte. »Hattest du schon mal die Luftdruckkrankheit?«, fragte er.

»Nein. Du?«

»Einmal.«

»Schlimm?«

»Schlimmer als schlimm.«

»Erzählst du mir davon?« KTs Lächeln sagte Strachan, dass er auf der richtigen Spur war.

»Das war vor zwei Jahren am HaHa-Riff auf Curaçao. Meine Luftflasche hatte sich an der Decke einer Höhle eingeklemmt.«

»Geschah dir recht.« Sie lachte. »Was hattest du eigentlich in der Höhle zu suchen?«

»Ich war hinter einem Hummer her. *Panulirus argus*. Ein wahres Monstrum.«

»Ach, ja? Klingt so, als wär er auch wesentlich schlauer als Homo sapiens.«

Strachan lächelte. »Ich hab versucht, die Flasche loszubekommen, aber zehn Minuten später klemmte sie immer noch fest. Mir blieb keine Wahl. Ich musste die Flasche abwerfen.«

»Wie tief warst du?«

»Dreiundvierzig Meter. Ich war seit zwanzig Minuten unten.«

»Wie ging es dann weiter?«

»Auch nachdem ich die Tarierweste abgestreift hatte, bekam ich die Flasche immer noch nicht los, deshalb schwamm ich in einem Schwung nach oben. Ich dachte, es würde gut gehen.«

»Und weiter?«

»Dann tauchte Piet auf. Da wir getrennt worden waren, wollte er nach mir sehen. Ich erwartete ihn im Boot. Ich war so schnell aufgetaucht, dass der Stickstoff im Blut nicht entweichen konnte. Als Erstes fühlte ich ein Stechen in den Gelenken. Piet fuhr zum Ufer und warf mich auf die Rückbank seines Jeeps. Meine Lippen waren blau angelaufen, mir war schlecht, und ich hatte das Gefühl, mein Kopf wäre in einem Schraubstock eingequetscht.«

»Kling ziemlich schlimm.«

»Im Vergleich zu dem, was dann kam, war das die reinste Erholung.«

»Wie ging es weiter?«

Strachan lehnte sich zurück und brummte zufrieden, als KT ihm die Lotion in die Schultern einmassierte. »Mein Blut begann zu sieden. Ich heulte vor Schmerzen und krümmte mich auf dem Rücksitz, während der Stickstoff in die Gelenke einschoss. In den Ellbogen war es am schlimmsten. Die hab ich wund gekratzt. Es dauerte zwanzig Minuten, bis wir die Dekompressionskammer in Willemstad erreicht hatten, und dann hatte ich noch vier Stunden lang quälende Schmerzen, während mein Körper sich allmählich wieder an den Normaldruck anpasste.«

»Scheiße.«

»Das kann man wohl laut sagen«, meinte er; den Ausdruck hatte er von Koopmans übernommen. »Jetzt kennst du den Grund.«

»Den Grund wofür?«

»Dafür, dass du nicht unter dreißig Meter tauchen darfst.«

KT schwieg. Braves Mädchen.

Plötzlich verkündete Sumo, sie hätten den Rand des Quadrats erreicht. Sie sprangen von den Sitzen hoch und umdrängten ihn wie neugierige Teenager. Er war von allen möglichen Anzeigeinstrumenten umgeben. Es gab einen Autopiloten, ein UKW-Funkgerät, eine Anzeige für die Wassertemperatur. Daneben waren der Monitor eines 72-Meilen-Radars von Furuno und ein digitales Echolot vom Typ Datamarine 3000 angebracht. Den Vogel schoss ein Furuno-Fishfinder vom Typ FCV 600L mit farbigem LCD-Display ab, ein Gerät, das Fischschwärme in einer Tiefe bis zu achthundert Metern aufspürte. Sumo tätschelte es stolz, bevor er es einschaltete. Damit sie nicht zufällig etwas übersahen, ging er mit der Geschwindigkeit auf fünf Knoten herunter, dann schaltete er den vorprogrammierten Autopiloten ein.

Im ersten Quadrat fanden sie nichts, was nicht erstaunlich war. Die durchschnittliche Wassertiefe betrug hier über eintausend Meter. Wären sie hier fündig geworden, wären sie ohne ein U-Boot nicht weitergekommen. Als sie sich dem Startpunkt näherten, fuhr Sumo hundert Meter weit in das Quadrat hinein, dann begannen sie von vorn.

Das war ein angenehmer Zeitvertreib am Morgen. Sie sonnten sich, rauchten und bejubelten die fliegenden Fische, die über die Wellen glitten. Einmal tauchten steuerbords acht Große Tümmler auf, verschwanden aber gleich wieder, bevor Strachan die Kamera holen konnte.

Eine Stunde später hatten sie das zweite Quadrat abgesucht. Noch immer nichts. Strachan ließ sich dadurch nicht verdrießen. Als Unterwasserfotograf brauchte man unendlich viel Geduld. Sein Geduldsvorrat war zwar nicht unerschöpflich, aber er kam mit der Situation zurande. KT war in den Ausguck geklettert und las ein Buch. Pili schlief noch immer im Cockpit. Sumo war nicht sehr gesprächig, deshalb holte Strachan eine Kokosnussschale aus der Kabine und schnitzte für KT einen Anhänger. Eine knappe Stunde und einen weiteren Suchdurchgang später hatte der Anhänger Gestalt angenommen. Er hielt ihn hoch und begutachtete sein Werk, das mehr als nur eine flüchtige Ähnlichkeit mit einem Delfin hatte.

Bei der Gelegenheit fiel ihm noch etwas anderes auf. Sie waren nicht mehr allein.

Ein zweites Boot hatte sich zu ihnen gesellt. Es war etwas kleiner als die *Esprit Bleu* und kreuzte in etwa sechshundert Metern Abstand ihren Kurs. Das Boot fuhr parallel zu den Kerkullas Richtung Tioman. Nach einem Fischerboot sah es nicht aus. Taucher waren auch keine an Bord auszumachen, deshalb nahm Strachan an, es handele sich um einen Ausflug reicher Touristen, die vielleicht einen Tagestrip rund um die Inseln unternahmen. Zwei Personen waren an Bord zu erkennen. Beide männlich, beide hellhäutig.

Inzwischen war es Mittag. Bleischwer lastete die Hitze, weshalb Strachan sich in den Salon begab. KT folgte ihm. Er überreichte ihr den Delfin mit den Worten, das sei sein Friedensangebot. KT gab ihm einen Kuss auf die Wange. Die Erregung kribbelte ihn im Bauch und krabbelte wie ein Riesenkäfer um seinen Magen herum. In ihrer Nähe kam er sich vor wie ein Teenager.

Nach dem Essen wurden die Quadrate kleiner, doch der Fishfinder blieb stumm. Die Minuten dehnten sich, während die Suche weiterging. Sie kreisten um die Riffs wie die Uhrzeiger um ihren Mittelpunkt, und die Langeweile wurde lediglich von zwei Dosen Eistee und einer Packung Zigaretten durchbrochen. Zumindest näherten sie sich allmählich der Durchfahrt zwischen den parallel zueinander verlaufenden Riffs.

Strachan kletterte zur Brücke hoch. Er starrte den Fishfinder an, der einfach nichts finden wollte. Die Bodenformationen wurden als Zacken und Mulden angezeigt. Über den Bildschirm erstreckte sich eine gezackte Linie, die mit der Anzeige des Herzmonitors eines Patienten mit Kammerflimmern Ähnlichkeit hatte.

Strachan versuchte, optimistisch zu bleiben. Einerseits meinte es das Leben gut mit ihm. Shleppy hatte ihm soeben eine weitere Dose Eistee gebracht, und als Nächstes würden die Riffs drankommen. Wenn es dort tatsächlich ein Schiffswrack gab, würden sie es über kurz oder lang finden. Andererseits wurde ihm immer klarer, auf wie wackligen Füßen das ganze Unternehmen stand. Falls es tatsächlich ein Schiffswrack gab, hätte man es eigentlich längst entdeckt haben müssen. Es war schon verrückt, ein bislang unbekanntes Wrack finden zu wollen. Hin und wieder fand man in den Gewässern Mikronesiens das Wrack eines abgestürzten Kampfflugzeugs aus dem Zweiten Weltkrieg, doch die Wahrscheinlichkeit, so dicht bei einem Nationalpark ein unbekanntes gesunkenes Schiff zu entdecken, war äußerst gering. Kopfschüttelnd starrte er auf den Bildschirm.

Auf einmal piepste der Fishfinder.

39

Das Piepsen wiederholte sich. Das Gerät hatte etwas entdeckt.

Strachan wollte zunächst nicht glauben, was er da sah. Auf dem Monitor war ein schiffsförmiges Objekt zu erkennen, das sich unmittelbar unter dem Boot befand. Zitternd vor Erregung stieß er einen Pfiff aus. »Wir haben es gefunden!«, rief er KT zu. »Verdammt noch mal, wir haben es tatsächlich gefunden!«

Sumo erreichte die Brücke als Erster. Shleppy und KT folgten unmittelbar darauf. Pili schlief noch im Cockpit und saugte die Sonnenstrahlen auf wie ein Reptil auf einem Stein. Sumo stellte augenblicklich die Motoren ab, und das Boot sank in die Dünung ein. Einen Moment lang war nur das leise Klatschen der an den Bootsrumpf schwappenden Wellen zu vernehmen. Sumo und Shleppy beobachteten das Echolot, während Strachan an einer Zigarette sog. Irgendetwas war dort unten.

»*Ikan yu paus?*« Shleppy musterte seinen Onkel fragend.

»*Ikan yu paus*«, bestätigte Sumo. Und dann brachen beide in schallendes Gelächter aus.

»Was ist denn so verdammt komisch?«

»Guck mal, Strachan! Das Schiff bewegt sich. Vielleicht ist es ja ein Unterseeboot.« Diesmal wäre Sumo beinahe vom Stuhl gekippt. Selbst die Speckfalten an seinem Nacken wackelten vor Erheiterung.

»Ein U-Boot? Tatsächlich?«, fragte Strachan begriffsstutzig. Als er auf den Monitor blickte, sah er, dass sie recht hatten. Was immer sich dort unten befinden mochte, es befand sich nicht mehr unter dem Bootsrumpf. Es war etwa zwanzig Meter weitergeschwommen, und das Piepsen des Echolots wurde bereits leiser.

»Nein, Lanzelot. Bestimmt nicht. Ich glaube, das ist ein Wal.«

»Kein Wal, Miss. Ein Walhai. Der größte Meeresfisch überhaupt.« Sumo musterte sie freundlich. Seine großen braunen Augen funkelten vor Erregung.

Hätte Strachan ein Logbuch geführt, hätte es sich gelesen wie eine Aufzählung der weltweit besten Tauchreviere; eine Meeresenzyklopädie der berühmtesten Orte. Er hatte die tausendköpfigen Hammerhaiansammlungen vor Sipidan fotografiert, die tanzenden Mantas in Palau, die Orkas im Puget Sound und die kalifornischen Sardinenschwärme. Er war auf den Seychellen getaucht, auf den Malediven, den Philippinen, in der Karibik, auf den Hebriden und den Galapagosinseln. Mit Ausnahme der Polkappen war er schon überall gewesen. In den vergangenen zehn Jahren hatte er tausende Tierarten kennengelernt, welche die Riffs, die Küstenregionen und das offene Meer bewohnten. In der ganzen Zeit aber hatte er noch nie einen Walhai gesehen.

Strachan war es gleich, ob man ihn auslachte. Er hatte jahrelang auf diesen Moment gewartet, und jetzt wollte er sich die Gelegenheit nicht entgehen lassen. Schiffswracks, Erbschaften, das Geheimnis der Gong De Tian und die silbernen Manschettenknöpfe konnten warten. Da unten war der Hai und bewegte sich wie ein Zeppelin. Er war so groß, dass man ihn sogar für einen Wolkenschatten hätte halten können. Ein prachtvolles Tier, mindestens fünfzehn Meter lang und mindestens achtzehn Tonnen schwer.

Strachan war in Sekundenschnelle die Leiter hinuntergeklettert, ohne KTs Rufe, er solle auf sie warten, zu beachten. Eilig holte er Schwimmflossen, Schnorchel und Kamera aus der Kabine. Er fürchtete, der Hai könnte wieder verschwinden, bevor er den Film gewechselt hatte. Im Allgemeinen verwendete er für Nahaufnahmen im Riff wegen der guten Farben Fujichrome Velvia. Jetzt aber legte er einen Provia 100 ein. Für mittlere Belichtungszeiten war Provia besser geeignet.

»Du gehst ins Wasser, Ed?« Pili grinste Strachan an und entblößte dabei weiße Zähne. Das Geschrei hatte ihn aufgeweckt. Er streckte sich und rieb sich die Augen.

»Da unten ist ein Walhai, Pili. Der größte Meeresfisch überhaupt.« Lächelnd wiederholte Strachan Sumos Lobgesang. Es gab zwar ein paar größere Wale, doch das waren Säugetiere, keine Fische. Pili erwiderte sein Lächeln. Im ganzen Boot brach Hektik aus. Obwohl er soeben erst aufgewacht war, ließ er sich von der aufgekratzten Stimmung offenbar anstecken.

Der Walhai war noch da. Er schwamm ganz langsam und kam an die Oberfläche, um zu fressen. Sumo stellte die Motoren ab und ließ die *Esprit Bleu* antriebslos hinter dem Hai hergleiten, um das Tier nicht zu erschrecken. Strachan und KT hockten bereits auf der Heckreling, bereit, jeden Moment ins Wasser zu springen. Strachans Adrenalinspiegel war in die Höhe geschnellt. Walhaie waren zwar harmlos, aber achtzehn Tonnen waren eine Menge Fisch. Ein Freund von Piet war in Costa Rica mal einem zu nahe gekommen. Mit einem Ausschlag des Schwanzes hatte das Tier ihm sechs Rippen gebrochen. KT war ebenfalls nervös. Um sich zu beruhigen, fasste sie Strachan bei der Hand.

Sumo manövrierte das Boot mit gedrosselten Motoren neben das Monstrum. Es dräute etwa sieben Meter unter der Oberfläche. Der gewaltige Rücken war schieferblau und mit tellergroßen weißen Flecken gesprenkelt. Die Rückenflosse war so groß wie das Segel eines Surfbretts. Als sie sich ins Wasser ließen, kam die Flossenspitze an die Oberfläche. Dann tauchten ihre Köpfe unter.

Die blaue Weite.

Eine bessere Bezeichnung gab es nicht dafür. An einem sonnigen Tag im offenen Meer zu schnorcheln ist so, als schwebe man im Weltraum. Man kann den Grund nicht sehen. Es gibt keine Wände. Keinerlei Begrenzungen. Nichts behindert die Sicht. Das Auge findet nirgendwo Halt. Man weiß nicht, was sich unter einem befindet. Da ist nur dieses Blau. Eine tiefe, bodenlose Leere. Sie ist einschüchternd, erschreckend; ohne Anfang und Ende. Unermessliche, wundervolle Bläue.

Der Walhai war zwei Knoten schnell. Sie mussten sich anstrengen, um zu ihm aufzuschließen. Strachans Atem klang aufgrund des Schnorchels wie das Schnauben eines Bullen. Plötzlich hatte er die Schwanzflosse des Hais unter sich. Die Flosse allein war so groß wie ein Doppeldeckerbus und verlieh dem Tier einen kraftvollen Vortrieb. Sie hielten sich an der Oberfläche, denn solange sie die gefährliche Flosse nicht überholt hatten, war es ratsam, den Wasserwiderstand minimal zu halten.

Der Hai schien sie gar nicht bemerkt zu haben. Gemächlich öffnete er das riesige Maul und drückte Plankton durch die Kiemen von der Größe eines Schlafwagenabteils. Es wurde allmählich Zeit für ein paar Fotos. Strachan holte tief Luft und tauchte. Beim ersten Mal konnte er den Atem etwa drei Minuten lang anhalten. Das war ziemlich gut. Wäre er Nichtraucher gewesen, hätte er sogar vier Minuten lang durchhalten können. Der Weltrekord lag bei acht Minuten und sechs Sekunden. Diese Fertigkeit ließ sich trainieren wie jede andere auch. Strachan hatte schon als Kind in der Badewanne damit angefangen.

Er tauchte zum Kopf des Walhais hinunter. Eine Weile schwamm er einfach mit ihm mit, während er im Kopf die Fotos durchspielte, die er machen wollte. Die Bedingungen hätten besser sein können. Schwebteilchen im Wasser reflektierten das Licht, und weiter unten trieb ein dickes Planktonband: ein stummer Schneesturm wimmelnden Lebens, auf dem eine ganze Nahrungskette aufgebaut war. Im Sonnenlicht wirkte das Plankton wie ein Mückenschwarm im Schein einer Taschenlampe.

Strachan schwamm ein Stück zur Seite und bemühte sich, den idealen Abstand zu dem gewaltigen Fisch einzunehmen. Die Entfernungsbestimmung ist bei der Unterwasserfotografie von entscheidender Bedeutung. Der Brechungsindex des Wassers ist größer als der der Luft, weshalb man bei den meisten Objekten den Eindruck hat, sie wären einem fünfundzwanzig Prozent näher als an Land. Selbst mit dem 16-Millimeter-Fischauge bekam er nicht den ganzen Fisch in den Sucher. Zwanzig Sekunden waren bereits verstrichen.

Da er auf ungewöhnliche Fotos spezialisiert war, verzichtete er darauf, den ganzen Hai aufnehmen zu wollen, und schwamm stattdessen unter den Fisch. Am Bauch war die Haut weiß. Der Hai verdeckte die Sonne. Es war, als befände er sich unter dem Rumpf einer Boeing 747. Zwei Pilotfische schützten den gewaltigen Bauch und warteten darauf, dass auch für sie etwas abfiel. Strachan schoss am Bauch entlang sechs Fotos aus der Perspektive der Pilotfische. Dann tauchte er auf, um Atem zu schöpfen.

Beim nächsten Tauchgang wurde Strachan kühner. KT desgleichen. Sie begleitete ihn. Sie mussten kräftig mit den Flossen ausschlagen, um vor den Kopf des Hais zu gelangen. Strachan wollte ein ähnliches Foto machen wie das von dem Manta, das Verhoeven aufgefallen war: direkt von vorn, um die gewaltige Größe des Mauls und des Schlunds hervorzuheben.

Als sie sich umdrehten, kam der Hai direkt auf sie zu. Das offene Maul glich dem Eingang einer Höhle, einem sich unaufhaltsam nähernden schwarzen Loch. Jetzt wusste Strachan, wie sich Jonas gefühlt haben musste. Der Fisch hätte sie selbst dann als Ganzes verschlucken können, wenn KT auf seinen Schultern gestanden hätte. Entweder das war zu viel für sie, oder die Luft ging ihr aus, denn sie ließ seine Hand los und schoss nach oben. Strachan blieb unten. Der Herzschlag dröhnte ihm in den Ohren.

Er fotografierte, was die Automatik hergab. Im Unterschied zu dem Manta machte der Hai keine Anstalten, ihm auszuweichen. Ein Zusammentreffen konnte tödlich sein. Man wollte selbst dann nicht von achtzehn Tonnen Muskeln getroffen werden, wenn sie nur zwei Knoten schnell waren. Seine Rippen würden brechen wie Streichhölzer. Seine Organe würden zerquetscht werden wie überreife Früchte. Erst im letzten Moment schwenkte der Hai nach links ab. Die Druckwelle schleuderte Strachan so mühelos beiseite wie ein Büschel Tang. Es war eine magische Erfahrung. Aufgrund seiner Größe hatte der Fisch eine gewaltige Wasserverdrängung. Strachan schwamm nach oben und schoss am offenen Auge des Hais vorbei.

Sie folgten dem Walhai noch drei Minuten lang. KT kam ihm immer näher. Strachan hatte fast den ganzen Film verschossen, als sie es endlich wagte, die Hand auszustrecken. Da Strachan ebenfalls untergetaucht war, konnte er sie nicht daran hindern. Mit einem Flossenschlag tauchte der Hai ab. Da sie ihm nicht in die Tiefe folgen konnten, sahen sie ihm so lange nach, bis sein lang gestreckter Rumpf mit dem blauen Leuchten verschmolz.

Erst in diesem Moment bemerkte Strachan, dass dies nicht der einzige Hai in ihrer Nähe gewesen war.

40

Es gibt drei verschiedene Arten von Haiangriffen, und als Taucher muss man schon gehöriges Pech haben, wenn man einen davon miterlebt. Strachan kannte die Statistik. Die

Wahrscheinlichkeit, auf einem Boot vom Blitz getroffen oder von einer herabfallenden Kokosnuss getötet zu werden, ist größer als die, von einem Hai angegriffen zu werden. Jedes Jahr werden im Durchschnitt fünfundachtzig Menschen von Haien verletzt. Und zwar weltweit. Allein in New York werden jährlich eintausendsechshundert Personen von anderen Menschen gebissen. Strachan und KT aber tauchten nicht, sondern schnorchelten. Und dabei ist das Risiko höher.

Der Überraschungsangriff kommt am seltensten vor und ist auch am gefährlichsten. Der Hai greift von unten her an. Man sieht ihn nicht kommen. Im Glauben, er habe eine Robbe oder eine Schildkröte vor sich, schießt er heran. Der Biss soll augenblicklich töten. Einen Überraschungsangriff überleben nur die wenigsten.

Dann gibt es noch den so genannten Stippangriff. Er ereignet sich zumeist in der Brandungszone bei schlechter Sicht. Auch hier liegt wieder ein Irrtum zugrunde. Die Überlebenschancen sind höher, weil der Hai nach einem Stippangriff keinen zweiten Versuch mehr unternimmt.

Schließlich gibt es noch den Biss nach einem Zusammenstoß. Der ist richtig übel. Der Hai nähert sich eher vorsichtig, weshalb man gewarnt ist. Der Hai schwimmt langsam. Er ist neugierig. Er stupst einen mit der Schnauze an. Reagiert man ängstlich, wird er kühner und stupst einen erneut. Versuchsweise, beinahe zurückhaltend, beißt er zu. Dann startet er einen zweiten Versuch. Und noch einen. Während er zubeißt, sind seine Augen von einer Membran geschützt. Bullenhaie, Tigerhaie und der Weißflossen-Hochseehai bevorzugen diese Art der Annäherung.

Und genau mit diesem Fall hatten Strachan und KT es zu tun: mit einem Weißflossen-Hochseehai. Zu erkennen an der abgerundeten Rückenflosse und den weißen Flecken. Die Weißflossen-Riffhaie stehen auf einem ganz anderen Blatt.

Carcharhinus Longimanus. Bislang sind nur fünf Angriffe auf Menschen aktenkundig. Dennoch hat diese Spezies wahrscheinlich mehr Menschen umgebracht als jede andere Haiart. Man glaubt, dass diese Haiart für den Tod von über sechshundert Seeleuten verantwortlich war, deren Schiff, die *USS Indianapolis*, im Jahr 1945 von Torpedos getroffen wurde. Über sechzig Prozent der Besatzung wurden im Verlauf von zwei grauenhaften Nächten getötet. Quint erzählt diese Geschichte in *Der Weiße Hai* von Steven Spielberg. Er ist ein guter Erzähler. Strachans Ansicht nach ist das einer der besten Filmmonologe überhaupt. Zwei Jahre zuvor hatte man zweihundert italienische Kriegsgefangene geborgen, nachdem die *Nova Scotia* von deutschen Torpedos getroffen worden war. Die Berichte der Augenzeugen deuteten wiederum auf den Weißflossen-Hochseehai hin.

Strachan wusste alles darüber. Ein großer Meereshai. Das größte Exemplar, das von Reid Hodges 1998 vor der Küste von San Salvador gefangen wurde, wog 369 Pfund. Lieblingsnahrung: Tintenfische, Schildkröten, Falterfische, Stachelrochen – und Müll.

Er und KT sahen nicht wie Tintenfische aus und rochen nicht nach Müll, trotzdem wollte Strachan kein Risiko eingehen. Er hatte schon Tigerhaie geangelt, er hatte Schwarzhaie aus Thunfischnetzen herausgeschnitten, und einmal hatte er einen verletzten Barsch an einen Bullenhai verfüttert, was vermutlich die leichtsinnigste Handlung seines Lebens gewesen war – vom Vertauschen der Weingläser einmal abgesehen. Er hatte Respekt vor allen Haien, aber vor einem fürchtete er sich: *Carcharhinus Longimanus*. Der ist bei der Auswahl seiner Nahrung nicht besonders wählerisch. Wahrscheinlich ist das auch der einzige Hai, der ohne viel Federlesens aus reiner Neugier angreift. Er beißt zu, um festzustellen, ob sein Opfer schmackhaft ist. Er ist der unberechenbarste aller Haie.

Dieser spezielle Hai befand sich fünf Meter unterhalb von KT und umkreiste sie bereits. Strachan war zwanzig Meter entfernt. KT hatte sich am Schwanz des Walhais aufgehalten, als er dessen offenes Maul fotografiert hatte. Der Weißflossenhai war schnell. KT hatte ihn bemerkt. Sie wirkte verängstigt; ihre Angst wurde durch die Taucherbrille verstärkt. Ihr Kopf tauchte an die Oberfläche, und sie schwenkte heftig die Hände über dem Kopf, um Sumo zu signalisieren, dass sie in Nöten war.

Strachan schwamm auf sie zu. Der Hai war erregt. Er kreiste nicht mehr, sondern schwamm immer wieder dicht an KT vorbei. Er verhielt sich wie ein Kampfflugzeug, das einen gegnerischen Panzer inspiziert. Er schoss vorbei, machte kehrt und passierte sie erneut. Das war das typische Zickzackmuster, das einem Angriff vorausgeht.

Jetzt kam es vor allem darauf an, dass KT die Ruhe bewahrte und das Gesicht unter Wasser hielt, damit sie den Hai beobachten konnte. Arme und Beine durfte sie nicht bewegen. Aber es war gar nicht so leicht, in einer solchen Situation ruhig zu bleiben. Ein Weißflossenhai entwickelt beim Zubeißen einen Druck von bis zu einer halben Tonne pro Quadratzentimeter. KT hatte einen geschätzten Hüftumfang von siebzig Zentimetern.

Um den Hai abzulenken, schlug Strachan heftig mit den Flossen aus. Als der erste Angriff erfolgte, befand KT sich hinter ihm und machte hektische Schwimmbewegungen. Der Hai näherte sich ihr einen Meter unter der Wasseroberfläche. Die Blitzvorstöße dienten allein der Erkundung. Jetzt verhielt er sich vorsichtiger. Ein Stippangriff.

Strachan streckte die Kamera vor und schwamm dem Hai entgegen. Man musste diesen Burschen zeigen, dass man keine Angst vor ihnen hatte. Man musste ihnen zeigen, wer der Boss war. Strachan war ganz steif vor Angst, doch er schwamm trotzdem weiter. Der Hai war noch drei Meter entfernt. Strachan sah die Zahnreihen und war bereit, das Kameragehäuse dem Hai entgegenzustoßen. Vielleicht kapierte er dann, dass Spritzgussplastik nicht nach Thunfisch schmeckte. Er wappnete sich für den Aufprall.

Doch der blieb aus. Im letzten Moment röhrte die *Esprit Bleu* heran. Die Motoren vom Typ Detroit 12V92TA entwickelten jeweils 1080 PS. Das hatte Sumo Strachan erzählt. Das Wasser brodelte. Der Weißflossen-Hochseehai bekam es mit der Angst und verschwand mit einem Ausschlag der Schwanzflosse.

Strachan drehte sich um und reckte den Daumen, um KT zu signalisieren, dass die Luft wieder rein sei. Sumo hielt sie bereits bei den Händen und hob sie so mühelos aus dem Wasser, als hätte er es mit einem Säugling in einer Badewanne zu tun. Kurz darauf kletterte auch Strachan wieder an Bord. KT zitterte am ganzen Leib. Trotzdem grinste sie. *Sie hat Mumm*, dachte Strachan. *So leicht lässt die sich nicht ins Bockshorn jagen.* Dann ließ KT sich aufs Deck fallen und lachte, vom Adrenalin ganz high.

Bald darauf schilderten sie den anderen ihr Erlebnis. Strachan hatte das Gefühl, er sei drei Meter groß und unüberwindlich. Momente wie dieser machten das Leben lebenswert. Zufällig blickte er zu den Inseln hinüber. Das andere Boot war immer noch da. Es kam auf dem gleichen Kurs wieder zurück. Es umkreiste nicht die Inseln. Es kreiste um die *Esprit Bleu*.

41

Strachan gefiel das nicht. Das Revier war nicht ungefährlich. In den Zeitungen hatten Berichte über Piraten gestanden. Moderne Piraten kamen nicht mit dem Entermesser zwischen den Zähnen und einem Papagei auf der Schulter an Bord. Sie waren mit Uzis bewaffnet und schossen einem in den Kopf. Dann plünderten sie das Boot und steckten es in Brand.

Piraten aber waren nicht die einzigen Bösewichter, mit denen man in diesen Gewässern rechnen musste. Im Vergleich zu Abu Sayaff, der islamistischen Terrorgruppe von den Philippinen, waren die Piraten Heilige. Im April 2000 waren Angehörige von Abu Sayaff in das Tauchresort Sipadan eingedrungen. Strachan war eine Woche zuvor dort gewesen. Die Terroristen hatten einundzwanzig Touristen und mehrere Hotelangestellte entführt und ein Lösegeld verlangt. Als die Geldzahlung auf sich warten ließ, hatten sie die malaysischen Angestellten geköpft, um ihrer Forderung Nachdruck zu verleihen.

Strachan holte sein Fernglas aus der Kabine und bat Sumo und Pili, ihm auf die Brücke zu folgen. Bevor er gegenüber KT und Shleppy seine Besorgnis kundtat, wollte er ihre Meinung einholen. Er stellte das Fernglas auf das unbekannte Boot scharf. Teure Boote haben wie Rennpferde bisweilen grauenhafte Namen. Dieses hier stellte keine Ausnahme dar. Es hieß *Ping-Pong Taboo*. Strachan verzog angewidert das Gesicht und reichte Sumo das Fernglas.

»Sieh mal. Das Boot umkreist uns schon seit ein paar Stunden. Was hältst du davon?«

»Das Boot ist langsamer als Sumo.« Strachan fasste die Bemerkung zunächst als Prahlerei auf. Dann wurde ihm klar, dass Sumo ihn beruhigen wollte. Sollte das Boot Piraten gehören, konnte die *Esprit Bleu* es jederzeit abhängen.

»Sonst noch was?«

»Das Boot schleppt eine Sonarboje nach.«

»Was?« Strachan entriss Sumo das Fernglas und hob es an die Augen. Sumo hatte recht. Aufgrund der Dünung war es Strachan beim ersten Mal entgangen, da er sich auf das Boot und den Skipper konzentriert hatte. Die Leine, die vom Heck ins Wasser hing, und die orangefarbene Boje, die im Kielwasser auf und ab hüpfte, hatte er übersehen.

Also waren das keine Piraten. Und auch keine Terroristen. Sondern etwas viel Schlimmeres. Das waren zwei Typen, die den Meeresgrund absuchten, und sie waren professionell ausgerüstet. »Sumo, wir sollten uns mit unseren neuen Freunden bekannt machen.«

»Gute Idee. Vielleicht haben sie die Seeratte ja bereits gefunden.« Sumo gab Gas. KT wurde in den Sitz gedrückt, als das Boot auf seine Spitzengeschwindigkeit von zweiunddreißig Knoten beschleunigte.

Der Walhai hatte sie ein Stück weit aufs offene Meer hinausgelockt. Der Abstand zwischen den beiden Booten betrug mindestens anderthalb Seemeilen. Als sie zu ihm aufschlossen, tauchte am Heck der *Ping-Pong Taboo* der zweite Mann auf und begann, die Sonarboje einzuholen. Er war hellhäutig, groß und sonnengebräunt und trug eine Baseballkappe und Sonnenbrille. Einzelheiten waren nicht zu erkennen, außer dass er die *Esprit Bleu* hatte kommen sehen und nun das Weite suchte. Er und sein Kumpel hatten sie anscheinend beobachtet und ihrerseits geargwöhnt, sie könnten es mit der Polizei, mit Piraten oder Abu-Sayaff-Leuten zu tun haben.

Während die *Ping-Pong Taboo* beschleunigte, drängte Strachan Sumo, das Äußerste aus seinem Boot herauszuholen. Eine Qualmwolke kam aus dem Auspuffrohr des Dieselmotors. Dann ging das Boot in Gleitfahrt über und raste an der Insel entlang, ein schaumiges Kielwasser hinter sich lassend.

Aufgrund des großen Vorsprungs sah es nicht so aus, als könnte Sumo das andere Boot einholen. Die Abkürzung durch den Riffkanal war ihm versperrt. Sie mussten den Umweg um die beiden parallelen Riffs nehmen. Es dauerte kaum zwei Minuten, da war das andere Boot hinter der Insel verschwunden und raste mit Vollgas auf Tioman zu.

Sie ließen es entwischen. Bei einer Verfolgungsjagd hätten sie nur Treibstoff verschwendet. Zusammen mit der *Ping-Pong Taboo* hatte sich auch Strachans gute Laune verflüchtigt. Den Mann am Steuer hatte er nur flüchtig zu sehen bekommen, und er hätte ihn gern näher in Augenschein genommen.

Es war halb vier nachmittags. Der Mond war bereits aufgegangen. Jetzt, da das andere Boot ihnen entwischt war, hatte Strachan es eilig, die Suche fortzusetzen, doch Sumo weigerte sich kategorisch, sich jetzt noch den Riffs zu nähern. Die elektronische Tiefenmessung war kein Ersatz für das bloße Auge. Sumo wollte vermeiden, dass die *Esprit Bleu* in der Dämmerung auf ein Korallenriff auflief.

Sosehr Strachan ihm auch zusetzte, Sumo ließ sich nicht erweichen. KT schlug sich auf Sumos Seite, sodass Strachan nichts anderes übrig blieb, als für heute Schluss zu machen. Außerdem war es gar kein so schlechter Tag gewesen. Er hatte dreißig Fotos von einem riesigen Walhai gemacht. Und dann hatten sie die Anmut, Schnelligkeit und Schönheit eines der gefährlichsten Meeresraubtiere erlebt. Er bedauerte, keine Fotos vom Weißflossenhai geschossen zu haben, doch er war zu sehr damit beschäftigt gewesen, KT zu schützen.

Am Abend aßen sie rohen Thunfisch. Shleppy hatte ihn gefangen und an der Reling ausgeweidet. Anschließend häutete er ihn, wusch das Fleisch, würzte es und servierte es auf dem Teller. So etwas Frisches hatte Strachan noch nie gegessen. Sein Genuss wurde allein durch die quälende Erinnerung an den Mann am Steuer der *Ping-Pong Taboo* geschmälert.

Hätte Strachan nicht gewusst, dass Adrian Hamilton seiner Galerie in der Sloane Street kaum jemals den Rücken kehrte, hätte er schwören können, dass der Mann auf dem Boot sein Pate war.

42

Tag zwei. Rifftag.

Bei Tagesanbruch stand Strachan auf. Shleppy und Sumo bereiteten das Frühstück. Kurz darauf tauchte auch Pili auf, und obwohl sie als Letzte aufgewacht war, stand auch KT um sieben an Deck. Zum Frühstück gab es frischen Obstsalat. Um Viertel nach sieben glitt die *Esprit Bleu* über das spiegelglatte Meer auf das Riff zu.

Das andere Boot ließ sich nicht blicken. Sie hatten es verscheucht, und Strachan bezweifelte, dass sie es wiedersehen würden. Wahrscheinlich waren Wissenschaftler an Bord gewesen, die mit der Boje irgendwelche Untersuchungen angestellt hatten. Er konnte ihnen keinen Vorwurf daraus machen, dass sie vor ihnen geflohen waren. Dass der Mann am Steuer eine gewisse Ähnlichkeit mit Hamilton aufgewiesen hatte, war reiner Zufall gewesen. Hamilton war die größte Landratte auf Erden. Seine Vorstellung vom Abtauchen beschränkte sich auf einen schäbigen Nachtclub in Soho. Eine Sonarboje würde er nicht einmal dann erkennen, wenn sie ihm auf den Fuß fiel. Strachan ärgerte sich über seinen Schnellschuss. Der Stress der letzten Tage war nicht spurlos an ihm vorübergegangen. Da er in Gedanken mit Hamilton beschäftigt gewesen war, war sein Irrtum verständlich.

Sumo fuhr zu der Stelle, an der sie den Walhai gesichtet hatten. Er programmierte den Autopilot und fuhr wiederum die immer kleiner werdenden Quadrate ab. Für die erste Runde des Morgens brauchten sie eine knappe halbe Stunde. Je näher sie den parallelen Riffs kamen, desto kleiner wurde die abzufahrende Strecke. Strachan war aufgeregt. Er war optimistisch. Die Suche näherte sich ihrem Höhepunkt. Zwischen den Riffs war irgendetwas versteckt. Es konnte nicht anders sein.

Er überließ es Sumo, den Fishfinder zu überwachen, und stieg mit KT zum Cockpit hinunter, um die Tauchausrüstung klarzumachen. Er hatte nichts dagegen, dass sie ihn beim ersten Tauchgang begleitete. Da er sich bei ihrem Luftvorrat zu bedienen gedachte, wollte er das Schiffswrack allein erkunden. Pili hatte seine Hilfe angeboten, doch Strachan hatte dankend abgelehnt. Shleppy hatte unterdessen die Angelruten, Spulen und Köder in die Staufächer gepackt, sodass sie genügend Platz im Cockpit hatten.

Strachan hatte zwei Tauchanzüge dabei. Einen drei Millimeter dicken Shorty und einen fünf Millimeter dicken Ganzkörperanzug. Aufgrund des warmen Wassers wählte er den Shorty. Er war schwarz und hatte auf der Brust ein schlichtes weißes Logo. Da er nicht wie ein deutscher Tourist wirken wollte, vermied er die grellbunten Farben, die bei den Tauchschülern des Coral Kraal so beliebt waren. Zu seiner Erleichterung war auch KTs Tauchanzug eher schlicht. Wie ein Großteil ihrer Kleidung war er von O'Neill. Schwarz, mit blauen Winkeln an den Schultern. Er machte einen warmen, viel getragenen Eindruck. Ein weiterer Hinweis darauf, dass sie eine erfahrene Taucherin war.

Strachan hatte sich vor zwei Jahren eine neue Tarierweste gekauft. Darunter versteht man eine aufblasbare Weste, an der die Luftflasche befestigt wird. Die Taschen seiner Weste waren vollgestopft. Beim Tauchen nahm er eine Unterwasserschreibtafel mit, eine Taschenlampe und Handschuhe. In den Taschen auf der anderen Seite waren ein Stück Schnur, eine aufblasbare Boje und eine kleine Tupperwaredose mit Brotkrumen verstaut. Die Brotkrumen tauschte er regelmäßig aus. Damit hatte er schon häufiger scheue Tiere angelockt.

Sie näherten sich einem der Riffs und glitten an dem engen Kanal vorbei, der zwischen ihnen hindurchführte. In der Strömung beschleunigte Sumo kurzzeitig. Die Riffwände bildeten einen natürlichen Trichter, und das Wasser strömte wie eine Sturzflut hindurch. Der Sog der Strömung war phänomenal. Die starken Dieselmotoren grollten. Als sie sich neben dem linksseitigen Riff befanden, rief Sumo Strachan auf die Brücke.

Auf der Anzeige des Tiefenmessers war zu erkennen, dass der Meeresgrund an dieser Stelle von fünfzehn Metern steil auf einen Kilometer Tiefe abfiel. Der Boden war so zerklüftet wie die Berge Tiomans. Was sie da umkreist hatten, war vermutlich ein ehemaliger Vulkan. Bis zur Nahtstelle der asiatischen und australischen Kontinentalplatten, die sich im Laufe der Zeit verlagert und dabei einen sehr unebenen Meeresboden geformt hatten, war es nicht weit. Tiefenveränderungen gingen mit Temperaturschwankungen einher. Möglicherweise würde es unter Wasser kühl werden. Deshalb entschied er sich nun doch für den Ganzkörperanzug.

»Im Kanal ist es zu gefährlich. Die Strömung ist zu stark.« Sumo schüttelte den Kopf und spuckte über die Reling aus.

Strachan blickte in die Richtung, in die Sumo mit ausgestrecktem Arm zeigte. Das Wasser kräuselte sich im Kanal. So schlimm sah es gar nicht aus. »Ich glaube, es geht schon. Wenn du dich schön in der Mitte hältst, kann nichts passieren.«

»Nein. Es ist zu flach. Die Strömung ist zu stark.«

Sie waren zu weit gekommen, um an der letzten Hürde zu scheitern, deshalb sagte Strachan: »Es wird schon klappen. Du hast tausend PS zur Verfügung.«

»Die Motorkraft ist nicht das Problem. Sondern die Korallen.«

»Ach, komm schon, Sumo.« Der Skipper aber blieb hart, deshalb versuchte er es anders. »Wir müssen den Kanal unbedingt erkunden. Willst du einen Zuschlag haben?«

KT hatte sich in der Zwischenzeit zu ihnen gesellt. Sie hörte aufmerksam zu und passte den geeigneten Moment ab, um sich in die Unterhaltung einzuschalten. Strachan war es nur recht. Sie kam am besten mit Sumo zurecht und hatte bessere Aussichten, den alten Kämpen zu überreden, als er.

»Kein Zuschlag. Wir fahren da nicht rein. Das ist zu gefährlich.« Sumo tippte Strachan mit dem Zeigefinger gegen die Brust. Strachan taumelte zurück. Es fühlte sich an wie ein Boxhieb. Sumos Gesicht war vor Ärger gerötet. Er brachte die *Esprit Bleu* fast zum Stehen. Für den Fall, dass sein Kunde ausfällig werden sollte, wollte er beide Hände frei haben.

Strachan beherrschte sich. Die Situation war festgefahren. Sumo würde eher tot umfallen, als in den Kanal hineinzufahren.

Natürlich hatte er recht. Strachan hätte sich an seiner Stelle vermutlich ebenfalls geweigert. Korallen waren tückisch. Teilweise lagen sie nur zwei Meter unter der Wasseroberfläche. Egal ob sie mit oder gegen die Strömung fuhren, sie mussten in Bewegung bleiben, um manövrierfähig zu sein. An der tiefsten Stelle des Kanals betrug die Wassertiefe sechzig Meter. Drum herum war das Meer mehrere tausend Meter tief. Die Strömungsgeschwindigkeit im Kanal betrug zwölf Knoten. Wenn sie zu langsam fuhren, würde das Boot seitlich abtreiben. Unter diesen Umständen würde es schwierig sein, den Korallen auszuweichen.

Strachan wurde klar, dass es aus dem gleichen Grund mit dem Tauchen ebenfalls nicht klappen würde. Unterwasserströmungen sind die Haupttodesursache bei Tauchern. Im Genfer

See ertrinken jährlich drei bis vier Menschen. Dabei fließt die Rhône dort ganz gemächlich. Hier hingegen schoss das Wasser nur so durch den Kanal. Das bedeutete höchste Lebensgefahr. In der Strömung würde er in Minutenschnelle ertrinken. Einmal unter Wasser, würde er vielleicht erst wieder in Peru auftauchen; angenagt, aufgedunsen und halb verwest.

Er tat seine Überlegungen den anderen kund, verwies aber darauf, dass es doch noch Grund zum Optimismus gebe. Gerade der Umstand, dass das Gebiet so tückisch war, bestärkte ihn in der Überzeugung, dass der Riffkanal das Geheimnis seines Großvaters barg. Die Außenseite des Riffs war zweifellos schon häufig erkundet worden, aber bestimmt war noch niemand so verrückt gewesen, im Kanal zu tauchen. Falls dort ein Schiffswrack lag, war es noch nicht entdeckt worden.

Allmählich nahm in Strachans Vorstellung ein Plan Gestalt an. »Sumo, hast du noch andere Sonargeräte an Bord?«

Sumo tätschelte den Fishfinder mit seiner braunen Pranke. »Das ist das beste.«

»Ja, klar. Aber ich brauche ein zweites. Hast du ein tragbares Gerät? Das nicht fest eingebaut ist?«

Sumo musterte Strachan, als hätte der ihm ins Essen gespuckt. Als er lächelte, verschwanden seine Augen zwischen den Speckfalten. »Aber klar doch. Sumo hat alles.« Knurrend erteilte er Shleppy eine Anweisung. Kurz darauf tauchte sein dicker kleiner Neffe mit einem weißen Plastikkoffer auf. Er legte ihn flach aufs Deck. In einem Styroporfach steckten ein kleines Sonar und ein Handheld. Ein Kabel war um den Koffer gewickelt. Shleppy setzte die Teile zusammen. Das Sonar wurde mit dem einen Ende des Kabels verbunden, der Computer mit dem anderen.

»Was ist das?«, fragte KT.

»Ein Sonar. Ein Gerät zur Ortung von Gegenständen unter Wasser mithilfe ausgesandter Schallimpulse.« Sumo hatte

Mühe mit der Aussprache. »Normalerweise befestigen wir das an einer Boje und schleppen es hinter dem Boot her. Genau wie gestern das andere Boot.«

»Ein Schleppgerät«, sagte Strachan. »Ausgezeichnet.«

Genau das, was er brauchte. Unterseeboote verwendeten ähnliche Geräte, um gegnerische Schiffe zu orten. Das Sonar sendet Ultraschallwellen aus. Dann fängt es die von größeren Objekten reflektierten Impulse auf, und ein Computer wertet die Signale aus. In Sumos Fall handelte es sich bei den größeren Objekten um Marlinge, Fuchshaie und Schwertfische. Strachan hingegen hatte es auf das Schiffswrack seines Großvaters abgesehen.

»Wie groß ist die Reichweite?«, fragte er.

»Fünfzig Meter.«

Strachan blickte zum Kanal hinüber. Er war etwa hundert Meter lang und dreimal so breit. Sie würden mehrere Durchgänge machen müssen.

»Sumo, ich möchte, dass du uns zum Eingang des Kanals manövrierst. Wir lassen uns mit den Tarierwesten hindurchtreiben. Das Sonar ziehen wir hinter uns her. Wenn da irgendwas ist, werden wir es finden.«

Die anderen sahen ihn an, als hätte er den Verstand verloren. Strachan war es egal. Es könnte durchaus funktionieren. Da ihm nichts Besseres einfiel, wollte er es auf einen Versuch ankommen lassen. »Sobald die Strömung uns erfasst hat, fahr zur anderen Seite des Riffs. Dort sammelst du uns wieder auf. Etwa fünfzig Meter vor der Mündung sollten wir eigentlich langsamer werden. Warte dort auf uns, und wirf uns eine Leine zu, wenn wir vorbeitreiben.«

Mit langen Diskussionen hielt er sich erst gar nicht auf, sondern kletterte gleich zum Cockpit hinunter. Seine Tarierweste lag auf einer der Sitzbänke. Er legte sie an und zog die Riemen stramm. Dann pustete er ins Ventil. KT war offenbar ebenfalls zu dem Schluss gelangt, dass es zumindest einen Versuch wert sei. Er beobachtete, wie sie mit ihren wohlgeformten Beinen die Leiter herabstieg. Sie trat zu ihm ins Cockpit, reichte ihm das Sonar und machte sich ebenfalls fertig. Sumo schwenkte die *Esprit Bleu* zum Kanal herum.

Die Jagd ging weiter.

43

Als sie sich dem Kanal näherten, drehte Sumo die *Esprit Bleu* um einhundertachtzig Grad und ließ sie rückwärts zur Kanalmündung treiben. Als die Strömung stärker wurde, hatte er Mühe, das Boot auf geradem Kurs zu halten. Strachan sah, wie er hektisch am Ruder kurbelte. Je weiter sie zurücktrieben, desto mehr Gas musste er geben. Zentimeterweise näherten sie sich dem Kanal.

»Los! Los! Los!«, brüllte Sumo.

Hand in Hand rannten Strachan und KT durchs Cockpit. Sie verzichteten darauf, die Klapptür zu öffnen, sondern sprangen einfach über die Reling. Noch während sie in der Luft waren, gab Sumo Vollgas. Strachan und KT tauchten in einer Wolke von Dieselabgasen aus dem Wasser auf, doch den Gestank hatten sie im nächsten Moment hinter sich gelassen. Strachan blieb kaum Zeit, das Sonar loszulassen, da wurden sie auch schon von der Strömung fortgerissen.

KT gefiel es. Sie kreischte vor Entzücken. Sie drehte sich im Kreis und spritzte Strachan ins Gesicht. Mit zwölf Knoten Geschwindigkeit zog die Flut sie mit sich zurück. Strachan fasste KT bei der Hand, ohne den Computer auch nur einen Moment aus den Augen zu lassen. Die Hälfte der Strecke lag bereits hinter ihnen. Das Sonar deckte mit seinen Ultraschallwellen jeweils einen Streifen von fünfzig Metern Breite ab. Drei Durchgänge sollten eigentlich reichen.

Bald darauf gerieten sie wieder in ruhigere Gewässer. Das Sonar hatte nichts entdeckt, doch nach einer solchen Erfahrung ließ Strachan sich davon nicht verdrießen. Als sie an Bord geklettert waren, klatschten sie sich mit der Crew ab.

»Irgendwas gefunden?«, fragte Shleppy, als Strachan sich in den Kampfstuhl fallen ließ.

»Nein«, sagte er. »Nichts.«

»Neuer Versuch?«

»Neuer Versuch.«

Shleppy rannte zur Brücke hoch und überbrachte Sumo die Neuigkeit. Strachan rief ihm zu, er solle sich Zeit lassen. Er steckte sich eine Zigarette an und trank ein Glas Eistee. Zehn Minuten später starteten sie den zweiten Versuch.

Diesmal setzte Sumo sie in der Mitte des Kanals ab. Die Strömung war hier geringfügig stärker, deshalb ließ er sie etwas eher ins Wasser gehen. Als sie von der Strömung erfasst wurden, erlebten sie das gleiche Hochgefühl wie beim ersten Mal. Sie beschleunigten und trieben wie Treibgut durch den Kanal.

Die *Esprit Bleu* folgte ihnen auf der anderen Seite des Riffs. Strachan fixierte unverwandt den Computer. Angenommen, sie wurden fündig – was dann? Sumo würde das Boot unter keinen Umständen in den Kanal steuern. Das war ein schwerwiegendes Problem, aber alles zu seiner Zeit. Der zweite Versuch erbrachte jedoch ebenso wenig Aufschluss wie der erste.

Müde und enttäuscht beschlossen sie, eine längere Pause einzulegen, um wieder zu Kräften zu kommen. Nach dem späten Mittagessen und einer Siesta wiederholten sie die Kanaldurchquerung ein weiteres und letztes Mal. Diesmal gingen sie auf der rechten Kanalseite ins Wasser. Die Strömung war inzwischen schwächer geworden. Der Gezeitenwechsel stand bevor, und Strachan hoffte verzweifelt auf ein Signal des Sonars.

Wie er so Kerkulla Ketam entgegentrieb, wurde ihm bewusst, dass der Kanal unmittelbar gegenüber einer Landzunge lag. Die Landzunge kannte er von der Karte her. Das war Dragon Point, und jetzt sah er auch, woher der Name stammte. Die Findlinge tauchten in einer lang gestreckten Reihe aus dem Meer hervor. Je weiter sie den Strand hochwanderten, desto näher rückten sie zusammen. Aus der Ferne fühlte man sich an einen Eidechsenschwanz erinnert. Ein Stück weiter an Land konnte man Körper und Kopf ausmachen. Die Ähnlichkeit war unübersehbar.

Auf einmal wurde Strachan klar, weshalb sein Pate die Koordinaten so exakt bestimmt hatte. Wenn das Schiff im Riffkanal gesunken war, musste es Dragon Point unmittelbar gegenüberliegen. Er konzentrierte sich auf den Computer und flehte ihn im Geiste inständig an, das Schiff zu finden.

Nichts geschah.

Während sie darauf warteten, dass die *Esprit Bleu* sie aufnahm, drehten sie in ihren Tarierwesten Kreise und wechselten düstere Blicke. Keiner sagte etwas. Da KT spürte, dass es ein schlechter Zeitpunkt war, Strachan aufmuntern zu wollen, schloss sie die Augen und ließ sich die Sonne aufs Gesicht scheinen.

Erschöpft kletterten sie schließlich über die Badeleiter ins Cockpit. Shleppy nahm das Sonar in Empfang und brachte ihnen grünen Tee und Kokosnussstücke. In zwei Stunden würde die Sonne untergehen. Strachan saß im Cockpit und überlegte, wie es weitergehen sollte. Das Boot war noch für einen weiteren Tag gechartert, doch es hatte keinen Sinn, noch länger hierzubleiben. Wenn sie heute Abend aufbrachen, konnte er eine Menge Geld sparen. Die Suche mit dem Sonar hatte kein Ergebnis erbracht. Drei Durchgänge im Kanal hatten bewiesen, dass dort nichts zu finden war. Die Stelle war vielversprechend gewesen, hatte die Erwartungen aber enttäuscht. Allmählich kam ihm die ganze Unternehmung wie reine Zeitverschwendung vor.

Er hätte das Geld besser sparen sollen. Er hätte mit dem Fotografieren weitermachen sollen. Stattdessen hatte er seine Kräfte für nichts und wieder nichts vergeudet. Hier gab es kein Wrack. Keinen Schatz. Keinen Kessel mit Gold am Ende des Regenbogens. Nur einen gefährlichen Sandkanal voller Salzwasser. Die Leere des Kanals hallte in ihm wider. Seine letzte Hoffnung, die Unternehmung zu einem guten Abschluss zu bringen, war zerstoben.

Wie alles an Bord war auch Sumos tragbares Sonar in tadellosem Zustand. Es war ausgeschlossen, dass es nicht richtig funktionierte. Hätte sich ein großes Objekt im Kanal befunden, hätte das Sonar es aufgespürt. Ebenso ausgeschlossen schien ihm, dass sein Großvater sich geirrt hatte. Hamilton hatte bestätigt, dass das Schiff vor der Küste Malaysias gesunken war, und Strachan konnte sich einfach nicht vorstellen, dass sein Großvater alles nur erfunden hatte.

Er dachte an das Buch in Mollys Regal. *Schiffswracks aus dem Zweiten Weltkrieg*. Wenn er darin nachschlug, würde sich vielleicht herausstellen, dass das Wrack schon vor Jahren entdeckt und geborgen worden war. Das war durchaus denkbar. Die Japaner und die Briten hatten über das Verschwinden des Schiffes Bescheid gewusst. Beide Regierungen mussten ebenso erpicht darauf gewesen sein, es zu finden, wie er. Sein Großvater war bestimmt vom britischen Geheimdienst verhört worden.

Hatte er ihnen die Position des Wracks verraten? Höchst unwahrscheinlich. Warum hätte er sich dann die ganze Mühe mit den Manschettenknöpfen machen sollen? Warum hätte er sich das Rätsel ausdenken sollen, wenn das Geheimnis bereits gelüftet war? Nein, sein Großvater hatte seine Vorgesetzten bestimmt davon überzeugt, dass er die Position des Wracks nicht kannte. Das konnte nicht schwer gewesen sein. »*Es war dunkel, Sir. Ich bin meilenweit im Meer getrieben, bevor ich an Land gespült wurde. Ich hatte keine Ahnung, wo ich war, Sir. Ich befand mich auf einer Insel, aber ich war ganz allein.*«

Es musste eine andere Erklärung geben. Vielleicht bezeichneten die Koordinaten ja gar nicht die Position des Wracks? Vielleicht verwiesen sie lediglich auf ein Vorkommnis in der Vergangenheit seines Großvaters? Oder die Koordinaten waren zutreffend, und er sollte nach etwas ganz anderem suchen? Oder die Zahlen waren gar keine geografischen Koordinaten, sondern ein Geheimcode?

Total gescheitert. Diese Worte schossen Strachan mit der Wucht einer Pistolenkugel durch den Kopf.

Er ließ den Gedanken sacken. Er hatte es vermasselt. Die Lösung des Rätsels war elegant gewesen, aber falsch. Er musste wieder bei null anfangen. Er musste die Strophe des Kinderreims noch einmal Zeile für Zeile auseinandernehmen.

Er steckte sich eine Zigarette an. Etwas Besseres fiel ihm nicht ein. Eine halbe Stunde lang saß er einfach nur da und rauchte. Wäre er nicht so mit seinen Gedanken beschäftigt gewesen, wäre es ihm vielleicht merkwürdig vorgekommen, dass Pili Parang das UKW-Funkgerät benutzte.

44

Strachan brütete vor sich hin.

KT trat aus dem Salon. Sie trug einen schlichten blauen Sarong. Der dünne Stoff flatterte im Wind wie eine Fahne. KT straffte den Rock und gestattete Strachan einen Blick auf ihre unglaublich schlanken Beine. Sein Herzschlag geriet ins Stolpern. Nie hatte sie schöner ausgesehen.

KT faszinierte ihn. Obwohl die Trennung von Mike noch ganz frisch war, wirkte sie in Strachans Gegenwart vollkommen entspannt. Als hätte sie nichts zu verbergen und müsste nichts beweisen. Eine Frau, die sich vollkommen wohl in ihrer Haut fühlte. Sie war zart, aber kräftig. Ihre Grundstimmung war lebhaft, aber sie konnte auch sanft und zurückhaltend sein. Wie er sie so betrachtete, hatte er das Gefühl, sie schon sein Leben lang zu kennen.

In den vergangenen zwei Tagen waren sie einander nähergekommen. Strachan gefiel die Entwicklung, aber da sie ihn für sein Verhalten schon einmal gerüffelt hatte, wollte er auf keinen Fall den ersten Schritt tun. Er hatte sie immer wieder angelächelt, um ihr zu signalisieren, dass sie entgegen seiner anfänglichen Behauptung genau sein Typ sei, und sie war daraufhin immer kühner geworden. Wenn sie sich neben ihn setzte, berührten sich ihre Schenkel, und weder Strachan noch KT machten Anstalten, vom anderen abzurücken.

Gestern Abend waren sie lange aufgeblieben und hatten sich über Curaçao unterhalten. Strachan hatte ihr erzählt, er wolle sich am Strand der St. Michiel's Bay eine einfache Hütte bauen, ein Boot kaufen und Fotosafaris rund um Aruba und Bonaire veranstalten. KT wusste noch nicht über Molly Newchris und seine Verbannung Bescheid, und er tat so, als sei gar nichts geschehen. Er wollte ihnen den Abend nicht verderben.

»Kopf hoch, Lanzelot. Lass uns wenigstens noch mal tauchen.« Es war vier Uhr nachmittags des zweiten Tages. Bislang hatten sie fast eintausend Dollar ausgegeben und noch nicht mal eine Luftflasche umgeschnallt. Ihr Argument hatte einiges für sich. Beim Tauchen könnte er sich ein wenig entspannen.

Er bat Sumo, sie zur Außenseite des linksseitigen Riffs zu

bringen, und spähte über die Reling. Das Riff fiel steil ab. Der Tauchgang versprach interessant zu werden. Strachan wollte vermeiden, dass beim Ankern Korallen beschädigt wurden, deshalb wies er Sumo an, den aufsteigenden Luftblasen zu folgen. Sie wollten etwa zwanzig Meter tief tauchen. Die Dauer veranschlagte er auf vierzig Minuten.

Noch immer übellaunig, legte er die Ausrüstung an und trat durch die Öffnung in der Heckreling. KT war ihm wie gewöhnlich einen Schritt voraus.

Sie folgten dem Riff in die Tiefe. Es war fantastisch. Die Sichtweite betrug fast fünfunddreißig Meter. Die Korallen wuchsen dicht an dicht. Am Meeresboden wimmelte es von Seesternen, Seegurken und leeren Muschelschalen. Schmetterlingsfische umschwärmten sie wie Herbstlaub. Eine Seenadel versteckte sich in einem Schwarm durchsichtiger junger Fische. Etwas weiter vom Riff entfernt blitzten größere silbrige Fische auf, die sogleich wieder im Schatten verschwanden.

Abgesehen von ihren Atemgeräuschen war es vollkommen still. Strachan entspannte sich allmählich. Hier krähte kein Hahn nach seiner misslichen Lage. Erbschaften, der Vorwurf einer Vergewaltigung bei der ersten Verabredung, Redakteure von *National Geographic*, betrügerische Paten und Interpol-Ermittlungsbeamte waren in diesem Unterwasser-Eden bedeutungslos. Das Riff tat sein Bestes, seine Stimmung zu heben. Noch fünf Minuten, und es würde ihm gelingen.

Mit unsichtbarem Düsenantrieb schoss ein Tintenfisch vorbei. Als Strachan die Hand ausstreckte, um ihn zu berühren, flüchtete er sich in ein zehn Meter tiefer gelegenes Geröllfeld. KT schwamm auf die Gesteinsbrocken zu. Strachan ließ sich von der Erregung in ihrem Blick anstecken und folgte ihr.

Da der Tintenfisch sich zwischen den Gesteinsbrocken versteckte, holte Strachan die Taschenlampe aus seiner Tarierweste. Die Steine bedeckten ein Gebiet von der Größe eines Fußballfelds. Irgendwann in den vergangenen hundert Jahren hatte es hier einen Erdrutsch gegeben, und der Meeresboden war aus seinem Schlaf gerissen worden. Die Kamera hielt Strachan in der anderen Hand. Tintenfische haben leuchtende Farben und geben wunderbare Motive ab. Strachan spähte in den Spalt hinein. Der Strahl der Taschenlampe drang nicht weit in die Schwärze vor, deshalb streckte er die Hand aus, um den Tintenfisch hervorzuscheuchen.

Strachan neigte zur Impulsivität, doch selbst nach seinen Maßstäben war das leichtsinnig. Der verängstigte Tintenfisch stieß eine Tintenwolke aus, schoss an ihm vorbei und drückte seine Hand gegen einen Felsbrocken, sodass er die Taschenlampe fallen ließ. *Undankbarer Scheißkerl*, dachte er. *Ich hätte dich berühmt machen können.*

Strachan streckte die Hand erneut ins Loch, konnte die Taschenlampe jedoch nicht ertasten. Er rüttelte an dem Stein, der etwa so groß wie ein Strandball war. Er musste seine ganze Kraft aufbieten, um ihn zu bewegen. Schließlich lockerte sich der Stein, und der Korallenkitt, der ihn mit den Nachbarsteinen verband, bekam erste Risse. Er bot KT nicht gerade ein gutes Beispiel, doch die Taschenlampe war teuer gewesen, und er wollte sie auf keinen Fall zurücklassen. Zumal die Beziehung mit *National Geographic* auf so wackligen Füßen stand. Verhoeven hatte in der Zwischenzeit bestimmt schon mit Gilchrist telefoniert. Strachans zukünftiges Einkommen, von seinem Ruf ganz zu schweigen, hing an einem seidenen Faden.

KT tippte ihm auf die Schulter und schwenkte vorwurfsvoll den Zeigefinger. Strachan wurde ärgerlich. Er hatte sich weiß Gott nichts vorzuwerfen. Ihm brauchte niemand zu sagen, dass man ein Riff nicht beschädigen durfte. Vielmehr drohte die Taschenlampe seine Brieftasche zu schädigen. Und ohne seine Fotos würden die Leute nicht mal wissen, was es hier zu bewahren gab. Er hatte sich das Recht verdient, ein paar Steine zu verrücken. Da er unter Wasser nicht mit KT reden konnte, schrieb er auf die Schiefertafel: *Hilf mir lieber.*

Sie weigerte sich.

Eigentlich war er auf ihre Hilfe auch nicht mehr angewiesen. Der Stein gab endlich seinen Widerstand auf und löste sich in einer Wolke aus Korallensand. Unter Wasser war alles leichter, und nachdem der Stein sich erst einmal gelockert hatte, bereitete es Strachan keine Mühe, ihn den Hang hinunterrollen zu lassen. Der Stein beschleunigte, raste wie ein außer Kontrolle geratener Rodelschlitten die Schräge hinunter und verschwand in der Leere. Sie beide waren auf die Entdeckung gänzlich unvorbereitet.

Tauchlehrer sprechen in einem solchen Fall von geschlossenen Unterwasserräumen. Strachan bezeichnete dergleichen als Höhle.

45

Es war, als hätte er den Stein von einem Grabeingang fortgerollt. Darunter hatte sich ein klaffendes Loch geöffnet. Sie spähten hinein. Abgebrochene Korallenstücke fielen wie Schneeflocken in den Abgrund. Strachan und KT wechselten einen Blick, dann spähten sie wieder ins Loch.

Strachans Taschenlampe war nirgendwo zu sehen. Sie war so tief gefallen, dass ihr Lichtschein die Wasserschicht nicht durchdrang. Offenbar war das Loch sehr tief. Es war, als hätten sie einen Schachtdeckel angehoben und den Eingang zu einem erloschenen Vulkan entdeckt. Strachan wischte die Tafel ab, notierte etwas darauf und hielt sie KT vors Gesicht.

Bitte neue Taschenlampe. In meiner Tasche. Festbinden und mit Gewichtsgürtel runterlassen. Bin in 5 Min. wieder da.

Sie sah ihn an, als wollte sie sagen, sie sei nicht mitgekommen, um seine Gehilfin zu spielen, deshalb gab er ihr ein paar Luftküsse und setzte seinen Dackelblick auf. KT nahm ihm die Tafel ab und schrieb ihre Antwort auf.

OK. BEEIL DICH. SCHWIMM NICHT IN DIE HÖHLE.

Er nickte. Das war eine der Hauptregeln beim Tauchen. Man drang nur dann in geschlossene Räume vor, wenn man speziell dafür ausgebildet und entsprechend ausgerüstet war. Außerdem nahm man mindestens eine weitere Person mit.

Was Strachan betraf, so gab es noch eine weitere Regel, die ebenso wichtig war. Man durfte KT Luker unter Androhung strenger Bestrafung nicht ungehorsam sein. Er konnte sich lebhaft vorstellen, wie sie schäumen würde, wenn er die Höhle allein erkundete. Aber diese Spekulationen waren ohnehin überflüssig. Er war überhaupt nicht scharf darauf, sich wieder irgendwo einzuklemmen. Er wollte bloß mehr Licht haben und die verlorene Taschenlampe wiederfinden.

KT schwamm weg. Strachan fasste sie beim Knöchel und zog sie zurück. Sie waren seit fünfzehn Minuten unter Wasser. Er zeigte auf die Uhr, dann reckte er erst fünf und dann drei Finger. Fünf Meter in drei Minuten: Das ist das normale Vorgehen nach einem Tauchgang in eine Tiefe von über achtzehn Metern. Hält man sich nicht daran, kann der Körper den Stickstoff nicht freisetzen. Zu viel Stickstoff im Blut führt zur Dekompressions- beziehungsweise Caissonkrankheit.

Zum Zeichen, dass sie die Grundregel nicht vergessen hatte, verdrehte KT die Augen. Dann schlug sie mit den Flossen aus, streifte beinahe Strachans Ohr, und weg war sie. Er schickte ihr ein paar Luftringe hinterher, dann setzte er sich auf den Meeresboden und wartete. Hier unten im Geröllfeld war wenig Leben, doch er wusste, dass er schon irgendwelche lohnenden Fotomotive entdecken würde, wenn er nur die Augen aufsperrte.

Er hob einen kleineren Stein hoch und entdeckte darunter einen jungen Steinfisch, der sich am Meeresgrund getarnt hatte. Er war nur etwa zehn Zentimeter lang, trotzdem aber gefährlicher als der Weißflossenhai, dem Strachan gestern begegnet war. Steinfische haben dreizehn Rückenstacheln, die jeweils über eine Giftdrüse verfügen, die bei Druck das Gift freisetzt. Strachan hatte nicht die Absicht, den Fisch anzufassen. Er stellte Blende 16 ein und machte drei Aufnahmen. Schwebeteilchen trübten das Wasser. Sein kleiner Steinfisch würde nicht viel hermachen. Das war schade, denn er hielt bereitwillig still. Nicht einmal vom Blitzlicht ließ er sich beeindrucken.

Währenddessen wurde der Drang, die Höhle zu erkunden, immer stärker. Wie der Steinfisch verfügte auch die Höhle über spitze Nadeln. Die Nadeln piksten ihn. *Nur ein kurzer Blick*. Die Verlockung war einfach zu groß. Ein kurzer Blick würde nicht schaden. Er war um die halbe Welt gereist, um diesen Tauchgang zu unternehmen, und jetzt trödelte er herum und spielte den Paragraphenreiter.

KT war bestimmt noch damit beschäftigt aufzutauchen. Die neue Taschenlampe würde erst in zwanzig Minuten hier eintreffen. Außerdem war der Spalt breit genug. Es bestand keine Gefahr, dass er den Tank einklemmte wie damals im HaHa-Riff. *Nur ein kurzer Blick*. KT brauchte ja nichts davon zu erfahren.

Er wartete, bis er das Gefühl hatte, dass sie an Bord gegangen war, dann schwamm er über das Loch. Er atmete aus und ließ sich zwischen die Steine hinabsinken.

Es war, als beträte er eine andere Welt. Durch das Loch fiel genug Licht ein, um zu erkennen, dass er sich in einem großen Hohlraum befand. Nach allen Seiten hin fiel der Boden ab, wie bei der Kuppel einer großen Kathedrale. Da es hier an Sonnenlicht mangelte, lag die Wassertemperatur ein paar Grad niedriger als weiter oben. Aus demselben Grund war die Sicht wunderbar klar. Ohne direkte Sonneneinstrahlung konnten weder Algen noch Plankton gedeihen. Es war, als tauchte er in flüssigem Kristall.

Verantwortungsbewusste Taucher beachten die Drittelregel. Ein Drittel des Luftvorrats ist für den Hinweg reserviert, ein Drittel für den Rückweg und ein Drittel für Notfälle. Strachans Luftflasche war noch zu zwei Dritteln gefüllt, und das hielt er für mehr als ausreichend. Der Luftverbrauch hängt von mehreren Faktoren ab. Dazu gehören Tauchtechnik und Lungenvolumen, aber auch Angst, Kälte und Tiefe. Was seine Technik und sein Lungenvolumen anging, hatte Strachan keine Bedenken; die letzten drei Faktoren waren das Problem. In der Höhle würde sein Luftverbrauch steigen. Er musste es wirklich bei einem kurzen Blick belassen.

Er schwamm nach unten, denn er wollte sehen, wie tief der Hohlraum war. Er hatte Herzklopfen. Die Taschenlampe war noch immer nicht zu sehen. Wahrscheinlich war sie in den Bodensand eingesunken. Er spürte, dass er vor einer bedeutsamen Entdeckung stand, und warf einen Blick auf den Tiefenmesser. Vierzig Meter. Fünfundvierzig. Das Eingangsloch schimmerte über ihm wie ein Halo. Er schwamm in dem einfallenden Sonnenstrahl nach unten. Immer tiefer, als dringe er in die Krypta einer Kathedrale vor.

Allmählich verblasste der Lichtstrahl. Bei fünfzig Metern Tiefe verlor er sich ganz. Strachan ließ sich davon nicht beirren und schwamm weiter in die Dunkelheit hinab. Beim Aufsteigen würde er den Sonnenstrahl schon wiederfinden. Drei Meter weit beruhigte ihn dieser Gedanke. Dann bekam er Angst.

In der Höhle war es nicht nur dunkel, sondern schwarz. Pechschwarz. So schwarz wie in einem stillgelegten Bergwerksschacht. Er schwebte wie im Weltraum. Er war gewichtslos. Von der normalen Umgebung des Menschen war er so weit entfernt, wie man sich nur vorstellen konnte. Die Arme hatte er abwehrend vorgestreckt. Wovor er sich schützen wollte, wusste er nicht. Er konnte jederzeit gegen ein Hindernis stoßen. Gegen Steine oder gegen eine Sprungschicht. Oder gegen ein zahnbewehrtes Maul. Es war auch denkbar, dass er in einen Felsspalt hineinschwamm, der zu eng war, um darin umzudrehen.

Strachan sah die Hand nicht mehr vor Augen. Auch die Anzeige des Tiefenmessers konnte er nicht mehr erkennen. Er zählte im Kopf mit. Einen Meter für einen Flossenschlag. Dreiundfünfzig, vierundfünfzig Meter. Nichts. Ringsumher undurchdringliche Schwärze. Er würde auf sechzig Meter runtergehen müssen.

Er nahm an, dass er einen Cañon entdeckt hatte, der es mit dem Marianagraben aufnehmen konnte. Der lag südwestlich der Küste von Guam, also gar nicht so weit von hier, und war schätzungsweise elftausend Meter tief. Strachan war bei siebenundfünfzig Metern angelangt. Bevor er irgendwelche Rekorde brach, hatte er noch ein ganzes Stück vor sich. Noch immer war es stockdunkel, und er tastete blind ins Leere. Sein Atem rauschte wie nächtliche Windböen. Das Geräusch seiner Angst war der einzige Fixpunkt.

Die Dunkelheit war vollkommen undurchdringlich. Er ging ein zu hohes Risiko ein. Achtundfünfzig Meter. Sie sollten besser einen zweiten Versuch mit Spezialausrüstung starten. Ein wärmeisolierender Ganzkörperanzug wäre das Mindeste. Einundsechzig Meter. Er begann zu zittern. Er sollte jetzt umkehren. Zweiundsechzig. Der Tauchgang war bereits ein Teilerfolg. Er hatte eine Höhle entdeckt, die es wert war, gründlicher erkundet zu werden. Dreiundsechzig. Wenn er jetzt Schluss machte, bräuchte er sich nicht zu schämen. Vierundsechzig. *Okay, es reicht.*

Und dann stieß er in einer geschätzten Tiefe von vierundsechzig Metern auf einmal mit der Hand gegen etwas Hartes. Der Stoß pflanzte sich bis in die Schulter fort. Er schwamm nicht besonders schnell, doch der Stoß kam so überraschend, dass er zurückschreckte. Er saugte hektisch am Mundstück; sein Atem klang so laut wie der von Darth Vader.

Stolpert man des Nachts ins dunkle Bad, streckt man vorsichtshalber die Hände vor. Stößt man irgendwo an, weiß man, womit man es zu tun hat. Man flucht vielleicht, bekommt aber nicht gleich einen Adrenalinkoller. Bei Strachan war es anders, und es kostete ihn kostbare Atemluft.

Er tastete im Dunkeln umher. Da war es wieder. Etwas Raues. Vielleicht ein Stein. Er war am Boden angekommen. Er streifte ein drittes Mal mit der Hand über die Oberfläche. Diesmal vollführte sein Herz einen Salto. Das Material fühlte sich künstlich an. Eine seitliche Begrenzung war nicht festzustellen.

Strachan schwamm ein paar Meter nach links und ließ die Hand über das Material gleiten. Inzwischen ahnte er, was das war. Es war kein Stein. Er klopfte mit den Knöcheln dagegen. Das Geräusch war gespenstisch laut. Es klang metallisch und wurde von den Höhlenwänden reflektiert wie das Läuten einer Begräbnisglocke. Er war gegen eine Metallplatte gestoßen.

Während sich seine Gedanken überschlugen, wurde er von einem Hochgefühl erfasst. Er hätte die Erkundung gern fortgesetzt, doch allmählich wurde die Atemluft knapp. Er hatte kein Licht. Ohne Licht hatte das alles keinen Sinn. Er musste allmählich auftauchen. Er war bereits wieder im Aufsteigen begriffen, als ihm die Kamera einfiel. Wenn Strachan keine Fotos machte, war sie wie ein Körperteil, den er momentan nicht brauchte. Er konnte sie mit geschlossenen Augen bedienen. Auch im Dunkeln.

Er stellte den Blitz auf maximale Leuchtkraft, richtete die Kamera auf die Stahlplatte und betätigte den Auslöser. Die Umgebung wurde von gleißend hellem Licht überflutet. Wie bei einem Blitz in einer dunklen, stürmischen Nacht.

Die Ausdehnung der Stahlplatte war gewaltig. Sie war verrostet. Strachan konnte die Nieten erkennen, welche die Einzelteile zusammenhielten. Zur linken Seite hin fiel sie leicht ab, was darauf hindeutete, dass er den Höhlenboden noch immer nicht erreicht hatte. Und dann herrschte auf einmal wieder Dunkelheit. Da er geblendet war, wirkte sie noch undurchdringlicher als zuvor.

Strachan schwamm nach links, ließ die Hand über den Stahl gleiten und schwamm daran entlang. Die Wölbung wurde zunehmend konvex, dann endete die Platte unvermittelt. Er schloss die Hand um den Rand. Inzwischen war er sich sicher. Er stützte sich ab, streckte die Kamera vor und betätigte erneut den Auslöser.

Eine weiße Lichtexplosion erhellte die Höhle. Nur einen Sekundenbruchteil lang. Für die Dauer von einer Zweieinhalbtausendstelsekunde. Doch es reichte aus, um seine Theorie zu bestätigen. Jetzt wusste er, worauf er da gestoßen war. Im Augenwinkel hatte er es gesehen, dreißig Meter weiter rechts. Ein Blick in die Vergangenheit. Der Doppellauf eines Flakgeschützes, das an Deck eines japanischen Schiffes vor sich hinrostete.

Ed Strachan hatte sein Erbe gefunden.

46

Pili Parang benötigte etwas mehr als fünfundvierzig Sekunden, um die *Esprit Bleu* zu übernehmen. Da Strachan und das Mädchen gerade tauchten, bereitete ihm das keine Mühe. Das Überraschungsmoment und Sumos Revolver waren alles, was er dazu brauchte.

Den Revolver hatte er schon früher am Tag aus dem Staufach im Cockpit genommen und dann im Salon versteckt, damit er jederzeit herankam. Als die beiden Taucher im Wasser waren, wartete er zehn Minuten, dann schlug er zu. Wenn Strachan und KT tiefer als achtzehn Meter tauchten, mussten sie beim Auftauchen einen Zwischenstopp einlegen. Somit hatte er mindestens fünf Minuten Zeit, um sich auf ihre Rückkehr vorzubereiten.

Rache wird am besten eiskalt serviert, und Pili Parang war ausgehungert. Sein Hass auf Strachan war chemischer Natur. Er sickerte wie Tinte in sein Blut und färbte es schwarz. Ed Strachan. Der Mann, der sie verraten hatte. Der Mann, der verantwortlich war für Runis Tod.

Der Steinschneider hatte beim Leben seines Kindes geschworen, er habe es mit eigenen Augen gesehen. Pili hatte ihm ins Gefängnis geschrieben und ihn gebeten, den Hergang ein ums andere Mal zu schildern, bis er sich jede Einzelheit eingeprägt hatte. Bis er es sich so lebhaft vorstellen konnte, als wäre er selbst dabei gewesen. Ein heißer Abend in Kuala Lumpur. Eine gut besuchte Bar. Sein Bruder Runi in T-Shirt und Jeans, in eine Unterhaltung mit Strachan, Anwar und zwei anderen Kurieren vertieft. Sie tranken Bier und aßen *popiah*. Strachan ging nach draußen und telefonierte mit dem Handy. Kurz darauf stürmte die Polizei durch den Notausgang an der Rückseite in die Bar. Strachan war noch einmal zurückgekommen, um sich zu vergewissern, dass alles nach Plan lief. Dann hatte der Feigling kehrtgemacht und war weggerannt. Anwar berichtete, dass Runi sich tapfer gewehrt habe. Er habe mehrere Polizisten ausgeschaltet, bevor er überwältigt worden sei. Die Polizisten hätten auch dann noch auf ihn eingeschlagen, als er längst bewusstlos gewesen sei. Als sie ihn wegschleppten, habe er sich nicht mehr gerührt. Pili bekam erst ein paar Tage später Bescheid, als das Gericht die Abschaltung der Beatmungsmaschine anordnete.

Und Strachan war schuld daran.

Ed Strachan. Der Mann, von dem er geglaubt hatte, er werde ihn nie wiedersehen, war ihm jetzt von Gott auf dem Tablett präsentiert worden. Eine andere Erklärung gab es nicht. Strachan war von der anderen Seite der Welt hierhergekommen. Er war auf die Insel Tioman gekommen, hatte nach ihm gesucht und behauptet, er sei sein Freund. Das war ein Geschenk. Gott wollte, dass Pili seinen Bruder rächte.

Pili hätte es am liebsten gleich erledigt, hielt es aber für besser, noch zu warten. Bei einem fairen Kampf Mann gegen Mann hätte Strachan ihn besiegt, doch bei einem unfairen Kampf war Pili ihm überlegen, und wenn er nur Geduld hatte, würde er schon dafür sorgen, dass er sich in einer starken Position befand, wenn es so weit war. In einer kleinen Inselgemeinschaft war die Gefahr, geschnappt zu werden, größer. Die Leute redeten. Sie stellten unangenehme Fragen. Als er gesehen hatte, wie Strachan sehnsuchtsvoll zur *Ariadne* hinüberblickte, war ihm die Vorstellung, ihn zu töten, vollkommen logisch erschienen. Hätte er Strachan auf Tioman gestellt, wäre es zu schnell vorbei gewesen. Zehn Jahre lang hatte er seinen Hass genährt; jetzt konnte er auch noch ein paar Tage warten.

Als Pili wusste, dass Strachan ein Boot brauchte, war es ihm unerwartet leichtgefallen, mit an Bord zu gehen. Die Japaner hatten Verständnis für Rachegefühle, und Wakahama hatte ihm bereitwillig frei gegeben. Sumos Geldgier war stärker gewesen als seine Abneigung gegen unerwünschte Gäste. Trotzdem hatte Pili noch gewartet und eine ganz ungewohnte Geduld an den Tag gelegt, bis er schließlich herausbekommen hatte, was Strachan vorhatte. Als es so weit war, bestand kein Grund mehr, die Scharade fortzuführen. Pili kannte die Kerkullas. Er war zwar kein Taucher, war aber unter Menschen aufgewachsen, die ihr Leben lang vor den Inseln gefischt hatten. Hier gab es kein Schiffswrack. Strachan jagte einem Phantom hinterher: einer von Habgier gespeisten Halluzination.

Einerseits war Pili enttäuscht. Strachans unbekümmerter Abenteuerlust zollte er widerwillig Respekt. Vorübergehend hatte auch er sich von der jungenhaften Begeisterung des *gwailos* täuschen lassen. Einen Moment lang hatte er geglaubt, der Trip würde ihm Chancen eröffnen, die seine Rachegelüste aufwiegen könnten. Jetzt aber, da er wusste, was Strachan vorhatte, warf er diese Bedenken über Bord. Für ihn gab es hier nichts zu gewinnen, und deshalb gab es auch keinen Grund, noch länger zu warten.

Lächelnd machte Pili sich ans Werk. Er hatte keine Ahnung, wie er darauf verfallen war, aber es war ein wunderbarer Plan. Seine Rache würde spektakulär ausfallen. Ein Vergeltungsschmaus in zwei Gängen. Unbeteiligte würden zu Schaden kommen, aber das war unter den gegebenen Umständen hinnehmbar. Sumo und Shleppy kannte er schon seit vielen Jahren, aber sie waren vom Festland und hielten sich nur für die Dauer der Touristensaison auf Tioman auf. Sie waren keine Freunde, sondern nur Bekannte. Sie waren entbehrlich. Ihr Leben wog weniger schwer als seine Rache.

Der dicke Skipper war oben auf der Brücke und wandte ihm den Rücken zu. Er hörte, wie Pili näher kam, und sprach ihn an, ohne den Kopf zu wenden. Das war ein schwerer Fehler.

Pili kam es fast ein bisschen unwirklich vor, als er hinter dem Stuhl des Captains auf die geschwungene Sitzbank kletterte. Das war nötig, damit er ihn mit einem Schlag betäuben konnte. Der Kolben des Revolvers traf Sumos Hinterkopf mit großer Wucht. Sumo kippte lautlos nach vorn aufs Armaturenbrett. So reglos wie ein erlegtes Tier blieb er liegen. Pili packte ihn beim Kragen und zerrte ihn vom Steuer weg. Dann machte er sich auf die Suche nach Shleppy.

Er fand ihn im Salon. Shleppy stand in der Kombüse und bereitete gerade ein Currygericht. Er schnitt Fischfilets in kleine Stücke. Als er den Revolver in Pilis Hand sah, war ihm sogleich klar, dass es um Leben und Tod ging. Der Schneid des Jungen beeindruckte Pili. Einen Moment lang flackerte Angst in seinen Augen auf, dann verengten sie sich, und der Selbsterhaltungstrieb gewann die Oberhand. Shleppy krampfte die Hand ums Küchenmesser. Pili drückte ab.

Die Kugel traf Shleppy im Oberkörper und wirbelte ihn herum, sodass er gegen die Spüle prallte, daran herunterrutschte und bäuchlings auf den Boden fiel. Pili wartete dreißig Sekunden lang und zielte währenddessen auf den Kopf des Jungen. Wie sein Onkel rührte auch er sich nicht mehr. Aus seiner linken Schulter sickerte Blut, weshalb Pili sich sagte, dass sich ein zweiter Schuss erübrige.

Jetzt stand seiner Rache nichts mehr im Wege. Die beiden Taucher waren vollkommen ahnungslos. Das Boot gehörte ihm. Später würde er es in Brand stecken, damit das Ganze wie ein Unfall aussah. Eine lecke Treibstoffleitung oder eine undichte Gasflasche in der Kombüse – er hatte sich noch nicht entschieden. Es würde keine Beweise und keine Nachforschungen geben. Anschließend würde er mit dem Rettungsfloß zu den Inseln übersetzen und darauf warten, dass der Helikopter der *Fubuki* ihn abholte. Die Position des Bootes hatte er Wakahama-san zuvor per Funk übermittelt und darum gebeten, ihn nach Einbruch der Dunkelheit abzuholen. Jetzt blieb nur noch eines zu tun.

Pili kletterte auf die Brücke und gab Gas, bis er zu den Tauchern aufgeschlossen hatte. Dann schaltete er in den Leerlauf und blickte über die Reling. Die Luftblasen stiegen in unterschiedlichen Intervallen und an verschiedenen Stellen auf. Strachan und das Mädchen hatten sich offenbar getrennt. Einer von ihnen war dabei aufzutauchen. Pili spähte so lange ins Wasser, bis er einen dunklen Schemen ausmachte. Das Mädchen schwebte in fünf Metern Tiefe in der Lotus-Stellung und absolvierte gerade den Sicherheitsstopp. KT war eine Hübsche. Schade, dass sie zum falschen Zeitpunkt am falschen Ort gewesen war. Es bereitete ihm keine Gewissensbisse, dass auch sie dran glauben musste. Schließlich führte er lediglich Gottes Willen aus.

Mit dem Revolver in der Hand ging Pili zur Badeleiter, um sie beim Auftauchen in Empfang zu nehmen.

47

Das Schiff lag auf dem Meeresgrund, umschlossen von einer Gruft. Dafür gab es nur eine Erklärung.

Die Höhle musste früher mal ein Vulkankrater gewesen sein. Vielleicht eine kleine Fumarole auf dem Hang eines viel größeren Bergs, der jetzt die Hauptböschung bildete, an der entlang sie getaucht waren. Im Laufe der Zeit war das Riff über den Krater gewachsen, hatte eine dünne Korallenkruste ausgebildet und den Hohlraum verschlossen. Hunderte, Tausende oder Millionen Jahre später ging vor Kuantan ein japanisches Schiff vor Anker, um Kriegsgefangene aufzunehmen. Es stach in See und geriet in einen Sturm. Der Kapitän verlor aufgrund der schlechten Sicht die Orientierung. Als er dem flachen Kanal zwischen den beiden Riffs ausweichen wollte, prallte er gegen die Korallen an der Außenseite.

Das Schiff wurde aufgeschlitzt wie eine Konservendose. Es lief voll Wasser und sank auf den überkrusteten Krater hinunter. Die Kruste gab unter dem Gewicht des Schiffes nach, und es sackte wie ein Stein hindurch.

Dann setzte der Verkrustungsprozess von Neuem ein. Das Riff schloss die Öffnung. In diesem warmen Gewässer dauerte das nicht lange. Sechsundzwanzig bis siebenundzwanzig Grad sind für das Korallenwachstum optimal. Unter diesen Bedingungen beträgt das Wachstum etwa einen Meter pro Jahr. Dreiundsechzig Jahre hatten ausgereicht, um das Schiffswrack zu verstecken. Der Meeresboden hatte seine Beute wie eine Riesenmuschel verschluckt und vor neugierigen Blicken verborgen. Seit dem Jahr 1942 hatte niemand die Ruhe des Wracks gestört. Es war unsichtbar gewesen, nicht einmal mit dem Sonar aufzuspüren. Seine Position war nur dem einzigen Überlebenden des Unglücks bekannt gewesen.

Das hatte sich jetzt geändert.

Strachan konnte sich lebhaft vorstellen, wie auf dem Schiff die Panik ausgebrochen war. In der allgemeinen Verwirrung war sein Großvater aus seiner Zelle ausgebrochen. Während die anderen ertrunken waren, war Arthur Strachan zwei Meilen bis zum Strand geschwommen. Dort hatte er sich am Dragon Point orientiert und die Position des Wracks bestimmt. Er hatte japanisch gesprochen und gewusst, dass das Schiff eine wertvolle Ladung an Bord hatte. Als er wieder in England war, hatte er sich eine Karte des Südchinesischen Meers vorgenommen und die Kerkullas und Dragon Point gefunden. Um sein Geheimnis zu schützen, hatte er die Positionsangaben des Wracks mittels zweier silberner Manschettenknöpfe, einer alten Statue und eines Kinderreims verschlüsselt.

Was immer sich an Bord befinden mochte, es hatte in den vergangenen sechzig Jahren an Wert gewonnen. Über diesen Punkt war Strachan sich noch im Unklaren, doch inzwischen ergab der Vers auf der gestohlenen Postkarte einen Sinn:

Man wiegt sie auf in Silber,
bis sechzig Jahre geh'n ins Land,
Wenn du sie dann vereinst,
wiegt man sie auf in Gold.

Deshalb hatten sein Großvater und sein Vater gar nicht erst versucht, die Beute zu bergen. Sie hatten das Geheimnis gehütet, das für sie selbst wertlos gewesen war. Und so waren die Manschettenknöpfe in seinen Besitz übergegangen. Erst der eine. Dann hatte sich der zweite dazugesellt, als hätten sich die beiden Teile über Raum und Zeit hinweg magnetisch angezogen. Yin und Yang. Links und rechts. Länge und Breite.

Da ihm in diesem bedeutsamen Moment nichts Besseres einfiel, nahm Strachan den Atemregler aus dem Mund. Er zog die Halskette unter dem Tauchanzug hervor und küsste nacheinander beide Manschettenknöpfe. Dann sagte er: »Danke, Opa«, und wartete, während die Luftblasen zur Oberfläche stiegen. Da dies das Mindeste war, was er tun konnte, dankte er auch noch seinem Vater. Bald darauf begann er, hinter dem Mundstück zu kichern.

Strachan kannte die Symptome: einsetzende Stickstoffvergiftung, ein deutliches Zeichen, dass es allmählich Zeit wurde, wieder aufzusteigen. Die Tauchärzte, mit denen er gesprochen hatte, wussten nicht genau, was der eigentliche Auslöser für diese Euphorie war, doch es herrschte Einigkeit darüber, dass der Stickstoff im Blut eine fettartige Substanz bildete, welche die Nerven verklebte. Die Schmiere behinderte die Übertragung der Nervenimpulse. An und für sich war das harmlos, konnte aber gefährliche und unberechenbare Handlungen nach sich ziehen. Wie zum Beispiel, dass man sich mit toten Angehörigen unterhielt, obwohl man eigentlich auftauchen sollte.

Er löste einen weiteren Blitz aus und überprüfte seinen Luftvorrat. Der Druck war auf siebzig Bar gesunken. Die Nadel war im roten Bereich. Höchste Zeit zum Auftauchen. In ein paar Tagen konnten sie hierher zurückkehren. Mit Taschenlampen, Fackeln und fußballgroßen Adrenalindrüsen. Er stieß sich vom Schiffsdeck ab und schwamm dem Sonnenstrahl entgegen.

Strachan ließ sich Zeit und achtete darauf, Luft zu sparen. Tauchen in fünfundsechzig Metern Tiefe war mit einer normalen Mischung aus Sauerstoff und Luft hochriskant. Unterwegs musste er mehrere Zwischenstopps einlegen. Mit einer leichten Atemmischung, die statt Stickstoff Helium oder Wasserstoff enthielt, wäre er besser bedient gewesen. Er nahm sich vor nachzulesen, welche Mischung für seine Zwecke am besten geeignet wäre.

Den ersten Zwischenstopp legte er in fünfunddreißig Meter Tiefe ein, am Riffhang, gleich beim Höhleneingang. Dort verharrte er zehn Minuten lang. Langweilig wurde es ihm nicht, denn es gab einiges zu tun. Wie zum Beispiel den Höhleneingang mit Steinen zu verschließen.

Es war höchst unwahrscheinlich, dass jemand vor ihrer Rückkehr die Stelle entdecken würde, aber Strachan wollte auch nicht das kleinste Risiko eingehen. Der Stein, der die Öffnung ursprünglich verschlossen hatte, war den Hang hinabgerollt, deshalb suchte er das Riff ab, bis er eine Riesenmuschel gefunden hatte. Die legte er auf die Öffnung und tarnte das Ganze mit abgestorbenen Korallen, kleinen Steinen und etwas Sand. Das Loch war nicht mehr zu erkennen. Er gratulierte sich. Das Ganze sah ausgesprochen authentisch aus.

Er wollte gerade weiter nach oben schwimmen, als er wieder den Steinfisch sah. Er hatte sich in der Zwischenzeit nicht vom Fleck bewegt. Als Strachan ihn genauer betrachtete, wurde ihm klar, weshalb. In einem Kiemen steckte etwas Silbernes. Vielleicht ein Stück Alufolie oder die Metalllasche einer Getränkedose. Jedenfalls war es von Menschenhand gemacht, und wenn es dort stecken blieb, würde der junge Fisch sterben. Strachan schüttelte verwundert den Kopf. Selbst in einer so abgeschiedenen Gegend wie den Kerkullas verschmutzte der Mensch die Umwelt.

Er würde dicke Handschuhe und eine Pinzette brauchen, dennoch dachte Strachan gar nicht daran, den Steinfisch zurückzulassen. Er nahm die Tupperwaredose aus der Tasche, schüttete die Brotkrumen aus und bugsierte den Steinfisch vorsichtig hinein, wobei er darauf achtete, ihn nicht zu berühren. Dann legte er noch ein paar Steinchen dazu, damit der Fisch sich auch heimisch fühlte, und schloss den Deckel. Der Steinfisch hatte nicht viel Platz in der Dose, aber die Wassermenge würde ihn am Leben erhalten, während er im Boot die Operation durchführte. So sanft wie ein Chirurg steckte er die Dose wieder ein.

Erst jetzt fiel ihm auf, dass der Gewichtsgürtel und die zweite Taschenlampe, die KT für ihn hatte deponieren wollen, nicht zu sehen waren.

48

Der Rumpf der *Esprit Bleu* befand sich unmittelbar über ihm. Der Gewichtgürtel musste ganz in der Nähe sein. Er schwamm mehrmals hin und her und hielt Ausschau nach dem Gurt. KT war nicht wieder abgetaucht.

Aber das war nicht weiter schlimm. In der Höhle bräuchte er langsam abbrennende Fackeln und keine batteriebetriebenen Taschenlampen. Als er den nächsten Zwischenstopp absolvierte, dachte er nicht mehr daran: weitere zehn Minuten für zehn Meter. Die Sekunden dehnten sich wie Jahre. Nach sieben Minuten drang vom Boot her ein dumpfer Knall an sein Ohr. Schallwellen breiten sich im Wasser besonders gut aus, weshalb Meeressäugetiere mittels Schall miteinander kommunizieren. Eine in Australien detonierende Wasserbombe ist mit dem Sonar noch auf den Bermudas zu hören. Der Knall hier stammte nicht von einer Wasserbombe, klang aber trotzdem beunruhigend. Sumo hielt Ordnung an Bord. Da kippte nicht einfach etwas um und beschädigte sein kostbares Deck. Strachan kürzte den Sicherheitsstopp ab und schwamm fünf Meter höher.

Hier war das Wasser wärmer. Eine weitere Minute verstrich. Dann noch eine. Noch zwei, drei Minuten, dann konnte er endlich auftauchen und nachsehen, was passiert war. Wahrscheinlich nichts Besonderes, doch die Abwesenheit des Gewichtsgürtels und der Knall an Deck waren eine beunruhigende Kombination. Jedenfalls war kein anderes Boot in Sicht, deshalb konnte es sich nicht um ungebetene Gäste handeln.

Um zu überprüfen, dass er nicht an der Dekompressionskrankheit oder Stickstoffvergiftung litt, rekapitulierte er im Geiste eine Liste der Haiarten. Es gab über dreihundertfünfzig verschiedene Haiarten, und Strachan kannte etwa siebzig davon. Fünfundvierzig hatte er wohl schon fotografiert. Da es zu dem Revier passte, begann er mit den *Sphyrnidae*. Der Große Hammerhai, der Bogenstirn-Hammerhai, der Glatte Hammerhai, der Löffelkopf-Hammerhai. Er brauchte nicht lange zu überlegen. Als Nächstes kamen die *Lamnidae* dran. Der Weiße Hai, der Kurzflossen-Mako, der Langflossen-Mako, der Lachshai, der Heringshai.

Strachan fühlte sich gut. Sein Gehirn funktionierte anscheinend tadellos. Er ging zu den *Carcharhinidae* über. Davon gab es etwa fünfzig Arten. Seidenhai, Tigerhai, Bullenhai, Weißspitzen-Hochseehai, Düsterer Hai, Nervöser Hai und sein alter Freund aus Curaçao, der karibische Riffhai. Plötzlich klickte das Ventil des Atemreglers. Er saugte daran. Nichts. Jetzt war es wirklich allerhöchste Zeit. Sein Luftvorrat war aufgebraucht. Er ließ den Regulator herabfallen, atmete aus und schwamm nach oben. Hätte ihn die Caissonkrankheit tatsächlich erwischt, hätte er längst etwas spüren müssen.

Strachans Kopf schoss an die Oberfläche. Er blinzelte in den Sonnenschein, nahm die Tauchermaske ab und wischte sich das Salzwasser aus den Augen, was er im nächsten Augenblick auch schon bereute.

Als Erstes sah er Sumos Revolver. Er zielte auf sein Gesicht. Doch es war nicht Sumo, der ihn hielt, sondern Pili Parang. Pili wirkte ausgesprochen erfreut, ihn zu sehen.

Für alles gibt es ein erstes Mal, und dies war das erste Mal, dass jemand mit einer Waffe auf ihn zielte. Es gefiel ihm nicht. Es gefiel ihm überhaupt nicht. Mit Waffen kannte er sich nicht besonders gut aus, aber eines wusste er. Er wusste, dass ihm das Ding in Pilis Hand den Kopf wegpusten konnte. Der Lauf war so schwarz wie die Höhle, aus der er soeben aufgetaucht war.

Ihm schwirrte der Kopf. Was zum Teufel ging da vor? Um sein Erbe konnte es nicht gehen. Wie die übrigen sechs Milliarden Menschen auf diesem Planeten hatte auch Pili keine Ahnung, dass Strachan soeben das Schiffswrack entdeckt hatte. Er konnte sich keinen Reim darauf machen. Pili war ein Freund. Wahrscheinlich machte er einfach nur Spaß und wollte ihm zeigen, wer hier der Boss war. Strachan aber wusste, dass das reines Wunschdenken war. Die Angst bewirkte, dass seine Sinne sich schärften. Alles wirkte klarer als zuvor. Die über seine Schultern hinwegspülenden Wellen; der auf dem Wasser flirrende Sonnenschein; die sanfte Dünung, die an seinen Schwimmflossen zerrte.

Die Luft in der Tarierweste hatte sich beim Aufstieg ausgedehnt, und nun schwamm er an der Oberfläche und war ebenso wenig zu verfehlen wie ein Scheunentor. Er konnte nicht fliehen. Er konnte nichts tun. Beim *Krav Maga* hatte er gelernt, wie man an Land einen Angreifer entwaffnete, aber wie man das im Wasser schwimmend aus fünf Metern Abstand bewerkstelligte, war nicht behandelt worden. Er hatte einen fünf Kilo schweren Gewichtsgürtel umgeschnallt. Hätte er es geschafft, die Tarierweste loszuwerden, wäre er wie ein Stein im Wasser versunken, aber dazu hätte er drei Plastikclips und zwei Klettverschlüsse lösen müssen. Pili hätte frühzeitig gemerkt, was er vorhatte. Deshalb ließ er sich von den Wellen wiegen und wartete auf Pilis Schuss.

Pili war ein wortkarger Mensch. Er verzichtete auf jegliches theatralische Getue. Keine melodramatischen Ansprachen. Er brachte es einfach hinter sich. Beim Zielen kniff er ein Auge zu, und Strachan sah, wie sich die Muskeln seines Unterarms anspannten.

Der Schuss dröhnte Strachan in den Ohren. Er bekam noch mit, wie Pilis Unteram vom Rückstoß hochgedrückt wurde. Dann wurde es schwarz um ihn.

Pili Parang stieß ein lautes Triumphgeheul aus: ein schrilles Kreischen, das tief in seiner Brust entstand und die Luft durchschnitt. Alles verlief nach Plan. Runi sah alles mit an. Runi war zufrieden.

Strachan dröhnte der Schädel. Er hatte kein Gefühl mehr in Händen und Füßen. Eine Weile trieb er hilflos in den Wellen und wusste nicht, ob er lebendig war oder tot. Dann tauchten Lichtpünktchen in der Schwärze auf, und er begriff, dass es an der Zeit war, sich Gewissheit zu verschaffen. Er öffnete die Augen. Eigentlich hatte er erwartet, einen Burschen in weißen Gewändern zu sehen, der ein perlenbesetztes Tor bewachte. Doch er erblickte nicht den heiligen Petrus. Sondern den Teufel. Und der Teufel lachte ihn aus.

»Das war knapp, Ed. Soll ich's noch mal versuchen?« Pili kriegte sich gar nicht mehr ein. Sein Erzfeind war ihm auf Gedeih und Verderb ausgeliefert. Ed Strachan, eine sinkende Ente.

Strachan tat der Kopf weh, doch seine Augen stellten sich allmählich auf Pili scharf. Als er die Hand hob, stellte er fest, dass sie rot war. Die Kugel hatte die Luftflasche getroffen. Ein glühend heißer Metallsplitter hatte eine Furche über seinen Schädel gezogen. Strachan hatte keine Ahnung, welche Wirkung ein Treffer auf eine Druckluftflasche haben konnte, war aber dennoch froh, dass sie leer war.

»Komm schon, Ed. Es wird Zeit für Pilis Party. Du bist mein Ehrengast.« Er zielte noch immer auf Strachans Gesicht, doch sein Griff hatte sich ein wenig entspannt. Also hatte er ihn gar nicht umbringen wollen. Pili hatte irgendetwas vor. Was immer es war, es würde ziemlich wehtun.

»Verdammt noch mal, was soll das?« Strachan war noch ganz benommen von dem Schuss. Der Tauchgang hatte ihn erschöpft. Er schwamm zur Badeleiter am Heck. Pili zielte unverwandt auf sein Gesicht. Strachan nahm die Flossen ab und schleuderte sie dem Mann im Boot entgegen. Er wusste, dass Pili ihn jetzt noch nicht töten würde. Es war eine trotzige Geste, doch anschließend fühlte er sich besser. Was zum Teufel ging hier vor?

Pili wich den Flossen lachend aus. Dann feuerte er dicht neben Strachans Hüfte. Die Kugel zog wie ein Torpedo eine weiße Spur durchs Wasser und schlug ins Riff ein. KT lag bäuchlings im Cockpit. Ihre Hände waren gefesselt. Der Strick war mit einer Angelschnur verbunden, die sich über das Deck zu einer der Sitzbänke schlängelte und zur Spule einer kräftigen Angelrute führte. Pili hatte ihr einen Knebel in den Mund gesteckt. Vernünftigerweise wehrte sie sich nicht dagegen, sondern schonte ihre Kräfte für das, was kommen würde. Sumo und Shleppy waren nicht zu sehen. Das war schlecht. Strachan nahm an, dass sie bereits tot waren. Jetzt führte Pili hier das Kommando.

»Pili, du dreckiges Arschloch.« Es hatte keinen Sinn, irgendwelche Rücksichten zu nehmen, so viel war Strachan klar. »Was zum Teufel soll das?« Ihm blieb gerade noch genug Zeit, die Tupperwaredose aus der Tasche der Tarierweste zu nehmen und sie in den Schatten zu legen, damit der Steinfisch sich nicht überhitzte. Dann versetzte Pili ihm auch schon einen Stoß. Strachan stolperte über KT und stürzte aufs Deck. »Pili, um Himmels willen – was soll das?«

Pili aber trat ihm lediglich auf den Hals und meinte, er solle das Maul halten. Er nahm den Fuß nicht wieder fort und drückte Strachans Hals gegen das Deck. Seine Stimme wurde schrill. Während seine Erregung zunahm, begann er zu kreischen. »Ich habe lange auf diesen Moment gewartet, Ed. Ich habe nicht geglaubt, dass ich diese Gelegenheit je bekommen würde. Aber ich habe mir gelobt, dich beim nächsten Wiedersehen zu töten.«

»Warum? Was habe ich dir getan?«

»Was du getan hast? Du verstellst dich noch immer? Du kommst in mein Land; du kommst auf meine Insel und erkundigst dich nach mir und behauptest, ich sei dein Freund. Du lächelst mich an und fragst mich, wie es meinem Bruder geht.«

Strachan stöhnte auf. *Runi.* Es ging um Runi. So musste es sein.

»Das mit Runi tut mir leid. Sumo hat mir erzählt, was mit ihm passiert ist. Ich wollte dich noch darauf ansprechen.«

Strachan blickte vom Deckboden zu Pili auf. Pili zeigte mit dem Revolverlauf auf den Angelstuhl. Strachan bemerkte, dass er diesmal nicht auf seinen Kopf zielte. Er überlegte, ob er etwas unternehmen sollte, verwarf den Gedanken aber gleich wieder. Pili stand, während er auf dem Rücken lag. Pili war schnell und beweglich, während er noch die dreizehn Kilo schwere Luftflasche umgeschnallt hatte.

»Wenn du irgendwelche Dummheiten machst, Ed, schieße ich dem Mädchen in die Kniescheiben. Und jetzt steh auf, und setz dich auf den Stuhl.«

Pili hatte seine Gedanken gelesen, deshalb gehorchte Strachan ohne Widerrede. Er versuchte, KTs Blick aufzufangen. Er hätte sie gern irgendwie beruhigt, wusste aber nicht, wie er das anstellen sollte. Sie rang sich ein Lächeln ab. Er ließ die Luftflasche von den Schultern aufs Deck gleiten. Als Pili ihm mit dem Revolvergriff gegen den Kopf schlug, wurde es erneut dunkel um ihn.

49

Als Strachan zu sich kam, hatte er Kopfschmerzen. Ein heftiger Schlag auf den Schädel. Ein stechender Schmerz. Eine Horde von Bergwerksarbeitern fiel mit Bohrern, Hämmern und Meißeln über seinen Stirnlappen her.

KT lag noch immer zu seinen Füßen. Pili hatte sie zur Seite geschoben. Strachan hörte, wie Pili hinter ihm etwas aus dem Staufach mit den Angelruten nahm. Er versuchte, sich an den Kopf zu fassen, denn er wollte wissen, ob die Blutung aufgehört hatte. Pili hatte ihn jedoch gefesselt. Obendrein war er noch am Stuhl festgeschnallt. Die Lederriemen schnitten in die Schultern, und die verchromten Schnallen zwickten ihn wie die Zähne eines Drückerfischs. Strachan wehrte sich gegen die Fesseln wie ein Wahnsinniger gegen die Zwangsjacke. Sie gaben keinen Millimeter nach. Er sackte zusammen, entspannte die Muskeln und schonte seine Kräfte für später.

Pili tauchte vor ihm auf. In der einen Hand hielt er ein Ködermesser, in der anderen den Revolver. Er drückte Strachan den Kolben gegen ein Auge. Strachan wollte das Lid schließen, um die Netzhaut zu schützen, doch er reagierte zu spät. Es tat weh. Jetzt hatte er die Wirkung beider Enden der Waffe am eigenen Leib erfahren, und allein schon ihr Anblick war ihm zuwider.

»Den besten Platz habe ich für dich aufgehoben, Ed.« Pili lachte. Seinen kleinen Scherz fand er ausgesprochen lustig. Dann wandte er sich KT zu. Er bückte sich, legte das Messer aufs Deck, griff ihr ins Haar und zog sie daran auf die Beine. Eine spezielle Aufforderung erübrigte sich. Sie sprang hoch wie eine Impala-Antilope und trat ihm in den Unterleib. Der Tritt verfehlte sein Ziel, traf ihn aber an der Innenseite des Oberschenkels. Nicht zum ersten Mal bewunderte Strachan ihren Mut.

Pili zeigte sich weniger erfreut. Er schwenkte das Messer vor ihrem Gesicht, dann schlug er sie mit dem Handrücken auf den Mund. Strachan zerrte an den Fesseln. Wenn er etwas nicht ausstehen konnte, dann Gewalt gegen Frauen. Es war bereits das zweite Mal, dass er miterlebte, wie KT geschlagen wurde, doch diesmal war er machtlos. Ihm wurde übel vor Wut. KTs Schneidezähne waren blutig.

Ihr Überraschungsangriff hatte auf Pili die Wirkung eines Weckrufs. Er ging zur Bank und nahm die Angelrolle in die Hand. Strachan beobachtete voller Entsetzen, wie Pili hinter ihm verschwand und eine Rute holte. Dann befestigte er die Spule an der Rute. Es klickte bedrohlich laut. Ansonsten war nur das Klatschen der Wellen zu vernehmen, die gegen den

Bootsrumpf schwappten. Strachan blieb nichts anderes übrig, als still dazusitzen und zu warten. Genau so hatte Pili es sich gedacht. Strachan saß auf dem Stuhl, aber KT würde als Erste exekutiert werden. Selbst nach Pilis Maßstäben war das ausgesprochen mies. Strachan schrie ihn an, er solle aufhören. »Sag mir, warum, Pili!«

»Du hast meinen Bruder auf dem Gewissen.«

»Die Polizei hat ihn getötet. Das weißt du.«

»Du spielst immer noch Spielchen mit mir.« Pili ging vor Strachan in die Hocke, sodass ihre Augen auf gleicher Höhe waren. »Du wurdest gesehen.«

»Wobei?«, fragte Strachan. »Und von wem?«

»Anwar hat gesehen, wie du in Kota Besut mit Sergeant Hamid gesprochen hast.«

Strachan hob den Blick gen Himmel. Allmählich dämmerte ihm, was hier ablief. Sergeant Hamid hatte er von den Perhentian Islands her gekannt. Hamids Frau hatte auf dem Nachtmarkt einen T-Shirt-Stand, und Strachan hatte ein paar Rifffotos für sie gemacht, die sie auf ihre Sachen aufdrucken wollte. Wenn jemand sie miteinander gesehen hatte, war es durchaus möglich, dass er die falschen Schlüsse gezogen hatte.

»Zwei Tage später wurde mein Bruder festgenommen«, sagte Pili. »Du warst mit ihm zusammen. Du bist zum Telefonieren rausgegangen. Dann kam die Polizei. Streite es ja nicht ab, Ed, sonst lasse ich sie noch mehr leiden.«

»Und was ist mit Runi passiert?« Strachan nahm sich den Rat seines Peinigers zu Herzen. Er kannte dessen Gesichtsausdruck und wusste, er konnte flehen, bis er schwarz wurde, und Pili würde sich doch nicht erweichen lassen. Der Malaysier hatte sich entschieden. Umstimmen lassen würde er sich nicht mehr. Strachan konnte allenfalls versuchen, ihn am Reden zu halten.

Pili trat vor ihn hin und unterstrich seine Worte mit Ohrfeigen. »Die Bullen« – *Klatsch!* – »haben ihn« – *Klatsch!* – »zu Tode geprügelt.« *Klatsch! Klatsch! Klatsch!* Strachans Kopf flog hin und her. Er war benommen und schmeckte Blut.

Pili echauffierte sich immer mehr. »Es wird Zeit zum Angeln. Wir werden mal sehen, ob wir den Hai anlocken können.« Er bückte sich und hob das Ködermesser auf. Die Klinge blitzte in der Sonne, als er damit über KTs Unterarm fuhr. Da sie gefesselt war, konnte sie sich nicht wehren. Als sie zurückschreckte, schnitt die Klinge noch tiefer in ihr Fleisch. Blut spritzte aufs Deck.

Strachan bäumte sich mit aller Kraft gegen die Fesseln auf, bis er spürte, wie an der Schläfe ein Blutgefäß platzte. Die Riemen gaben jedoch nicht nach.

Pili nahm KT den Knebel aus dem Mund, dann trat er sie in den Bauch, sodass sie rückwärts über die Reling stürzte. Sie riss den Mund auf, doch kein Laut kam heraus. Stattdessen ertönte das Sirren der Spule. Sie verschwand kurz im Wasser, dann tauchte sie hustend und prustend wieder auf. Die *Esprit Bleu* dümpelte in der Strömung. Pili ließ die Angelleine am Heck dreißig Meter aus. Dann verriegelte er die Spule. Er fixierte die Angelrute in der Halterung des Geschirrs, unmittelbar an Strachans Brust. So nah und doch so fern. Hätte Strachan wenigstens die Hände frei gehabt, hätte er zumindest Schnur nachlassen können, um den Druck von KTs Handgelenken zu nehmen.

Sie war von den großen Schrauben fortgetrieben. Das war gut. Sonst hätte die Gefahr bestanden, dass sie völlig zerfetzt wurde. KT trat Wasser. Da sie die Arme nicht gebrauchen konnte, musste sie mit den Beinen doppelt so viel Kraft aufwenden. Strachan zermarterte sich das Hirn. Er versuchte, irgendeinen Plan zu fassen. »Du musst mit den Kräften haushalten, KT. Wenn das Boot losfährt, dreh dich auf den Rücken.« Mehr konnte er nicht rufen, da boxte Pili ihn auch schon. Mit den Fingerknöcheln traf er Strachan im Augenwinkel. Es brannte höllisch.

Dann verschwand Pili auf einmal. Strachan hörte, wie er zur Brücke hochkletterte. Die Sprossen schepperten unter seinen eiligen Schritten. Kurz darauf gab er Gas, und das Boot machte einen Satz nach vorn. Die Angelschnur schnurrte von der Spule, dann straffte sie sich unvermittelt. KT wurde mitgerissen. Sie schrie auf, doch ihr Schrei wurde vom Wasser erstickt. Sie begann zu husten.

Pili beschleunigte erneut. Er experimentierte mit dem Gas, suchte die richtige Einstellung. Jedes Mal, wenn das Boot beschleunigte, geriet KT unter Wasser. Das Boot war noch nicht schnell genug, um sie über Wasser zu halten. Beim vierten Versuch fand Pili die richtige Einstellung. KT glitt übers Wasser wie ein gestürzter Wasserskifahrer, der das Seil nicht loslassen will. Der Druck auf ihre Handgelenke musste unerträglich sein. Strachan beobachtete, wie sie sich auf den Rücken drehte, um den Kopf über Wasser zu halten. Das Boot war unheimlich schnell. KT würde nur ein paar Minuten lang durchhalten. Dann würde sie entweder vor Schmerz ohnmächtig werden oder ertrinken.

Die Angelrute widerstand dem Druck. Sie bildete eine perfekte Parabel. Es war die dickste Rute an Bord, imstande, einem drei Meter langen Marling standzuhalten, wie Tom Selleck ihn gefangen hatte. Marlinge werden bis siebenhundert Kilo schwer, deshalb war nicht zu erwarten, dass die Rute brechen würde. Strachan musste die Schnur durchschneiden. Er musste die Rute aus der Halterung lösen. Wo waren Sumo und Shleppy? Seit dem Auftauchen hatte er beide nicht mehr gesehen. Wahrscheinlich lagen sie mit Köpfschüssen unter Deck. Er blickte wieder zum Himmel auf. Er war strahlend blau. So klar, dass schon die ersten Sterne zu sehen waren, obwohl es erst fünf Uhr nachmittags war. Was für ein Tag, um zu sterben.

KT wurde bereits müde. Sie ertrank. Strachan konnte lediglich hilflos zuschauen. Aber er musste *irgendetwas* unternehmen. »Pili! Wie viel willst du?«, brüllte er. Da Pili nicht antwortete, nahm Strachan an, dass der Fahrtwind seine Worte verschluckt hatte. »Pili! Ich gebe dir Geld. Lass das Mädchen laufen.« Er konzentrierte sich darauf, möglichst laut zu schreien, und bemühte sich, die Ruhe zu bewahren. Wenn er sich Pili gegenüber seine Angst anmerken ließ, würde er ihn bloß zu weiteren Grausamkeiten anstacheln. »Pili! Ich habe Smaragde!«

»Smaragde?«

Der Malaysier stand unmittelbar hinter ihm. Er spürte seinen widerlichen heißen Atem am Hals. Strachan hatte gar nicht gehört, wie er die Leiter heruntergeklettert war. Offenbar hatte er den Autopilot eingeschaltet, denn das Boot raste mit unverminderter Geschwindigkeit weiter. KT blieb höchstens noch eine Minute. Inzwischen mussten ihre Handgelenke völlig aufgerissen sein. Und dann waren da noch die Haie.

»Du willst Smaragde haben? Das kaufe ich dir nicht ab.« Sein Tonfall allerdings strafte ihn Lügen. Offenbar hatte er ins Schwarze getroffen.

»Ich habe das Wrack entdeckt, Pili. An Bord sind Smaragde. Wenn du sie laufen lässt, kannst du sie alle haben.«

»Nicht mal alle Edelsteine der Welt würden reichen. Meinen Bruder kannst du mir nicht zurückkaufen, Strachan.« Pili boxte ihn gegen den Hinterkopf. »Und für dein amerikanisches Flittchen reicht es auch nicht.«

Strachan zuckte zusammen. Die Zeit wurde knapp. Dreißig Meter hinter dem Heck kämpfte KT ums Überleben. »Da drüben hab ich was für dich. Smaragde, Pili. In der Dose.« Das war ihm einfach so in den Sinn gekommen. Ein Einfall aus heiterem Himmel, und er gefiel ihm nicht. Das war die Mutter aller riskanten Wetten.

»In der Dose?« Pili beäugte ihn misstrauisch. Er hatte gesehen, wie Strachan etwas aus der Tasche genommen und in den Schatten auf der Sitzbank gelegt hatte. »Keine Tricks, Strachan. Sonst steht dir ein langsamer Tod bevor.«

»Sieh doch mal nach, Pili. Fühl mal, wie schwer die Dose ist. Smaragde, Pili. Da unten liegt ein Schiff, das voll davon ist. Und jetzt hol das Mädchen wieder an Bord.«

Mehr brauchte es nicht. Pili ging zur Sitzbank hinüber, legte das Messer weg und stupste die Dose mit der Hand an. Sie bewegte sich kaum vom Fleck. Der Inhalt war schwer. Er hob die Dose hoch und schüttelte sie. Die Kiesel klackerten vielversprechend. Pili blinzelte. Es hörte sich tatsächlich so an, als wären Edelsteine darin. Vielleicht sagte Strachan ja doch die Wahrheit. Vielleicht lag dort unten am Meeresgrund tatsächlich ein Schiffswrack. Das wäre eine Erklärung für Strachans Tollkühnheit gewesen, nach all den Jahren nach Tioman zurückzukehren.

Nach wie vor auf der Hut, drehte Pili sich zu seinem Gefangenen um. Der Dose wandte er den Rücken zu, und mit dem Revolver zielte er auf Strachans Oberkörper, während er mit der anderen Hand nach dem Deckelverschluss tastete. Pili Parang kannte Strachan besser als die meisten, und er wollte nicht riskieren, blindlings in eine Falle zu tappen. Er nahm den Deckel ab und warf ihn über Bord. Dann ging er ein wenig in die Knie und griff mit der linken Hand in die Dose.

50

Als Pili die Hand zurückzog, fiel die Dose von der Sitzbank. Die Rückenstacheln des Steinfischs hatten sich tief in seine Handfläche gebohrt, sodass er den Fisch mit hochhob. Pili versuchte, das Tier abzuschütteln, doch es löste sich erst, als er ausholte und mit der Hand gegen die Reling schlug. Die Dose und der Steinfisch fielen ins Meer.

In diesem Moment glitt die Tür zum Salon auf. Shleppy rannte an Strachan vorbei, in der Hand das Ocean-Master-Tauchermesser. Er blutete an der linken Schulterseite. Er hatte es auf Pili abgesehen, nicht auf die Angelschnur. Er hatte keine Chance. Pili blieben noch mehrere Minuten, bis die Lähmung einsetzen würde.

»Die Angelschnur!«, brüllte Strachan. »Shleppy, schneid die Schnur durch!«

Shleppy blieb stehen und überlegte, was er tun sollte. Während Pili auf ihn zugerannt kam, holte er mit dem Messer aus. Die Schnur war straff gespannt. KT fiel zurück und sank ins Wasser ein.

Pilis linker Arm zuckte krampfhaft, als stünde er unter Strom. Er vermochte den Revolver nicht länger festzuhalten. Auch die Waffe ging über Bord. Pili stieß einen durchdringenden Kriegsschrei aus, warf sich auf Shleppy und versuchte mit heftig rudernden Armen, einen Treffer zu landen.

Den verletzten Arm zu schwenken war ein großer Fehler. Das Gift des Steinfischs besteht aus mehreren Komponenten, die neurotoxisch, myotoxisch, kardiotoxisch und zytoxisch sind. Die Wirkung ist in etwa so, als wäre man von einer Kobra und einer Klapperschlange gebissen, von einer Feuerqualle verbrannt und einem Skorpion gestochen worden, und das alles gleichzeitig. Jeden Moment würde das Gift die für die Atmung und das Herz zuständigen Nerven lähmen. Pili pumpte eine große Dosis davon tief in seinen Körper. Über den Arm bis ins Herz. Der Arm schnellte vor Strachans Augen in die Höhe. Shleppy brauchte nur noch dreißig Sekunden durchzuhalten, und das böse Spiel hätte ein Ende.

Währenddessen aber fiel KT immer weiter zurück. Sie waren noch immer rund fünfzehn Knoten schnell. Mit jeder Sekunde vergrößerte sich der Abstand. Strachan konnte noch Kopf und Schultern von ihr erkennen, jedoch keine Gesichtszüge mehr unterscheiden. »Lass ihn, Shleppy. Schneid mich los.«

Pili näherte sich Strachan von links. Shleppy wich nach rechts aus. Strachan saß zwischen den beiden auf dem Stuhl, noch immer hilflos, nach wie vor das Ziel von Pilis Rachegelüsten. Shleppy aber hatte ein Messer, und Pili wollte sich zuerst mit ihm befassen. Er täuschte in die eine Richtung an und bewegte sich in der anderen vor. Shleppy war auf der Hut. Er war jung und beweglich und zu schnell für den von Schmerzen geschüttelten Teufel, der ihm nachsetzte. Geschickt wie ein Mungo wich er Pilis Hieben aus.

»Shleppy! Schneid mich los! KT kann jeden Moment ertrinken!«

Während das Gift zu wirken begann, wurde Pili immer langsamer. Er verlor allmählich die Kontrolle über seinen Körper. Enttäuschung spiegelte sich in seinem Gesicht. Schmerz mischte sich mit Verwirrung und Verzweiflung, als könnte er sein Pech nicht fassen. Dann auf einmal blieb er stehen. Von Krämpfen geschüttelt, beugte er sich vor und übergab sich. Shleppy brauchte keine weitere Aufforderung. Er trat hinter den Stuhl und zog die Klinge zwischen Strachans gefesselten Händen hindurch. Sie durchtrennte die dicke Leine so mühelos wie ein Skalpell ein Seidentuch. Strachan spürte, wie das Blut wieder in die Hände strömte, genau wie in Schiphol, als Groote ihm die Handschellen abgenommen hatte. Er schüttelte die Fesseln ab und löste die Schnallen auf seiner Brust.

Pili war nicht mehr bei Sinnen. Er teilte ziellos Hiebe aus, doch es steckte keine Kraft mehr dahinter. Strachan wehrte die Hiebe ab, bis er sich befreit hatte. In seiner Verzweiflung stürzte Pili sich ein letztes Mal mit einem grauenerregenden Schrei auf ihn. Er versuchte, Strachan im Gesicht zu kratzen. Strachan drehte sich weg, um die Augen zu schützen, und wartete, bis Pilis Fingernägel fast seinen Hals berührten. Dann rammte er den rechten Ellbogen mit der Wucht eines Pressluftbohrers nach hinten. Da er ein Stück größer war als Pili, traf er ihn im Gesicht. Pili ging zu Boden und landete in seinem eigenen Erbrochenen.

Shleppy rannte die Leiter zur Brücke hoch. Wahrscheinlich wollte er nach Sumo sehen. Ohne zu überlegen hob Strachan Pili hoch und warf ihn über die Heckreling. Der Malaysier versank wie ein Stein. Strachan wartete nicht ab, ob er wieder auftauchen würde, sondern folgte Shleppy auf die Brücke.

Sumo hing bewusstlos im Steuerstuhl. Blut rann ihm über den Schädel, so dickflüssig wie Eidotter, doch seine Brust hob und senkte sich. Also war er noch am Leben. Strachan packte das Ruder, gab gleichzeitig Gas und steuerte einen engen Bogen. Der Autopilot schaltete sich aus. Die *Esprit Bleu* schwenkte wie auf Schienen herum. KT war vierhundert Meter entfernt. Er drückte den Gasregler bis in den roten Bereich vor. In weniger als dreißig Sekunden hatte er zu KT aufgeschlossen.

Strachan fürchtete das Schlimmste. KT hatte sich ergeben. Sie schwamm auf dem Rücken. Da er sich ihr zu schnell genähert hatte, schwappte ihr die Bugwelle übers Gesicht. Sie spuckte Wasser, also war sie ebenfalls noch am Leben.

Strachan schnappte sich den erstbesten Rettungsring und sprang von der Brücke ins Wasser. Er tauchte neben KT auf und drückte ihr den Rettungsring ins Kreuz. Er rief ihren Namen, sagte ihr, dass es vorbei sei und dass alles gut werden würde. Er stützte ihr den Kopf, um den Mund über Wasser zu heben. Dann sah er ihre Hände.

Sie waren geschwollen und ähnelten Pampelmusen. KT drückte sie sich flach gegen den Bauch. Der Strick hatte ihr schlimme Verbrennungen zugefügt. Blut strömte aus der Armwunde und breitete sich im Wasser aus. Es bildete eine breite Schleppe. KT wimmerte vor Schmerzen.

Sie war kaum noch bei Bewusstsein. Strachan strich ihr die Haarsträhnen aus den Mundwinkeln. Als sie ihn sah, lächelte sie und wurde ohnmächtig. Vor Schmerzen und Erschöpfung wäre sie um ein Haar gestorben; die Ohnmacht war unter diesen Umständen das Beste für sie. Behutsam bugsierte er sie zur Badeleiter und rief nach Shleppy, während in etwa fünfzig Metern Entfernung die Flosse des ersten Hais auftauchte, der von der Blutspur angelockt worden war.

51

Shleppy kam ins Cockpit gestürmt. Die Lippen hatte er fest zusammengepresst.

»Ist Sumo okay?«, fragte Strachan.

»Ja. Er ist okay.« Shleppy beugte sich über die Reling und wartete auf Anweisungen.

Shleppy hatte anscheinend die Stärke seines Onkels geerbt, doch da KTs Hände in einem solch schlimmen Zustand waren, wollte Strachan kein Risiko eingehen. Er wies Shleppy an, KT festzuhalten, während er die Leiter hochkletterte. Sie wechselten die Plätze. Strachan fasste der jungen Frau unter die Achseln und zog sie aufs Deck. Dann hob er sie hoch und schleppte sie in die Kabine. »Shleppy, den Verbandskasten. Schnell!«

Kurz darauf tauchte Shleppy mit einem roten Plastikkoffer wieder auf. Von oben drangen das Geräusch schwerer Schritte und ein tiefes Knurren herunter. Sumo war wieder bei Bewusstsein und kam herunter, um ihnen zu helfen.

Sie gaben KT eine Morphiumspritze und trennten die Fesseln durch. Strachan löste die Schnur von ihren Handgelenken. Sie tupften das Blut von der Armwunde und verbanden sie. Nach einer Weile hörte die Blutung auf. Anschließend bandagierten sie KT die Handgelenke. Das war nicht ganz einfach. Einerseits mussten sie die Blutung stillen, andererseits durfte der Verband auch nicht zu fest sitzen, damit die Schwellung zurückging. Als sie fertig waren, hatte Strachan jedoch den Eindruck, sie hätten ihre Arbeit ganz gut gemacht.

KT kam hin und wieder zu Bewusstsein. Als sie fertig waren, zitterte sie heftig, eine Folge des Schocks und des Wärmeverlusts im Wasser. Strachan deckte sie zu und streichelte ihr übers Haar, bis sie wieder ohnmächtig wurde. Es war höchste Zeit, zur Insel zurückzufahren. KT benötigte dringend medizinische Versorgung. Strachan stieg hinter dem schwankenden Skipper die Leiter hoch.

Shleppys Verletzung war weniger schlimm, als sie aussah. Die Kugel hatte ihn in der Achselhöhle gestreift, war aber nichts ins Fleisch eingedrungen. Er hatte sich in der Kombüse fallen gelassen und tot gestellt. Nach einer Weile war der Junge in den Salon gekrochen. Als er sich aufrichten wollte, berührte er beim Herumtasten als Erstes den Griff von Strachans Tauchmesser, das seit gestern hier lag. Die Streifwunde musste genäht werden, doch bis dahin würde er sich mit einem Verband und einem Klebepflaster begnügen müssen.

Sumo saß zusammengesunken auf dem Skipperstuhl. Das Blut an seinem Hinterkopf war getrocknet. Die Wunde war geschwollen und schwarz verkrustet und ähnelte einem Blutegel. Als er aufstehen wollte, musste er sich am Ruder festhalten. Seine Beine waren so weich wie gekochte Spaghetti. Er hatte eine starke Gehirnerschütterung. Strachan fasste ihn beim Arm und drückte ihn wieder auf den Sitz nieder. Da Sumo ihn auf keinen Fall ans Steuer lassen würde, bat Strachan ihn, nach Hause zu fahren. Sumo würde nicht mit

Höchstgeschwindigkeit fahren können, denn die Erschütterungen hätten ihm zu sehr zugesetzt, doch Strachan ging davon aus, dass ihm das bereits klar war. Er legte dem Skipper aufmunternd die Hand auf die Schulter.

Normalerweise hätte Sumo auf eine solche Freundschaftsbekundung mit der Miene einer Bulldogge reagiert. So aber machte er keinerlei Anstalten, der Berührung auszuweichen. Strachan wusste, was der heutige Tag für ihn bedeutete. Shleppy und die *Esprit Bleu* waren die beiden wichtigsten Dinge in Sumos Leben. Er war psychisch und körperlich erschöpft.

Sumo hielt sich am Ruder fest. Mit der rechten Hand schob er den Gashebel vor. Die Motoren grollten. Ihre Kraft übertrug sich auf ihn, als wären er und das Boot eins. Seine Brauen hoben sich. Die Lippen kräuselten sich zu einem Lächeln. Sie hatten überlebt, und jetzt fuhren sie nach Hause.

Im Meer war ein kleiner schwarzer Fleck zu erkennen. Er war etwa eine halbe Seemeile entfernt. Als Sumo darauf zuhielt, unternahm Strachan keinen Versuch, ihn vom Kurs abzubringen. Ob Pili Parang tot oder lebendig war, als sie ihn überfuhren, würden sie nie erfahren. Es rummste schwach, als Sumo ihn mit dreißig Knoten rammte, doch der Zusammenprall war kaum zu spüren. Als Strachan sich umdrehte, sah er Pilis Leichnam, der im brodelnden Kielwasser des Bootes einen makaberen Tanz vollführte. Nach einer Weile ging er unter.

Im Schutze der Dämmerung rasten sie nach Pulau Tioman zurück. *Carcharinus Longimanus* würde ganze Arbeit leisten.

52

Um zehn Uhr abends erreichten sie Tioman. Als sie einliefen, zogen an Steuerbord die Lichter der *Fubuki* vorbei. Die eine Viertelmeile entfernte Yacht hatte Kurs auf die Kerkullas genommen und pflügte eine helle Furche durchs schwarze Meer. Strachan hätte gern gewusst, in welcher Beziehung Pili Parang zu dem Schiff stand. Eigentlich war Zeit genug gewesen, ihn danach zu fragen, doch Pili hatte sich die ganze Zeit abseits gehalten, und Strachan war von der Suche nach dem Schiffswrack in Anspruch genommen gewesen. Jetzt würde er es nie erfahren. Dass die Japaner Tioman den Rücken kehrten, war jedenfalls eine gute Nachricht.

Während Strachan etwas Bargeld unter seinem Bett hervorkramte und dann trockene Sachen aus KTs Unterkunft holte, tankte Sumo nach. Bald darauf war er wieder an Bord. Er und Sumo hatten sich erholt und sahen während der Fahrt über die Meeresstraße nach Kuantan abwechselnd nach ihren Patienten. Shleppy hatte sich erschöpft schlafen gelegt. KT war in wesentlich schlechterer Verfassung. Die Wirkung des Morphiums ließ allmählich nach, und sie hatte Fieber. Der Schweiß rann ihr über die Stirn und tropfte wie Regen von der Nasenspitze. Trotz der zwei Decken zitterte sie unaufhörlich. Strachan machte sich große Sorgen um sie.

Eine Stunde später liefen sie im Hafen von Kuantan ein, wo sie KT in ein Taxi schleppten. Obwohl der Fahrer das Gaspedal bis zum Anschlag durchdrückte, dauerte die Fahrt bis zum Krankenhaus elf Minuten. KT wimmerte die ganze Zeit.

»Wartet hier«, sagte Sumo, als sie die Eingangslobby erreicht hatten.

»Worauf sollen wir warten? Wir können nicht warten. KT braucht Hilfe. Und Shleppy auch.«

»Ein Vetter von mir arbeitet hier.« Sumo funkelte ihn finster an. »Er ist Arzt. Keine Fragen. Kein Papierkram.«

Erst jetzt wurde Strachan klar, welches Risiko sie damit eingingen, dass sie zum Krankenhaus gefahren waren. Wahrscheinlich stand er noch immer auf der Fahndungsliste von Interpol. Sein Gesicht an einem öffentlichen Ort zu zeigen war hochgefährlich. Ein verantwortungsbewusster Arzt würde schon nach dem ersten Blick auf die Verletzungen die Polizei rufen. Anders konnte er gar nicht reagieren. Sie hatten zwei verletzte Handgelenke, einen Messerstich im Unterarm, zwei Kopfverletzungen und einen Streifschuss in der Achselhöhle vorzuweisen. Ein Autounfall reichte als Erklärung nicht aus. »Aber beeil dich.« Strachan hob beschwichtigend die Hand.

Ein paar Minuten später winkte Sumo sie herein. Ein Arzt, der noch massiger war als Sumo, geleitete sie in einen Warteraum für Privatpatienten. Sein Bizeps spannte die Ärmel seines Arztkittels, und sein Fettwanst hatte die Knöpfe abgesprengt und sie wahrscheinlich in die fernsten Winkel Malaysias befördert. Er lächelte sie beruhigend an. Strachan fasste auf der Stelle Zutrauen zu ihm. Er hatte keine Bedenken, KT seiner Obhut anzuvertrauen. Inzwischen war sie zu schwach, um zu stehen, weshalb sie in einen Rollstuhl gesetzt wurde. Shleppy begleitete sie.

Sumo und Strachan setzten sich und warteten. Eine Krankenschwester mit einer Metallschüssel voller Desinfektionsmittel tauchte auf. Als sie die Wunden auswusch, brannte es wie Säure. Als ihnen die Kopfwunden genäht wurden, wanden sie sich auf den Stühlen wie Schulbuben. Kurz darauf kam Shleppy zurück, der sechs Stiche vorzuweisen hatte. Absurderweise war er ausgesprochen stolz darauf und behauptete, sie sähen aus wie eine Kolonne von Spinnen. Als Strachan meinte, die Stiche würden bald höllisch jucken, verflog sein Lächeln.

Erleichtert darüber, dass sein Neffe wieder gesund werden würde, zauste Sumo ihm das Haar.

»Ich hab's gefunden«, sagte Strachan. Es hatte keinen Sinn, seine Entdeckung zu verheimlichen. Ohne ein Boot konnte er die Erkundung nicht fortsetzen, und er wollte Sumo als Skipper behalten. Sumo und Shleppy gehörten mit zum Team. Er hatte sogar beschlossen, ihnen eine Beteiligung anzubieten, um sie bei der Stange zu halten.

»Das Wrack? Wo?«

»In einer Höhle am Rand des Riffs.«

»Ah! Ja, klar.«

»Du glaubst mir nicht?«

»Erzähl weiter«, meinte Sumo ausweichend.

Strachan berichtete von seinem Erlebnis. Da sie wussten, dass KT große Schmerzen hatte, verflüchtigte sich etwas von der Magie. Trotzdem rückten Sumo und Shleppy die Stühle näher, als er von seinem Abstieg in den Abgrund erzählte.

»Was glaubst du, was in dem Schiff ist?«

»Ich weiß es nicht, Sumo. Ehrlich. Vielleicht gar nichts.« Diese Möglichkeit war nicht besonders inspirierend, aber auch nicht auszuschließen. »Was es auch sein mag, es ist mein Erbe, und ich glaube, dass es wertvoll ist. Sollte an Bord wirklich etwas zu finden sein, dann bekommst du zehn Prozent davon, wenn du mir das Boot für eine weitere Woche überlässt.«

Sumo überlegte. Strachan konnte die Rädchen in seinem Schädel rattern hören. Sumos Gesicht war so faltig wie ein nasses Blatt Papier. Zehn Prozent von null war null. Zehn Prozent von einem Vermögen waren eine ganze Menge. Es war eine schwierige Entscheidung.

»Überleg doch mal«, sagte Strachan. »Die Touristensaison geht allmählich zu Ende. Bald wird es regnen. Dann ist Schluss mit dem Angeln.« Um ihm die Entscheidung zu erleichtern, zückte er die Brieftasche und zählte Geldscheine ab. »Achtzehnhundert Dollar. Und fünfhundert extra.«

»Warum das?«

»Als Bonus, weil wir das Wrack entdeckt haben, und als Entschädigung dafür, dass ich Pili an Bord gebracht habe. Ich habe mich in ihm getäuscht. Ich hätte es besser wissen müssen, und das tut mir leid.«

Sumo schloss brummend seine Wurstfinger um die Scheine. Er reichte sie Shleppy, der sie in die Tasche seiner Shorts steckte.

»Was ist? Bringst du mich nächste Woche wieder hin?«

»Was man anfängt, muss man auch zu Ende führen.«

Strachan sah das genauso.

Nach einer Weile klopfte es, und der Arzt trat ein. Es war zwei Uhr morgens. Sie hatten ein wenig gedöst, waren aber sogleich wieder hellwach und harrten ängstlich der Neuigkeiten. Der Arzt wirkte erschöpft. Er kam gleich zur Sache.

Der Strick hatte KTs Handgelenke schwer verletzt und mehrere Adern beschädigt. Ihre Hände waren vorübergehend taub geworden, und es würde Tage dauern, bis sie ihre Finger wieder würde gebrauchen können. Sie hatte eine Menge Blut verloren, doch der Unterarm war inzwischen genäht, und ihr Zustand war stabil. Sie hing am Tropf und schlief. Um ihre Körpertemperatur zu erhöhen, wurden ihr angewärmtes Blut und andere Flüssigkeiten zugeführt. Das verbliebene Wasser musste noch aus den Lungen gesaugt werden. Außerdem würde man ihr starke Antibiotika verabreichen müssen, damit sie keine Lungenentzündung bekam. Sumos Vetter standen die erforderlichen Medikamente zur Verfügung, doch ein kleines Bezirkskrankenhaus wie dieses war zur Versorgung eines Menschen, der um ein Haar ertrunken wäre, nur unzureichend ausgerüstet. »Sie muss auf eine Intensivstation in Kuala Lumpur oder Singapur verlegt werden.«

»Kuala Lumpur«, sagte Strachan. Singapur wäre zu gefährlich gewesen. Wenn Verhoeven nicht persönlich hergeflogen war, hatte Interpol bestimmt jemand anderen auf den Fall angesetzt.

»Nein«, widersprach Sumo. »Singapur ist besser. Du musst aus Malaysia verschwinden, wenn ich der Polizei berichte, was mit Pili passiert ist.« Er erhob sich, nahm seinen Vetter beiseite und unterhielt sich mit ihm auf Bahasa Malay. Offenbar setzte er ihn über ihr Martyrium an Bord der *Esprit Bleu* ins Bild. Der Arzt verzog keine Miene. Als Sumo geendet hatte, seufzte er und sagte etwas, während er Strachan ansah.

»Was hat er gesagt?«, fragte Strachan.

»Im Changi Krankenhaus arbeitet ein Freund von ihm. Er wird dafür sorgen, dass man die Behandlung diskret durchführt. Singapur ist besser.«

Strachan gefiel das nicht, doch nun gab es schon zwei gute Gründe, nach Singapur zurückzukehren. Bei der Tauchausbildung hatte er gelernt, wie gefährlich es sein konnte, wenn Wasser in die Lungen eindrang. Noch vierundzwanzig Stunden nach dem Unfall konnte ein Lungenödem auftreten, das akute Atemprobleme verursachen, die Sauerstoffversorgung des Gehirns beeinträchtigen und zu Hypoxie führen konnte. Wenn Sumos Vetter darauf bestand, KT auf die Intensivstation des Changi Krankenhauses zu verlegen, wollte Strachan ihm nicht widersprechen.

Einfach würde es nicht sein. KT war zu geschwächt, um allein zu reisen, und er konnte keinen Linienflug nehmen, denn dann wäre sein Name auf den Rechnern der Einwanderungsbehörde aufgetaucht. Er besprach sich mit Sumo, der daraufhin meinte, er solle sich keine Sorgen machen. Er werde KT mit der *Esprit Bleu* nach Singapur einschmuggeln. Strachan könne sie ins Krankenhaus bringen, ohne die Pässe vorzeigen zu müssen. Strachan gefiel der Plan. Er gefiel ihm sogar sehr.

Mit jeder Minute nahm die Gefahr zu, dass KT einen dauerhaften neurologischen Schaden davontrug. Sumos Vetter drängte darauf, sie so rasch wie möglich nach Singapur zu schaffen. In den frühen Morgenstunden übergab er ihnen KT im Rollstuhl. Sie wirkte ausgesprochen erschöpft. Strachan fragte sich, ob sie eine weitere Bootsfahrt überstehen würde; das Meer war zwar spiegelglatt, aber sie würde trotzdem durchgeschüttelt werden. Man hatte ihr die Hände mit zwei Armschlingen hochgebunden, damit das Blut nicht in die verletzten Handgelenke strömte. Ihre Hände waren so dick verbunden, dass es aussah, als trüge sie Fäustlinge.

»Wie geht's dir?« Strachan kniete vor ihr nieder und legte ihr die Arme um die Schultern.

»Ganz gut, Schätzchen. Mir geht's wirklich gut.« Dabei hatte sie Tränen in den Augen; Pili Parang würde sie noch jahrelang im Traum verfolgen. Es war ein Fehler gewesen, sie alleine auftauchen zu lassen. Er hätte nicht in die Höhle schwimmen dürfen. Er hatte sie Pili auf dem Tablett serviert.

»KT. Hör mal, es tut mir leid. Ich weiß, ich hab einen Fehler gemacht. Das war leichtsinnig von mir.«

Sie musterte ihn neugierig. »Wovon redest du eigentlich, Lance?«

»Von der Höhle. Ich hätte nicht reinschwimmen dürfen. Wenn ich draußen geblieben wäre, hätte ich schneller auftauchen können und wäre eher oben gewesen. Bevor er dich gefesselt hat.« Strachan senkte den Blick. Er konnte ihr nicht in die Augen sehen. Sie hätte ihn wenigstens ohrfeigen können.

»Du warst in der *Höhle*?« Empörung und Unglauben schwangen in ihrer Stimme mit.

»Ja, aber ich habe …« Strachan kam nicht mehr dazu, KT von seiner Entdeckung zu berichten, denn sie trat ihm mit dem Schienbein in den Unterleib. Als der Schmerz in seinen Hoden aufflammte, krümmte er sich zusammen.

»Ich hab doch gesagt, das sollst du nicht tun.«

»Ja, ich weiß, ich hätte auf dich hören sollen«, sagte er mit schmerzverzerrter Miene. Fort Wayne war offenbar eine harte Schule gewesen. »Aber ich habe das Schiffswrack entdeckt.«

»Du willst mich wohl verarschen! In der Höhle?«

»Auf deren Grund. Offenbar ist es durchs Riff hindurchgestürzt.«

»Hast du es schon untersucht?« KT war ganz aufgedunsen im Gesicht, und ihr Blick war von Medikamenten vernebelt. Bei dem Tritt hatte sie die Hände bewegt. Obwohl ihr die Tränen in die Augen schossen, wirkte sie geradezu begeistert.

»Nein, dazu hat die Zeit nicht gereicht. Ich hatte nicht mehr genug Luft. Außerdem war es dunkel.«

»Und wie geht es jetzt weiter?«

»Jetzt lassen wir dich wieder zusammenflicken. Dann kehren wir zurück und finden heraus, was an Bord ist.«

»Eine Menge Leichen, könnte ich mir vorstellen.«

Wahrscheinlich hatte sie recht. Auch Strachan hatte schon daran gedacht. Das Schiffswrack war ein Soldatenfriedhof. Das würde es nicht leichter machen. »Ich kann mir nicht vorstellen, dass mein Erbe aus einem Haufen toter Japaner besteht, oder was meinst du?«

»Dein Erbe? Lance, was geht hier vor?«

Es dauerte ein paar Minuten, sie vollständig ins Bild zu setzen. KT sah ihn an, als wäre er ein guter alter Freund, der den Verstand verloren hatte. »Und deshalb«, sagte Strachan, »will ich bei den Kerkullas tauchen. Begleitest du mich?«

KT nickte lächelnd.

»Bist du sicher, dass du mitmachen willst?«

KT schwitzte. »Aber sicher doch.«

Im Südchinesischen Meer hatte Kazuyoshi Wakahama seinem Kapitän soeben befohlen, die *Fubuki* zu wenden. Pili Parang war nicht an dem verabredeten Treffpunkt gewesen. Sie hatten die Fahrt umsonst gemacht, und das machte Wakahama ärgerlich. Er mochte es nicht, wenn jemand seine Geduld auf die Probe stellte, und am allerwenigsten mochte er es, wenn dieser Jemand in der Nahrungskette einen so niedrigen Platz einnahm wie der tätowierte Malaysier.

Dass Parang ihn versetzt hatte, weckte jedoch auch seinen Argwohn. Pili hatte sein Urlaubsersuchen damit begründet, dass er an dem Mann, der seinen Bruder getötet habe, Rache nehmen wolle. Jetzt war er verschwunden, und das Boot, das er versenken wollte, war vor ein paar Stunden an der *Fubuki* vorbeigerauscht.

Wakahama hatte seine Stellung nicht deshalb errungen, weil er selbstgefällig gewesen wäre oder Vorzeichen missachtet hätte. Als er sah, dass die *Esprit Bleu* von den Kerkullas zurückkehrte, hatte er seinen Captain angewiesen, ihren Kurs mittels Radar zu verfolgen. Er sollte sie so lange beobachten, bis klar war, was mit Pili geschehen war.

Es gab jedoch noch einen zweiten Grund, weshalb Wakahama die Überwachung anordnete. Parang hatte ihm über Funk mitgeteilt, dass der Mann, der seinen Bruder getötet habe, nach einem Schiffswrack suche. Diese kurze Bemerkung hatte Wakahama zu denken gegeben.

Mit Geschichte kannte er sich aus. Deshalb wusste er auch, dass im Zweiten Weltkrieg im Südchinesischen Meer ein japanisches Schiff gesunken war.

53

Mit dem Taxi fuhren sie zurück zum Hafen. KT zuckte bei jeder Erschütterung zusammen. In den nächsten Stunden würde ihre Widerstandskraft auf eine harte Probe gestellt werden. Strachan brachte sie ins Bett und vergewisserte sich, dass sie viel Wasser trank. Sie hatte eine Packung Schmerztabletten mitbekommen: Die Pillen waren so dick wie Brombeeren.

Bevor sie losfuhren, rief Strachan Gilchrist an. Die Zeitverschiebung betrug zwölf Stunden, deshalb wählte Strachan Gilchrists Handynummer, denn der Redakteur war bestimmt schon vom Büro nach Hause gefahren. »McCauley, hi. Hier ist Ed.«

»Hey, Ed, wie geht's?«

»Ganz gut«, log er. »Ich hab mir gedacht, ich melde mich mal und berichte, wie es so läuft.«

»Das ist schön.« Da Gilchrist schwieg, musste Strachan weiterreden. »Haben Sie die Filme bekommen?«

»Ja, klar.«

»Und haben sie Ihnen gefallen?«

»Sicher, Ed. Sie sind sehr begabt, mein Freund. Sie haben einen scharfen Blick.«

»Danke. Hören Sie, Sie bekommen bald noch mehr Fotos. Gestern bin ich einem ausgewachsenen Walhai begegnet. Ich glaube, der wird Ihnen gefallen.«

»Großartig, Ed.« Gilchrists Tonfall sagte jedoch das Gegenteil. Das war eine der goldenen Regeln der Unterwasserfotografie: Man kann nie zu viele Fotos von Walhaien bringen. Eigentlich hätte das selbst für einen alten Zyniker wie Gilchrist ein Grund zur Freude sein sollen. Sein Tonfall aber beunruhigte Strachan.

»Ist bei Ihnen alles in Ordnung, McCauley? Sie wirken irgendwie abgelenkt.«

»Haben Sie schon mal von einem gewissen Rutger Verhoeven gehört?«

»Ja«, antwortete Strachan trocken. »Das ist ein alter Bekannter von mir.«

»Er hat bei mir angerufen. Hat gemeint, Sie steckten in Schwierigkeiten. Stimmt das, mein Sohn?« Sein Tonfall strafte seine freundlichen Worte Lügen. Gilchrist kannte die Antwort bereits.

»Das ist eine lange Geschichte.«

»Da haben Sie verdammt noch mal recht. Zwei Stunden nach seinem Anruf klopften zwei FBI-Agenten bei mir an und wollten wissen, wo Sie stecken. Es war ganz schön peinlich, Ed, die Typen bei mir im Büro zu haben. So was spricht sich rum.«

»Was haben Sie ihnen gesagt?«

»Ich hab gesagt, Sie wären in Malaysia. Sie würden mir jeden Monat zehn belichtete Filme schicken, und das wär alles, was mich interessiert.«

»Malaysia? Genauer haben Sie sich nicht ausgedrückt?«

»Zunächst nicht.«

»Und dann?« Strachan steckte noch ein paar Münzen in den Schlitz des Telefons und wartete auf Gilchrists Antwort.

»Dann habe ich gesagt, Sie wären vermutlich in Kuantan, weil ich Ihnen das Geld dorthin überwiesen hätte.«

»Mist.« Strachan blickte sich argwöhnisch um, als könnte Verhoeven hinter der nächsten Ecke lauern.

»Verhoeven hat gemeint, es werde wegen Mordes und tätlichen Angriffs nach Ihnen gefahndet.«

»Nein«, widersprach Strachan mit einem Anflug von Verzweiflung in der Stimme. »Das stimmt nicht. Sie brauchen nur mit einem bestimmten Polizisten auf Curaçao zu sprechen.

Der kann Ihnen bestätigen, dass ich nicht des Mordes verdächtigt werde. Es war ein Unfall.«

»Ed?«

»Ja?«

»Das ist mir egal. Ich will's gar nicht wissen.« Pause. »Ed?«

»Ja?«

»Soll ich Ihnen noch mehr von Ihrem Geld überweisen?«

Irgendwann würde Strachan Gilchrist ein großes Bier ausgeben.

Sie tuckerten an der Küste entlang. Sumo fuhr schnell und erreichte die Straße von Johor kurz vor Mittag. Er setzte sie an der Nordküste ab und reichte Strachan einen Zettel mit der Adresse der Hafenanlage, von der er sie am nächsten Tag abholen wolle. Sumos Hauptaufgabe für die nächsten vierundzwanzig Stunden bestand darin, sich eine plausible Erklärung für Pili Parangs Verschwinden auszudenken. Er erklärte ungefragt, Strachan solle sich keine Sorgen machen. Er hatte überall an den richtigen Stellen Vettern sitzen und sicherte ihm zu, dass es keine Untersuchung geben werde.

Bis zur nächsten Straße mussten sie eine Meile weit gehen. Als sie dort ankamen, schwitzte KT heftig. Strachan legte ihr die Hand auf die Stirn. Sie war nicht von der Sonne erhitzt, sondern vom Fieber. Bei jedem Atemzug rasselte es in ihrer Brust. Das Gehen setzte ihr zu, doch er konnte sie nicht alleine nach Singapur schicken. Die Fremdenpolizei würde wissen wollen, woher sie die Verletzungen hatte, was zu weiteren unangenehmen Fragen führen könnte. Sicherer war es, die Stadt durch die Hintertür zu betreten. Sie befanden sich am Rande des Vororts Pasir Ris. Zehn Minuten später hielten sie ein Taxi an, das Richtung Stadtzentrum unterwegs war. Das Taxi brachte sie zum Changi Krankenhaus, wo man sich KTs sogleich annahm.

Sumos Vetter hatte mit dem Krankenhaus telefoniert, und der Arzt erwartete sie bereits. Unter dem Kittel trug er Chinos und ein Rugbyhemd. Strachan schätzte den Chinesen auf etwa fünfunddreißig Jahre. Ihm wäre es lieber gewesen, wenn der Arzt zwanzig Jahre älter gewesen wäre und einen abgespannten, müden, überarbeiteten und unterbezahlten Eindruck gemacht hätte. Vor allem aber wollte er, dass der Mann, der KT die Lungen auspumpen würde, erfahren wirkte. Dieser Arzt sah aus, als sei er einer Zahnpastawerbung entsprungen. Er stellte sich als Fraser Chan vor. Sein Händedruck war wie Sashimi: schlaff und feucht. Er warf einen Blick auf KTs Hände. »Wie ist das passiert?«

»Ein Angelunfall«, antwortete Strachan.

»Was für ein Unfall?«

»Der schlimmstmöglichen Art. Sie hat sich in einer Angelleine verfangen.«

Chan machte ein Gesicht, als hielte er es für wahrscheinlicher, dass sie sich an einem wild gewordenen Einhorn verletzt habe. Er brummte etwas Unverständliches und verkündete, er wolle KT die Lungen später am Nachmittag auspumpen. Strachan stellte seine Bedenken zurück. Er musste ihm vertrauen. Die Umstände verboten es, nach einem Arzt zu suchen, der ihm gefiel. Er küsste KT auf die Stirn. »Wir sehen uns, wenn du wieder wach bist.« Kurz darauf tauchte eine Krankenschwester mit einem Rollstuhl auf und brachte KT aufs Zimmer.

Da Strachan Zeit totzuschlagen hatte, beschloss er, Gilchrist die neuesten Fotos zu schicken. Einerseits wollte er ihm für seine Loyalität danken, andererseits ihm zeigen, dass es sich lohne, an ihm festzuhalten. Dass *National Geographic* ihn von der Gehaltsliste strich, hätte ihm gerade noch gefehlt.

Chan gestattete ihm, sein Diensttelefon zu benutzen. Im Telefonbuch waren mehrere Labors aufgeführt. Nach zwanzigminütigen harten Verhandlungen hatte er den Besitzer eines Fotolabors in Chinatown dazu überredet, ihm seine Ausrüstung zu einem vertretbaren Preis zu überlassen. Während KT im Rollstuhl in den OP gerollt wurde, fuhr Strachan mit dem Taxi in die Stadt.

Das Fotolabor lag in einer Nebenstraße in der Nähe eines Tempels. Es war über einem Schneiderladen im ersten Stock eines alten Geschäftshauses untergebracht und bot eine beeindruckende Aussicht auf die Hochhäuser des Finanzdistrikts. Auf der anderen Straßenseite wurden an Imbissbuden Chili-Krabben, Sambal Goreng und Tofu verkauft, deren Düfte mit dem Räucherwerk des nahe gelegenen Tempels wetteiferten. Es war schwül.

Strachan bezahlte den Laborbesitzer im Voraus. Der Mann arbeitete als freischaffender Fotojournalist für Nachrichtensender, und der Ausstattung des Labors nach zu schließen verstand er sein Handwerk. Anfangs war er nervös, doch als er Strachans Kamera sah, entspannte er sich. Es dauerte nicht lange, da fühlte Strachan sich ganz wie zu Hause und hatte den Journalisten davon überzeugt, dass er wusste, was er tat. Sie rauchten zusammen eine Zigarette, dann holte sich der Mann an der anderen Straßenseite etwas zu essen.

Mit der guten Ausrüstung brauchte Strachan nicht lange. Bald darauf hielt er einen Filmstreifen mit sechsunddreißig entwickelten Negativen ins Licht. Die Fotos sahen gut aus. Solange, bis KT den Walhai berührte, hatte er ein geduldiges Motiv abgegeben. Besonders gut gefielen ihm die Fotos des Pilotfischs mit dem riesigen Bauch des Hais als Hintergrund. Weitere vier Fotos zeigten die durchs Plankton pflügende Rückenflosse. Sie wirkte wie ein Berggipfel im Schneesturm: ein mit schiefergrauen Flecken gesprenkelter Granitbrocken.

Er hatte dreißig Fotos in etwa sechs Minuten geschossen.

Ein Foto alle zwölf Sekunden. Das war nicht schlecht. Dann waren da noch drei Fotos des verletzten, aber tapferen Steinfischs im Geröllfeld. Sie waren nicht gerade außergewöhnlich, erfüllten aber ihren Zweck. Die letzten drei Bilder des Films waren fast völlig schwarz. Ausschuss. Offenbar hatte er versehentlich den Auslöser betätigt, als die Schutzkappe noch auf dem Objektiv gewesen war. Film zu verschwenden war ihm zuwider. Er schnitt das erste Negativ ab und warf es verärgert in den Papierkorb.

Auf dem zweiten Negativ bemerkte er in der oberen linken Ecke auf einmal drei helle Stellen. Strachan kniff die Augen zusammen. Die Linien wirkten wie Maden oder kurze, verschlungene Fäden. Er hatte keine Ahnung, wie sie auf den Film gekommen waren. Er nahm die Kamera zur Hand und sah nach, ob vielleicht der wasserdichte Linsenschutz verkratzt war.

Dem war nicht so. Neugierig schaltete er eine Lampe an, hielt das Negativ davor und drehte es um den Mittelpunkt. Erst auf den zweiten Blick machte es bei ihm klick. Er nahm ein Vergrößerungsglas aus dem Regal.

Jeder Zweifel war ausgeschlossen. Strachan fiel wieder ein, dass er in der Höhle drei Fotos aufgenommen hatte. Eigentlich hatte er gar nichts fotografieren wollen; mit dem Blitz hatte er lediglich die Umgebung und den Tiefenmesser beleuchtet. Beim ersten Mal war die Kamera auf die Höhlendecke gerichtet gewesen. Dieses Negativ war schwarz. Beim zweiten Mal hatte er jedoch entlang dem Schiffsrumpf zum Bug gezielt. Zufällig hatte er dabei etwas fotografiert, das für ihn von allergrößtem Interesse war.

Die hellen Schnörkel waren keine Brotkrumen. Und auch keine Objektivkratzer. Sondern japanische Schriftzeichen. Der Name des Schiffes, weiß auf dunklem Grund.

54

Strachan wusste nicht, was die Zeichen bedeuteten, doch darauf kam es jetzt auch nicht an. Er war einen entscheidenden Schritt weiter. Der Schiffsname würde ihn in die Lage versetzen, herauszufinden, was sich an Bord befand. Eilig räumte er auf, legte dem Besitzer als Dankeschön eines der konventionelleren Fotos des Walhais hin, trat auf den Flur und zog die Tür hinter sich zu. Dann eilte er auf die Straße.

Der Schneider war gerade damit beschäftigt, Touristen zu erklären, dass er die besten Hemden von ganz Singapur anfertige. Für Strachan hatte er lediglich einen gleichgültigen Blick übrig, als lohne dessen Brieftasche die Mühe nicht. Strachan wirkte lädiert. Er hatte nicht gut geschlafen, und der Hinterkopf war noch von Salz, Nähten und Blut verkrustet. Er hatte sich mindestens eine Woche lang nicht mehr rasiert. Die Fotografenjacke, die ihm als Aktenschrank, Werkzeuglager und Kissen diente, war in all den sechs Jahren, die er sie jetzt benutzte, kein einziges Mal gewaschen worden.

Er schritt durch Chinatown, wich einer Gruppe Schulkinder aus und entging nur knapp dem Zusammenstoß mit einer Rikscha. Er wollte wissen, was die japanischen Schriftzeichen bedeuteten, und der Finanzdistrikt, den er vom Fenster des Labors aus gesehen hatte, schien ihm der rechte Ort, Erkundigungen einzuholen.

Die Wolkenkratzer bildeten am Ufer des schlammbraunen Flusses ein beeindruckendes Ensemble. Sie leuchteten im abendlichen Sonnenschein und spiegelten Wolken, Palmen und das Getriebe Singapurs wider. In einem dieser Türme hatte Nick Leeson unabsichtlich den Zusammenbruch der Baring-Bank herbeigeführt. Strachan verrenkte sich den Hals, als er in die getönten Fenster hineinzuspähen versuchte. Sie verbargen die Geschäftemacherei einer Welt, von der er nichts verstand.

Als er den Finanzdistrikt erreicht hatte, hielt er den Blick auf den Boden gerichtet. Wo es Banken gab, musste es auch Banker geben. Wo es Banker gab, dort waren auch Restaurants zu finden. In diesem Teil der Welt musste es auch japanische Restaurants geben. Und Banbury Edward Strachan war schlau genug, um zu folgern, dass er in einem japanischen Restaurant auch jemanden finden würde, der japanische Schriftzeichen lesen konnte.

Schließlich fand er eines in einer Mall der Overseas Union Bank. Wie das indische Restaurant unter seiner Wohnung war auch der Name dieses Restaurants nicht besonders einfallsreich. Allerdings spielte das Jade Garden in einer anderen Liga als das Taj Mahal.

Im Schaufenster stand ein Aquarium. Unter den darin befindlichen Fischen war auch eine Seeratte. Strachan lächelte und dachte an Sumo. Er erkannte zwei Küssende Gouramis und einen Betta und fragte sich, ob sie wohl vom Schwarzmarkt stammten. Bei der Vorstellung, sich mit dem Geschäftsführer des Restaurants eine Auseinandersetzung zu liefern, sträubten sich ihm die Härchen auf den Armen. Lebend gefangene tropische Fische waren ein großes Geschäft. Alljährlich landeten Fische im Wert von etwa zweihundert Millionen Dollar in den Aquarien. Der Betta wirkte ebenfalls empört. Als Strachan sich vor das Aquarium stellte, griff der Fisch auf einmal sein eigenes Spiegelbild an.

Im Restaurant saßen Geschäftsleute vor Bento-Boxen mit Sashimi und Fleisch von Kobe-Rindern. Das Essen spülten sie mit Montrachet, Château Lafite und Perrier hinunter. Strachan beobachtete lächelnd, wie ein Ober einer Gruppe chinesischer Banker einen Teller mit Sushi servierte. Wahrscheinlich zahlten sie dreißig Dollar pro Kopf, und es schmeckte trotzdem nicht so gut wie das Mahl, das Shleppy gestern Abend an Bord der *Esprit Bleu* bereitet hatte.

Als ihn eine Kellnerin bemerkte, kam sie zum Eingang geeilt, um ihn zu begrüßen. Sie war hoch gewachsen und schlank, trug einen kastanienbraunen Seidenkimono und Schuhe mit hohen Absätzen, die auf den weißen Marmorfliesen klackerten. Das Haar hatte sie zu einem Knoten hochgebunden und mit zwei Essstäbchen fixiert. In offenem Zustand reichte es ihr bestimmt bis ins Kreuz. In seinem Brückenjahr hatte Strachan eine Schwäche für Asiatinnen entwickelt, und wie er so die sich unter dem Seidenstoff bewegenden Hüften sah, musste er an seine sexuelle Erziehung denken, bis ihm das Bild KTs vors geistige Auge trat und die Erinnerungen verscheuchte.

Trotz seiner abgerissenen Erscheinung begrüßte ihn die Kellnerin mit einer kleinen Verneigung. Ihre Stimme war so melodisch wie Vogelgezwitscher. Als er ihr sagte, er wolle keinen Tisch haben, sondern brauche lediglich eine Auskunft, reagierte sie erleichtert. Sie musterte ihn interessiert und fragte, wie sie ihm helfen könne.

Als ihm klar geworden war, dass es sich bei den verschlungenen weißen Linien auf dem vorletzten Negativ um japanische Schriftzeichen handelte, hatte Strachan einen Abzug angefertigt. Auf dem Foto war der Umriss des Rumpfs zu erkennen, jedoch nicht das Flakgeschütz. Man musste schon ganz genau hinsehen, um zu erkennen, dass man einen Schiffsbug vor sich hatte. Er zeigte ihr das Bild. »Können Sie mir sagen, was diese Schriftzeichen bedeuten?«

Falls die Kellnerin ihn für verrückt hielt, war sie zu höflich, um es sich anmerken zu lassen. Mit amüsierter Miene nahm sie das Foto in die Hand. Sie betrachtete es, drehte es, dann sagte sie: »*Kagura.*«

»*Kagura?*«

»Das bedeutet Musik der Götter.«

»Musik der Götter?«

»Ja. *Kagura* ist die Bezeichnung für die Musik der Shinto-Religion. In Japan wird sie bei Zeremonien und Festen gespielt.«

»*Kagura.*« Strachan bemühte sich, die Aussprache der jungen Frau zu imitieren. Sie musterte ihn ungeduldig. Die Unterhaltung war beendet. Sie wollte wieder nach drinnen gehen, und Strachan blockierte den Eingang wie ein schmutziger Lappen ein Zuflussrohr.

»Herzlichen Dank«, sagte er. »Sie haben mir sehr geholfen.«

Dann war das Schiff also Musik. Ein weiterer Aspekt des Rätsels war gelöst. Der Kinderreim war erklärt. Die letzte Strophe war der letzte Puzzlestein.

Reit mit dem Schaukelpferd nach Banbury Cross
Da sitzt 'ne feine Dame auf 'nem weißen Ross;
mit Ringen und Glöckchen an Fingern und Zehen,
Damit es tönt, wohin sie mag gehen.

Und tönen wird sie.

KT musste jeden Moment aus dem OP kommen. Wahrscheinlich würde sie so benommen sein, dass sie ihn nicht vermissen würde. Es konnte nicht schaden, wenn er ihr ein paar Stunden Ruhe ließ. Im Moment beschäftigte ihn allein die *Kagura* und deren Fracht, mit der sie zwei Meilen vor dem Strand von Kerkulla Ketan gesunken war. Er steckte das Foto in die Tasche und beschloss, ein zweites Mal die Bibliothek aufzusuchen. Das Digitalthermometer an der Glasfassade eines Wolkenkratzers zeigte vierunddreißig Grad an, doch da musste schon mehr kommen, um seine Entschlossenheit zu lähmen. Es ging voran, und im Gehen pfiff er die Melodie eines alten Songs von Jimmy Cliff.

In der Bibliothek fiel Strachan weniger auf als im Jade Garden. Unter den Besuchern waren auch Studenten in verwaschenen Jeans und alte Männer in Sandalen. Inzwischen kannte er sich hier aus. Derselbe Bibliothekar wie beim ersten Mal riet ihm, es in Japan zu versuchen, wenn er ein Verzeichnis von sämtlichen Schiffen der japanischen Kriegsflotte suche. Strachan überhörte den herablassenden Tonfall, vermochte sich seiner Logik jedoch nicht ganz zu verschließen. Trotzdem bewegte er den Mann dazu, ihm ein paar Bücher holen zu lassen, darunter eines über die malaysische Rechtslage bei der Bergung von Schiffen.

Das erste Buch enthielt ein Verzeichnis sämtlicher Schiffe, die in der Zeit von 1850 bis 1950 in Singapur gebaut worden waren. Das half ihm nicht weiter. Eine *Kagura* war im Index nicht verzeichnet.

Das zweite Buch war eine Geschichte der japanischen Marine, welche die Jahre 1914 bis 1945 behandelte. Im Index waren mehrere Verweise auf das Wort *Kagura* aufgeführt, und in seiner Eile, zum ersten Artikel vorzustoßen, hätte er die Seiten beinahe herausgerissen. Dann aber war seine Enttäuschung groß. In dem Absatz ging es um Kaiser Hirohito, der an einer Gedenkzeremonie teilnahm. Dabei saß er *auf seinem Lieblingspferd Fubuki, während das Orchester aus gegebenem Anlass Kagura spielte.*

Strachan wusste nun, woher die japanische Luxusyacht ihren Namen hatte, aber das war auch schon alles. Alle weiteren Verweise auf *Kagura* bezogen sich auf die verdammte Musik. Zehn Minuten später wusste Strachan, dass sie in Tempeln und bei Volksfesten gespielt wurde. Dabei fanden Trommeln, Rasseln und Flöten Verwendung, und ihr Zweck bestand darin, die Götter zu unterhalten. Außerdem erfuhr er noch, dass er etwas mit Hirohito gemeinsam hatte. Hirohito hatte sich mit Meeresbiologie beschäftigt und mehrere Artikel zu dem Thema veröffentlicht.

Na großartig. Um das zu erfahren, war Strachan nicht hergekommen. Er saß in einem stillen Winkel des Lesesaals, umringt von bebrillten Singapurern und bärtigen Westlern. In der Meereshöhle hatte er sich weniger fehl am Platz gefühlt. Der Drang, seine Enttäuschung hinauszuschreien, war fast übermächtig. Er musste sich zusammenreißen, um das Buch lautlos zusammenzuklappen. Er hatte viel Zeit verschwendet, ohne dass etwas dabei herausgekommen war.

Er gab auf. Es wäre nützlich gewesen, zu erfahren, was sich an Bord der *Kagura* befand, denn dann hätte er die Bergungsoperation entsprechend planen können. Aber das würde er schon bald auch so erfahren. Das Schiffswrack lag seit dreiundsechzig Jahren am Meeresgrund. Es würde auch in ein paar Tagen noch da sein.

Strachan ging eine Zigarette rauchen, dann beschäftigte er sich eine Stunde lang mit dem Buch über malaysisches Bergerecht. Die Details waren ausgesprochen kompliziert, doch als er es durchgelesen hatte, waren zwei Dinge klar. Erstens wusste er jetzt, weshalb weder sein Vater noch sein Großvater versucht hatten, das Wrack zu bergen. Die *Kagura* lag in malaysischem Gewässer, und nach hiesigem Recht wurden dreiundsechzig Jahre lang auf alle geborgenen Wertsachen Steuern in Höhe von fünfzig Prozent erhoben. Strachan hatte nicht die Absicht, die Behörden zu informieren, konnte aber nicht umhin, die Geduld, die Großzügigkeit und den Einfallsreichtum seines Großvaters zu bewundern, die er mit dem Verfassen des Verses auf der Postkarte unter Beweis gestellt hatte. Strachans Vater hatte dafür gesorgt, dass sein Sohn selbst dann in den Genuss des vollen Wertes kommen würde, wenn er es deklarieren musste.

Das zweite Faktum war einfacher. Ungeachtet des Kleingedruckten lief es auf Folgendes hinaus: Wer etwas findet, darf es behalten.

55

Als Strachan KTs Krankenzimmer betrat, wirkte sie kräftiger als zuvor. Außerdem war sie sauer. Sie setzte sich im Bett auf und musterte ihn finster. Er schlich wie ein geprügelter Hund näher.

»Wo zum Teufel hast du gesteckt?«

»Ich wollte herausfinden, was in dem Schiffswrack ist.«

»Ach, ja? Na großartig. Gratuliere! Ich meine gehört zu haben, du wolltest da sein, wenn ich aufwache. Wegen dir hab ich meinen Urlaub verlängert. Da könntest du dir wenigstens ein bisschen Mühe geben.« Ihre Worte brannten wie Säure.

»Ich kenne jetzt den Namen.« Um sie abzulenken, zeigte Strachan ihr das Foto. Sie kniff die Augen zusammen, bis sie den Schiffsbug ausgemacht hatte.

»Was bedeutet der Name?«

»*Kagura*. Musik der Götter.«

»Musik der Götter. Das gefällt mir.«

»Bist du mir wieder gut?« Strachan streichelte KT übers Haar und hoffte, dass es funktionieren würde. Das tat es meistens. Diesmal aber hatte er sich geirrt. Sie war noch immer benebelt, aber auch verletzt. Er war nicht da gewesen, als sie ihn gebraucht hatte.

Chan kam herein und verkündete, die Behandlung sei erfolgreich verlaufen. Mittels eines Endotrachel-Tubus habe er erwärmten Sauerstoff in die Lungen geleitet und ihr eine kleine Dosis Phenytoin verabreicht, um das Risiko von Krämpfen zu minimieren. Außerdem habe er eine Magenspülung vorgenommen, um das Salzwasser herauszubekommen. Die Schwellung an den Handgelenken ließe bereits nach, und mit etwas Krankengymnastik werde die volle Beweglichkeit der Hände bald wiederhergestellt sein. Ein paar Tage müsse sie die

Arme noch in der Schlinge tragen, doch es spreche nichts dagegen, dass sie morgen nach Hause fliege.

Nach Hause. In Strachans Ohren hatte das Wort einen ausgesprochen hässlichen Klang. Es traf ihn wie ein Pfeil mitten ins Herz. Er wagte es nicht, KT anzusehen. Er hatte überhaupt nicht mehr daran gedacht, dass sie nach Amerika zurückfliegen könnte. Dabei war es nur logisch. Sie hatte keinen kleinen Unfall gehabt, sondern ein schweres Trauma erlitten, das körperliche und seelische Narben hinterlassen würde. Von den Verbrennungen an den Handgelenken würde sie zwei Narben zurückbehalten, die dick wie Armreifen wären. Für den Rest ihres Lebens würden wildfremde Menschen Bemerkungen über Selbstmordversuche machen.

KT hatte gesagt, sie suche das Abenteuer. Dabei hatte sie lediglich in Asien Urlaub gemacht. Mikes Abreise änderte nichts an der Tatsache, dass sie früher oder später nach Hause fliegen musste. *Nach Hause.* Strachan gestand es sich nur ungern ein, doch es klang sinnvoll. Er blickte Chan an. »Wann wird sie die Hände wieder gebrauchen können?«

»Morgen kann sie mit leichten Übungen beginnen.«

»Morgen schon! Fantastisch! Dann kann sie ja bald wieder tauchen.«

»Sie darf mindestens einen Monat lang nicht tauchen. Mr. Strachan, Ihre Freundin hatte einen sehr schlimmen Unfall. Sie kann von Glück sagen, dass sie keine bleibenden Schäden zurückbehalten wird. Ihre Lungen sind inwendig wund und werden sich nur langsam erholen. Die Beanspruchung beim Tauchen würde ihr schaden. In einem Monat sollte sie die Fortschritte des Heilungsprozesses von einem anderen Spezialisten untersuchen lassen. Sie hat eine Rückführungsversicherung. Ich habe ihr die Adresse eines Kollegen in Indianapolis gegeben, der die weitere Behandlung übernehmen wird.«

Strachan wandte sich KT zu. Er wollte versuchen, sie zum

Bleiben zu überreden. Ein einziger Versuch. Anschließend würde er sie gehen lassen. Auch wenn er wie ein geprügelter Hund hereingeschlichen war, betteln wollte er nicht. »Hör mal, du könntest doch an Deck sitzen. Shleppy serviert dir Eistee. Du kannst lesen. Sumo wird dir die Ohren vollquasseln.«

»Während du dich im Wasser amüsierst? Zum Pflegepersonal hast du dich jedenfalls nicht eingeteilt.« Das war ganz die alte KT; all die Schläuche und Medikamente hatten ihrem Kampfgeist nichts anzuhaben vermocht. Und wie meistens hatte sie auch diesmal wieder recht.

Chans Piepser meldete sich, und er sagte, er müsse gehen. Strachan ließ sich nichts vormachen. Da Chan gespürt hatte, dass sie jetzt allein sein wollten, hatte er das Signal selbst ausgelöst. Der Arzt meinte, Strachan könne zehn Minuten mit ihr reden, dann müsse KT schlafen.

»Und wenn die *Kagura* uns reich macht?«

»Sei vernünftig, Ed. Ich muss nach Hause.« Ihr standen Tränen in den Augen. Das war das erste Mal, dass sie seinen richtigen Namen gebraucht hatte. Irgendwie betonte das die brutale Logik ihrer Aussage. Ihr Blick ging in die Ferne. Offenbar dachte sie an zu Hause. Mit Ed Strachan hatte sie eine höllisch spannende Zeit gehabt, doch an versunkene Schätze glaubte sie nicht. Sie glaubte nicht, dass er Erfolg haben würde. Die Trennung von Mike und die Qualen, die Pili Parang ihr zugefügt hatte, forderten ihren Tribut. Das war nicht mehr die Amazone, mit der nicht gut Kirschen essen gewesen war, die ihn geohrfeigt und in den Unterleib getreten hatte. Auch nicht die blitzschnelle Schönheit, die auf Pulau Tioman die Kobra zum Narren gehalten hatte. Sondern eine junge Frau mit Tränen in den Augen. Eine junge Frau, die nach Hause wollte. Strachan stand ihr im Weg.

Er beugte sich vor, küsste sie auf die Stirn und meinte, es sei schon okay. Er habe Verständnis für ihre Entscheidung. Sie solle jetzt schlafen. Zum Abschied warf sie ihm eine Kusshand zu. Er stapfte den Korridor entlang und wusste nicht, wie ihm war.

Strachan ging zur Eingangshalle hinunter. Bis auf den Nachrichtensender News Asia war es still. Die Sprecherin meldete Kursverluste. Das Wirtschaftswachstum gebe nach. Die Wirtschaft schrumpfe. Stellen würden abgebaut. Irgendwo dort draußen lag die Wirklichkeit. Eine Welt des Überflusses und der Bankrotte. Eine Welt der Politik und des Krieges. Eine Welt, in der versunkene Schätze keinen Platz hatten. Eine Welt, die nicht die seine war. Eine Welt, die KT Luker schon bald wieder für sich reklamieren würde.

Strachan setzte sich in eine Ecke, schloss die Augen und schlief ein. Es war eine mörderische Nacht. Er verbrachte sie zappelnd wie ein Fisch am Haken auf Sumos Deck. In seinen Träumen stand Adrian Hamilton am Ruder des schnellen Motorbootes. Sein Pate suchte das Südchinesische Meer mit einem Schleppnetz ab. Die hinter ihm aufragenden Berggipfel von Tioman erinnerten an Haifischzähne. Ständig holte er Gemälde und Statuen vom Meeresgrund hoch. Jedes Mal, wenn er ein Gemälde erwischte, trat er mit dem Fuß ein Loch in die Leinwand. Im Hintergrund applaudierten Michelle und Molly Newchris.

56

Beim Frühstück herrschte gedrückte Stimmung. Strachan und KT redeten nicht viel miteinander. Sie tauschten lediglich ein paar Belanglosigkeiten über das Wetter und die Nachrichten aus.

Um zehn sollte Chan KT ein letztes Mal untersuchen. Anschließend wollte sie sich eine Stunde ausruhen und sich dann zur Abreise fertig machen. Das Krankenhaus hatte alles für sie arrangiert und einen Flug via Tokio nach Chicago gebucht. Sie hatte einen Platz in der Business Class. Als sie sich im Bett aufsetzte, war das der einzige Gedanke, der sie zum Lächeln brachte.

Punkt zehn holte Chan sie ab. Strachan musste vor dem Abschied noch etwas Zeit totschlagen, weshalb er sich an der Rezeption erkundigte, was man hier unternehmen könne. Die Krankenschwester meinte, viel gebe es hier nicht zu sehen. Da wäre ein Schiffsmuseum, und das sei auch schon alles. Mit dem Taxi dauere die Fahrt dorthin eine Viertelstunde. Da Strachan nichts Besseres einfiel, bat er sie um die Adresse.

Es war ein drückend schwüler Tag. Ein Tag, an dem sogar Reptilien stöhnen. Gottlob war Strachan leicht bekleidet. Er trug ein altes Paar Turnschuhe, blaue Schwimmshorts und ein weißes Leinenhemd; drei Teile insgesamt, wenn man die Halskette mit den Manschettenknöpfen und die Sonnenbrille nicht dazuzählte. Die Gedanken an KT hatte er verdrängt. Mit ihrer Abreise ging er um wie mit einer heiklen Empfindung. Er ignorierte sie und steckte den Kopf in den Sand.

Unterwegs stellte er eine Liste der Ausrüstungsteile zusammen, die er beim nächsten Tauchgang brauchen würde. Da er noch immer nicht wusste, wonach er eigentlich suchte, wollte er für alle Eventualitäten gerüstet sein. Vor allem brauchte er lichtstarke Fackeln. Er würde das Schiffswrack mit langsam brennenden Unterwasserfackeln beleuchten. Außerdem benötigte er jede Menge Seil. Und Gerät, das Metall schneiden konnte. Einen Schneidbrenner, eine Lötlampe, einen dicken Tauchanzug. Eine spezielle Atemmischung aus Helium und Sauerstoff. Vielleicht sogar eine Pumpe und eine Winsch. Da kam rasch einiges zusammen, doch als er das letzte Teil auf die imaginäre Liste setzte, hatte er gleichwohl Grund zum Lächeln. Das war etwas, was es für Geld nicht zu kaufen gab und dennoch nützlicher war als alle anderen Ausrüstungsgegenstände zusammen.

Pieter Zeeman war fünfundvierzig Jahre alt und seit mindestens dreißig Jahren als Tauchlehrer tätig. In dieser Zeit war er alljährlich an schätzungsweise dreihundertzwanzig Tagen mindestens dreimal täglich getaucht. Inzwischen hatte er über neunzehntausend Stunden unter Wasser zugebracht. Strachan hatte das eines Abends in der St. Michiel's Bay ausgerechnet, als er gerade nichts Besseres zu tun hatte. Dabei war herausgekommen, dass Piet insgesamt zwei Jahre lang Druckluft eingeatmet hatte. Strachan bezweifelte, dass es jemanden gab, der mehr Unterwasserstunden aufzuweisen hatte als Piet.

Wie die Krankenschwester vorausgesagt hatte, war er nach einer Viertelstunde am Museum angelangt. Der Vorplatz war mit Jasminbäumen bepflanzt. Anders als viele andere historische Gebäude in Singapur stammte dieses hier nicht aus der Kolonialzeit. Eher wirkte es wie eine Offiziersmesse aus dem Zweiten Weltkrieg.

Es stand inmitten grüner Rasenflächen, die von großen Sprinklern und älteren Gärtnern mit Strohhüten in Schuss gehalten wurden. Ein Strachan unbekannter Vogel mit schillernd blauem Gefieder saugte in einem Orchideenbeet Nektar. Zur Rechten schlängelten sich wuchernde Glyzinien über die Fassade eines Vorgebäudes. In der Mitte der Rasenfläche ragte ein imposanter Eukalyptusbaum zwanzig Meter empor. Der Wind raschelte im Laub, als blättere er in einem Buch. Während Strachan sich dem Eingang näherte, ließ er alles auf sich wirken. Dabei kam er sich rechtschaffen bieder vor. Weder Museen noch Bibliotheken gehörten zu den Orten, an denen er häufig verkehrte.

Strachan bezahlte den Eintritt und betrat das Museum. Im Inneren war es kühl, die Beleuchtung gedämpft. Er war froh, endlich aus der Sonne heraus zu sein. Die Exponate waren chronologisch geordnet. Es gab nur einen einzigen Gang, deshalb war ausgeschlossen, dass man etwas übersah. Seine Turnschuhe quietschten auf dem Boden. Als er durch die Säle schritt, hallte das Geräusch durchs ganze Gebäude. Zu seiner Überraschung war er schon nach kurzer Zeit von der interessanten Ausstellung gefesselt.

Die ältesten Bootsmodelle stammten aus dem fünfzehnten Jahrhundert. Damals hatte Singapur dem malakkischen Sultanat angehört. Die Boote waren für Asien typisch: ganz aus Holz gebaute Sampans und Dschunken mit einem Segel, erhöhtem Achterdeck, kurzem Kiel und langen Rudern. Als er zu der Zeit gelangte, da Singapur an strategischer Bedeutung gewonnen hatte, wurden die Schautafeln größer.

Sir Stamford Raffles, der Gründervater des modernen Singapur, wurde im Jahr 1819 gestattet, den Hafen als Handelsposten der britischen Ostindischen Gesellschaft zu nutzen. Nach der Öffnung des Sueskanals im Jahr 1869 war die Verbindung zu Europa gesichert. Strachan staunte über die Abbildungen der großen Klipper, die auf den Gewürzrouten gesegelt waren und die exotische Fracht nach England gebracht hatten. Kaffee aus Java; Tee aus China; Gummi von der malaysischen Halbinsel.

Er ging zum nächsten Exponat weiter, welches die Entwicklung des Hafens in den Zwanzigerjahren zeigte. Die Briten hatten Singapur inzwischen als den größten Marinestützpunkt Ostasiens ausgebaut und die Handelsinfrastruktur mit bedeutenden militärischen Bauwerken erweitert. Und so ging es weiter bis zum Zweiten Weltkrieg, als Strachan auf einmal stutzte.

Er stand vor einer großen Schautafel mit drei Sepiafotografien und ebenso vielen Textblöcken. Das erste Foto zeigte einen gepflegten General hinter seinem Schreibtisch. Er war mit Khakishorts und kurzärmligem Hemd bekleidet und saugte heftig an einer Pfeife. Flankiert wurde er von zwei teilnahmslos dreinschauenden japanischen Bewachern. Offenbar unterzeichnete er gerade das Kapitulationsdokument. Er wirkte äußerst niedergeschlagen. Strachan konnte es ihm nicht verdenken, dass er qualmte wie ein Schlot. Er las den ersten Textblock.

> Nach einem Feldzug von kaum einer Woche Dauer eroberten die japanischen Streitkräfte im Februar 1942 Singapur. Das Foto zeigt General Arthur Percival, den Oberkommandierenden der Armee und der Luftstreitkräfte, bei der Unterzeichnung der Kapitulationserklärung in den Fordwerken.
>
> Bei ihrem überstürzten Rückzug zerstörten die britischen Truppen den Verbindungsdamm zwischen Singapur und der malaysischen Halbinsel nur teilweise. Deshalb konnte der Gegner rasch auf die Insel mit dem strategisch wichtigen Hafen vordringen.
>
> Obwohl die britischen Munitionsvorräte bei den Kämpfen in Malaysia stark geschrumpft waren, wollte Winston Churchill, der britische Premierminister, dass sein General bis zum Ende kämpfte, und wies ihn an: »*Keinen Gedanken daran, Truppen oder die Bevölkerung zu schonen; Offiziere sollten zusammen mit ihren Soldaten sterben. Die Ehre des britischen Empires und die der britischen Armee stehen auf dem Spiel.*«
>
> Percival kapitulierte. Seine Entscheidung, einen Stabsoffizier den Union Jack zusammen mit der weißen Fahne tragen zu lassen, wurde ihm von Churchill nie verziehen.

Das zweite Foto war interessanter. Es zeigte den Hafen. In Braun- und Weißtönen und etwas verschwommen, da es sich um eine Vergrößerung in DIN-A3-Format handelte, sah man ein japanisches Handelsschiff, das an einer Bergungsoperation beteiligt war. Auf dem Achterdeck war ein Kran montiert, der eine Art Heizkessel am Haken hatte. Der Stellung des Kranauslegers nach zu schließen, hatte man den Metallbehälter aus dem Meer geholt.

Bei genauerem Hinsehen machte Strachan im Vordergrund eine im Wasser schwimmende Holzplattform aus. Auf der Plattform standen zwei Männer, die mit einem Kompressor verbundene Schläuche hielten. Das waren offenbar die Luftschläuche zweier im Wasser befindlicher Taucher. So war man getaucht, bevor Cousteau das Tauchgerät erfunden hatte. Die Plattform fesselte seine Aufmerksamkeit nur für einen Moment. Der Hintergrund war weitaus interessanter.

Hinter dem Schiffskran war ein zweites Schiff. Teilweise war es verdeckt, nur das Heck war zu sehen. An Deck standen sechs weitere Metallbehälter. Jeweils zwei waren wie moderne Container übereinandergestapelt. Die Container, oder was immer das sein mochte, wurden vom Hafenboden geborgen. Strachan las den Begleittext.

> Obwohl sie den Gegner nicht abwehren konnten, gelang es den Briten, vor der Niederlage zahlreiche Hafeneinrichtungen zu sabotieren. Sie zerstörten das Trockendock, damals das größte der Welt, um die Japaner daran zu hindern, ihre Kriegsschiffe darin instand zu setzen. Außerdem setzten sie die verbliebenen Ölvorräte in Brand. An einigen Gebäuden am linken Bildrand sind noch Rußspuren zu erkennen.
>
> Als letzten Verzweiflungsakt befahl General Percival, die gesamten Goldreserven der Kolonie im Hafenbecken zu versenken, damit sie nicht dem Gegner in die Hände fielen.
>
> Diese Aktion blieb nicht einmal zehn Tage lang geheim. Ein Unteroffizier plauderte das Geheimnis unter Folter aus. Auf

dem Foto sieht man Schiffe der japanischen Marine, die britische Safes birgt und für die Verschiffung nach Japan verlädt. Beachten Sie bitte die Taucherplattform im Vordergrund und das kurz zuvor geflutete Trockendock am rechten Bildrand.

Obwohl das Museum klimatisiert war, schwitzte Strachan. Als er sich dem dritten Foto zuwandte, war er so aufgeregt, dass er Herzklopfen hatte. Das zweite Schiff war von der Seite aufgenommen. Es fuhr gerade aus dem Hafen aus. Diesmal war es vollständig zu sehen. Es war etwa vierzig Meter lang und nur leicht gepanzert. Am Bug war ein doppelläufiges Flakgeschütz montiert. Dahinter wehte die Sonnenfahne der kaiserlichen japanischen Armee. Drei Besatzungsmitglieder lehnten an der Reling und winkten ihren Kameraden im Dock zum Abschied zu. Strachan zählte insgesamt zwölf Metallcontainer, die auf dem Achterdeck angekettet waren. Inzwischen wusste er, dass es keine Heizkessel waren, sondern Safes.

Und dann fiel ihm noch etwas auf. Dies war wohl das schönste Foto, das er je gesehen hatte. Für die Entdeckung dieses Schnappschusses hätte er mit Freuden sein Lebenswerk hingegeben. Die Zeichen waren auf den Rumpf gemalt, dicht unterhalb der Bugreling. Durch den Nebel des Bromids, der Vergrößerungsgeräte und der Zeit gerade so eben zu erkennen. Ein Irrtum war ausgeschlossen. Es waren dieselben japanischen Schriftzeichen, die er am Grund des Südchinesischen Meers fotografiert hatte.

Das geborgene Gold verließ Singapur am 7. März 1942 in einem Konvoi von acht Frachtern mit Kurs auf Osaka. Die kaiserliche Marine hatte dieses Gebiet des Pazifiks nicht unter Kontrolle, weshalb der Konvoi von zwei Zerstörern der

Shiratsuyu-Klasse begleitet wurde, der *Shigure* und der *Suzukaze*.

Nach zwei Fahrstunden erhielt eines der Schiffe (die *Kagura*, siehe Foto) Befehl, nach Kuantan abzudrehen und britische Kriegsgefangene aufzunehmen, die nach Japan transportiert werden sollten, ein Umweg von zweihundertfünfzig Kilometern. Bei voller Kraft voraus sollte es der *Kagura* gelingen, in zehn bis zwölf Stunden wieder zum Konvoi aufzuschließen. Aus japanischen Borddokumenten geht hervor, dass das Schiff am 8. März 1942 um 5 Uhr 30 morgens mit den Kriegsgefangenen an Bord von Kuantan in See stach. Es sollte ihm nicht mehr gelingen, sich dem Konvoi wieder anzuschließen.

Was dann geschah, ist noch immer Gegenstand von Spekulationen. Man nimmt allgemein an, dass die *Kagura* nicht weit vom Festland gesunken ist. Der Funkverkehr war aufgrund des schlechten Wetters gestört. Kapitän Tameichi Hara, der den Konvoi befehligte, vermochte die Position nicht exakt zu bestimmen, als sie vom Radarschirm verschwand.

Soweit bekannt, gab es keine Überlebenden. Das Schiffswrack wurde nie gefunden. Die Theorie, wonach die Mannschaft das Gold habe stehlen wollen, wurde von japanischen Historikern angezweifelt, die ihrerseits glauben, das Schiff liege in einem der zahlreichen Meeresgräben. Neutrale Beobachter nehmen an, es sei nach Kriegsende von der japanischen oder der britischen Regierung heimlich geborgen worden.

Britischen Quellen zufolge wurden Goldmünzen im Wert von zehn Millionen Pfund im Hafen versenkt. In Anbetracht von Singapurs Bedeutung als Handelsposten liegt die wahre Zahl wahrscheinlich wesentlich höher. Der Verbleib der *Kagura* und der wahre Wert ihrer Fracht liegen nach wie vor im Dunkeln.

Der *wahre Wert*. Diesen Ausdruck hatte Strachan schon einmal gehört. Er grinste bis über beide Ohren und las den letzten Satz ein zweites Mal durch.

Manchmal war es schon erstaunlich, wie sehr manche Menschen sich irren konnten.

57

Strachan rannte aus dem Museum und rempelte in seiner Eile andere Besucher an. Dass sein Verhalten seltsam wirkte, nahm er in Kauf.

Draußen herrschte eine Gluthitze. Auch das war ihm egal. Nicht egal war ihm hingegen, ob KT wach war oder nicht. Wenn sie schlief, würde sie bald hellwach sein. Eine solche Neuigkeit konnte nicht warten. Eine solche Neuigkeit konnte ihr Leben verändern. Eine solche Neuigkeit konnte ihr dabei helfen zu vergessen, was Pili Parang ihr angetan hatte.

Strachan war in einer solchen Hochstimmung, dass er erst nach einer Weile spürte, dass er verfolgt wurde.

Als er zum Museum gefahren war, hatte er den Wagen nicht bemerkt, doch jetzt fiel er ihm auf. Es war ein grauer Range Rover Vogue mit dunkel getönten Fenstern. Solche Fenster weckten in ihm stets den Wunsch zu erfahren, wer sich dahinter verbarg. Singapur ist ein teures Pflaster für Wagenhalter, deshalb musste dieses Monstrum einer sehr reichen Person gehören.

Er war sich sicher, dass der Wagen ihm folgte. Kurz nachdem er ihn passiert hatte, fuhr der Wagen los. Es war nicht viel Verkehr. Er hörte das Motorgeräusch. Der Fahrer fuhr noch immer im ersten Gang.

Strachan bog auf die Hauptstraße ein und rannte Richtung Krankenhaus. Als er sich nach einer Weile umsah, war der Range Rover immer noch da. Er fuhr auf der linken Spur im Schneckentempo hinter ihm her. Von anderen Wagen ließ er sich überholen. Das gefiel ihm nicht. Überhaupt nicht. Das musste Interpol sein. Wer sonst sollte ihn in einem solchen Wagen verfolgen?

Wenn es tatsächlich Interpol war, dann gute Nacht. In einem so kleinen Land wie Singapur konnte Strachan sich nicht verstecken. Sein Steckbrief hing bestimmt schon am Flughafen und in den Fährhäfen aus. Wenn er zu fliehen versuchte, würde man ihn festnehmen. Das musste Strachan ihm lassen: Verhoeven war ein hartnäckiger Hurensohn. Michelle Newchris hatte recht gehabt, als sie ihn als Terrier bezeichnete. Strachan sträubten sich die Nackenhaare. Er hatte keine Ahnung, wie Verhoeven ihn gefunden hatte. Vor zweieinhalb Wochen war er von London hergeflogen, und vor zwei Wochen hatte er Tioman verlassen. Vielleicht hatte die Sicherheitsabteilung des Krankenhauses dem Holländer einen Tipp gegeben. Aber das war jetzt ohne Belang.

Verhoeven hatte sich einen denkbar schlechten Zeitpunkt ausgesucht: ausgerechnet den Moment, da sich alle Puzzlesteine zusammenfügten. Es war eine weite Reise gewesen vom Lobster Pot in Willemstad bis hierher. Eine Reise, die Strachan über London, Amsterdam und Tioman von der Karibik ins Südchinesische Meer geführt hatte. Von der Wohnung einer Toten in der Bermondsey Street in ein Museum auf der anderen Seite der Welt. Eine Reise, auf der er neue Freunde gewonnen und einen alten Freund getötet hatte. Strachan wollte sich nicht damit abfinden, dass die Reise jetzt endete. Er hatte noch ein Stück Weg zurückzulegen. Von Singapur zu den Kerkullas. Von den Kerkullas zurück nach Curaçao, im Gepäck Goldmünzen im Wert von etwa zehn Millionen Pfund plus Inflationsausgleich. Die *Kagura* bedeutete, dass die Fotosafaris rund um Aruba und Bonaire Wirklichkeit werden könnten. Piet würde Koopmans dazu bewegen, das Einreiseverbot aufzuheben. Die Einwanderungsbehörde von Curaçao würde ihn mit offenen Armen willkommen heißen, sobald sie erfuhr, wie groß sein Vermögen war.

Strachan erwog, einfach loszurennen, doch in der Hitze würde er nicht weit kommen. Stattdessen hielt er Ausschau nach einer Seitenstraße oder einem Park; nach irgendeiner Möglichkeit, den Wagen abzuhängen. Doch da waren nur die Straße zu seiner Rechten und die Mauer zu seiner Linken. Es gab keine Deckung. Wenn er die Straßenseite wechselte, würde der Wagen wenden und ihm in die andere Richtung folgen. Er konnte lediglich abwarten.

Verhoeven. Er musste es sein. Kein anderer Bulle hätte solche Spielchen mit ihm gespielt. Die Interpol-Abteilung von Singapur hätte kein solches Aufhebens gemacht. Die hätten die Handschellen in dem Moment zuschnappen lassen, als er das Museum verlassen hatte. Kein Katz-und-Maus-Spiel. Strachan wurde wütend. Der Zorn brannte in ihm wie die Lava in einem von Tiomans Vulkanen. *Bringen wir's hinter uns*. Er war bereit. Wenn es zu Ende gehen sollte, dann mit einem Paukenschlag. Freiwillig würde er sich nicht von Verhoeven festnehmen lassen; das hatte er sich gelobt. Er wurde langsamer und blickte sich über die rechte Schulter um. Der Wagen war noch da, doch der Abstand hatte sich auf fünfzehn Meter verkürzt.

Hundert Meter vor ihm lag eine ampelgeregelte Kreuzung. Als er einem Container mit Bauschutt auswich, nahm er unwillkürlich einen Betonbrocken in die Hand. Der Brocken war scharfkantig und fühlte sich schwer an. Im Gehen zählte er die Sekunden bis zum Umspringen der Ampeln. Die Grünphase dauerte fünfzehn Sekunden, die Rotphase zwanzig. Er passte sein Schritttempo so an, dass er die Ampeln in dem Moment erreichte, als sie von Grün auf Rot wechselten. Auf der Straße waren nur wenige Autos unterwegs. Sie hielten und hinderten den Range Rover daran weiterzufahren.

Strachan wartete, bis der Rover zu den vor ihm stehenden Wagen aufgeschlossen hatte. Als er das Ende der Schlange erreicht hatte, machte Strachan kehrt und rannte auf den Rover zu. Im Laufen beugte er den Oberkörper weit vor und schwenkte die Arme vor und zurück. Der Fahrer des Range Rover sah ihn kommen. Er versuchte, aus der Warteschlange auszuscheren, doch er war eingekeilt. Er kam nicht raus. In wenigen Sekunden hatte Strachan den Wagen erreicht.

Er packte den Griff der Beifahrertür. Sie war verriegelt. Es war ihm egal, ob ihn jemand sah. Die Folgen scherten ihn nicht. Ihm kam es allein darauf an, Rutger Verhoeven einen Mordsschrecken einzujagen. Er holte aus und rammte den Betonblock gegen das Seitenfenster. Das Glas zerbarst in dem Moment, als die Ampel auf Grün umsprang. Reifen quietschten; da die anderen Fahrer glaubten, er wolle einen Wagen entführen, suchten sie mit Vollgas das Weite.

Der Fahrer des Range Rover trödelte ebenfalls nicht. Die Glassplitter der geborstenen Fensterscheibe waren auf dem Beifahrersitz gelandet. Einen Moment lang konnte Strachan den Mann am Steuer sehen.

Es war nur ein flüchtiger Blick. Der Range Rover beschleunigte, sodass Strachan zurückspringen musste. Den Fahrer kannte er nicht, doch er hatte sich lange genug in Asien aufgehalten, um die Herkunft des Unbekannten zu bestimmen. Der Mann war Japaner.

In der Ferne sah Strachan das Krankenhaus. Er rannte los.

58

Jetzt kam es vor allem darauf an, mit KT aus Singapur zu verschwinden. Und zwar schnell. Strachan hatte keine Ahnung, wer der Japaner war, doch es brauchte nicht viel Fantasie, ihn mit der *Fubuki* in Verbindung zu bringen. Und das konnte nur bedeuten, dass er mit Pili Parang im Bunde war.

Im Laufen setzte er die Puzzleteile zusammen. Pili hatte dem Besitzer der *Fubuki* offenbar gesagt, wohin er wollte. Deshalb war das Boot nach Norden zu den Kerkullas gefahren, als die *Esprit Bleu* nach Tioman zurückgekehrt war. Dann fiel ihm wieder ein, dass Pili Parang das Funkgerät benutzt hatte. In dem Moment war ihm das nicht weiter aufgefallen, doch im Nachhinein erschien sein Verhalten in ganz anderem Licht. Pili hatte seine Rache weit vorausgeplant und damit gerechnet, dass die *Fubuki* ihn abholen würde. Mit seinem Tod hatte Strachan sich gleich mehrere Feinde gemacht.

Außerdem waren die Japaner bestimmt nicht die Einzigen, die wissen wollten, wo er steckte. Die Augenzeugen würden seine Attacke gegen den Range Rover weitermelden. Jetzt würde auch die Polizei nach ihm suchen. Vielleicht erwähnte ja jemand das eingeschlagene Wagenfenster, und dann würde man sich bei den Krankenhäusern erkundigen, ob sich jemand mit einer Handverletzung hatte behandeln lassen. Strachans Hand war unverletzt, trotzdem würde es bald zu gefährlich sein, sich auf dem Changi-Airport blicken zu lassen.

Fraser Chan würde nichts anderes übrig bleiben, als zu bestätigen, dass er Strachan gesehen habe. Das Netz würde sich um ihn zusammenziehen. Die Polizei würde ihn festnehmen und sein Profil mit der Datenbank von Interpol abgleichen. Und dann würde er zusammen mit seinem alten Freund Verhoeven nach Schiphol zurückfliegen. Ein zweites Mal würde

Verhoeven ihn nicht entwischen lassen. Dann wäre das Spiel endgültig aus. Dabei hatte Strachan sich erst kürzlich geschworen, dass er den Zeitpunkt der Abreise selbst bestimmen würde. Genau wie andere Leute auch.

Als er das Krankenhaus erreichte, schwitzte er wie ein Schauermann. Vom Museum bis hierher hatte er fünf Minuten gebraucht, und sein Hemd war klitschnass. Auch die Zehen schwammen in den Turnschuhen geradezu in Schweiß. Da die Aufzüge unterwegs waren, nahm er die Treppe. Der Luftstrom der Klimaanlage war wie ein Fallwind. Als er KTs im dritten Stock gelegenes Zimmer erreichte, fröstelte er. Dort erwartete ihn eine weitere unangenehme Überraschung.

KT war weg.

Ihr Bett war leer, das Gepäck verschwunden. Strachan rannte durch die Gänge und schlug Haken wie eine Maus im Labyrinth. Er sah im Bad nach, guckte in den Fernsehraum und in den Buchladen. Er platzte ohne anzuklopfen in Chans Büro. Chan untersuchte gerade einen Patienten, in dessen Miene sich reine Panik widerspiegelte. Chan wirkte nicht sonderlich überrascht, ihn zu sehen. »Sie hat etwas für Sie dagelassen.« Er schaute nicht einmal hoch.

»Wo?«

»Da drüben.« Chan zeigte mit der Nasenspitze zum Computer. Auf der Tastatur lag ein blauer Briefumschlag. »Wenn Sie mich jetzt entschuldigen würden, Mr. Strachan.«

Strachan schnappte sich den Umschlag. »Ich danke Ihnen. Für alles, was Sie für KT getan haben.« Chan war ein guter Arzt. KTs Lunge hatte er erstklassig versorgt. Er hatte Strachan sein Büro benutzen und ihn auf dem Boden schlafen lassen. Vielleicht würde er ihm ja noch einen weiteren Gefallen erweisen. »Sie haben mich nie gesehen, einverstanden?«

»Unter der Bedingung, dass ich Sie nie wiedersehen werde.«

»Danke.« Strachan riss den Umschlag auf, als enthielte er

einen Lotteriescheck. Doch es war nur eine Postkarte darin. Er hielt sie mit beiden Händen fest und las den Text zweimal hintereinander. Dann sah er Chan vorwurfsvoll an. »Wie konnte sie das mit ihren verletzten Händen schreiben?«

»Sie hat es diktiert. Ich habe geschrieben.«

»Wann?«

»Vor zehn Minuten.«

Strachan hatte das Gefühl, jemand habe ihm mit dem Vorschlaghammer in die Kniekehlen geschlagen. Er wusste nicht, was er glauben sollte.

»Ed?« Chan sah den Zweifel in Strachans Augen.

»Was ist?«

»Vertrauen Sie mir. Ich bin Arzt.«

Strachan schlurfte aus dem Büro wie ein Gefangener bei Antritt seiner Strafe. Auf dem Gang ließ er sich auf den erstbesten Stuhl fallen und barg den Kopf in den Händen. Auf der Postkarte war ein Walhai abgebildet; eine simple Botschaft.

An Lanzelot, meinen galanten Ritter!

Abschiede kann ich nicht ausstehen. So ist es für uns beide leichter. Danke für das Abenteuer.

KT

In einer Unterwasserhöhle warteten Goldmünzen im Wert von mindestens zehn Millionen Pfund, und sie waren die beiden einzigen Menschen auf der ganzen Welt, die das Versteck kannten.

Unwillkürlich tastete er in der Hemdtasche nach seiner Packung Zigaretten. Ein Gepäckträger in einem grünen Overall machte ihn auf das Schild an der Wand aufmerksam, das das Rauchen verbot. In seiner Erregung sagte er zu dem Mann, er solle sich zum Teufel scheren. Seine Reaktion war vollkommen überzogen, deshalb entschuldigte er sich augenblicklich, drückte die Zigarette aus und verachtete sich aus tiefster Seele.

Und dann sprang er auf und rannte los. KT war erst vor zehn Minuten aufgebrochen. Vielleicht konnte er sie ja am Flughafen abfangen. Das Risiko war es wert. Er stürmte die Treppe hinunter. Im Erdgeschoss war mehr Betrieb, da hier zahlreiche Korridore mündeten. Kreuzungspunkt um Kreuzungspunkt flog vorbei; Zuflüsse zum Menschenstrom, der sich schließlich in das Delta des Haupteingangs ergoss. Er kam nur noch im Eilschritt weiter und musste ständig Patienten, Angestellten und Besuchern ausweichen. Er nahm eine Abkürzung durch die onkologische Station und platzte in eine Gruppe von Studenten auf Exkursion. Sie stoben auseinander wie Singvögel vor einem Falken, als er mitten hindurchstieß. Und dann erblickte er auf einmal in der Ferne KT.

Sie hatte offenbar den Lift genommen, während er die Treppe hinuntergerannt war. Er hatte sie nur knapp verfehlt. Sie verabschiedete sich gerade und scherzte mit der Stationsschwester. Ein Taxi fuhr vor. »KT, warte!«, rief er. Sie drehte sich um, und er sah das Lächeln in ihren Augen, noch ehe es ihre Lippen erreichte.

»Galant bis zuletzt, Lance?« Der Taxifahrer hatte ihr Gepäck bereits nach draußen gebracht und lud es gerade in den Kofferraum.

Strachan war außer Atem. Die Krankenschwester musterte ihn misstrauisch, als sie KT in den Wagen half. »KT, warte einen Moment. Du musst bleiben. Ich verspreche dir, es lohnt sich.«

Sie musterte ihn forschend. »Versprochen?«

»Ja. Aber du musst mir vertrauen.«

»Was ist mit dem Flugticket?«

»Tausch es um.«

Es entstand ein verlegenes Schweigen. Das Taxifahrer wartete etwa fünfzehn Sekunden lang, dann sagte er: »Zum Flughafen, ja?«

»Falsch«, sagte KT. »Nach Ponggol, zum Hafen.« Sie pustete sich eine Haarsträhne aus dem Mundwinkel, dann wandte sie sich Strachan zu. »Steh nicht einfach so herum, Lance – lass uns Sumo suchen.«

3. TEIL

Fort, falscher Tand!
Merk dir, ein falscher Schritt reicht oft schon aus,
Drum sei mit Vorsicht kühn.
Nicht alles, was Aug und Herz verlockt,
Ist von wahrem Wert;
Nicht alles Gold, was glänzt.

Thomas Gray, »Ode über den Tod einer Lieblingskatze,
ertrunken in einem Goldfischglas«

59

Pieter Zeeman traf vier Tage nach Strachan und KT auf Pulau Tioman ein. Strachan hatte all seine Überredungskünste aufbieten müssen, um ihn zu der Reise zu bewegen. Das Telefon im Berjaya Resort hatte seine Münzen nur so verschlungen, denn Piet hatte Beweise für die Existenz des Wracks verlangt, und die konnte Strachan ihm nicht liefern. Sein stärkstes Argument war seine aufgeregte Stimme. *Gold.* Dieses Wort wiederholte er immer wieder, während er das Telefon stopfte wie eine Gans.

Seine Begeisterung gab am Ende den Ausschlag. Piet hatte ihm versprochen, mit der Präsidentin zu sprechen – so nannte er Maggie, wenn sie außer Hörweite war. Piet mochte zwar den Spezialeinsatzkräften angehört haben, doch seine Frau hatte die Hosen an. Sie war der einzige Mensch, vor dem er sich fürchtete. Als Strachan am nächsten Tag wieder anrief, hatte er gute Neuigkeiten zu verkünden. Die Präsidentin habe gemeint, er könne fliegen. Nachdem er zur Aushilfe einen Tauchlehrer einer benachbarten Tauchschule angeheuert hatte, bestieg er im Morgengrauen den Flieger nach Amsterdam.

»Nicht mehr lange, Ed, und wir sind quitt.« Obwohl eine Vierundzwanzig-Stunden-Reise hinter ihm lag, war Piet immer noch angriffslustig. Als er von der Fähre kam, begrüßte er Strachan mit einem väterlichen Klaps auf den Rücken.

»Ich liebe dich ebenfalls, Piet.« Strachan schüttelte seinem Freund die Hand. »Schön, dich zu sehen.« Beides war nicht gelogen. Piet Zeeman war ihm Vater und älterer Bruder in einem. Einerseits war er so fürsorglich, tausend Dollar Strafe für ihn auszulegen, andererseits imstande, darüber zu scherzen. Er hatte einer der sieben niederländischen amphibischen Spezialeinheiten angehört, die eng mit den britischen SBS zusammenarbeiteten. Heutzutage schützen sie niederländische Ölplattformen vor terroristischen Angriffen, doch in den Siebzigern waren sie in Dhofar eingesetzt worden, wo sie zusammen mit den Briten gegen marxistische Aufständische kämpften. Piet war an der Hüfte verwundet worden und hatte vorzeitig aus dem Militärdienst ausscheiden müssen. In den vergangenen dreißig Jahren hatte er den Coral Kraal betrieben. Strachan fand, er habe seine Sache gut gemacht.

Piet war groß und breitschultrig und hatte einen silberweißen Haarschopf, den er zurückgekämmt hatte, sodass seine scharf geschnittenen Gesichtszüge betont wurden. Da er in Willemstad geboren und aufgewachsen war, hatte er eine gesunde, frische Hautfarbe, zu der auch seine auf Fisch, Obst und Bier beruhende Ernährung beitrug. Außerdem bewies er bei der Auswahl seiner Hemden einen abscheulichen Geschmack. Auch heute wieder machte er keine Ausnahme. Als Strachan ihn vorstellte, schnitt KT eine Grimasse. Verdenken konnte er's ihr nicht. Auf dem Bettbezug eines kleinen Jungen wäre der Comic-Fisch eher angebracht gewesen.

Strachan hatte für seinen Freund eine Strandhütte gemietet, die nur zwanzig Meter von der seinen entfernt war. Dort verstauten sie Piets Gepäck, dann schlenderten sie ins Dorf und speisten ausgiebig. Strachan berichtete, was sich seit seiner Abreise von Curaçao zugetragen hatte. Seitdem war erst ein Monat vergangen, doch ihm kam es vor wie eine Ewigkeit. Es gab viel zu erzählen, und Strachan verschwieg nichts. Einiges war auch KT noch neu, und beide hörten aufmerksam zu und stellten nur gelegentlich Zwischenfragen. Zum Abschluss berichtete Strachan, dass Sumo die Behörden davon überzeugt habe, dass Pili ertrunken sei, nachdem er betrunken über Bord gegangen sei. Die Skepsis der Polizei halte sich mit ihrer Gleichgültigkeit offenbar die Waage. Nach dem stundenlangen Erzählen war Strachan erschöpft und angetrunken. »Piet, ich weiß nicht, wie ich's sagen soll …«

»Dann solltest du's vielleicht besser für dich behalten.« Piet verdrehte die Augen und zwinkerte KT zu. Offenbar ahnte er, dass Strachan im Begriff war, jemanden in Verlegenheit zu bringen.

»Es geht um das Geld, das du Koopmans gezahlt hast. Das hättest du nicht tun müssen. Ich hätte das auch selbst bezahlen können.«

»Du bist ein hoffnungsloser Lügner, Ed. So war es bisher, und so wird es immer sein.«

»Nein, im Ernst. Ich hätte mir schon was einfallen lassen. Ich hätte Hamilton anpumpen können. Er hat viel mehr Geld als du, und …« Unvermittelt brach er ab. Das war ein falscher Zungenschlag. »Was ich sagen will: Danke. Ich danke dir sehr. Ich werd's dir zurückzahlen. In zwei Tagen wirst du so reich sein, dass es dir auf einen Riesen mehr oder weniger nicht mehr ankommt.« Er bemerkte, dass Piet über beide Ohren grinste. »Habe ich was Komisches gesagt?«

»Nein, ich genieße nur die Sonne.«

»Bei dir zu Hause scheint auch die Sonne. Also sag mir, was du so verdammt komisch findest.«

Piet beugte sich vor und legte Strachan den Arm um die Schultern. »Ed, glaubst du wirklich, so einer wie Koopmans würde die Anklage einfach so fallen lassen und sich mit einem Bußgeld begnügen?«

»Keine Ahnung. Tausend Dollar sind eine Menge Geld. Er hat gemeint, er wolle die Kosten für meinen Gefängnisaufenthalt sparen. Worauf willst du hinaus?«

»Glaubst du, ein Bulle sei befugt, dich zu einer so hohen

Geldstrafe zu verdonnern? Ist es dir nicht merkwürdig vorgekommen, dass die Strafe nicht von einem Gericht oder einem Richter ausgesprochen wurde?«

Strachan musterte ihn verständnislos. In seiner Brust flatterte ein Schwarm Schmetterlinge. Vor lauter Erleichterung, vom Mordvorwurf freigesprochen zu werden, hatte er sich keine Gedanken über die Legitimität des Verfahrens gemacht.

»Koopmans ist ein guter Mann«, fuhr Piet fort. »Er ist ein guter Polizist. Er führt Curaçao wie sein eigenes Haus. Er ist hart, aber gerecht. Wenn jemand fahrlässig das Leben einer anderen Person gefährdet und dann wegläuft, muss er damit rechnen, im Gefängnis zu landen.«

»Und warum hat er mich dann nicht festnehmen lassen? Was wollte er mit dem Geld?«

Piet stieß einen Pfiff aus. Er schaute umher und tat seine Begeisterung über die Aussicht kund. Strachan schnippte ihm frustriert Bier ins Gesicht. Zeeman war ein großes Kind. Andere Leute zum Besten zu halten war typisch für seine Auffassung von Humor.

Piet lachte glucksend und wich den Biertropfen aus. »Ich will dir mal ein Geheimnis verraten. Nur weil Dirk ein guter Cop ist, heißt das noch lange nicht, dass er sich nicht auch mal gerne ohne die anderen Jungs amüsieren würde.«

Strachan glotzte nur. Er hatte noch immer nicht kapiert, worauf Piet hinauswollte. »Ja, und?«

»Sagen wir mal so: Er ist nicht gerade der beste Pokerspieler der Insel.«

»Soll das ein Scherz sein?«

»Tja, nun. Tausend Dollar decken nicht seine ganzen Schulden, aber doch den größten Teil. Ich habe keinen Cent dafür bezahlt, dass er dich hat gehen lassen. Ich hab nur ein paar Schulden eingefordert.«

»Ist das dein Ernst?«

»Mein voller Ernst. Und wenn du mich jetzt entschuldigen würdest, ich möchte Siesta halten.« Piet schob den Stuhl zurück und erhob sich. »Wer zuerst da ist, kriegt die Hängematte.«

»Ich mache mit«, sagte KT. Sie trug keine Armschlingen mehr, und die Fäden am Unterarm sollten in vierzehn Tagen gezogen werden. Ihre Lunge war wieder in Ordnung; ihre Genesung machte rasche Fortschritte. Sie rannten auf die Strandhütten zu.

Strachan sah ihnen nach. Er trank sein Bier aus, stützte das Kinn auf die Hände und ließ sich das Gehörte durch den Kopf gehen. Es hieß, der wahre Freund zeige sich erst in der Not. Einen Freund wie Piet Zeeman konnte man sich nur wünschen. Mit einem Mal wurde ihm bewusst, welches Schwein er gehabt hatte. Selbst wenn es ihnen nicht gelingen sollte, das Gold zu heben, war er in anderer Hinsicht doch bereits reich beschenkt. Er schüttelte den Kopf, legte das Geld für das Bier auf den Tisch und lief seinen beiden Freunden hinterher.

Am Abend lud KT sie zu ihrer Hütte ein, wo sie am Strand Hühnerbrust grillten. Sie verzehrten sie mit *bak boy* in Kokosnusssoße. Piet fragte Strachan nach dem Wrack aus. Er wollte wissen, in welcher Tiefe es liege, wie stark die Strömung sei, wie gut die Sicht und wie zum Teufel sie zwölf schwere Safes aus einer Unterwasserhöhle bergen sollten.

»So weit sind wir noch nicht«, meinte Strachan. Er hatte bereits einen Plan zur Bergung der Safes ausgearbeitet, doch da er auf der Sprengung des Riffs beruhte, wollte er ihn in KTs Beisein nicht erläutern. Ihr Wunsch, die Natur zu bewahren, war ebenso stark ausgeprägt wie ihr Appetit auf gegrillte Hühnerbrust. Und da Piet in seinen Zwanzigern ein solcher Crack gewesen war, traute er anderen unter Wasser nur wenig zu, wenn es knifflig wurde. Strachan stellte sich gerne dumm, wenn es bedeutete, dass er seinem Freund später den Stinkefinger würde zeigen können.

Piets Bedenken hinsichtlich des Gewichts waren jedoch berechtigt. Das stellte eine große Herausforderung für sie dar. Strachan hatte gestern ausgiebig im Internetcafé gesurft, Zahlen in Sumos Taschenrechner eingetippt und sich über Gold schlau gemacht. Es war verdammt schwer.

Isaac Newton hatte in seiner Eigenschaft als Aufseher der Königlichen Münzanstalt den Preis für Gold im Jahr 1717 auf drei Pfund und siebzehn Schillinge pro Troyunze festgesetzt. Mit Ausnahme kurzer Schwankungen zu Zeiten der napoleonischen Kriege war der Preis zweihundert Jahre lang konstant geblieben. Nach dem Ausbruch des Ersten Weltkriegs stieg er stark an. Im Jahr 1940 kostete eine Troyunze acht Pfund vierzig.

Fortan ging es steil nach oben. Strachan hatte auf der Website der *Financial Times* nachgesehen. Im Moment betrug der Preis auf dem Londoner Markt zweihundertelf Pfund fünfzig. Somit war der Wert des Goldes ums Fünfundzwanzigfache gestiegen, seit General Percival die Safes versenkt hatte. Aus den zehn Millionen Pfund waren inzwischen zweihundertfünfzig Millionen geworden. Strachan wäre beinahe vom Stuhl gekippt, als er das herausfand. Dann aber grinste er. Er war nicht geldgierig. Auch mit zehn Millionen wäre er schon hochzufrieden gewesen.

Der Wert des Goldes mochte seitdem gestiegen sein, doch für sein Gewicht galt das nicht. Angenommen, man hatte es gleichmäßig auf acht Schiffe verteilt, von denen jedes zwölf Safes an Bord gehabt hatte, dann betrug der Wert eines jeden einzelnen Safes hundert Riesen beim Stand von 1940. Setzte man einen Wert von acht Pfund vierzig pro Unze an, wog jeder einzelne Safe etwa zwölftausendvierhundert Unzen, was ungefähr einer halben Tonne entsprach.

Eine halbe Tonne, das war schlecht. Die gute Nachricht war, dass jedes Schiff Gold im Wert von einunddreißig Millionen Pfund an Bord gehabt hatte und dass der Inhalt eines einzelnen Safes heute zweieinhalb Millionen wert war. Einige von Strachans Annahmen standen auf wackligen Füßen, doch das war ihm egal. Ihm reichte es, wenn die Schätzwerte einigermaßen hinkamen. Jetzt hatte er jedenfalls eine realistische Vorstellung, womit er es zu tun hatte. Mit einem Haufen Geld und einer Menge totem Gewicht.

Eine halbe Tonne war viel, doch selbst wenn man noch zweihundert Kilo für den Safe hinzuzählte, müsste es möglich sein, das Ding zu bewegen. Solange sie die Safes nicht hochheben mussten, sollte es ihnen gelingen, sie zu einer Stelle zu befördern, wo man sie öffnen konnte. Strachan konnte es kaum mehr erwarten.

Piets Jetlag hatte um acht Uhr abends zugeschlagen, weshalb er sich früh ins Bett zurückzog, um noch ein wenig über die vor ihnen liegenden Herausforderungen nachzugrübeln. Beim Abschied überreichte er Strachan ein Geschenk. Er hatte es in Amsterdam gekauft und sich nicht die Mühe gemacht, es in Geschenkpapier einzupacken.

Strachan nahm es aus der Plastiktüte. Er lachte auf und schloss Piet mit einem triumphierenden Aufschrei in die Arme. Wenigstens etwas hatte er richtig gemacht. Der Kalender hatte DIN-A4-Format und Spiralbindung. Das Titelfoto war durch die Cellophanhülle gut zu sehen. Der reglos in der Strömung verharrende Barrakuda grinste ihn an. Ein perfektes Sinnbild kontrollierter Aggression. McCauley Gilchrist hatte schnell gehandelt.

Nachdem sie das Geschirr in der Brandung abgewaschen hatten, löschte Strachan das Feuer mit ein paar Pfannen Wasser und dankte KT für die Einladung. Er wollte Piet gerade folgen, als er bemerkte, dass KT ihn amüsiert beobachtete. Sie stand im Eingang ihrer Hütte und lehnte am Rahmen. Sie hob die Hand und fuhr sich mit den Fingern durchs Haar, wodurch ihre Brüste unter dem T-Shirt hervortraten.

»Wo zum Teufel willst du hin?«, fragte sie.

»Nach Hause«, sagte er errötend. Es war warm. Es roch nach verbranntem Holz, die Luft war erfüllt vom Gesang der zahllosen unsichtbaren Insekten.

»Nach Hause? Da würdest du mir nicht viel nützen, meinst du nicht, Süßer? Jetzt sei nicht so verdammt britisch, und schaff deinen hübschen kleinen Arsch hier rein.«

Strachan grinste. *God bless America*, dachte er, als er ihr in die Hütte folgte.

60

Adrian Hamilton bezeichnete den Schlaf gern als die Würze des Lebens. Angeblich war das ein Zitat aus Shakespeares *Macbeth*. Da Strachan sich mit Shakespeare nicht auskannte, musste er das wohl glauben. Er und KT waren gegen Mitternacht eingeschlafen. Somit blieben ihnen acht Stunden für einen tiefen, erholsamen Schlaf. Als er am nächsten Morgen erwachte, wusste er genau, was sein Pate gemeint hatte. Die Beule am Hinterkopf tat nicht mehr weh, und seit die *Esprit Bleu* zum ersten Mal bei den beiden parallelen Riffs gewesen war, hatte er sich nicht mehr so belebt gefühlt.

Heute würden sie dorthin zurückkehren.

Um neun Uhr schlenderten sie mit Piet über die Hauptstraße zum Boot. Sumo und Shleppy waren bereits auf den Beinen, und Shleppy hatte zum Frühstück seinen speziellen Obstsalat gemacht. Sumo verstand sich mit Piet auf Anhieb, und schon bald scherzten sie miteinander wie alte Freunde. Voller gegenseitigem Respekt tauschten sie Geschichten über kapitale Fänge aus. Als Sumo erzählte, seine Kunden dürften die gefangenen Fische nicht mehr behalten, sondern müssten sie nach dem Wiegen lebend ins Meer zurückwerfen, klopfte ihm Piet anerkennend auf den Rücken.

KT frischte derweil ihre Freundschaft mit Shleppy auf, und als sie von Tioman in See stachen, stand Strachan ganz allein im Bug und schwelgte in den Erinnerungen an die vergangene Nacht. KT war beim Sex ebenso leidenschaftlich wie bei allem anderen auch, und was ihr an Zärtlichkeit mangelte, machte sie mit Hingabe wett. Er steckte sich eine Zigarette an und fuhr sich mit der Hand über den Rücken. Die Kratzer, die sie ihm mit den Fingernägeln zugefügt hatte, als sie das Laken mit ihrem Schweiß getränkt hatten, konnte er noch immer spüren.

Als Erstes steuerten sie einen Supermarkt für Nautikbedarf in Mersing an. Mersing lag auf dem Festland, näher als Kuantan, aber nicht so groß. Zwei Tage zuvor hatte Strachan schon einen Großteil der benötigten Ausrüstung gekauft, und Sumo hatte alles an Bord der *Esprit Bleu* verstaut. Jetzt mussten sie nur noch zwei Dinge kaufen.

Piet hatte sich unterdessen Gedanken darüber gemacht, wie man die Safes bergen könnte, und war zur gleichen Schlussfolgerung gelangt wie Strachan. Die *Esprit Bleu* besaß keine Winsch, und Sumo hatte bereits erklärt, er wolle nicht, dass eine im Cockpit festgeschraubt werde. Somit blieb ihnen nichts anderes übrig, als die Safes mit Luft zu heben und sie dann zum Ufer zu schleppen. Diese Überlegung führte logischerweise zum ersten Gegenstand auf der Einkaufsliste: einem aufblasbaren Auftriebskörper.

Auftriebskörper gab es in allen Formen und Größen. Mit Luftsäcken von der Größe eines Heißluftballons wurden gesunkene Flugzeuge und U-Boote geborgen. So weit brauchte

Strachan nicht zu gehen: Er wollte lediglich die Safes bergen, nicht die *Karuga* als Ganzes. Ein Auftrieb von tausend Kilogramm würde bei Weitem ausreichen. Das war schon recht speziell, aber Sumo versicherte ihm, dass der Laden etwas Geeignetes vorrätig habe: Offenbar war dies der größte Anbieter in der ganzen Gegend.

Dem Foto im Museum zufolge befanden sich die Safes auf dem Hinterdeck der *Karuga*. Sie waren leicht zugänglich, und wenn es Piet gelang, die Beschläge mit dem Schneidbrenner zu durchtrennen, sollte es eigentlich nicht schwer sein, den Auftriebskörper daran zu befestigen. Das war der einfache Teil. Der schwere Teil bestand darin, die Safes durchs Höhlendach zu bugsieren. Wenn Strachan sich richtig erinnerte, waren die Safes etwa so groß wie eine große Packkiste. Der Höhleneingang war nur gerade so breit, dass er sich mit der Luftflasche auf dem Rücken hindurchzwängen konnte. Den Safe nach oben zu schaffen war etwa so, als wollte man Pavarotti durch eine Katzenklappe schieben. Daher der zweite Gegenstand auf der Einkaufsliste.

Die Vorstellung, ein Loch ins Riff zu sprengen, ging ihnen allen gegen den Strich, und KT war strikt dagegen. Vor kurzem hatte sie sich einer Kampagne gegen das Fischen mit Sprengstoff angeschlossen, und nun warf sie ihnen Rücksichtslosigkeit und Heuchelei vor. Strachan musste schweres kapitalistisches Geschütz auffahren, um sie davon zu überzeugen, dass sie nach erfolgter Bergung des Goldes so viele Naturschutzprojekte würden ankurbeln können, wie sie nur wollten. Am Ende musste sie sich seiner Logik anschließen.

Vierzig Minuten später machten sie in dem kleinen Hafen von Mersing fest. Er lag eine Viertelmeile flussaufwärts in einem schmalen Mündungsdelta. Das Wasser war braun und schlammig. Mangrovenwurzeln schlängelten sich in den Fluss, und im Geäst zwitscherten Sperlinge.

Sumo füllte die Tanks mit Diesel, während Piet und Strachan den Nautikausrüster suchen gingen. Das Geschäft befand sich auf der anderen Seite der Hafenanlage. Der Holzsteg lag noch im Schatten. Sie ließen sich Zeit und genossen das Gefühl von Freiheit, das ihnen das Barfußgehen vermittelte. Piet hatte das T-Shirt gewechselt. Heute Morgen beleidigte er das Auge mit Ananasfrüchten auf pinkfarbenem Grund. Als Strachan sich seinem Schritttempo anpasste, bemerkte er die Narbe an Piets Knöchel, die er von dem Tag zurückbehalten hatte, als er versucht hatte, sich den Fuß abzuschneiden.

Piet war noch nie in diesem Teil der Welt gewesen und blickte sich neugierig um. In der Strömung trieb wie buntes Herbstlaub eine Flottille von Fischerbooten. Zu ihrer Linken lenkte ein Bauer einen Ochsenkarren aus Durianholz über einen Weg. Das Zugtier wirbelte mit den Hufen eine Staubwolke auf, und der Bauer hielt sich das T-Shirt vor Mund und Nase, während er das Zugtier mit einem Bambusstock antrieb. In der Lücke zwischen zwei Mangrovenbäumen tauchte eine Moschee auf. Der Zwiebelturm reflektierte die wenigen Sonnenstrahlen, die den Morgendunst durchdrangen. Auf dem marmorgepflasterten Hof saßen ein paar Gläubige, die wie Schachfiguren wirkten.

Der Laden hatte mehr Ähnlichkeit mit einem Schrottplatz als mit einem Großhandel. Er nahm zwei Stockwerke der an einer Seite offenen Scheune ein. Das Blechdach war verrostet. In zwanzig Minuten würde der Dunst sich auflösen, und im Laden würde es so heiß werden, dass man Aluminium schmelzen könnte. Piet hatte anscheinend trotzdem keine Eile. Er stieg die knarrende Treppe zum Zwischengeschoss hoch und betrachtete ausgiebig die Waren.

Vieles stammte anscheinend aus zweiter oder dritter Hand. Außenborder standen neben Farbtöpfen. Schmutzige Fender hingen wie Punchingbälle von der Decke. In einer Ecke befanden sich Bündel von Rudern und Bootshaken, die eher als Feuerholz zu taugen schienen. Es gab Truhen voller Nägel und Schrauben, Eimer voller Angelhaken und Regale voller Ankerketten, Benzinkanister und Gasflaschen.

Wie Strachan so durch dieses Schrottlabyrinth schlenderte, bezweifelte er, dass sie das Gesuchte finden würden. In einer Ecke lag ein Hundemischling, der hin und wieder blinzelte, um die Fliegen zu verscheuchen, die sich ständig auf seinen Augen niederließen. Dann gelangte er zur anderen Seite der Scheune, die nach außen hin offen war. Hier war es erstaunlich sauber, und es waren lauter Qualitätswaren ausgestellt. Es gab eine große Auswahl an modernem Nautikbedarf, der wie das Allerheiligste eines Tempels vor den Blicken der Gelegenheitskäufer verborgen war. Sein Optimismus kehrte zurück, als er die Segelsäcke, Taue und Winschen in Augenschein nahm. Es gab auch eine Bekleidungsabteilung mit Ölzeug und Tauchanzügen.

Das Zwischengeschoss war kürzer als das Erdgeschoss. Piet inspizierte oben gerade einen Haufen von Bleigewichten zum Austarieren von Masten. Er bestaunte sie wie Relikte einer fernen Vergangenheit. Piet liebte Boote ebenso sehr wie das Tauchen. Das, was er nicht darüber wusste, war nicht wissenswert.

Sumo hatte Strachan gebeten, dem Geschäftsinhaber seinen Namen zu nennen, der, wenig erstaunlich, ebenfalls ein Vetter von ihm war und ihnen einen guten Preis machen würde. Außerdem hatte er Strachan empfohlen, Gajah einen Zwanzig-Dollar-Schein zuzustecken, damit er ihnen den Sprengstoff ohne Erlaubnisschein verkaufte.

Gajah trank gerade Tee hinter der Theke. Offenbar war er ein ziemlich entfernter Verwandter, denn er war so schmal wie ein Pfeifenreiniger und hatte nicht die geringste Ähnlichkeit mit Sumo oder dem Arzt in Kuantan. Trotzdem hellte sich seine Miene auf, als Strachan Sumos Namen nannte, und er versprach, ihnen auf alle Waren einen ordentlichen Rabatt zu geben. Er entfernte sich mit der Einkaufsliste, während Strachan seine Geldscheine zückte. Als Gajah zurückkam, handelte Strachan einen zusätzlichen Rabatt von zehn Prozent dafür aus, dass er mit US-Dollars zahlte.

Der Auftriebskörper wog sechzehn Kilo, und der Sprengstoff war auch nicht gerade leicht. Strachan wollte Piet gerade zurufen, er solle runterkommen und ihm helfen, als hinter ihm auf einmal der Mischling zu knurren begann. Er mochte Hunde und machte sich deshalb weiter keine Gedanken, als auf einmal ein dumpfer Knall ertönte. Der Hund jaulte auf, und Strachan drehte sich um.

Was er sah, ließ ihm das Blut in den Adern gefrieren.

Er steckte in Schwierigkeiten. In der Art Schwierigkeiten, die man nicht so ohne Weiteres wieder loswurde. Strachan fluchte lautlos. Er hätte es wissen müssen.

Sie waren zu dritt. Es waren Japaner, und einer der Männer hielt eine Waffe in der Hand.

61

Die Japaner trugen Seidenhemden und Chinos. Das Haar hatten sie sich glatt zurückgekämmt, und sie waren frisch rasiert. In einem Laden für Nautikbedarf wirkten sie vollkommen fehl am Platz. Einer von ihnen war der Fahrer des Range Rover, der Strachan gefolgt war.

Er war so vorsichtig gewesen, dass es schon an Paranoia grenzte. Obwohl es auf der Straße von Johor von Booten wimmelte, hatte er genau darauf geachtet, ob ihnen jemand gefolgt war. Aber egal. Die Japaner waren ihm nach Tioman gefolgt. Sie hatten ihn den ganzen Morgen lang beobachtet und waren offenbar zu dem Schluss gelangt, dass es an der Zeit war, sich vorzustellen.

Der mit der Pistole war der Größte. Die Rolle des Anführers war ihm wie auf den Leib geschneidert, und offenbar stand ihm der Sinn nicht nach Small Talk. Er winkte Strachan mit der Waffe näher. Die Pistole hatte einen Schalldämpfer. Ein Team von Profis. Strachan überschlug die Optionen, die ihm zur Verfügung standen. Töten wollten sie ihn jedenfalls nicht. Wenn er tot wäre, würden sie das Schiffswrack nicht finden. Allerdings hatte er keinen Zweifel daran, dass sie sich darauf verstanden, Leute wie ihn zum Reden zu bringen.

»Du da. Mitkommen.«

»Nein«, sagte Strachan. Etwas Besseres fiel ihm nicht ein. Da er sich nicht von der Stelle rührte, feuerte der Anführer dicht vor seinen Füßen in den Boden. Eine kleine Staubwolke stieg auf. Der Schalldämpfer erfüllte seinen Zweck. Der Schuss war kaum lauter als ein Niesen.

Strachan würde es sich nicht leichter machen, wenn er sich sträubte, doch es gab einen bestimmten Grund, weshalb er sich den Japanern nicht nähern wollte. Entweder sie hatten Piet vergessen, oder sie hatten ihn überhaupt noch nicht zu Gesicht bekommen. Aus den Augenwinkeln sah Strachan seinen Freund am Rand des Zwischengeschosses stehen, unmittelbar über den Japanern.

Piet sollte man nicht unterschätzen, und wenn Strachan nur noch ein paar Sekunden lang durchhielt, würden die Ganoven Lehrgeld bezahlen. Aus Angst, Piets Position zu verraten, wagte er es nicht, ihn anzusehen. Stattdessen konzentrierte er sich auf den Fahrer des Range Rover, der am gefährlichsten wirkte, denn er hatte schließlich die Waffe. Er trug eine schwarze Weste und darunter ein grünes Seidenhemd, dessen Brusttasche ausgebeult war. Der Typ an der rechten Seite war anscheinend unbewaffnet. Im Gesicht hatte er eine Narbe von der Form einer Sinuskurve. Wahrscheinlich hatte er Erfahrung im Nahkampf, und Strachan hoffte, dass Piet ihn übernehmen würde, sobald der Typ mit der Waffe ausgeschaltet war. Als Gajah in den Sonnenschein hinaustrat, klimperte ein Perlenvorhang. Er hatte keine Eile, sich aus der Schusslinie zu begeben. Er hatte sein Geld bekommen, und jetzt wollte er sich raushalten.

»Okay, okay«, sagte Strachan und stellte den Karton mit dem Sprengstoff hinter sich auf die Theke. Er zeigte die leeren Handflächen vor. »Immer mit der Ruhe. Ich komme mit.«

Der Große in der Mitte zielte auf Strachans Bauch, während sich der Abstand zwischen ihnen verkleinerte, doch obwohl er anscheinend in einer überlegenen Position war, bekam er nicht einmal mit, was ihn tötete. Drei Meter über ihm ließ Piet das Bleigewicht mit größter Präzision fallen. Der Schädel des Anführers machte ein hohles Geräusch, als er vom Bleigewicht getroffen wurde und aufplatzte wie ein Ei. Er sackte zusammen und ließ dabei die Pistole fallen. Er war auf der Stelle tot. Eben noch war er eine große Nummer gewesen, jetzt war er eine Null.

Seine beiden Begleiter waren einen Moment lang wie gelähmt. Strachan warf sich auf den Fahrer, rammte die Arme wie Hydraulikkolben nach vorn und erwischte ihn mit den Handballen am Kinn. Während sein Gegner nach hinten kippte, sprang Piet von der Empore. Zeeman landete auf den Schultern des Mannes mit der Narbe und zog ihn am Hals auf den Boden nieder wie ein Löwe eine Gazelle. Strachans Gegner hatte die Hände im Karate-Stil erhoben, doch da der Anführer ausgeschaltet war, stand es nun Mann gegen Mann, und die beiden Japaner konnten seinetwegen so viel herumfuchteln, wie sie wollten. Gegen Strachan hatten sie keine Chance.

Piet machte mit dem Mann mit der Narbe kurzen Prozess. Er nahm ihn in den Schwitzkasten und schlug ihn systematisch bewusstlos. Von Piets Vehemenz einen Moment abgelenkt, steckte Strachan einen schmerzhaften Tritt gegen die Kniescheibe ein und revanchierte sich mit ein paar schnellen Boxhieben. Er reagierte schneller als eine zubeißende Muräne und beförderte den Fahrer rückwärts auf den Boden.

Ein großer Fehler.

Der Fahrer landete neben der Pistole und riss sie augenblicklich an sich. Er besaß sogar die Geistesgegenwart, den Schuss gezielt abzufeuern. Hätte er auf Piet geschossen, hätte Strachan den Laden nicht mehr lebend verlassen. Da er Zeeman jedoch den Rücken zukehrte, machte er sich angreifbar.

Piet Zeeman war einer der anständigsten Männer, die Strachan kannte, doch im Kampf war er bei der Auswahl seiner Mittel nicht wählerisch. In diesem Fall handelte es sich um einen funkelnden Fischhaken aus Stahl. Die Spitze war mit einer Gummikappe geschützt gewesen, doch nachdem Zeeman die Kappe entfernt hatte, war der Haken eine hochgefährliche Waffe.

Zeeman teilte mit dem Haken einen gewaltigen Schwinger aus. Der Haken durchbohrte den Ellbogen des Fahrers. Er drückte reflexartig den Abzug durch, doch die Kugel traf lediglich ein Holzregal an der Wand. Der Unterarm des Mannes hing am Ellbogen wie ein Stück Fleisch am Metzgerhaken. Der blanke Knochen schaute hervor. Der Fahrer schrie nicht; er stand unter Schock und glotzte seinen Ellbogen an.

Game over. Strachan schnappte sich den Sprengstoff. Piet hob den sechzehn Kilo schweren Auftriebskörper so mühelos hoch, als wäre er ein Picknickkorb, dann rannten sie aus der Scheune ins Freie. Die Holzplanken ächzten, als sie über den Steg liefen. Sumo hatte das Boot bereits aufgetankt. Als er sie bemerkte, befahl er Shleppy abzulegen. Während sie die Ausrüstungsteile an Bord warfen, begannen die gewaltigen Detroit-Motoren zu grollen.

»Los, los, los!«, rief Strachan.

Sumo fuhr mit Vollgas im Rückwärtsgang in den Mündungsarm hinein. Die Motoren arbeiteten im roten Bereich. Die festgemachten Boote tanzten wie Korken auf den Wellen. »Wohin?«, fragte er, als Strachan die Brücke betrat.

»Nach Kerkulla Ketam«, antwortete Strachan. »Wohin sonst?«

62

Die Japaner würden sich schon bald wieder an ihr Kielwasser heften. Die beiden Schläger mussten in Kürze zu sich kommen. Der Fahrer hatte sich dringend in medizinische Behandlung zu begeben, wenn er sich je wieder ans Steuer des Range Rover setzen wollte. Trotzdem war es nur eine Frage von Stunden, bis sie die Verfolgung fortsetzen konnten. Der Wettlauf hatte begonnen.

Mit einer Geschwindigkeit von zwanzig Knoten würden sie bis zu den Kerkullas vier Stunden brauchen. Es war erst zehn Uhr morgens, deshalb konnten Strachan und Piet noch mindestens zwei Tauchgänge durchführen. Wenn alles gut lief, würden sie die Sprengladungen anbringen und den Höhleneingang noch heute erweitern. Strachan wollte die Bergeaktion in drei bis vier Tagen hinter sich bringen; wenn möglich noch schneller.

Da ihnen die Japaner auf den Fersen waren, blieb keine Zeit mehr für die sorgfältige Planung, die das Unternehmen eigentlich erfordert hätte. Die *Esprit Bleu* konnte unmöglich zwölf Tresore an Bord nehmen, deshalb kamen sie beim Frühstück überein, die Safes einen nach dem anderen nach Kerkulla Ketam zu schleppen und sie dort zu öffnen. Insgesamt würden sie die Strecke zwölfmal zurücklegen müssen. Strachan hatte auf dem Markt von Kuantan sechzig Sporttaschen aus schwerem Segeltuch gekauft: jeweils fünf Taschen für den Inhalt eines jeden Safes. Den Rest mussten sie irgendwie im Boot verstauen. Die leeren Tresore würden sie wie General Percival vor dreiundsechzig Jahren im Meer versenken. Strachan grinste. Die Geschichte wiederholte sich.

Während Mersing in der Ferne zurückblieb, stellte Sumo den Autopiloten ein, und Strachan rief alle ins Cockpit. Die Japaner waren ihm nach Singapur gefolgt. Sie waren ihm nach Mersing gefolgt. Beide Male hatte er von ihrer Anwesenheit nichts geahnt. Da er sicher war, dass sie Überwachungsgeräte einsetzten, wollte er Piets Meinung dazu hören. »Alles okay mit dir, KT?« Er machte sich Sorgen, die Begegnung mit den Japanern könnte sie verschreckt haben.

»Alles klar.«

»Gut.«

»Außerdem stützt die Tatsache, dass du so beliebt bist, deine Vermutung, dass sich in dem Schiffswrack etwas Wertvolles befindet.«

»Schön, dass du mir vertraust.«

»Als wenn ich jemals an dir gezweifelt hätte«, erwiderte sie lächelnd.

»Der Einsatz wurde erhöht«, sagte Strachan. »Wir müssen uns Gedanken über unsere Sicherheit machen. Beim nächsten Mal werden sie vorsichtiger sein. Irgendwelche Vorschläge, Piet?«

»Von jetzt an sollte ständig jemand mit einem Fernglas im Ausguck sein. Tag und Nacht. Je eher wir gewarnt werden, desto besser. Wir wollen die Position des Wracks schließlich geheim halten.«

»Da kannst du einen drauf lassen«, meinte Strachan.

»Keine helle Beleuchtung und kein offenes Feuer nach Einbruch der Dunkelheit.«

Die anderen nickten, doch keiner machte eine Bemerkung. Allmählich wurde ihnen der Ernst der Lage bewusst.

»Als Nächstes brauchen wir eine Alarmvorrichtung für die Taucher.«

»Ich könnte gegen den Bootsrumpf hämmern«, schlug Shleppy vor.

»Gute Idee«, sagte Piet. »Leider tauchen wir zu tief. Wir werden einen Blecheimer brauchen, einen Schraubenschlüssel und eine lange Leine. Hast du das, Sumo?«

»Sumo hat alles.«

»Gut. Dann sollten wir im Riff noch zwei Luftflaschen als Reserve verstecken. Sollte es mit dem Boot Probleme geben, können wir notfalls den Unterwasseraufenthalt ausdehnen. Wie viele Flaschen haben wir an Bord, Ed?«

»Vierzig. Zwanzig mit Trimix, zwanzig mit Druckluft.« Während Strachan auf Piets Eintreffen wartete, hatte er die Tauschschulen auf Tioman abgeklappert. Die Touristensaison neigte sich dem Ende zu, und viele Schulen hatten ihm bereitwillig ihre gebrauchten Luftflaschen überlassen, um ihren Jahresumsatz noch ein wenig zu steigern. »Wenn wir hier fertig sind, kannst du sie mir abkaufen. Du kannst sie im Koffer zum Coral Kraal mitnehmen.« Er zwinkerte seinem Freund zu und bekam dafür den Stinkefinger gezeigt.

Kurz nach eins tauchten am Horizont die Kerkullas auf. Es dauerte noch eine Stunde, bis sie die beiden parallelen Riffs erreicht hatten. Beim ersten Tauchgang hatten sie ein paar wichtige Dinge zu erledigen. Vor allem musste Piet sich mit den Bedingungen vor Ort vertraut machen. Das Wasser war hier salz- und mineralhaltiger als auf Curaçao. Er würde schon bald merken, dass er hier mehr Gewicht brauchte, um eine stabile Schwebelage einzunehmen.

Mit Sumos Angelleinen hatten sie ein Kommunikationssystem gebastelt. Die Leitung war über zweihundert Meter lang und würde problemlos bis zur *Karuga* reichen. Sumo befestigte das eine Ende an der Cockpitreling, während Strachan das andere Ende mit dem Schraubenschlüssel und dem Eimer nach unten nahm. KT kletterte in den Ausguck und übernahm die erste Wache. Sie war enttäuscht, weil sie nicht mittauchen konnte, wollte sich aber auf andere Weise nützlich machen. Strachan ließ die Luft aus seiner Tarierweste und sprang zu Piet in die azurfarbene Stille des Südchinesischen Meers hinab.

Sie hatten beide jeweils eine Fünfzehn-Watt-Taschenlampe und zwei Ersatzluftflaschen dabei. Es war die Ruhe vor dem Sturm, und die Sicht war ausgezeichnet. Strachans Schultern, die sich bei dem morgendlichen Zwischenfall verkrampft hatten, entspannten sich allmählich. Gegen die schwache Strömung anzuschwimmen war eine gute Therapie für die Knieprellung.

In der Karibik gibt es etwa siebzig Korallenarten. Im Südchinesischen Meer kommen mehr als vierhundertfünfzig Arten vor. Dieses eine Riff beheimatete wahrscheinlich mehr Fischarten als das Meer zwischen Caracas und Key West, doch Piet nahm keine Notiz davon. Im Moment ging es einzig und allein um die Höhle. Die Flora und Fauna konnten warten. Strachan registrierte mit Erleichterung, dass sein Freund die Prioritäten richtig setzte.

Es dauerte eine Weile, bis sie die abgelegte Muschel gefunden hatten. In der Zwischenzeit hatte sich allerlei darauf abgelagert. Sand und abgestorbene Korallen verstärkten die Tarnung. Als er die Muschel entfernt hatte, kam darunter der Eingang zur Höhle zum Vorschein. Während der Sand sich absetzte, suchten sie auf dem Geröllfeld nach einem guten Versteck für die Ersatzflaschen. Unter einer Ansammlung von Steinen entdeckte Piet einen Hohlraum von der Größe einer Hundehütte. Strachan beobachtete, wie er zurückwich, als ein großer Napoleonfisch daraus hervorschoss. Der Fisch war etwa anderthalb Meter lang und wog wahrscheinlich über hundert Pfund. Lippfische wurden in Hongkong als Delikatesse verkauft. Allein die Lippen brachten bis zu zweihundert Dollar pro Portion. Strachan bedauerte, dass er die Kamera nicht mitgenommen hatte. Das war seit Jahren sein erster Tauchgang ohne Kamera, doch da viel Arbeit vor ihnen lag, hatte er sich nicht zusätzlich belasten wollen. Wenn die Unternehmung erfolgreich verlief, würde er bald genug Muße haben, so viele Aufnahmen zu machen, wie er wollte.

Als sie die Ersatzflaschen hundert Meter vom Höhleneingang entfernt versteckt hatten, ließen sich Piet Zeeman und Ed Strachan nacheinander in das Loch hinabsinken. Sie tauchten langsam, glichen den Druck in Ohren und Nebenhöhlen aus und legten alle fünf Meter eine Pause ein, um sich gegenseitig zu signalisieren, dass alles okay sei. Die Reserveflaschen hatten sie an der Hüfte befestigt. Wenn sie beim Auftauchen Zwischenstopps einlegten, würden sie die leeren Flaschen gegen die vollen tauschen. Sie atmeten ein spezielles Gasgemisch: einen so genannten Trimix im Verhältnis 15/50/35. Fünfzehn Prozent Sauerstoff, fünfzig Prozent Helium und fünfunddreißig Prozent Stickstoff. Ein tolles Zeug. Bei Tauchgängen in eine Tiefe von über vierzig Metern wesentlich sicherer als Nitrox. Helium hat keine narkotisierende Nebenwirkung, führt aber zu einem höheren Verlust an Körperwärme. Strachan hatte sich einen dickeren Tauchanzug gekauft. Ihm war warm. Er fühlte sich großartig.

Im Lichtkegel der Taschenlampe tauchte die Silhouette des Schiffswracks auf.

63

Für das Wracktauchen gibt es strenge Regeln. Viele Schiffswracks stehen unter Denkmalschutz, und normalerweise benötigen Taucher eine Sondererlaubnis, um sie zu erkunden. Wären sie strikt nach Vorschrift vorgegangen, hätten sie sich bei den zuständigen Behörden erkundigen müssen, ob das Wrack ein Nationaldenkmal oder ein Kriegsgrab war. Ein Kriegsgrab war die *Karuga* sicherlich, aber die Umstände waren außergewöhnlich, und Strachan hatte nicht die geringste Lust, irgendjemanden um Erlaubnis zu fragen.

Die *Karuga* war riesig. Der Rost sah aus wie braune Schneeflocken. Aus der Ferne wirkte der Rumpf geradezu weich. Sie sanken oberhalb des Flakgeschützes auf das Schiff hinunter; die Gefechtskanzel war knapp zwei Meter hoch. Hinter Strachan ragte die Brücke wie ein Spukhaus auf. Er leuchtete die Fenster ab und hätte sich nicht gewundert, wenn ihn die Fratze eines toten Seemanns angestarrt hätte. Er wurde von Ehrfurcht und Beklommenheit erfasst. Vielleicht lag es an der Tiefe. Oder an der Dunkelheit. Er hatte das Gefühl, die Totenruhe zu stören. Die Höhle war ein Grabmal, die *Karuga* ein großer Sarkophag aus Stahl. Sie waren Eindringlinge. Plünderer. Grabräuber.

Strachan straffte die Angelschnur und befestigte sie an einem der beiden Geschützläufe. Dann zupfte er versuchsweise daran. Der Schraubenschlüssel schlug gegen den Eimer wie der Klöppel gegen die Glocke. Das Geräusch schallte durch die Höhle und wurde von den Wänden zurückgeworfen. Es hallte vom stählernen Schiffsrumpf wider. Da die Safes auf dem Achterdeck verstaut waren, hatten sie keine Veranlassung, ins Innere des Wracks vorzudringen, doch selbst dann hätten sie den Alarm trotzdem gehört. Sie konnten ganz entspannt zu Werke gehen. Allmählich wurde es Zeit.

Die Lichtkegel der Taschenlampen schwenkten wie Scheinwerfer durchs Wasser, wurden vom Schiffsrumpf reflektiert und erhellten die Umgebung durch ihr Streulicht. Etwa einen Meter hinter dem Bug war ein großer Riss. Die *Karuga* war offenbar mit der Spitze aufs Riff gekracht und dann daran entlanggeschrammt. Der Riss war mehrere Meter lang. Der Stahl war aufgeschlitzt worden wie eine Sardinenbüchse.

Sie schwammen nach hinten zum Achterdeck und kamen dabei an der Brücke vorbei. Eine Tür stand halb offen. Am Boden war etwas. Es sah aus wie ein Tintenfisch, deshalb schwamm Strachan näher heran. Etwas Weißes tauchte auf, und auf einmal legte er den Rückwärtsgang ein. Er schlug mit den Flossen aus, als hätte er einen Anfall. Das waren keine Tentakel, das waren Knochenfinger. Das Weiße war ein Menschenarm. Die blanken Knochen waren zur Tür ausgestreckt. Der Mann hatte vergeblich versucht, sich vor dem Ertrinken zu retten.

Piet kam herübergeschwommen und fasste Strachan bei der Schulter.

Alles okay?

Okay. Strachan reckte den Daumen und zeigte zur Tür. Piet nickte und schwamm weiter.

Strachan wartete, bis sich sein Atem wieder beruhigt hatte. Er stellte sich die Panik vor, die an Bord geherrscht haben musste. Der Wirbelsturm hatte das Schiff gepackt und gegen das Riff gedrückt, wieder und wieder. Die Besatzungsmitglieder hatten sich verzweifelt bemüht, über die Leitern nach oben zu klettern. Für die Kriegsgefangenen war das die Gelegenheit zur Flucht. Der Kapitän versuchte über Lautsprecher die Ordnung wiederherzustellen. Die Gischt war wie eine Wasserkanone. Wasser überall; das Meer nicht vom Regen zu unterscheiden, oben nicht von unten. Die *Kagura* war gesunken, bevor man die Rettungsboote hatte zu Wasser lassen können. Strachans Großvater war der einzige Überlebende gewesen. Vielleicht hatte ihn ein mitfühlender Wachposten freigelassen. Vielleicht waren wie beim Untergang der *Indianapolis* die im Wasser schwimmenden Männer von Haien gefressen worden.

Als er die Fassung wiedergewonnen hatte, folgte Strachan Piet zum Achterdeck. Und dann sah er die Safes. Für ihn war das wie die Entdeckung des achten Weltwunders. Triumph. Purer Triumph. Sein anfängliches Zögern verflüchtigte sich mit den aufsteigenden Luftblasen. Das war britisches Gold. *Wer etwas findet, darf es behalten.*

Die zwölf Tresore waren säuberlich in drei Viererreihen angeordnet. Sie waren aus Schmiedeeisen und stärker korrodiert als das Stahlschiff. Sie wirkten wie übergroße Fleischwürfel. Piet klopfte ihm begeistert auf den Rücken. Strachan stieß einen Seufzer der Erleichterung aus. Die ganze Mühe hatte sich gelohnt. Er hatte recht behalten. Diesmal hatte er wirklich etwas zustande gebracht. Etwas in der Größenordnung von zweiundzwanzig Millionen Pfund. Und zwar nach Abzug des Zehn-Prozent-Anteils für Sumo und Shleppy. Sogar die Anteile von Piet und KT waren da schon berücksichtigt.

Die Befestigung der Safes hatte den Zusammenstoß mit dem Riff unbeschadet überstanden. Als Strachan die Tresore genauer inspizierte, begriff er auch warum. Jeder Safe war mit seinen Nachbarn und mit dem Deck verbunden. Die japanische kaiserliche Marine hatte kein Risiko eingehen wollen. Die Glieder der verwendeten Industrieketten waren so groß wie Doughnuts. Mit dem Bolzenschneider würden sie hier nicht weiterkommen, und es würde ganz schön mühsam sein, die Ketten mit dem Schneidbrenner zu durchtrennen.

Piet machte sich Notizen auf seiner Schiefertafel. Der Höhleneingang lag über dem Bug der *Karuga*. Sie mussten die Safes erst dorthin bugsieren, bevor sie sie an die Oberfläche ziehen konnten. Mit dem Auftriebskörper wären sie gewichtslos, doch es würde trotzdem eine Menge Schwimmarbeit erfordern, sie um eine Bootslänge zu versetzen. Bei einem Gewicht von einer halben Tonne kein einfaches Unterfangen.

Piet tippte auf seine Taucheruhr, dann zeigte er nach oben. Sie mussten allmählich wieder auftauchen. Sie hielten sich jetzt seit zwanzig Minuten in sechzig Metern Tiefe auf. Für den ersten Tauchgang war das ausreichend. Wenn sie morgen hierher zurückkehrten, würden sie den Schneidbrenner mitnehmen. Dann würden sie eine Stunde lang unten bleiben und mussten früh aufstehen, wenn sie es auf drei Tauchgänge bringen wollten.

Den ersten Sicherheitsstopp legten sie unmittelbar in der Höhlenöffnung ein. Sie tauschten die Atemregler aus und begannen Druckluft einzuatmen. Sie inspizierten das Höhlendach und leuchteten die Korallenkruste ab, um festzustellen, wie dick sie war. Strachan und Piet fertigten beide ein paar Skizzen an. Dann wiederholten sie den Vorgang auf der anderen Seite und hielten Ausschau nach einer geeigneten Stelle zum Anbringen der Sprengladungen. Die Kruste war etwa einen halben Meter dick. Obwohl Strachan noch nie mit Sprengstoff gearbeitet hatte, war er sicher, dass sie so leicht nachgeben würde, als bestünde sie aus Pappe.

Wieder an Deck angelangt, holten sie den Sprengstoff aus der Kabine. Sumo besah sich die Stangen und brummte zustimmend. Keiner sagte etwas, doch man brauchte kein Genie zu sein, um zu erraten, dass er früher mit diesem Zeug illegal gefischt hatte.

Der Sprengstoff war eine Plastikmischung des bulgarischen Herstellers Elovitza, die sich wie Gelatine anfühlte. Er funktionierte sowohl unter Wasser als auch an Land. Die fünfundsechzig Millimeter langen Stangen wurden entweder mit einer Zündschnur oder über ein Zündkabel zur Detonation gebracht. In der Bedienungsanleitung stand, die Explosionstemperatur betrage 3150 °C und das Gasvolumen 870 dm^3/kg. Strachan musterte Piet fragend. Piet versicherte ihm, das sei eine ganze Menge.

»Wie viel davon werden wir brauchen?«, fragte er.

»Sechs Stangen sollten reichen.« Sumo nickte.

»Sechs Stangen. Scheint mir eine ganze Menge zu sein. Wir wollen schließlich keinen neuen Erdrutsch auslösen.«

»Entspann dich«, sagte Piet. »Das Zeug wird normalerweise in Steinbrüchen eingesetzt. Die Druckwelle wirkt direkt nach unten.«

Er beriet sich eine Weile mit Sumo. Dann erläuterte er den anderen seinen Plan. »Wir werden ein quadratisches Stück aus der Höhlendecke heraussprengen. Die Fläche sollte dreimal so groß sein wie die Oberseite eines Safes. In jede Ecke eine Stange. Zwei in der Mitte. Die größte Kraft wird in der Mitte ausgeübt, deshalb wird das lose Geröll in die Höhle fallen.«

»Wie steht es mit Kollateralschäden?«, fragte KT.

»Die sind minimal. Zur Seite ist die Kraftwirkung gering. Die *Kagura* wird von den herabfallenden Steinen vielleicht etwas eingedellt werden. Das ist auch schon alles.«

»Und die Safes?«

»Safes sind dafür gebaut, äußerer Krafteinwirkung zu trotzen.«

»Dann wollen wir hoffen, dass du recht hast«, meinte Strachan.

Sie warteten noch ein paar Stunden, bis sich der Stickstoff aus ihren Körpern verflüchtigt hatte. Um fünf Uhr nachmittags waren sie bereit für den zweiten Tauchgang. Die Japaner konnten sich denken, dass Strachan und seine Freunde sich bei den Kerkullas aufhielten, denn Pili hatte sie über Funk informiert. Inzwischen waren sie bestimmt schon unterwegs. Jede Sekunde zählte.

Die Sonne versank hinter dem Horizont, und die Wassertemperatur nahm ab. Strachan platzierte die Sprengladungen in den Ecken, während Piet in die Höhle hineinschwamm und die restlichen beiden Ladungen von unten an der Decke befestigte. Dafür brauchten sie kaum zehn Minuten. Bald darauf standen sie wieder an Bord und tranken Shleppys wundervollen Kaffee. Dann lösten sie die Alarmleine von der Heckreling und befestigten das lose Ende an einer Plastikflasche. Shleppy füllte gerade so viel Wasser ein, dass sie an der Oberfläche schwamm. Sie wirkte wie ein Stück Treibgut. Morgen würden sie die Flasche mit dem Bootshaken wieder an Deck holen.

Strachan war mit dem Zündkabel aufgetaucht, und während Sumo das Boot aus der Gefahrenzone brachte, ließ Piet das Kabel zwischen den Fingern hindurch ins funkelnde Kielwasser gleiten.

Die Nacht brach an. Sie löschten die Lichter auf der *Esprit Bleu.* Als Strachan mit dem Sprengzünder ins Cockpit trat, machten die anderen ihm Platz. Um siebzehn Minuten nach fünf drückte er auf den Zündknopf.

Irgendwo in der Dunkelheit ertönte eine dumpfe Explosion. Es klang wie ein Mörser. Das Meer bäumte sich auf und begann zu brodeln. Die *Esprit Bleu* schaukelte auf den Wellen. Dann trat wieder Stille ein.

Unwillkürlich hielt Strachan nach dem Blaulicht einer auf sie zurasenden Polizeipatrouille Ausschau. Das war der Grund, weshalb das Fischen mit Sprengstoff immer mehr aus der Mode kam: Es war zu laut. Die Einheimischen verwendeten keinen Sprengstoff mehr. Dafür setzten ihnen die Naturschützer zu sehr zu. Stattdessen verwendeten sie jetzt Zyanid. Fische zu vergiften war einfacher, als sie in die Luft zu jagen.

Seine Befürchtungen waren unberechtigt. Als sie wieder in den Salon traten, machten Piet und Sumo beide ein zufriedenes Gesicht. Ausgerechnet KT fragte, ob auch sie den Donner gehört hätten, der von einem sich nähernden Unwetter kündete.

Strachan war froh, dass es Nacht war. Die Dunkelheit war die beste Tarnung. Obwohl die Kerkullas unbewohnt waren, verspürte er wegen der Schäden, die sie angerichtet hatten, doch Gewissensbisse. Unter den Riffbewohnern hatte es bestimmt viele Opfer gegeben. Hoffentlich würden die Haie bis morgen mit der Bescherung aufräumen, sonst würde KT wegen der Fischsuppe mächtig in Rage geraten.

Anschließend fuhren sie zu der kleinen Bucht zurück, in der sie schon bei ihrem letzten Besuch geankert hatten, und verbrachten den Abend in nachdenklicher Stimmung. Geredet wurde nur wenig. Sumo und KT spielten Cribbage. Strachan schaffte weitere dreißig Seiten des Romans. Piet litt noch immer unter dem Jetlag und legte sich um neun schlafen.

Tag eins war nach Plan verlaufen. Sie kamen gut voran. Wenn es ihnen morgen gelang, den Japanern aus dem Weg zu gehen, würden sie den ersten Safe bergen. Sie würden ihn zum Ufer abschleppen und dann öffnen.

Später ließ Strachan sich erschöpft in seine Koje fallen. Er war zu müde, um zu träumen, und hätte mindestens zehn Stunden an einem Stück schlafen können, wäre er nicht um drei Uhr morgens vom unverkennbaren Geknatter eines Helikopters aufgeweckt worden.

64

Strachan war am Abend so erschöpft gewesen, dass er vergessen hatte, Wachen einzuteilen. Ein weiterer schwerer Fehler. Er eilte an Deck und kletterte die Leiter zur Brücke hoch. Piet war schon da und hielt ein Fernglas in der Hand. Die leeren Kaffeebecher auf dem Armaturenbrett sagten Strachan, dass sein Freund die ganze Nacht auf gewesen war. Piet, dessen militärischer Instinkt auch nach dreißig Jahren noch rege war, hatte freiwillig die Wache übernommen.

»Hat keinen Sinn, die abhängen zu wollen«, sagte er, als Strachan zu ihm ans Ruder trat. »Wenn wir uns bewegen, finden sie uns umso leichter.«

Strachan erhob keine Einwände. Pieter Zeeman hatte mit einer älteren Version des Fn-FAL-Gewehrs Kaliber .762 auf kommunistische Guerilleros geschossen. Strachan hatte mit einer Nikonos Pro90 Fotos von Fischen geschossen. Im Moment hatte Piet das Sagen.

Der Hubschrauber war nur eine halbe Meile entfernt. Das Rotorengeräusch wurde lauter. Er kam geradewegs auf sie zu. Im Wasser spiegelte sich die Lampe einer Kabine. Piet rief KT zu, sie solle das Licht löschen. Wahrscheinlich hatte sie es beim Aufwachen instinktiv eingeschaltet. Gleich darauf wurde es wieder dunkel, doch da war es schon zu spät.

Der Helikopter näherte sich im Tiefflug. Sie waren bemerkt worden, aber noch leichter wollten sie es dem Gegner nicht machen. Sie eilten in den Salon hinunter. Die anderen erwarteten sie bereits. Es blieb unklar, wer sich als Erster auf den Boden legte, aber das Beispiel machte Schule. Sie pressten das Gesicht an den Teppich, sodass sie nicht durch die Fenster nach draußen schauen konnten.

Der Helikopter flog über sie hinweg. Strachan wandte den Kopf. Am Heckrotor blinkte ein rotes Licht. Der Pilot schwenkte zum Strand herum. Er flog eine scharfe Linkskurve und näherte sich erneut. Er hatte das Boot entdeckt und wollte feststellen, ob es sich um das gesuchte handelte.

Diesmal hielt er unmittelbar über dem Boot an und ließ die Maschine bis auf zwanzig Meter absinken. Der Helikopter schwebte wie eine Riesenlibelle über dem Boot. Er war so nah, dass man meinte, ihn mit ausgestreckter Hand berühren zu können. Sie spürten den Luftschwall der Rotoren, der wie ein großer Ledergürtel aufs Meer einschlug. Die Palmen am Strand wurden mächtig zerzaust. Das Boot geriet ins Schaukeln. Das Meer wurde schaumig gequirlt. Die *Esprit Bleu* schwankte wie ein neugeborenes Fohlen.

Dann stieg der Helikopter wieder höher. Das Motorengeräusch veränderte sich. Seine Mission war erfüllt, und er zog sich wieder zurück.

»Wie in alten Zeiten«, bemerkte Piet.

»Was sollen wir jetzt tun?«, fragte KT, als sie sich wieder erhoben.

Das hatte Strachan sich auch schon gefragt. Sie nahmen auf den Sofas Platz. Alle wirkten blass. Das kam vom Adrenalin. Was wie eine lustige Kreuzfahrt begonnen hatte, geriet allmählich außer Kontrolle.

»Also«, sagte Strachan, »wir könnten flüchten, aber ich wüsste nicht, wohin. Nach Tioman, Mersing oder Kuantan können wir nicht zurück, denn da würden wir von alten Bekannten in Empfang genommen. Wir könnten versuchen, uns ein paar Tage lang zu verstecken. Aber jetzt, da man uns aufgespürt hat, werden sie bald wieder hier sein. Ein Boot vor einem Helikopter zu verstecken ist schwerer, als einem anderen Boot aus dem Weg zu gehen.«

»Aber was sollen wir tun?«, fragte Sumo. Er gab sich keine Mühe, seine Verärgerung zu verbergen. Schuldbewusst sah er Shleppy an. Offenbar machte er sich Vorwürfe, weil er seinen Neffen in die Sache mit hineingezogen hatte.

»Wir holen den ersten Safe rauf. Jetzt gleich.«

»Ist das dein Ernst?«, erwiderte Piet.

»Mein voller Ernst, mein Freund. Wer immer diese Typen sind, sie sind ebenso erpicht auf das Gold wie wir. Vielleicht kehren sie später in der Nacht zurück oder erst früh am Morgen. Wenn wir denen in die Hände fallen, dann …« Er brach ab. Mehr brauchte er auch nicht zu sagen. Den Mienen der anderen war zu entnehmen, dass sie genau wussten, worauf er hinauswollte. »Jedenfalls sind wir es uns schuldig herauszufinden, was sich in den Safes befindet«, fuhr er fort, darum bemüht, der Situation etwas Positives abzugewinnen. »Bis es hell wird, bleiben uns noch drei Stunden. Die Zeit reicht aus, um einen Safe hochzuholen und reinzuschauen. Wenn tatsächlich Gold drin ist, können wir irgendwann später hierher zurückkehren und den Rest bergen.«

»Und wenn nicht?« KT schmiegte sich an seine Schulter.

»Dann gehen wir alle nach Hause. Dann haben wir uns viel Arbeit erspart.«

»Und wenn sie zurückkommen, während das Boot über dem Wrack wartet?«, sagte KT, um alle Eventualitäten auszutesten.

»Das Risiko müssen wir eingehen. Der Helikopter fliegt jetzt zur *Fubuki* zurück und meldet unsere Position. Es ist nicht auszuschließen, dass er gleich wieder zurückkehrt, aber das glaube ich nicht. In diesem Fall öffnet sich für uns bis zur Ankunft der Yacht ein kleines Zeitfenster. Die Japaner müssen die Position des Wracks gar nicht kennen. Es reicht schon, wenn sie einen von uns in die Hände bekommen. Das läuft aufs Gleiche hinaus.«

»Ich werd bestimmt nicht reden.« Sumo schob trotzig die Unterlippe vor.

»Einunddreißig Millionen Pfund sind eine Menge Geld, Sumo, aber deswegen sollte keiner sterben.« Strachan war klar, dass Sumo wie eine Operndiva unter Speed singen würde, sobald jemand Shleppy ein Messer an die Kehle hielt, doch das sagte er nicht. Er würde sich wohl kaum anders verhalten, wenn es ums KTs Leben ging. »Und außerdem«, setzte er optimistisch hinzu, »besteht immer noch die Möglichkeit, dass das gar nicht die Japaner waren.«

»Wer sonst?«, sagte Shleppy.

»Es könnte auch die Nationalparkaufsicht gewesen sein. Vielleicht wollten sie nachsehen, wer da am Riff rumgeballert hat. Das wäre zwar auch schlimm, ändert aber nichts an der Tatsache, dass wir es uns schuldig sind, die Sache durchzustehen.«

»Ed hat recht«, sagte Piet nach kurzem Schweigen. »Es schadet nichts, wenn wir versuchen, wenigstens einen der Safes hochzuholen. Kannst du uns im Dunkeln hinbringen, Sumo?«

Sumo machte ein Gesicht, als hätte Piet seine Mutter beleidigt. Er fasste Shleppy beim Arm und verschwand mit ihm im Cockpit. Die Aluminiumsprossen klirrten unter ihren Fußsohlen, als sie zur Brücke hochkletterten.

»Dann wäre ja alles geklärt», sagte Strachan. »Jetzt wollen wir mal unsere Ausrüstung holen und uns zum Tauchen fertig machen.«

Inzwischen hatte das Unwetter sie fast erreicht. Wolken verdeckten den Mond und die Sterne und erschwerten die Entdeckung durch Fremde. Dies war die erste finstere Nacht seit langem und ließ ihre Situation unnötigerweise noch dramatischer erscheinen, als sie ohnehin schon war. Strachan und Piet zogen sich schweigend um. Shleppy stand am Bug und hatte die Hand erhoben, um anzuzeigen, dass er die Flaschenboje ausgemacht habe. Sie verbanden das provisorische Alarmsystem mit der Heckreling.

Als Strachan ins Wasser glitt, konnte er sich des Gefühls nicht erwehren, dass sie es noch brauchen würden.

65

Strachan und Piet ließen sich im Stockdunklen zehn Meter absinken, erst dann schalteten sie die Taschenlampen ein. Selbst unter Wasser war ihr Licht blendend hell. Wäre der Helikopter in der Nähe gewesen, hätte er sie noch aus einer Meile Entfernung entdeckt.

Es dauerte ein paar Minuten, bis sich ihre Augen an die Lichtverhältnisse gewöhnt hatten. Als der Meeresgrund auftauchte, erkannten sie ihn nicht wieder. Unter ihnen hatte sich ein Krater von der Größe eines Tennisplatzes geöffnet. Das Ganze hatte mehr Ähnlichkeit mit einem Schlachtfeld als mit einem Korallenriff. Es wehte ein böiger Wind, und zum unregelmäßigen Wellenschlag an der Oberfläche kam eine starke Bodenströmung hinzu. Auf dem Meeresgrund baute sich ein nasser Sandsturm auf.

Der Explosionsschutt hatte sich in den acht Stunden seit der Explosion abgesetzt, doch es gab noch genug Hinweise auf das Blutbad, das sie angerichtet hatten. Zwanzig Schwarzflossen-Riffhaie suchten zwischen den Steinen nach Fressbarem. Sie schoben sich in jede Lücke und Spalte und zerrten an den toten Fischen, die darin eingekeilt waren. Links von Strachan gerieten einige Haie in einen Fressrausch. Stahlgraue Knoten wanden sich zuckend im Strahl der Taschenlampe, als die Tiere sich um die größeren Brocken balgten.

Strachan machte einen weiten Bogen um die Haie und ließ sich in die Höhle hinabsinken. Die Lücke war jetzt breit genug für die Safes und den aufgeblasenen Auftriebskörper. Strachan schwamm mit dem Auftriebskörper voran. Piet folgte mit dem Schweißbrenner und den Unterwasserfackeln. Plötzlich kam etwas Großes, Graues aus der Dunkelheit hervorgeschossen und raste wie eine Scud-Rakete an Strachan vorbei. Sandpapierartig raue Haut streifte sein Gesicht. Der Fisch rammte das Ende der Luftflasche, sodass Strachan der Atemregler aus dem Mund fiel. Er drehte sich um, leuchtete dem Tier hinterher und sah die Flanke eines sehr großen Fischs in der Schwärze verschwinden.

Zum ersten Mal seit sechzig Jahren zum Meer hin offen, hatte sich die Höhle mit Plankton und aufgewirbeltem Sand gefüllt. Die Arbeitsbedingungen waren schlecht, doch der Vorfall mit dem Helikopter bewirkte hinsichtlich ihrer Konzentrationsfähigkeit wahre Wunder. Mit gemessener Eile machten sie sich ans Werk. Strachan zündete drei Fackeln an, welche die *Kagura* in purpurfarbenes Licht hüllten. Piet entzündete den Schweißbrenner und machte sich daran, die Befestigungsketten des ersten Safes durchzuschweißen. Bald darauf sah es auf dem Achterdeck aus wie auf einem Schweißerhof.

Die Ketten waren mit den Safes zusammengerostet, und Strachan musste all seine Kräfte aufbieten, um sie loszureißen. Sie lösten sich mit einem ausgesprochen zufriedenstellenden Knirschen. Es war, als pellte man Efeu von einem Baumstamm ab. Er ließ die Ketten aufs Deck fallen, froh darüber, in Kuantan Arbeitshandschuhe gekauft zu haben.

Sie brauchten zwanzig Minuten, um den Safe aus der Verankerung zu lösen, und weitere zwanzig Minuten, um an der Oberseite vier verstärkte Stahlringe festzuschweißen. Als die Ringe befestigt waren, verband Strachan den Safe mithilfe eines kurzen Stahlseils und eines Karabinerhakens mit dem Ladegeschirr des Auftriebskörpers. Das Geschirr bestand aus dicken Polyestergurten und war in die Haut des Luftsacks eingearbeitet: stark genug für diesen Zweck.

Der Sack hatte eine Hebekraft von einer Tonne. Er war fallschirmgroß und wurde auf Knopfdruck von einem Druckluftbehälter aufgeblasen. Strachan öffnete das Ventil. Die zerknautschte orangefarbene Hülle begann sich zu straffen. Während die Luft hineinströmte, zuckte und blähte sie sich wie ein Heißluftballon zu Beginn des Fluges. Der Safe ruckte. Roststreifen platzten wie Rinde davon ab. Der Safe ruckte erneut. Dann stieg er auf.

Es war ein erhebender Moment, und Strachan wurde vor Erleichterung geradezu übel. Sein Plan funktionierte. Der Rost bildete Risse, und der Safe löste sich, geriet zum ersten Mal seit sechzig Jahren in Bewegung. Er stieß gegen den Nachbartresor.

Strachan musste den Luftdruck genau dosieren. Zu viel Gas, und der Safe würde unkontrolliert steigen und gegen das Höhlendach krachen. Zu wenig, und er würde wieder aufs Deck sinken. Er ließ den Tresor zwanzig Meter übers Deck aufsteigen, damit er nicht gegen die aus der Brücke vorspringenden Fadenkreuze stieß. Dann schloss er das Ventil.

Es dauerte noch weitere fünf Minuten, bis der Safe in der Schwebe verharrte. Versuch und Irrtum. Viel Irrtum. Als die Schwimmlage stabil war, stemmten sie sich gegen den Safe und bugsierten ihn zum Bug. Sie glichen Ameisen, die einen Ziegelstein bewegen wollten. Sie schlugen mit den Flossen aus, als gelte es ihr Leben, und näherten sich zentimeterweise dem Loch im Höhlendach.

Als sich der Safe unmittelbar unter der Öffnung befand, spielte Strachan mit dem Ventil des Auftriebskörpers, während Piet steuerte. Ganz langsam ging es nach oben. Fünf Meter pro Minute. Der Safe schwebte durch den Höhleneingang, ohne den Rand auch nur zu berühren.

Die Zwischenstopps verliefen ohne Zwischenfall. Sie drehten sich um die eigene Achse und beobachteten die dunklen Schatten, die bedrohlich durch die Lichtkegel der Taschenlampen huschten. Als sie die Oberfläche erreichten, brach die Oberseite des Safes aus dem Wasser wie ein U-Boot zum Ende der Tauchfahrt. Ölschwarzes Wasser floss daran hinunter. Der Auftriebskörper tanzte im Wind.

Die anderen kamen ins Cockpit und empfingen sie mit lautem Hallo. Sumos Überraschung war beinahe greifbar. Bis zuletzt hatte er Zweifel an Strachans Story gehabt. Shleppy grinste übers ganze Gesicht. Er klatschte vor Freude in die Hände, während Sumo ihn knuffte und wieder die Leiter zum Ausguck hochscheuchte.

Sie legten die Luftflaschen aufs Deck, dann gingen Piet und Strachan nur mit Tauchermasken und Flossen ausgerüstet erneut ins Wasser. Sechs Plastikfässer folgten ihnen nach. Strachan hatte die Wassertonnen in Kuantan besorgt, und nun dienten sie als Auftriebskörper für den Safe. Ihren Zweck erfüllten sie tadellos. Piet und Strachan schafften es nicht einmal mit vereinten Kräften, eine Tonne unter Wasser zu drücken. In der Zwischenzeit hatte sich die Gasfüllung des Auftriebsballons ausgedehnt, sodass man meinte, er werde jeden Moment platzen. Strachan nahm das gelassen. Da die Dünung immer stärker wurde, war es nur gut, wenn der Safe möglichst weit aus dem Wasser hervorschaute. Deshalb ließen sie kein Gas ab. Strachan senkte das Gesicht ins Wasser. Der Safe war gerade mal fünf Zentimeter eingetaucht, deshalb würde der Zugwiderstand minimal sein. Das Schleppseil befestigte er mit einem Palstek, um den Safe sicher mit der *Esprit Bleu* zu verbinden.

Wieder im Cockpit angelangt, half KT ihm aus dem Taucheranzug. Die ersten Regentropfen fielen ihm auf die Schultern, dick und schwer wie Beeren. Zwei Minuten lang tröpfelte es lediglich. Dann kündigte ein Donnerschlag auf einmal das Eintreffen des Unwetters an. Ein Blitz zerriss den Himmel. Mehrmals hintereinander donnerte es ohrenbetäubend laut. Der Nachhall dauerte mehrere Sekunden. Das Meer sah aus, als würde es von MG-Salven zersiebt.

Sumo ließ die Motoren an, dann begann die heikle Operation, den Safe zu den Kerkullas zu schaffen. Da die See immer rauer wurde, kamen sie nur langsam voran. Nach einer halben Stunde bat Strachan Sumo anzuhalten und überprüfte die Befestigung. Nachdem sie den Safe mühevoll geborgen hatten, wollte er ihn nicht im letzten Moment in einem kilometertiefen Wasser verlieren.

Ringsumher tobte der Sturm. Er knurrte und geiferte wie ein tollwütiger Kettenhund.

66

Für die zwei Meilen bis zu den Inseln brauchten sie fast eine Stunde. Strachan und seine Gefährten suchten auf der Seekarte nach einem geeigneten Versteck. Wegen des Unwetters würde der Helikopter nicht aufsteigen können. Trotzdem wäre es zu riskant gewesen, zu ihrem ursprünglichen Ankerplatz zurückzukehren. Strachan bezweifelte, dass es ihnen gelingen würde, längere Zeit unentdeckt zu bleiben. Sobald der Sturm nachließ, würde der Helikopter wieder auftauchen. Bis dahin aber konnten sie sich in einer der zahlreichen Buchten verstecken, den Safe öffnen und überlegen, wie es weitergehen sollte.

Am Ende wählte Sumo das Ziel aus. Die dritte Insel der Inselkette war die größte. Sie hatte eine nahezu quadratische Form: eine Meile lang und eine Meile breit. Auf der Karte war in der Mitte der Insel eine tiefe Wasserrinne eingezeichnet, wo das Meer zwischen den Klippen einen Durchgang geschaffen hatte. Eigentlich bestand die dritte Insel aus zwei getrennten Landmassen, die von einer nur zehn Meter breiten Wasserrinne getrennt waren. Trotzdem hieß sie auf der Karte Kerkulla Besar, Große Kerkulla.

Die Ufer der Wasserrinne waren mit dichtem Regenwald bestanden. Nach einer Viertelmeile beschrieb der Kanal um ein Mangrovendickicht herum zwei Haarnadelkurven, wo ihr Boot vom offenen Meer aus nicht zu sehen war. Aus der Luftperspektive waren sie trotzdem nicht unsichtbar, doch ein besseres Versteck würden sie kaum finden.

Als das Wasser immer flacher wurde, verzog Sumo schmerzlich das Gesicht. Die *Esprit Bleu* hatte einen Tiefgang von ein Meter vierzig, und wenn sie weiterfuhren, würde das Boot ein paar Schrammen am Kiel abbekommen. Unmittelbar hinter dem Mangrovendickicht hielt er Ausschau nach einem Ankerplatz und entdeckte einen schmalen Streifen erdbraunen Strandes, wo die Felsen ein Stück weit vom Ufer zurückwichen.

Die nächste Herausforderung bestand darin, den Safe an Land zu schaffen. Sie hatten keinen Kran und konnten ihn auch nicht im Rückwärtsgang ans Ufer schieben, denn das Stahlseil war nicht steif genug und das Wasser zu flach.

Sumo manövrierte das Boot möglichst nah ans Ufer. Dann machten sie das Seil los und schoben den schwimmenden Safe von Hand an Land. Es gab keine Brandung, die ihn aufs Trockene hochgehoben hätte, und obwohl die Steigung sanft war, verkeilte sich der Safe alsbald im Sand, zwei Meter vom Trockenen entfernt. Daraufhin lösten sie die Fässer und den Gasballon und überlegten, wie es weitergehen sollte.

Sie standen quälend dicht vorm Ziel. Der Gewissheit so nah und doch so fern. Das Gewicht des Safes deutete jedenfalls darauf hin, dass sich Gold darin befand. Nicht einmal zu fünft schafften sie es, ihn zu bewegen. Entweder Strachan hatte das Gewicht falsch berechnet, oder sie hatten ihre Körperkräfte überschätzt.

Mit roher Gewalt kamen sie nicht weiter, sondern erschöpften nur sinnlos ihre Kräfte. Deshalb gönnten sie sich eine wohlverdiente Ruhepause, schonten die Arme und strengten stattdessen die Köpfe an. Über der Wolkendecke zuckten Blitze: eine Himmelsdisco in Purpurrot, Orange und Weiß. Es regnete in Strömen, und das nasse Haar klebte ihnen am Kopf. Es donnerte fast unaufhörlich.

»Hebebäume!« Shleppy tippte Strachan auf die Schulter. »Hebebäume!«

»Was für Hebebäume? Wir haben keine.« Strachan musste rufen, um sich in dem Sturm Gehör zu verschaffen.

»Bambus.« Shleppy zeigt auf ein nahe gelegenes Gehölz. Er rannte zum Boot und kam mit einer Machete zurück. Dann verschwand er im Dschungel. Fünf Minuten später schleppte er drei Stangen an, wobei er bis über beide Ohren grinste. Der Bambus war grün und kräftig. Er ließ sich nicht biegen.

Strachan, Piet und Shleppy packten jeder eine Stange, rammten das eine Ende unter die Unterseite des Safes und zogen das andere Ende der Stange mit aller Kraft nach unten. Sumo schlang unterdessen eine Festmacheleine um den Safe. KT hätte gern dabei geholfen, doch das ließ Strachan nicht zu, deshalb übernahm sie die Rolle des Vorarbeiters. Sie zählte bis drei, dann begann der Sockel sich zu heben.

Sie wechselten rasch die Position, sodass sie nun mit den Stangen drückten. Der Safe kippte nach vorn, und sie hatten zwei Meter gutgemacht. Diesen Vorgang wiederholten sie noch dreimal, und nach einer halben Stunde lag der Safe auf dem Strand.

Sie hatten keinen Schlüssel, doch der hätte ihnen ohnehin nicht viel genützt. Das Schloss war mit geschmolzenem Eisen gefüllt worden, deshalb mussten sie die ganze Tür entfernen. Piet machte sich mit der pastellblauen Flamme des Schweißbrenners über die Scharniere her.

Es dämmerte bereits, und es war quälend, untätig im Sand zu sitzen und Piet bei der Arbeit zuzusehen. Nach typischer Zeeman-Art pfiff Piet, zwinkerte ihnen zu und nahm sie ständig auf den Arm; er ließ sich Zeit, leistete aber gründliche Arbeit. Endlich war das untere Scharnier durchtrennt. Strachan rammte eine Brechstange in die Lücke. Der Rost hatte die Tür zusätzlich versiegelt. Um die Kruste zu sprengen, nahm Strachan einen Hammer aus der Werkzeugkiste zu Hilfe.

Schließlich war auch die vierte Seite aufgestemmt, und alle sprangen zurück, als die Tür vom Safe abfiel. Sie landete mit einem dumpfen Geräusch im Sand. Strachan spürte, dass vier Augenpaare auf ihn gerichtet waren. Die anderen erkannten seine Anführerrolle an, hielten sich zurück und überließen ihm die Ehre, den ersten Blick ins Innere des Safes zu werfen.

Der Tresor war luft- und wasserdicht versiegelt gewesen. Darin gab es zwei nebeneinander angeordnete Reihen von Fächern mit ausziehbaren Tabletts. Strachan kniete nieder und zog behutsam eines der Tabletts heraus. Seine Nerven waren zum Zerreißen gespannt. Das Tablett lief auf Schienen, und als es hervorglitt, funkelte sein Inhalt im Schein der Taschenlampen.

Sovereigns. Goldene Sovereigns. Hunderte, vielleicht sogar Tausende. Sie waren in zehn Reihen in dem Schubfach gestapelt und so dicht gepackt, dass man meinte, Goldbarren vor sich zu haben. Das Tablett reichte tief in den Safe hinein. Das ehrfürchtige Staunen verwandelte sich in Euphorie. Strachan ließ sich auf den Sand fallen und vollführte eine Rolle rückwärts. Er schwenkte die Arme und strampelte mit den Beinen wie ein Hund, den es am Rücken juckt. Er war nicht nur schier außer sich, sondern auch unglaublich erleichtert. Seine Anspannung machte sich in einem triumphierenden Gebrüll Luft. Der Traum war wahr geworden. Die Magie der Manschettenknöpfe hatte gewirkt. Sein Großvater und sein Vater hatten ihm ein Erbe hinterlassen, das ebenso kostbar war wie schön.

Die anderen drängten vor, denn auch sie wollten die Früchte ihrer Arbeit sehen. KT zählte insgesamt fünfzig Tabletts, und dann zählte sie die Münzen in jeder Reihe. Strachan nahm eine

Münze heraus und hielt sie hoch. Es war ein Sovereign mit dem Bildnis von Königin Victoria, mit dem Prägedatum 1887, dem Jahr ihres goldenen Krönungsjubiläums.

»Wie viel mögen die wohl wert sein?«, fragte Piet.

»Eine Münze wird für etwa hundert Pfund gehandelt«, antwortete Strachan. Nach dem Museumsbesuch hatte er sich im Internet-Café über Sovereigns kundig gemacht. Für solche Münzen gab es einen großen internationalen Sammlermarkt.

»Also, in jeder Reihe sind hundert Münzen, und pro Tablett sind es zehn Reihen.« KT zählte noch immer über seine Schulter hinweg. »Bei insgesamt fünfzig Tabletts macht das fünfzigtausend Sovereigns pro Safe, und wenn jeder einzelne hundert Pfund wert ist, haben wir da fünf Millionen vor uns.«

»Das heißt, mit den Safes, die sich noch auf der *Kagura* befinden, geht es um eine Gesamtsumme von sechzig Millionen.« Strachan unterdrückte ein Lachen. Es klang einfach zu grotesk, um wahr zu sein. Jetzt erst wurde ihm bewusst, dass seine Berechnungen aufgrund der konservativen Schätzung des Museums zu niedrig ausgefallen waren. »Glücklich?«, fragte er.

»Da kannst du drauf wetten«, sagte Piet.

Sie dachten nicht mehr daran, leise zu sein oder helles Licht zu vermeiden. Alle Gedanken an Helikopter und japanische Gangster hatten sich verflüchtigt. Sie tanzten und sangen im Regen wie Angehörige eines Eingeborenenstamms bei einem rituellen Fest. Shleppy warf ihnen durchs Kombüsenfenster Bierdosen zu. Sie schüttelten die Dosen vor dem Öffnen und bespritzten sich wie Rennfahrer auf dem Siegertreppchen gegenseitig mit Bier. Sumo zerquetschte Strachan beinahe das Rückgrat, als er ihn umarmte. Die Spannung, die zeitweise zwischen ihnen geherrscht hatte, gehörte der Vergangenheit an.

Sie feierten mindestens zwanzig Minuten lang, dann wurde ihnen allmählich die Bedeutung ihres Fundes bewusst. Sie waren die halbe Nacht über wach gewesen und hatten jeder mehrere Dosen starkes Lagerbier auf leeren Magen getrunken. Das muntere Geplapper machte allmählich kollektivem Gähnen Platz.

Doch es gab noch viel zu tun, und während KT und Shleppy sich schlafen legten, machten Sumo, Piet und Strachan sich wieder an die Arbeit.

67

Der Ausblick vom Hügel war spektakulär, jedoch nicht in dem Sinn, wie Strachan es sich gewünscht hätte.

Der Wunsch, sich zu vergewissern, dass der Rest des Goldes in Sicherheit war, hatte die Oberhand über seine Müdigkeit gewonnen, weshalb er das Fernglas von der Brücke der *Esprit Bleu* holte und sich auf die Suche nach einem Aussichtspunkt machte, um einen Blick auf die beiden Riffs zu werfen. Jetzt, da es Tag war, wollte er nicht das geringste Risiko eingehen. Er wollte erst dann zur *Kagura* zurückkehren, wenn sie das Meer für sich allein hatten. Sie durften die Position des Wracks nicht preisgeben. Wenn nötig, würden sie die übrigen elf Safes eben im Schutz der Dunkelheit bergen. Das könnte drei Nächte dauern, doch der Lohn würde die Mühe bei Weitem aufwiegen.

Der Aufstieg war mühsam gewesen. Stellenweise ging es nahezu senkrecht nach oben. Die Hänge waren mit dichtem Dschungel überwuchert und rutschig vom Regen. Die Kletterpflanzen und Wurzeln waren wie Fallstricke. Ohne deren Hilfe hätte Strachan es nicht bis zum Gipfel geschafft. Als er ihn erreichte, war er durstig und blutig. Sein Oberkörper war voller Schrammen.

Der Gipfel, den er sich ausgesucht hatte, war nicht der höchste, doch er hatte sich ausgerechnet, dass er von dort aus freie Sicht aufs Meer hätte. Seine Vermutung erwies sich als zutreffend. Der Helikopter war deutlich zu sehen. Diesmal stand er auf der Landeplattform der *Fubuki*. Die Yacht ankerte unmittelbar über dem Loch, das sie ins Riff gesprengt hatten. Auf der Brücke rotierte eine Radarantenne. Daneben befand sich eine große weiße, golfballartige Kuppel, in der das Navigationssystem, die Funkanlage und die Elektronik untergebracht waren, mit deren Hilfe man sie in den vergangenen vierundzwanzig Stunden offenbar überwacht hatte.

Es war zu spät. Die Japaner hatten sie die ganze Zeit über unter Beobachtung gehabt. Strachan hatte sie geradewegs zum versteckten Schatz geführt. Durch die Sprengung hatte er es ihnen sogar leichter gemacht. Ihm wurde geradezu übel vor Wut.

Auf dem Unterdeck stand ein Mann in einem herzförmigen Swimmingpool, offenbar der Eigner der Yacht. Er war etwa fünfundvierzig und hatte die Art Figur, die man bekommt, wenn man zu viel Eisen stemmt. Im Moment stemmte er etwas anderes. Jetzt begriff Strachan, weshalb man Yachten mit Swimmingpools ausstattete: Die anderen drei Badegäste hätten ihre Tätigkeiten auf dem Trockenen nicht ausüben können. Es waren junge Frauen, alle Anfang zwanzig, und keine hatte auch nur den kleinsten Fetzen Stoff am Leib. Man sagt, Geld macht nicht glücklich, aber dieser Typ machte jedenfalls das Beste daraus.

Strachan fiel eine Bewegung ins Auge. Er richtete das Fernglas aufs Heck. Der Mann im Pool war schon reich, aber jetzt würde er noch wesentlich reicher werden, denn der erste Safe wurde bereits an Bord gehievt.

Das Taucherteam hatte den Safe mit einer ganz ähnlichen Methode wie Strachan an die Oberfläche geschafft, doch der nächste Schritt der Operation fiel wesentlich eleganter aus als bei der Besatzung der *Esprit Bleu*. Man hatte eines der beiden Rettungsboote auf dem Vordeck abgestellt und die Verbindung zu dem kleinen Kran, mit dem man es im Notfall zu Wasser lassen konnte, gekappt. Nun wurde das Stahlseil des Krans zu den an der Wasseroberfläche treibenden Tauchern hinabgelassen. Einer von ihnen befestigte es an einem Netz, das den Safe umschloss. Kurz darauf schwebte der Safe zum Vordeck hoch.

Das Unwetter war weitergezogen, und die Sonne stand hinter Strachan. Deshalb brauchte er nicht zu befürchten, dass die Japaner durch Reflexionen der Fernglaslinsen auf ihn aufmerksam wurden. Er musterte die Yacht noch einmal vom Heck bis zum Bug. Diesmal machte er vier Bewaffnete aus, die auf den Decks patrouillierten. Je einer pro Deck. Jeder war mit einer Kalaschnikow AK-47 bewaffnet, dem beliebtesten Automatikgewehr überhaupt, zu erkennen an dem runden Magazin. Da sie die Waffen geschultert hatten, rechneten sie wohl nicht mit Ärger. Sie machten den Eindruck, als würden sie mit allen Bedrohungen fertig werden. Strachan war übel. Er fühlte sich schwach und benommen. Es war, als sei er nach einer Operation aus der Narkose erwacht. Als der nächste Safe aus dem Meer gehoben wurde, verlor er jede Hoffnung.

Die Yacht drehte sich in der Strömung. Jetzt konnte er die Steuerbordseite sehen, die bisher von ihm abgewendet gewesen war. Und da war noch ein zweites Boot: die *Ping-Pong Taboo*, die Yacht, die sie in der vergangenen Woche gesehen hatten. Nach einem Freundschaftsbesuch sah es nicht aus. Das Boot war längsseits an der *Fubuki* vertäut, und die Männer, die Strachan für Meeresbiologen gehalten hatte, wurden gerade gezwungen, an Bord der größeren Yacht zu klettern. Die Hände hatte man ihnen auf den Rücken gefesselt. Strachan und seine Crew waren offenbar nicht die Einzigen, die von den Japanern überwacht worden waren.

Er hatte genug gesehen. Die Japse stahlen sein Gold. Wenn er sich nicht etwas einfallen ließ, wäre es morgen um diese Zeit gelaufen. Ohne auf die Blutegel und die Dornen zu achten, brach er durchs Dickicht und stürmte den Hang hinunter.

In der Ferne dräuten am Novemberhimmel noch die Gewitterwolken. Sie wogten zornig und wechselten ständig die Form. Auf die gleiche Weise nahm auch Strachans Plan Gestalt an. Zunächst ganz langsam, dann immer schneller, bis ihm Umrisse und Inhalt deutlich vor Augen standen.

Die Japaner hatten einen Helikopter, Sturmgewehre und eine Yacht von der Größe von Texas. Strachan hatte Piet Zeeman. Damit war das Kräfteverhältnis ausgeglichen.

68

Die Höchstgeschwindigkeit eines Viking 57 Sportfisher Convertible beträgt zweiunddreißig Knoten. Kurzzeitig bringt das Boot es sogar auf vierunddreißig Knoten. Die *Esprit Bleu* war noch eine Meile von der *Fubuki* entfernt und schaffte fünfunddreißig Knoten.

Strachan versteckte sich im Cockpit unter dem Sonnensegel und stützte sich gegen die Heckklappe in der Reling. Piet Zeeman war bei ihm. Strachan hob das Sonnensegel an und warf einen Blick auf den Gegner. Ein Wachposten rannte zur Brücke, um das sich nähernde Boot zu melden. Kurz darauf tauchten zwei weitere Wachposten auf und gingen auf dem Oberdeck in Stellung.

Die *Esprit Bleu* raste weiterhin direkt auf sie zu. Sie glich einem Raketengeschoss: schlank, schnell und tödlich. Als das Wellenmuster sich veränderte, krachte sie mit so großer Wucht ins Wellental, dass die Erschütterung ihnen durch Mark und

Bein ging. Dann richtete sich der Bug wieder auf, und das Boot flog weiter.

Piet hatte die Japaner den ganzen Tag lang beobachtet. Obwohl sie hervorragend ausgerüstet waren, mussten sie offenbar ganz schön schuften, um die Safes zu bergen. Abends um halb sechs hatten sie erst acht Tresore gehoben, und Strachan registrierte mit Erleichterung, dass das Taucherteam für heute Feierabend machte. Um sechs brach die Dämmerung an; um sieben war es dunkel. Der Himmel war noch immer weitgehend bedeckt. Als der Mond hinter einer Wolke verschwand, wies Strachan Sumo an, aus dem Einschnitt aufs offene Meer hinauszufahren und Vollgas zu geben.

Als die *Esprit Bleu* noch dreihundert Meter von der Yacht entfernt war, feuerten die Japaner die ersten Schüsse ab. Zwei Kugeln durchschlugen die Windschutzscheibe auf der Brücke. Die Einschusslöcher ähnelten im Glas kristallisierten Spinnennetzen. Sumo lag flach auf dem Deck, die Steuerung hatte er auf Autopilot gestellt. Zum Zeichen, dass er unverletzt war, reckte er den Daumen.

Weitere Kugeln pfiffen vorbei. Strachan warf noch einen kurzen Blick auf die Japaner. An Bord der *Fubuki* herrschte Panik. Aufgeschreckt vom Lärm, tauchten auf dem Hauptdeck zwei Anzugtypen auf. Der eine war der Mann aus dem Pool. Angst hatte er anscheinend keine – er wirkte lediglich verärgert.

Nun überschlugen sich die Ereignisse. Da der Mann aus dem Pool glaubte, man wolle sie rammen, rief er seinen Bodyguards einen Befehl zu. Sie stellten Automatikfeuer ein, worauf der Rumpf der *Esprit Bleu* von einem Kugelhagel getroffen wurde. Einer der beiden Motoren machte ein Geräusch wie ein Mähdrescher, der sich an einem Stein verschluckt hat, stellte seine Arbeit aber nicht ein. Das Boot wurde keinen Deut langsamer. Kurz darauf lief der Motor wieder normal.

Die *Esprit Bleu* war fünfzig Meter von der *Fubuki* entfernt und noch immer fünfunddreißig Knoten schnell. Die Wachposten standen unmittelbar in Fahrtrichtung. Da sie fürchteten, beim Aufprall zerquetscht zu werden, senkten sie die Gewehre und rannten weg. Sekunden vor dem Aufprall sprang Sumo hoch und steuerte eine scharfe U-Kurve. Die Fliehkräfte waren enorm. Strachan wurde gegen den Cockpitboden gedrückt. Seine Gesichtshaut straffte sich wie die Frischhaltefolie über einer Salatschüssel.

Eine Gischtwelle spülte über die Reling der großen Yacht hinweg, welche die Anzugtypen instinktiv mit dem Rücken abwehrten. In diesem Moment ließen sich Strachan und Zeeman durch die offene Heckklappe rollen. Die Gischtwolke und die windschnittige Flanke der *Esprit Bleu* gaben ihnen Deckung. Sie hatten die Bleigewichte am Gürtel verdoppelt, weshalb sie wie ein Stein sanken und im Handumdrehen unter dem schäumenden Kielwasser verschwanden. Das Gewehrfeuer war verstummt. An Bord der Yacht ging es drunter und drüber. Strachan war sicher, dass sie nicht bemerkt worden waren.

Unmittelbar unter dem Rumpf der *Fubuki* tauchten sie auf. Die Luftblasen waren im aufgewühlten Wasser nicht zu sehen, außerdem zerplatzten die meisten an der Unterseite des Rumpfs. Die Japaner hatten nichts bemerkt.

Die *Fubuki* mochte in weniger als vierzehn Tagen von Key West nach Cairns fahren können, doch mit der *Esprit Bleu* vermochte sie es trotzdem nicht aufzunehmen. Nach einer Weile hörte Strachan das Knattern der Rotoren. Der Helikopter nahm die Verfolgung seiner Freunde auf.

Piet hatte das vorhergesehen, und sie hatten sich darauf eingestellt. Sumo steuerte geradewegs auf den Außenposten der Parkverwaltung zu. Der lag zehn Meilen entfernt auf der äußersten Insel der Kerkullas. Wenn die Japaner dort angreifen sollten, mussten sie es unter den Augen der Polizei des Nationalparks tun. Selbst wenn der Posten unbemannt sein sollte, wäre es gleichwohl leichtsinnig. Außerdem hätte Sumo dort Gelegenheit, sein Boot instand zu setzen, bevor sie zur zweiten Phase des Plans übergingen.

Sie hatten die Höhlendecke mit sechs Stangen Gelex gesprengt. Der Sprengstoff wurde in Vierundzwanziger-Packungen verkauft, deshalb hatten sie noch genug übrig, um den Rumpf der *Fubuki* entsprechend zu präparieren. Strachan und Piet arbeiteten schnell. Acht der elf verbliebenen Safes waren bereits an Bord. Obwohl sie ganz den Eindruck machten, als wollten sie bis zum Morgen hierbleiben, gab es keine Garantie dafür, dass die Japaner nicht auch noch die restlichen drei Safes in dieser Nacht bergen würden. Wenn es dazu käme, wären Strachan und Zeeman im Wasser nicht mehr sicher. Man würde sie alsbald überwältigen, und dann wäre ihr Tod so sicher wie das Amen in der Kirche.

Eine Viertelstunde später hatten sie zehn Sprengstoffstangen am Kiel befestigt. Sie wünschten sich mit gerecktem Daumen viel Glück, dann trennten sich ihre Wege. Zeeman hatte noch unter Wasser zu tun, während Strachan an Deck kletterte. Der ehemalige Angehörige der niederländischen Spezialeinsatzkräfte schwamm zum Heck der *Fubuki*, während Strachan den Bug ansteuerte.

Aufgrund der Brechungskraft des Wassers wirkte die Ankerkette geknickt. Er streifte Tarierweste und Luftflasche ab und behielt nur den Tauchanzug an. Seine sonstige Ausrüstung bestand aus einem Messer und einer Tasche mit den letzten acht Sprengstoffstangen. Er hielt einen Moment inne, um seine Kräfte zu sammeln. Dann begann er an der Ankerkette hochzuklettern.

Es war wie ein Kurs in Angriffstechnik. Aufgrund der gewaltigen Größe der Yacht befand sich die Bugspitze acht Meter über dem Wasserspiegel. Der Mond war von Wolken verdeckt, und Strachan wurde beim Klettern durch das unablässige Auf und Ab der Dünung behindert. Schließlich kletterte er über die Reling und wälzte sich sogleich auf den Rücken. Aufgrund des schwarzen Tauchanzugs verschmolz er mit der Dunkelheit.

Er hörte das Knattern des Helikopters, der zur *Fubuki* zurückkehrte. Offenbar hatte er die Verfolgung abgebrochen. Auf der Brücke hielten sich mehrere Besatzungsmitglieder auf. Sie tranken Kaffee und wirkten ganz entspannt. Die Ordnung war wiederhergestellt. Der Kapitän sprach ins Funkgerät. Vielleicht erteilte er dem Helikopter gerade Landeerlaubnis. Strachan beobachtete den Anflug des Hubschraubers. Er wartete, bis die Maschine auf der Landeplattform aufgesetzt hatte, dann wurde er aktiv. Der Pilot erstattete über Funk Meldung. Der Motor lief noch, und das Schwirren der Rotoren gab Strachan zusätzlich Deckung.

Als Erstes nahm er sich den Ankerkasten vor. Er hob den Deckel an, warf drei Stangen Gelex hinein und rannte gleich weiter. Das Rettungsboot stand an Deck, da der Kran gebraucht worden war. Er schob zwei weitere Sprengstoffstangen unter die Persenning. Ohne innezuhalten, eilte er geduckt weiter. Rein, seinen Job erledigen, und wieder raus. Die letzten drei Stangen verschwanden im Staufach der Wasserski am Heck.

Auf dem Rückweg suchte Strachan hinter den acht Safes Deckung. Über ihm auf dem Brückendeck patrouillierte ein Wachposten, der das Sturmgewehr geschultert hatte. Er blickte aufs Meer hinaus und wandte ihm den Rücken zu. Jetzt, da die *Esprit Bleu* verschwunden war, rechnete er nicht mehr mit Problemen. Strachan hatte auch nicht die Absicht, ihm Ärger zu machen. Jedenfalls jetzt noch nicht.

Es war ein seltsames Gefühl, dem Gold so nahe zu sein. Strachan hatte mit Piet darüber gesprochen, und sie waren zu dem Schluss gelangt, dass es ihnen wohl kaum gelingen würde, auch noch den Rest in ihren Besitz zu bringen. An Bord der *Fubuki* hatte sich eine kleine Armee versammelt, die sie nicht direkt angreifen konnten. Aber wenn Strachan das Gold nicht haben konnte, wollte er es auch nicht diesen Gangstern überlassen. Die Japaner hatten in Mersing und auch heute Abend auf ihn geschossen. Jetzt waren sie eine leichte Beute.

Als er seine Mission erfüllt hatte, hätte Strachan sich eigentlich über die Reling ins Wasser fallen lassen sollen. Er hätte zum Meeresboden schwimmen und eine der beiden Ersatzluftflaschen an sich nehmen sollen, die sie tags zuvor im Geröllfeld deponiert hatten. Dann hätte er Piet folgen und zum Ufer schwimmen sollen. Im Deckboden aber war ein Oberlicht eingelassen. Da Stimmenlärm hindurchdrang, zögerte Strachan.

Drei Männer waren in eine hitzige Debatte vertieft. Zwei der Stimmen kannte Strachan. Ihr Akzent war unverkennbar. Der erste Mann war ein Niederländer. Das war der Mann, dem er den Wangenknochen gebrochen hatte; der Mann, den er mit Jack Daniel's überschüttet und blutend in einem Müllhaufen in Pimlico zurückgelassen hatte. Die andere Stimme – ein blasiertes Schnarren, und diese Entdeckung erschütterte ihn zutiefst – war die seines Paten.

69

Strachan lag flach auf dem Deck, und sein Gehirn arbeitete auf Hochtouren. Dann hatte also doch Hamilton am Ruder der *Ping-Pong Taboo* gestanden. Und der zweite Mann war Verhoeven gewesen. Als Strachan sich in Singapur aufgehalten hatte, war Verhoeven nicht dort gewesen. Vielmehr war er ihm einen Schritt voraus gewesen.

Verhoeven war jedoch nicht mit der Absicht hergekommen,

ihn festzunehmen. Vielmehr hatte er sich mit Hamilton zusammengetan und die beiden parallelen Riffe mit einer Sonarboje abgesucht. Dafür gab es nur eine Erklärung. Verhoeven hatte Hamilton aufgesucht, nachdem er in dem Müllhaufen zu sich gekommen war. Sie hatten miteinander geredet. Verhoeven hatte eins und eins zusammengezählt und war diesmal auf zwei gekommen. Michelle Newchris hatte ihm schon einen Teil der Geschichte erzählt, und Hamilton hatte die Lücken aufgefüllt. Hamilton hatte ihm erzählt, dass die Manschettenknöpfe die Spur zu einem Vermögen wiesen, und ihm angeboten, sich an der Suche zu beteiligen. Er war ein Opportunist. Erst wollte er Strachan sein Erbe und dann das Leben rauben. Der Mann hatte nicht die geringsten Skrupel.

Hamilton wusste, dass Strachan, gleich nachdem er den zweiten Manschettenknopf in seinen Besitz gebracht hatte, nach Singapur geflogen war. Gilchrist hatte der Polizei gegenüber erklärt, er habe Geld nach Kuantan überwiesen. Nachforschungen vor Ort hatten ergeben, dass Strachan mit der *Esprit Bleu* in Verbindung stand, und so waren sie nach Pulau Tioman gelangt.

Tioman war groß genug, um sich eine Zeit lang aus dem Weg zu gehen. Wahrscheinlich hatten sie abseits von Kampung Air Batang Quartier bezogen, vielleicht im Beriya Resort. Sie waren ihnen zu den Kerkullas gefolgt und hatten ihren Informationsstand dem seinen angeglichen. Dann hatten sie angefangen, das Gebiet abzusuchen.

Ohne dass Strachan etwas davon ahnte, hatten sich gleich zwei Verfolgergruppen an seine Fersen geheftet. Den gleichen Fehler würde er nicht noch einmal machen.

»Bitte«, sagte Hamilton gerade. »Wir haben ihn nicht.« Er hatte seine Stimme kaum noch unter Kontrolle. Das abgehackte Schluchzen deutete darauf hin, dass man ihn einer uralten Folter unterzogen hatte.

»Dann sind Sie mir zu nichts nütze.« Der dritte Sprecher war ein Japaner. Der Mann aus dem Pool. Der Mann, den sie vor zwanzig Minuten nass gespritzt hatten. Sein Tonfall klang gelassen. Eher entschlossen als aggressiv.

»Sie können uns nicht einfach umbringen.«

»Warum nicht?«

»Aus einem guten Grund.« Diesmal hatte Verhoeven gesprochen. Im Gegensatz zu Hamilton wirkte er gänzlich unbeeindruckt von dem Schlamassel, in dem sie steckten.

Strachan spitzte die Ohren. Die Klimaanlage rauschte. In der Kombüse schepperten Pfannen. Rechts von ihm duschte jemand. Er befahl seinem Gehirn, die Umgebungsgeräusche auszublenden.

»Interpol weiß, wo wir sind. Kurz bevor Sie uns gefangen genommen haben, habe ich die Behörden über Strachan informiert.«

Der Japaner wusste offenbar über Strachan Bescheid. Vielleicht hatten Pili oder Hamilton von ihm erzählt. Vielleicht hatte der Scheinangriff der *Esprit Bleu* eine entsprechende Fragerunde ausgelöst. Jedenfalls konnte Verhoeven eine Menge Fragen beantworten.

»Ich habe gemeldet, dass ich ihn aufgespürt habe. Da er nicht allein ist und als gefährlich gilt, habe ich Verstärkung von Kuala Lumpur angefordert. Wenn sie nicht schon eingetroffen ist, wird sie bald hier sein.«

»Sie bluffen, Inspector. Allerdings muss ich sagen, Sie machen Ihre Sache gut. Ja, wirklich.« Die Stimme des Japaners wurde leiser und dann wieder lauter. Offenbar ging er in der Kabine auf und ab. Strachan stellte sich vor, dass er wie ein Löwe um seine Gefangenen herumschlich.

Strachan hätte gern einen Blick in die Kabine geworfen, doch das wäre zu riskant gewesen. Er wusste einfach zu viel. Wenn er hier noch etwas länger ausharrte, würde er vielleicht noch mehr in Erfahrung bringen. Das könnte ihre Chancen erhöhen, sich mit dem bereits geborgenen Safe in Sicherheit zu bringen.

»Lassen Sie sich vom Bordfax die letzte Nummer anzeigen, die ich gewählt habe«, fuhr Verhoeven fort. »Die Interpol-Niederlassung von Kuala Lumpur wäre hocherfreut, von Ihnen zu hören. Sagen Sie mal, Wakahama, wie sieht es eigentlich auf dem japanischen Heroinmarkt aus? Doch hoffentlich besser als auf dem Aktienmarkt?«

Der Mann namens Wakahama sagte etwas auf Japanisch. Jetzt erst stellte sich heraus, dass sich noch ein vierter Mann in der Kabine aufhielt. Eine Tür glitt auf, dann entfernte sich jemand Richtung Heck. Strachan vermochte sich nicht länger zu beherrschen. Er näherte das Gesicht dem Rand des Oberlichts und spähte in die Kabine.

Er blickte in eine Bar. In den Regalen an der gegenüberliegenden Wand standen Flaschen mit Gin, Wodka und Sake. Auf der Theke befanden sich ein Cocktailshaker, eine Schale mit Oliven und ein schlichter Aschenbecher aus Knochenporzellan. In die Holzverkleidung der Decke waren sanfte Spots eingelassen, die auf die Gemälde an der Wand gerichtet waren. Hamilton und Verhoeven saßen auf Barhockern, die Gesichter den Gemälden zugewandt. Ihre Hände waren mit Plastikriemen gefesselt. Strachan kannte die Fesseln von den Nachrichtensendungen auf CNN her. Damit fesselte das Militär Kriegsgefangene.

Verhoevens Gesicht war sonnenverbrannt, und von dem Hieb mit dem Totschläger hatte er noch immer ein blaues Auge. Als er den Mund aufmachte, sah Strachan, dass ihm ein Schneidezahn fehlte. Allerdings wirkte er so herausfordernd wie eh und je. Eines musste Strachan ihm lassen: Der Niederländer war ebenso unverwüstlich wie Kevlar.

Wakahama trug jetzt einen weißen Leinenanzug. Er saß auf

der Tischkante und hatte die Arme vor der Brust verschränkt. Er hatte eine hakenförmige Mundpartie wie ein Lachs und eine Boxernase. Vom vielen Training platzte das Jackett an den Schultern schier aus den Nähten. Der Anzug wirkte teuer. Er hatte sich eine Gucci-Sonnenbrille in die Stirn geschoben, die wie eine Tiara wirkte. Ihn umgab die unsichtbare Aura von Macht und Präsenz. Neben ihm stand einer der Leibwächter, die sie in Mersing angegriffen hatten.

»Das hätten Sie für sich behalten sollen«, sagte Wakahama. »Jetzt muss ich Sie bestrafen. Es zahlt sich für Sie nicht aus, über meine Geschäfte Bescheid zu wissen. Es zahlt sich nicht aus, wenn Sie zu bluffen versuchen.« Er sagte etwas auf Japanisch. Es klang so, als riefe er einen Namen. Die Tür ging auf, und ein älterer Mann trat ein. Er war um die sechzig, trug Bluejeans und ein weißes Hemd. Von seinem spitzen Kinn hingen ein paar weiße Barthaare. Seine Haut war bleich. Für einen Mann seines Alters wirkte er erstaunlich kräftig. Er hielt etwas in der Hand. Es sah aus wie ein Schlagstock.

Strachan fasste wieder Verhoeven in den Blick, der den Schlagstock des alten Mannes fixierte. Verängstigt wirkte er nicht, eher fasziniert. Als würde er gleich eine neue Erfahrung machen. Der andere Bodyguard verschwand hinter den Barhockern. Von hinten schlang er Verhoeven die Arme um die Brust und drückte ihm die gefesselten Arme an die Seiten. Mit der linken Hand packte der ältere Mann Verhoevens Kiefer und drückte zu. Verhoeven spitzte die Lippen wie zu einem Kuss. Der Mann drückte fester zu. Verhoeven traten Tränen in die Augen. Die Hand ist stärker als der Kiefer. Langsam öffnete er den Mund. Zunächst wurde der Stock gegen seine Zähne gedrückt. Der Japaner bewegte ihn hin und her und schob ihn Verhoeven tief in den Rachen. Als er festklemmte, drückte er mit dem Daumen auf einen Knopf im Griff.

Mund und Zunge sind hochempfindlich. Sie sind rosa gefärbt, das heißt, die Blutgefäße und Nervenenden befinden sich dicht an der Oberfläche. Der Schmerz musste unerträglich sein, zumal die Wurzel des abgebrochenen Zahns offen lag. Verhoeven schüttelte sich wie ein Rodeoreiter. Der Barhocker schaukelte auf zwei Beinen. Hamilton wandte sich mit einem Aufschrei ab. Speichel schäumte aus Verhoevens Mund. Elektrische Schlagstöcke werden zumeist bei der Bekämpfung von Unruhen eingesetzt. Unter dem Einfluss der 3000-Volt-Spannung wurde Verhoeven von Krämpfen geschüttelt. Seine Gesichtsmuskeln waren außer Kontrolle. Seine Augen zeigten das Weiße. Aus den Nasenlöchern quoll Erbrochenes. Der Barhocker kippte unter ihm weg, und er fiel auf den Boden. Dann übergab er sich.

Strachan presste das Gesicht aufs Deck. Er wollte das nicht sehen. Er ertrug den Anblick nicht. Verhoeven atmete pfeifend wie ein Esel. Hamilton stammelte in einem fort: »Ach Gott, ach Gott.« Deshalb hörte Strachan nicht, dass ein Wachposten vom Oberdeck herunterkam und sich ihm von hinten näherte. Er bemerkte ihn erst, als ihm der kühle Lauf eines Sturmgewehrs an die Schläfe gedrückt wurde.

70

Strachan leistete keinen Widerstand, als der Wachmann ihm befahl, die Hände flach auf den Kopf zu legen.

Der Mann drückte ihm die Gewehrmündung ins Kreuz und bugsierte ihn zu einer Tür. Sie stiegen eine Treppe hinunter, dann gingen sie auf dem unteren Deck den gleichen Weg wieder zurück. Der Mann rammte Strachan wiederholt den Gewehrlauf in den Rücken, als habe er es mit einem widerspenstigen Rind am Eingang zum Schlachthof zu tun.

Strachan schob die Tür auf und stolperte in die schummrig erhellte Bar. Der Ausdruck des Erstaunens auf den Gesichtern der Anwesenden war unbezahlbar. Sollte er jemals lebend hier herauskommen, würde er sich ein Leben lang daran erinnern.

Der Wachposten schob ihn zu dem einzigen freien Hocker und befahl ihm, sich zu setzen. Dann nahm er ihm das Messer ab, das in einer Scheide an seiner Wade steckte. Gefesselt wurde er nicht, doch der Schläger, der ihn entdeckt hatte, zielte auf ihn. Das Gewehr war entsichert.

Strachan funkelte Hamilton an. Sie hatten eine Menge miteinander zu bereden. Sein Pate machte einen zerknirschten Eindruck. Hamilton wirkte wie ein in jeder Beziehung geschlagener Mann. Vielleicht hatte auch er bereits den Schlagstock zu spüren bekommen.

Verhoeven war in einem furchtbaren Zustand. Er stank nach Erbrochenem, sein Gesicht war rot angelaufen. Trotz der Tortur, die er durchgemacht hatte, wirkte er erstaunlich gefasst. »Banbury! Welch reizende Überraschung. Darf ich Sie mit Wakahama-san bekannt machen? Er wird von Interpol gesucht, und zwar wegen …« Weiter kam er nicht. Den Namen des Japaners zu nennen war ein Fehler gewesen, und der Kolben des AK-47 brachte ihn zum Schweigen.

»Mr. Strachan.« Wakahama zündete sich seufzend eine Zigarre an. »Als die *Kagura* gesunken ist, waren zwölf Safes an Bord. Ja, zwölf. Acht haben wir geborgen. Morgen werden wir drei weitere raufholen.« Er hatte einen starken Akzent. »Acht plus drei macht elf. Ja. Der zwölfte Safe …« Er schwieg bedeutungsvoll. »Nun ja. Wir wollen mal sagen, die beiden anwesenden Herren haben ihn jedenfalls nicht.«

»Ja«, sagte Strachan. »Den habe ich, und …« Diesmal legte er eine Kunstpause ein. »Nun, wir wollen mal sagen, er befindet sich an einem sicheren Ort. Das Wortspiel ist beabsichtigt.«

Wakahama streckte die Hand aus. Der Mann mit dem spitzen Kinn reichte ihm den elektrischen Schlagstock. Diese Leute ließen nichts anbrennen. »Schmerz, Mr. Strachan. Wie viel davon können Sie ertragen?«

Verhoeven musterte Strachan erwartungsvoll. Strachan warf ihm eine Kusshand zu. »Ich glaube, ich kann so lange durchhalten, bis Interpol hier eintrifft.« In Wahrheit bezweifelte Strachan, dass er länger als ein paar Sekunden durchhalten würde. Er hatte mit angesehen, welche Wirkung dieses Ding hatte, und er hatte keine Eile, es am eigenen Leib zu erfahren. Allerdings war das die erste Bietrunde. Sein Blatt war gut genug, um mitzuhalten. »Wenn Sie mich töten, werden Sie den Safe niemals finden. Wenn Sie mir blöd kommen, werden Sie ihn ebenfalls nicht finden. Und deshalb«, sagte er, »schlage ich Ihnen vor, dass Sie nett zu mir sind.«

Der Bodyguard, der nach dem Fax der *Ping-Pong Taboo* gesehen hatte, trat durch die Glastür ein. Er war besser gekleidet als die anderen Aufpasser. Wahrscheinlich war er der Sicherheitschef. Er musterte Strachan mit gebührender Besorgnis. Schließlich war Strachan unbemerkt an Bord der Yacht gelangt, die er schützen sollte. Wahrscheinlich stand auch ihm eine Mandelsektion mit Wakahamas Schlagstock bevor.

Der Chef der Sicherheitsmannschaft reichte seinem Boss ein Blatt Papier. Strachan bemerkte, dass mit blauem Kuli eine Telefonnummer darauf notiert war.

Verhoeven wirkte ebenfalls gefasst. Sein Blatt war offenbar mindestens ebenso gut wie Strachans. Wenn er bluffte, dann machte er seine Sache wirklich gut. »Ich möchte Ihnen einen Deal vorschlagen, Wakahama.«

»Sie sind nicht in der Position, Deals mit mir zu machen, Inspector.«

»Das sehe ich anders. Sie stecken in Schwierigkeiten. Überlassen Sie mir den zwölften Safe, dann können Sie die übrigen elf behalten. Ich weiß, dass Japaner Ehrenmänner sind. Wenn Sie einschlagen, pfeife ich Interpol zurück.«

Wakahama beriet sich mit seinen Leuten. Der Sicherheitschef bestätigte mit einem Kopfnicken, dass die Faxnummer dem von Verhoeven genannten Teilnehmer gehörte. »Wann könnten Sie dort anrufen?« Wakahama war anscheinend darauf hereingefallen.

»Welche Garantie habe ich, dass Sie mir das Gold überlassen?«

»Ich gebe Ihnen mein Wort. Ja. Ich gebe Ihnen zwei Männer mit, die Ihnen helfen werden, den Safe aufs Boot zu laden.«

Verhoevens Miene ließ darauf schließen, dass er eine konkretere Zusicherung erwartet hatte als das Wort eines Heroin-Shogun, doch er nickte trotzdem. »Einverstanden«, sagte er. »Dann sind wir im Geschäft.«

»Ja. Ein Geschäft.« Nach kurzem Überlegen stellte Wakahama die Frage, die Strachan am meisten interessierte. »Wie wollen Sie Strachan dazu bringen, Ihnen den Ort zu verraten, an dem das Gold versteckt ist?«

»Das könnte ein Problem sein. Unser Verhältnis ist nicht besonders gut. Ich glaube, freiwillig wird er es mir nicht verraten. Wahrscheinlich würde er eher sterben.«

»Das ist der erste vernünftige Satz, den Sie heute von sich gegeben haben«, bemerkte Strachan.

»Mr. Strachan, bitte halten Sie den Mund. Ja, Inspector, ich glaube, ich kann Ihnen helfen.« Wakahama zog an der Zigarre. Den Rauch pustete er zum Deckenventilator hoch. »Gestern habe ich mich ein wenig umgesehen. Ich habe dabei gefilmt. Der Film ist sehr interessant. Morgen wird Mr. Strachan Gelegenheit bekommen, Filmstar zu werden. Wir werden einen weiteren Film drehen. In dem Film wird Mr. Strachan Ihnen sagen, wo das Gold ist. Außerdem wird er uns berichten, was mit Pili Parang passiert ist.«

Strachan krampfte sich der Magen zusammen. Seine Gedanken überschlugen sich. Verglichen mit dem, was Wakahama morgen mit ihm vorhatte, war der Schlagstock bestimmt nur ein Klacks. Wahrscheinlich wäre es für ihn besser, wenn er freiwillig sagte, wo der Safe war. Das aber wollte Strachan auf keinen Fall tun. Sein Großvater hatte gegen die Japaner gekämpft. Wider alle Wahrscheinlichkeit hatte er sich aus der Kriegsgefangenschaft befreit. Er hatte die passende Gelegenheit abgewartet. Wenn Strachan Geduld hatte, würde sich vielleicht auch ihm eine Gelegenheit zur Flucht bieten. Er hatte seinen Großvater nicht gekannt, doch der alte Mann würde sich bestimmt im Grabe umdrehen, wenn er jetzt das Handtuch würfe. »Pili ist einem Fehlschluss aufgesessen. Dann hat ihn die Gier gepackt. Und was Ihren Film angeht, ich gelte als schwierig. Fragen Sie Spielberg.«

Wakahama ignorierte ihn. Stattdessen musterte er Verhoeven durch einen Schleier kubanischen Zigarrenqualms hindurch. »Und Ihr Freund? Ja. Was ist mit dem?« Er nickte zu Hamilton hinüber.

»Der ist nicht mein Freund. Das ist kein Ehrenmann. Sie sollten es Strachan überlassen, sich mit ihm zu befassen.«

Strachan drehte sich auf dem Hocker zu Verhoeven um. »Was soll das heißen?«

»Ihr Pate hat vor Ihrem Eintreffen ein paar interessante Geständnisse abgelegt.«

»Was soll das heißen?«, wiederholte er mit Blick auf Hamiltons verschwitztes Gesicht. Mit dem Schlagstock im Mund hätte er wahrscheinlich auch den Mord an JFK gestanden.

»Mr. Wakahama wollte wissen, wie wir auf das Gold gestoßen sind. Das ist nämlich eine lange Geschichte, wissen Sie. Er findet, das Gold gehört Japan. Er wollte wissen, wie wir darauf gestoßen sind. Wie *Sie* darauf gestoßen sind.« Verhoeven hielt inne. Wakahama machte keine Anstalten, ihn zu unterbrechen. »Anfangs war Mr. Hamilton nicht sonderlich kooperativ, aber als wir ein wenig nachgeholfen haben, hat er uns alles erzählt.«

»Zum Beispiel?«, fragte Strachan.

»Zum Beispiel, was es mit den Manschettenknöpfen auf sich hat. Ich muss sagen, Banbury, in Schiphol habe ich Ihnen nicht geglaubt. Ich war tatsächlich der Ansicht, Sie hätten die junge Frau vergewaltigen wollen.«

»Und jetzt?«

»Jetzt weiß ich, dass Newchris Sie unter Drogen setzen wollte. Vielleicht wollte sie Sie sogar töten.«

»Und wo kommt er mit ins Spiel?«, fragte Strachan und sah Hamilton an.

»Er hat ihr Ihren Aufenthaltsort verraten. Er hat mit dieser Newchris einen Deal gemacht.«

»Einen Deal?«

»Halten Sie den Mund, Verhoeven!« Es war das erste Mal, dass Hamilton das Wort ergriff. Panik schwang in seiner Stimme mit.

»Ja, so war's. Er hat die beiden aufgespürt. Er hat sie dazu überredet, ihm den zweiten Manschettenknopf zu überlassen und ihnen als Gegenleistung gesagt, wo der andere Manschettenknopf zu finden wäre.«

»Kein Wort mehr, Verhoeven! Schweigen Sie! Schweigen Sie! Schweigen Sie!«, kreischte Hamilton.

Strachan sah ihn an. Es stand seinem Paten ins Gesicht geschrieben. Verhoeven sagte die Wahrheit. »Molly hatte einen Sohn, Adrian. Hast du das gewusst?« Strachan fixierte Hamilton, dem die Tränen in den Augen standen. »Jetzt ist sie tot. Das Kind hat keine Mutter mehr. Wie fühlst du dich dabei?«

Hamilton wandte den Kopf ab und wich Strachans Blick aus. Wakahama lehnte sich zurück und verschränkte wieder die Arme vor der Brust. Diese kleine Nebenvorstellung machte ihm offenbar Spaß.

»Er wollte das Gold stehlen, Banbury. Er wollte Sie um Ihr Erbe betrügen. Er hat Sie verraten.« Auch Verhoeven hatte seinen Spaß.

Verhoevens Worte waren wie Funken. Sie setzten eine Zündschnur in Brand, die in den vergangenen drei Wochen ausgelegt worden war: eine Reihe von Verdachtsmomenten und Schlussfolgerungen, die sich wie eine Schießpulverfährte durch Strachans Bewusstsein schlängelten. Am Ende der Zündschnur befand sich ein Mann, an dessen Händen Blut klebte. Mollys Blut. Ihr Tod hätte sich vermeiden lassen. Hamilton trug ebenso viel Schuld an ihrem Tod wie Strachan.

»Er hat uns alles gesagt, Banbury. Er hat Sie verraten«, wiederholte Verhoeven. Ein roter Nebel senkte sich auf Strachan herab, und er explodierte wie ein Pulverfass. Er warf sich auf Hamilton. Blind vor Wut ging er seinem Paten an die Gurgel. Dann traf ihn ein Hieb, und er wurde bewusstlos.

71

Strachan kam im Bootskerker zu sich.

Der kleine Raum war karg möbliert und lief an einer Seite spitz zu. Hier gab es keine Teppiche. Nur eine Luke und mehrere Stahlspanten, die bis zum Kiel hinunterreichten. Sie befanden sich unmittelbar im Bug. Neben ihm saß Hamilton. Seine geliebten Straßenschuhe glänzten trotz der feuchten Umgebung wie frisch gewienert. Ein Kerker gehörte gewiss nicht zur Standardausrüstung einer Yacht, aber wahrscheinlich war das Schiff ohnehin eine Sonderanfertigung.

Er war angekettet wie ein Gefangener in einer mittelalterlichen Festung. Jetzt wusste er, wie sich sein Großvater gefühlt haben musste. Die Geschichte wiederholte sich. Hände und Füße steckten in eisernen Zwingen. Die Zwingen waren mit Wand und Boden vernietet. Dagegen kam er nicht an.

»Na los, red schon«, sagte Strachan zu seinem Paten. Sie hatten eine Menge Zeit totzuschlagen, und er wollte es von Hamilton persönlich hören.

»Mein lieber Junge, ich kann dir alles erklären.« Hamilton war nicht herablassend. So nannte er Strachan, so weit dieser zurückdenken konnte.

»Ich bin ganz Ohr.«

»Was Verhoeven gesagt hat, stimmt. Ich stecke in geschäftlichen Schwierigkeiten. Ich habe große Schulden. Ich brauchte das Geld. Ohne das Geld stünde ich vor dem Ruin.«

»Warum? Ich dachte immer, dein Geschäft wäre eine Lizenz zum Gelddrucken.«

»Das war es auch bis vor sechs Monaten.« Hamilton schüttelte den Kopf. Er sah verlegen zu Boden. »Dann habe ich sechs Gemälde erworben. Ich hielt sie für echte Verrocchios.«

»Verrocchio?«

»Andrea del Verrocchio. Um 1460 herum war er in Florenz der führende Maler. Leonardo da Vinci war sein Schüler.«

»Und weiter?«

»In London wandte sich ein italienischer Geschäftsmann an mich. Er meinte, er habe ein paar ganz besondere Gemälde anzubieten, die sich seit fünfhundert Jahren in Familienbesitz befänden. Er wolle sie verkaufen, jedoch ohne große öffentliche Auktion. Deshalb habe er sich an mich gewandt und nicht an Sotheby's oder Christie's. Er lege Wert auf Diskretion.«

»Und die Bilder waren Fälschungen?«, sagte Strachan.

»Ja. Aber nicht irgendwelche Fälschungen. Sie waren ganz hervorragend gemacht. Ich ließ von Swift ein Gutachten anfertigen ...«

»Wer ist Swift?«

»Ein Experte, dessen Dienste ich häufig in Anspruch genommen habe. Der Beste im ganzen Land. Der Italiener hatte ihn jedoch bestochen. Im Gutachten stand, die Gemälde wären echt. Ich fand einen Käufer, einen amerikanischen Kunstsammler. Der ließ ein zweites Gutachten anfertigen. Der Sachverständige brauchte eine Weile, kam aber schließlich dahinter, dass die Bilder Fälschungen waren. Ich war auf einen Betrug reingefallen. Man hatte mich reingelegt. Schlimm reingelegt.«

»Wie viel Geld hast du verloren?« Beinahe tat Hamilton Strachan leid. Sein Zorn war verraucht. Das war der Mann, der ihn zehn Jahre lang großgezogen hatte. Der Mann, der ihn genährt, ihm Obdach gegeben hatte. Der Cousin seines Vaters. Mit seiner Offenheit machte er einiges wieder wett.

»Ich habe die Bilder für drei Millionen Dollar erworben. Eine halbe Million pro Stück. Das meiste Geld musste ich mir borgen. Der Umsatz des Geschäfts beträgt lediglich anderthalb Millionen.«

»Drei Millionen.« Strachan stieß einen leisen Pfiff aus. »Ich nehme an, das waren die beschädigten Bilder in deiner Wohnung? Du hast die Leinwand mit dem Fuß durchtreten, als dir klar wurde, dass es Fälschungen waren?«

»Ich habe sie mit der Faust durchschlagen – aber das läuft aufs Gleiche hinaus.«

»Erzähl mir von deiner Begegnung mit Molly Newchris.«

»Es war so, wie ich am Telefon gesagt habe, abgesehen davon, dass ich eine Abmachung mit ihr getroffen habe. Ich hatte sie im Arbeitszimmer eingesperrt, aber als ich sagte, ich würde die Polizei rufen, wenn sie mir nicht den Längengrad verriete, lachte sie nur. Sie meinte, das könnte ich ruhig tun, aber dann würde ich die Koordinaten nie erfahren. Es blieb mir nichts anderes übrig, als ihr deinen Aufenthaltsort zu verraten.«

»Warum hast du ihr nicht gleich die Koordinaten genannt? Die kanntest du doch, seit du mir den Manschettenknopf überreicht hast. Das hätte Molly die Reise nach Curaçao erspart.« Strachan sagte nicht, dass er ihr damit das Leben gerettet hätte. Dieser Punkt war bereits geklärt.

»Ich hatte Schuldgefühle, mein Junge. Ich war nicht gerade stolz auf mein Verhalten. Damals war ich verzweifelt und zu allem entschlossen, aber Molly die Koordinaten zu verraten, brachte ich nicht fertig. Ich musste es ihr schwerer machen. Ganz zu schweigen davon, dass ich das Erbe als Erster finden wollte.«

»Woher wusste Molly, wie ich aussah?«

»Ich gab ihr einen Stapel deiner Tauchzeitschriften mit. Die mit den Fotos von dir. Offenbar ist sie noch am selben Abend nach Curaçao geflogen und hat sich anschließend in den verschiedenen Tauchschulen umgesehen.«

Die gute alte Molly, dachte Strachan. Das passte mit dem wenigen zusammen, das er von ihr wusste. Sie hatte genau gewusst, was sie vom Leben erwartete, und hatte nicht gezögert, es sich zu verschaffen. »In der Zwischenzeit bist du nach Singapur geflogen und hast die Statue entdeckt.«

»Ja, aber ich wusste nicht, was ich damit anfangen sollte. Ich dachte daran, sie zu stehlen, aber das hätte monatelange Planung erfordert.«

»Und weiter?«

»Verhoeven nahm Kontakt mit mir auf. Er suchte nach dir. Mit ihm habe ich dann auch einen Deal gemacht.«

»Herrgott noch mal, Adrian! Was für einen Deal?«

»Mein lieber Junge, ich stand vor dem Ruin. Ich brauchte das Geld. Die Banken wollten mir nichts mehr geben.«

»Was für einen Deal?«, wiederholte Strachan. Sein Mitgefühl verflog immer mehr, und er wollte die Angelegenheit abschließen. Seine Lage war auch so schon deprimierend genug.

Er musste einen Weg finden, von der Yacht zu fliehen. Er musste sie beide in Sicherheit bringen.

»Er wollte deinen Aufenthaltsort wissen. Den verriet ich ihm auch, aber er musste mir versprechen, seine Amtsautorität dafür einzusetzen, dass wir das Erbe behalten dürfen. Wir wollten halbe-halbe machen.«

Strachan war müde, doch es mischte sich auch Erleichterung in seine Erschöpfung. Jetzt war alles geklärt. Etwa zwanzig Minuten lang schwiegen sie. Dann ergriff Hamilton mit ängstlicher Stimme das Wort. »Was, glaubst du, haben sie mit uns vor?«

»Keine Ahnung. Aber je schneller wir einschlafen, desto eher werden wir aufwachen und es herausfinden.«

»Schlafen? Mein lieber Junge, wie willst du unter diesen Umständen schlafen?«

»Indem ich die Augen zumache und an nichts denke. Das solltest du auch mal versuchen. Morgen musst du fit sein, wenn du lebend hier rauskommen willst. Der Schlaf wird dir guttun. Er ist die Würze des Lebens.«

Strachan schloss die Augen. Die Unterhaltung war beendet.

72

Am Morgen ließ Wakahama sich nicht blicken. Er war ein Profi, der nicht dabei sein musste, wenn die Drecksarbeit verrichtet wurde. Nach dem gestrigen Schauspiel zu schließen genoss er wahrscheinlich gerade die Wohltaten eines Whirlpools voller Konkubinen.

Die Zelle wurde von zwei Wachleuten geöffnet. Der eine war mit einem AK-47 bewaffnet; der zweite hatte zwei Flaschen Evian dabei. Die Flaschen stellte er auf dem Boden ab, dann befreite er Strachan und Hamilton von den Zwingen. Strachan ließ sie sich bereitwillig abnehmen. Seine Hand- und Fußgelenke waren wund und verspannt. Sein Hintern war eingeschlafen. Als er aufstehen wollte, kippte er gegen die Wand. Hamilton erging es nicht besser.

Strachan nahm eine der beiden Flaschen und leerte sie in einem Zug, denn er wusste nicht, wann er die nächste Gelegenheit zum Trinken bekam. Es war gut möglich, dass heute sein letztes Stündlein schlagen würde, und er wollte sich so gut wie möglich wappnen.

Sie durften kurz das Bad benutzen, dann wurden ihnen erneut Handschellen angelegt. Die Wachleute eskortierten sie durch eine Abfolge von Gängen, die mit Teppichen ausgelegt waren. Als sie an einer Glastür vorbeikamen, konnte Strachan einen Blick in den Salon werfen. Er war im traditionellen japanischen Stil eingerichtet: Seidenkissen, Bonsaibäumchen und Reispapierschirme; Lacktruhen und poliertes Mahagoniparkett. Den Platz an den Wänden teilten sich moderne Gemälde mit einer Sammlung von Samuraischwertern. Er meinte sogar ein Tigerfell auszumachen, doch da bekam er auch schon einen Stoß in den Rücken und musste weitergehen.

Schließlich gelangten sie an Deck und blinzelten in die Sonne. Das Taucherteam trank Tee auf dem Unterdeck. Die Männer überprüften gerade ihre Ausrüstung. Schon bald würden sie die letzten drei Safes hochholen. In ein paar Stunden konnte die Yacht in See stechen, und Strachan bezweifelte, dass er sie je wiedersehen würde.

Im Polizeigriff führte man ihn zu einem Durchgang in der Reling. Die *Ping-Pong Taboo* hatte längsseits festgemacht. Das Deck lag zehn Meter unter ihm. Er schwankte die Aluminiumleiter hinunter. Er hatte Mühe, das Gleichgewicht zu wahren. Mit gefesselten Händen war es nicht leicht, eine Leiter hinunterzuklettern. Ein Sturz aus dieser Höhe hätte tödlich ausgehen können. Schließlich stand er auf dem Bootsdeck. Hamilton folgte ihm. Ein anderer Aufpasser dirigierte sie mit dem Gewehrlauf zu einer Sitzbank. Das ständige Herumgeschubse war eigentlich unnötig: Wegen des Gelex, das er an und auf der Yacht angebracht hatte, konnte er das Schiff gar nicht schnell genug verlassen. Wakahama ahnte nicht, dass seine Yacht eine schwimmende Bombe war.

Strachan und Hamilton waren nicht die einzigen Gefangenen an Bord. Der dritte Mann ließ beschämt den Kopf hängen. Strachan erkannte ihn trotzdem auf Anhieb: Es war der Sicherheitschef, der nach dem Fax gesehen hatte. Strachan hatte richtig vermutet: Wakahamas Sicherheitschef hatte es vermasselt, und jetzt bekam er die Quittung.

Verhoeven kam als Nächster an Bord. Er trug keine Handschellen, doch da es drei Bewacher gab, ging keine Gefahr von ihm aus. Höchstwahrscheinlich war die *Ping-Pong Taboo* durchsucht worden. Die Waffen, die der Mann von Interpol dabeigehabt hatte, waren längst konfisziert worden. Als Verhoeven vorbeiging, wechselte er einen Blick mit Strachan. Obwohl er kein Wort sagte, verstand Strachan auch so, was der Polizist ihm mitteilen wollte.

Es war klar, was passieren würde. Wakahama war ebenso wenig ein Ehrenmann wie Verhoeven. Wakahama würde bei der ersten Gelegenheit sein Wort brechen. Die Bodyguards würden Strachan zum Reden bringen, und sobald sie das Versteck des letzten Safes kannten, würde man sie beide umbringen. Strachan wusste es, Verhoeven wusste es, und selbst Hamilton wusste es. Wenn Strachan redete, wäre ihre Zeit abgelaufen. Mit diesem Blick versuchte Verhoeven, eine Art Komplizenschaft herzustellen.

Wenn sie überleben wollten, mussten sie zusammenhalten. Grotesk. Strachans Position war am stärksten. Wenn man ihn zu früh tötete, würde niemand den zwölften Safe bekommen.

Verhoeven war ebenso auf Strachan angewiesen wie Strachan auf Verhoeven. Weil das Leben ein wertvolleres Gut war als Gold, waren sie auf einmal Verbündete. Strachan nickte kaum merklich mit dem Kopf. Wenn sich eine Gelegenheit ergab, würde er bereit sein.

Verhoeven hielt aufs zwei Meilen entfernte Ufer zu. Einer der Bodyguards erteilte ihm Anweisungen. Hamilton und Strachan brauchte man nichts zu sagen. Der ehemalige Sicherheitschef blickte aufs Meer hinaus. Seine Miene war undurchdringlich. Wenn er wusste, was ihm bevorstand, so nahm er es mit stoischem Gleichmut hin. Die anderen beiden Schläger rauchten und scherzten. Einer von ihnen hatte zwei Holzpfosten und einen Vorschlaghammer dabei. Wakahama hatte einen perversen Sinn für Unterhaltung. Allerdings würden seine Filme kaum jemals das Licht der Öffentlichkeit erblicken.

Eine Zeit lang sah es so aus, als steuerten sie direkt auf den Einschnitt zwischen den beiden Inselteilen zu, in dem der Safe versteckt war. Doch dann schwenkte das Boot nach rechts ab. Sie fuhren zur vierten Insel. Auf Strachans Seekarte war sie unter dem Namen Kerkulla Cicak verzeichnet. Shleppy hatte ihm gesagt, was *cicak* bedeutete, nämlich Echse.

Dort gab es nur einen ganz schmalen Strand. Das Buschwerk reichte fast bis ans Wasser. Als der Anker fiel und das Boot herumschwenkte, bemerkte Strachan, dass jemand eine schmale Schneise in das Dickicht geschlagen hatte. Die drei Aufpasser wurden wachsamer. Einer von ihnen war der Mann mit der Narbe, den Piet in Mersing niedergeschlagen hatte. Er sah aus, als sei er von einem rostigen Eisenstück im Gesicht getroffen worden. Der zweite war der Typ, der Verhoeven in den Schwitzkasten genommen hatte. Er war hochgewachsen und schlaksig, von der Statur her Verhoeven ähnlich. Der dritte war der sechzigjährige Foltermeister, der den elektrischen Schlagstock geschwungen hatte.

Die Japaner befahlen ihnen, an Land zu gehen. Hamilton ging als Erster, gefolgt von Strachan, Verhoeven und dem ehemaligen Sicherheitschef. Sie hielten die Scharade, dass Verhoeven ein freier Mann sei, noch immer aufrecht, folgten aber allen seinen Bewegungen mit den Gewehrläufen. Es gab hier jede Menge Deckung, und die Versuchung, einfach wegzurennen, war groß. Strachan bezweifelte jedoch, dass sie weit kommen würden, denn die Vegetation war nahezu undurchdringlich. Mit einem gescheiterten Fluchtversuch hätte er seine Lage nur verschlimmert. Piet beobachtete sie vielleicht schon und plante ihre Rettung. Strachan blieb wachsam. Er wartete auf eine Gelegenheit zur Flucht. Er brauchte nur die Ruhe zu bewahren und sich in Geduld zu üben. Darauf verstand er sich. Geduld war eine seiner Stärken.

Beobachtet von den zahllosen verborgenen Augen des Dschungels, marschierten sie schweigend zwanzig Minuten lang weiter. Der Weg war mit der Machete gehauen, die Spuren noch frisch. Wakahama hatte offenbar eine Menge Aufwand betrieben, um seinen Film zu drehen.

Gibbons stießen Alarmrufe aus. Im Blätterdach des Dschungels blitzten rote und blaue Papageienfedern auf. Schon nach kurzer Zeit waren Strachans Shorts und sein T-Shirt klitschenass. In der Nacht hatte es wieder geregnet, und zu dieser frühen Tageszeit dampfte es im Dschungel wie in einem türkischen Bad. Das Unterholz streifte an seinen Knöcheln. Schweiß lief ihm in die Augen. Immer wieder stolperte er. An seinem Schienbein haftete ein Blutegel. Wegen der Handschellen konnte er ihn nicht abstreifen. Zehn Minuten später war der Egel auf doppelte Größe angeschwollen. An Strachans Hals saugte eine Mücke.

Sie marschierten eine schwache Steigung hinauf. Es roch nach Verwesung. Je tiefer sie ins Inselinnere vordrangen, desto stärker wurde der Gestank. Jetzt erkannte er ihn wieder. Es war der Gestank von Aas und Maden; so beißend wie Ammoniakgeruch. Etwas war vor ihnen an dem Ort gewesen, zu dem sie wollten. Dann war es gestorben.

Schließlich gelangten sie zu einer kleinen felsigen Lichtung, die der Dschungel noch nicht erobert hatte. Vom Unwetter her war der Boden aufgeweicht. Wurzeln schlängelten sich wie Krampfadern durch den Matsch. Mehrere schwarze Frösche flüchteten vor ihnen ins Unterholz.

Der Verwesungsgestank kam von der anderen Seite der Lichtung.

73

Es handelte sich um eine Ziege. Vom Brustkorb war das Fleisch abgenagt. Die Knochen ragten in die Luft, und in den leeren Augenhöhlen summten Fliegen. Das Fell wimmelte von Maden. Das Hinterteil fehlte.

Strachan fiel im dahinter liegenden Gebüsch eine Bewegung ins Auge. Es raschelte. Ein großer brauner Schwanz zuckte durchs Laubwerk. Äste knackten, Zweige bebten. Dann kehrte im Regenwald, abgesehen vom Zirpen der Zikaden, wieder Ruhe ein.

»Was zum Teufel war das?«, fragte Hamilton.

Die Frage war überflüssig. Sie kannten die Antwort. Wer die Kerkullas besuchte, kam an ihnen nicht vorbei. Die großen Warane patrouillierten wie Höllenbewohner am Strand. Manche Exemplare waren zwei Meter lang. Strachan vermutete, dass Wakahama die Ziege im Dorf gekauft und sie als Kameramotiv verwendet hatte.

Dem ehemaligen Sicherheitschef wurde befohlen, in die Mitte der Lichtung zu treten. Er hatte ein Vollmondgesicht. Jetzt, da er die Ausstrahlung von Unbesiegbarkeit verloren hatte, wirkte er wesentlich jünger als gestern noch. Er sträubte sich. Der Mann mit der Narbe schlug ihn ins Kreuz. Der Sicherheitschef taumelte vor und fiel auf die Knie. Als er sich hochrappelte, hatte er Tränen in den Augen. Diese Umgebung war fremd für ihn. Er war auf den weichen Samtsofas von Wakahamas Yacht zu Hause. Jetzt verlor er die Fassung. Er verdrehte die Hände und versuchte, sich die Plastikriemen abzureißen.

Man befahl ihm, sich mit dem Rücken zu einem der Felsen hinzusetzen. Jetzt wurde klar, wofür die Holzpfosten gedacht waren. Der zweite Aufpasser steckte dem Gefangenen einen Pfosten zwischen Rücken und Arme. Mit dem Vorschlaghammer trieb er ihn in den Boden. Im Unterholz raschelte es wieder. Der Waran war neugierig. Er wollte wissen, was die Eindringlinge ihm diesmal mitgebracht hatten.

Sie hatten ihm Menschenfleisch gebracht.

Der Wachmann zog ein Schnappmesser aus der Gesäßtasche. Damit schnitt er den Arm seines Kollegen auf, als öffnete er ein Paket Gehacktes. Als täte er das nicht zum ersten Mal. Es war ein tiefer Schnitt, doch der Gefangene spürte nichts davon. Er stand unter Schock. Das Blut floss am Arm entlang und tropfte in den Matsch. Der Wachmann zog mit einem Stock eine Furche in den feuchten Boden, und das Blut strömte hinein wie geschmolzene Lava.

Der dritte Aufpasser – der alte Mann mit dem spitzen Kinn – legte das Gewehr ab. Er holte eine Videokamera aus dem Rucksack und begann zu filmen. Verhoeven und Strachan wechselten verstohlene Blicke. Das Gewehr war eine Art Rettungsleine. Eine kurze zwar, aber immerhin.

Der ehemalige Sicherheitschef geriet in Panik. Er schaffte es, sich aufzurichten, konnte die Hände aber nur auf halbe Höhe des Pfostens hochschieben.

»Du da. Komm mit.« Der Mann mit der Narbe packte Strachan am Haar und zerrte ihn zum Rand der Lichtung. Strachan würde wieder einmal in der ersten Reihe sitzen. »Du guckst zu. Wenn du genug hast, sagst du uns, wo das Gold versteckt ist, dann erschießen wir ihn. Wenn du nicht redest, bist du der Nächste.« Um seinen Worten Nachdruck zu verleihen, hielt er einen zweiten Pfosten hoch.

Strachan nickte. Er fragte sich, wie lange er durchhalten konnte. Er zermarterte sich das Hirn nach einem Plan. Wo zum Teufel steckte Piet? *Hab einfach Geduld.*

Der zweite Aufpasser zielte mit dem Gewehr auf sie, während der Narbenmann im Dschungel verschwand. Kurz darauf hörten sie, wie er durchs Unterholz brach. Er beschrieb einen weiten Bogen um die Lichtung. Fünfzig Meter hinter dem Ziegenkadaver blieb er stehen und schlug ins Unterholz. Er trieb das, was dort lauerte, geradewegs auf sie zu. Der Kameramann zoomte auf den Mann am Pfahl.

Der Sicherheitschef drehte durch. Er schaukelte vor und zurück und versuchte, die Plastikriemen durchzuscheuern. Seine Hände waren blutig. Er schrie, bis er keine Luft mehr bekam. Als er Atem holte, verschluckte er sich an seinem eigenen Speichel.

Vier Warane tauchten auf. Ungeheuer aus grauer Vorzeit. Sie verharrten am Rand der Lichtung. Ihre langen Zungen schnellten hervor. Sie schmeckten die Luft, schmeckten die Angst. Ihre Haut sah aus wie Rinde: eine Panzerung, die sich in den vergangenen Jahrmillionen kaum verändert hatte. Ein Waran war größer als die anderen. Sein Körper war mit Kampfnarben übersät. Er war größer als Strachan und maß vom Kopf bis zum Schwanz über zwei Meter. Gelbe, mit Bakterien angereicherte Speichelfäden hingen ihm aus dem Maul.

So etwas wie den sich verzweifelt aufbäumenden Gefangenen hatte der Waran noch nicht gesehen. Die Panik des Sicherheitschefs versetzte ihn in Erregung. Der Schwanz peitschte umher, und er züngelte in einem fort. Allmählich wurden die Warane kühner. Sie betraten gemeinsam die Lichtung. Als sie die Wachleute sahen, verharrten sie und versuchten, die von ihnen ausgehende Bedrohung einzuschätzen.

Strachan war wie erstarrt. Er konnte den Blick nicht abwenden. Der Sicherheitschef verlor die Kontrolle über seine Blase und machte sich in die Hose. Die Warane reagierten augenblicklich auf den Geruch und setzten sich schwerfällig in Bewegung. In ihrer Gier rempelten sie sich gegenseitig an. Dann entdeckten sie das Blut am Boden. Sie kosteten davon mit ihren schwarzen, gespaltenen Zungen. Dann machte es bei ihnen klick, und sie erkannten, dass es sich bei dem Mann am Pfahl um Beute handelte.

Als sie ihn erreicht hatten, stellte sich der erste Waran auf die Hinterbeine. Er legte dem Mann die Klauen auf die Schultern und leckte ihm übers Gesicht. Da er sich nicht sicher war, ob es sich um Nahrung handelte, ließ er sich wieder zu Boden rutschen und fuhr mit den Krallen über den Arm. Das Hemd zerriss, und das Fleisch spaltete sich wie ein überreifer Pfirsich. Gewebe und zerfetzte Muskelfasern quollen heraus. Der Waran blinzelte. Die Zunge schnellte hervor. Er stellte sich wieder auf, und diesmal biss er dem Mann ins Ohr.

»Schießen Sie!«, brüllte Strachan. »Um Himmels willen!« Aber niemand hörte auf ihn. Alle beobachteten gebannt das Schauspiel.

Auch die anderen Warane kamen nun näher. Sie senkten die Köpfe wie Raubvögel und verbissen sich in Unterleib und Beine. Das Fleisch löste sich in Fetzen. Das Blut strömte nur so. Das Adrenalin hielt den Mann noch am Leben, sodass er mitbekam, wie der größte Waran das Maul aufriss und ihn bei der Gurgel packte. Dann verstummten seine Schreie.

Der Mann mit der Narbe tauchte auf der anderen Seite der Lichtung auf. »Also, wo ist das Gold?«

Strachan schwieg. Sein Gegenüber nickte dem schlaksigen Aufpasser zu, der gehorsam den Holzpfahl aufhob.

Strachan bekam einen Stoß in den Rücken und stolperte zur Mitte der Lichtung. Der große Waran drehte sich um und beäugte ihn argwöhnisch. Offenbar glaubte er, Strachan wolle ihm die Beute streitig machen. Seine Schnauze war blutig, und vom Unterkiefer hing ein Fleischfetzen. Da er Strachan für eine Bedrohung hielt, blähte er die Kehle. Strachan rührte sich nicht. Er stellte sich vor, Warane glichen Haien. Beide Arten waren Jahrmillionen alt. Beide reagierten auf Anzeichen von Angst. Es kam vor allem darauf an, seine Angst nicht zu zeigen.

Der Waran fauchte ihn an. Als das nicht funktionierte, senkte er den Kopf und stürmte vor. Für ein über zwei Meter langes Tier war seine Beschleunigung erstaunlich. Der Schwanz hob vom Boden ab, die Beine bewegten sich wie Kolben auf und ab. Strachan rührte sich nicht. Er nahm an, dass der Waran dicht vor ihm anhalten würde. Wilde Tiere machen häufig Drohgebärden, greifen aber nur selten ohne Vorwarnung an. So weit die Theorie. Ihm blieben drei Sekunden, um herauszufinden, ob er richtig lag.

Die hinter ihm stehenden Japaner lachten. Der Kameramann rannte zur Seite der Lichtung, denn dort hatte er bessere Sicht. Der Waran reagierte auf die Bewegung. Strachan verharrte stocksteif an Ort und Stelle. Vielleicht hielt der Waran ihn für einen Baum. Das Ding am Rand seines Gesichtsfelds war kein Baum. Es war ein alter Mann, der sich bewegte. Das konnte nur bedeuten, dass er Angst hatte. Der Waran änderte die Richtung.

Der Kameramann begriff, was da vor sich ging, reagierte aber mit Verzögerung. Er hörte auf zu lachen, lief den anderen entgegen und lockte den Waran hinter sich her. Panik brach aus. Hamilton und der zweite Aufpasser brachten sich mit einem Satz in Sicherheit.

Auf diese Ablenkung hatten Verhoeven und Strachan gewartet. Sie reagierten augenblicklich. Strachan rannte zur Gruppe zurück und erreichte sie gleichzeitig mit dem Kameramann. Strachan stellte ihm ein Bein. Der Japaner stürzte. Verhoeven warf sich auf das am Boden liegende Gewehr. Er packte es und rollte sich ab. Die plötzliche Hektik hatte den Waran verwirrt. Er war stehen geblieben und versuchte, sich ein Bild von der Lage zu machen.

Mehr als zwei Gewehrsalven brauchte es nicht.

Der Kameramann wurde im Rücken getroffen. Aus den Einschusslöchern im Hemd quoll Rauch. Der zweite Aufpasser hatte sich umgedreht und wollte feuern, doch er war anscheinend unerfahren. In der Eile hatte er nicht richtig gezielt. Verhoeven streckte ihn mit einer Salve nieder. Die Kugeln durchschlugen die Zähne und den Kopf. Der Hinterschädel wurde abgesprengt. Der Waran rannte zu seinen Kameraden zurück, die bereits in den Regenwald flüchteten.

Zwei waren ausgeschaltet, einer war noch übrig. Der Mann mit der Narbe hatte den Vorteil, dass er außer Reichweite war. Auf der anderen Seite der Lichtung kniete er nieder und legte das Gewehr an. Wie im Lehrbuch. Strachan befand sich genau in seinem Schussfeld. Strachan war ein toter Mann.

»Ed! Runter!«

Im allerletzten Moment. Fußgetrappel von links. Ein Schuss knallte. Hamilton warf sich vor ihn. Beim Aufprall auf dem Boden entwich zischend die Luft aus seinen Lungen. Eine weitere Salve knatterte. Vogelgeschrei.

Dann Stille.

Es roch nach Schießpulver.

74

Als Strachan hochschaute, erblickte er Verhoeven, der mit dem Gewehr zwischen seine Augen zielte. Hamilton lag ein paar Meter links von ihm. Er hatte einen Bauchschuss. Ohne Verhoeven zu beachten, robbte Strachan durch den Matsch auf seinen Paten zu.

Hamilton lag auf dem Rücken. Er war kreidebleich im Gesicht und atmete schwer. Der Mann mit der Narbe hatte nur einen einzigen Treffer anbringen können, bevor Verhoeven ihn getötet hatte, doch das hatte gereicht. Die Verletzung war tödlich. Strachan dachte an eine Bemerkung, die Piet einmal über Bauchschüsse gemacht hatte. Bauchverletzungen waren die schlimmsten überhaupt. Da konnte man kaum etwas tun.

»Machen Sie mir die Hände los!«

Verhoeven zögerte. Die Vorstellung, dass Strachan die Hände frei hatte, gefiel ihm nicht.

»Verdammt noch mal, nehmen Sie mir endlich die Fesseln ab!« Strachan wandte Verhoeven den Rücken zu, sodass der an die Schließe herankam. Mit der einen Hand drückte Verhoeven ihm den Gewehrlauf in den Rücken, mit der anderen löste er die Schließe der Plastikriemen.

Strachan schüttelte die Fesseln ab. An Flucht dachte er nicht. Er zog das T-Shirt aus und drückte es auf das Loch in Hamiltons Bauch. Das Blut rann ihm über die Finger. Er steckte den Daumen ins Loch, um die Wunde zu verschließen. Es fühlte sich warm und nass an.

Hamilton wollte etwas sagen, doch er war bereits zu sehr geschwächt. Der Tod war nahe. Sein Lebensfunke erlosch allmählich. Strachan konnte nur darauf hoffen, dass Hamilton schnell das Bewusstsein verlor. Sein Pate versuchte zu lächeln. Sein Blick wirkte friedlich. Strachan verstand, was er dachte.

Er nickte und erwiderte Hamiltons Lächeln. Sein Pate hatte seinen Fehler wiedergutgemacht. Mehr als das.

Hamilton schloss die Augen, Strachan hielt die Hände seines Paten, bis dessen Atem zum Stillstand kam.

»Das Gold«, sagte Verhoeven, als es vorbei war. »Wollen Sie mir jetzt sagen, wo es versteckt ist, oder soll ich Sie erschießen und nach Hause fliegen? Ich würde das bedauern, aber ich versichere Ihnen, ich werde es tun.«

»Erst muss ich ihn begraben.«

»Dazu haben wir keine Zeit, Banbury. Wakahama wird bald misstrauisch werden.«

»Hamilton hat mir das Leben gerettet. Er war mein Pate. Ich werde ihn begraben.« Das wollte er sich nicht nehmen lassen.

Verhoeven kannte Strachan inzwischen gut genug, um zu wissen, dass es ihm ernst war. Strachan war ein solcher Dickkopf, dass er sich eher erschießen lassen würde, und deshalb nickte er. »Aber machen Sie schnell.«

Sie gingen zur *Ping-Pong Taboo* zurück. Dabei kamen sie nur langsam voran. Strachan hatte sich Hamiltons Leichnam über die Schulter gelegt. Auf die gleiche Weise hatte er zwei Wochen zuvor Verhoeven aus seiner Wohnung auf die Straße getragen. Es war eine zermürbende Prozedur. Hamiltons Blut lief ihm den Rücken hinunter und tropfte auf seine Waden.

Strachan wählte eine Ansammlung von Kokosnusspalmen am Ende des schmalen Strandes als Begräbnisstätte aus. Hier war der Boden eben. Die *Fubuki* war hinter der Landspitze von Dragon Point versteckt. Nicht nur aus schlechtem Gewissen sagte sich Strachan, dass Hamilton diese Stelle gefallen hätte. Die Palmen boten Schatten. Aufgrund der erhöhten Lage hatte man einen wundervollen Ausblick auf das saphirblaue Meer, wo die Marlinge in die Luft sprangen und die

Thunfische wie Leuchtspurgeschosse das blaue Wasser durchschnitten.

Strachan schaufelte seinem Paten mit den Händen ein Grab. Als Letztes wischte er Hamilton den Matsch von den Schuhen.

Vom Ankerplatz bis zu dem schmalen Einschnitt, in dem sie den Safe versteckt hatten, waren es fast zwei Meilen. Verhoeven hatte es eilig, dorthin zu gelangen. Strachan konnte es ihm nicht verdenken. Das Grauen des Erlebten war ihnen noch frisch in Erinnerung. Außerdem war da noch Wakahama. Obwohl sie von der Yacht aus nicht zu sehen waren, würde der Japaner schon bald argwöhnisch werden. Er wartete bestimmt schon auf die Rückkehr seiner Leute. Wenn sie nicht bald auftauchten, würde er den Helikopter nach ihnen suchen lassen.

Verhoeven überließ Strachan das Ruder, sodass er das Gewehr nicht aus der Hand zu legen brauchte. Strachans Handgelenke schmerzten höllisch von den Plastikriemen und den Zwingen, mit denen er die Nacht über gefesselt gewesen war, aber wenn der Rest ihres Plans funktioniert hatte, war die Wahrscheinlichkeit, dass sich ihm eine Fluchtmöglichkeit bieten würde, dann am größten, wenn er Verhoeven zu dem Safe dirigierte. Als sie den Einschnitt erreicht hatten, nahm Strachan das Gas weg und lenkte das Boot hinein.

Sie hatten vereinbart, sich in dem schmalen Wasserlauf zu treffen. Da sie damit rechneten, dass der Helikopter nach der *Esprit Bleu* suchen würde, hielten sie es für geraten, dass Sumo zum Posten der Parkaufsicht fuhr. Die kleine Hafenanlage würde er erreichen, bevor der Helikopter ihn einholen und einen Luftangriff starten konnte. Der Posten war nur zeitweise bemannt. Bislang hatte sich niemand dort blicken lassen, aber ein Patrouillenboot im Hafen würde die Japaner abschrecken.

Sumo und Shleppy sollten dort die Einschusslöcher im Rumpf der *Esprit Bleu* schließen und den Motor überprüfen.

Um zwei Uhr morgens wollten sie alle Lichter an Bord löschen und sich unbemerkt aus dem Hafen fortstehlen. Bei einer Geschwindigkeit von ein bis zwei Knoten war der Motor kaum zu hören. Anschließend sollte Sumo dicht am Ufer entlang zu der Meeresrinne zurückfahren und Shleppy im Bug nach Korallen Ausschau halten.

In der Zwischenzeit wollte Piet den Rumpf der *Fubuki* präpariert haben. Anschließend sollte er zu der Abbruchstelle am Meeresgrund schwimmen, eine der beiden Ersatzflaschen aufnehmen und fünf Minuten warten. Wenn Strachan nicht auftauchte, sollte er vereinbarungsgemäß zum Ufer schwimmen. Das Risiko, dass sie beide geschnappt wurden, durften sie nicht eingehen.

Als Strachan gefangen genommen war, hatte die Wachsamkeit der Japaner bestimmt nachgelassen, sodass Piet dicht an der Oberfläche schwimmen konnte. Aufgrund seiner jahrelangen Erfahrung hatte er wohl noch Luft für mindestens neunzig Minuten gehabt. Das reichte für die zwei Meilen bis Dragon Point.

Wieder an Land, hatte Piet vermutlich die Taucherausrüstung abgelegt und war zu Fuß nach Kerkulla Besar zurückgekehrt. Es galt, einige Landzungen zu umschwimmen und mehrere Strände zu überqueren, doch die weiteste Entfernung zwischen den beiden Inseln betrug eine halbe Meile, für Piet nicht mehr als ein Katzensprung. Der ganze Weg hatte ihn sicher mehrere Stunden gekostet. In der Meeresrinne würde er dann auf die *Esprit Bleu* gewartet und anschließend einen Befreiungsplan ausgeheckt haben.

Strachan musterte Verhoeven verstohlen, um sich zu vergewissern, ob er eine Falle witterte. Hier fühlte er sich fast wie zu Hause. Mit jedem Meter, den sie zurücklegten, stiegen seine Überlebenschancen. Wenn Piet und Sumo das Motorengeräusch hörten, bestand gute Aussicht, dass sie einen Hinterhalt vorbereiteten. Da Piet bislang noch nicht in Erscheinung getreten war, nahm er an, dass sein Freund noch auf die passende Gelegenheit wartete. Hätten Piet und Sumo mit der *Esprit Bleu* einen Befreiungsangriff gestartet, wären sie im Handumdrehen vom Helikopter aus unter Feuer genommen worden. Vielleicht hatten sie ja gesehen, dass Strachan von Bord der *Fubuki* gegangen war, und versuchten nun, zu Fuß nach Kerkulla Cicak zu gelangen.

Es wäre ideal gewesen, wenn sie alle zwölf Safes geborgen hätten, doch auch so reichte das Geld ein Leben lang. Die übrigen elf Safes waren es nicht wert, deswegen zu sterben. Wenn es ihnen gelang, Verhoeven zu überwältigen, wäre Strachan es zufrieden, sich in der St. Michiel's Bay eine Strandhütte zu bauen. Wakahama konnte seinetwegen zusammen mit den restlichen Safes untergehen.

Strachan steuerte das Boot um die Haarnadelkurven herum. Sumo hatte das Motorengeräusch bestimmt schon bemerkt und tuckerte stromaufwärts. Nach Hamiltons Tod fühlte Strachan sich erschöpft, doch die Aussicht, in Kürze befreit zu werden, verlieh ihm ungeahnte Kräfte.

Lange hielt seine Hochstimmung nicht vor.

Man sollte das Fell des Bären nicht verteilen, ehe man ihn erlegt hatte.

Shleppy.

Sumos Neffe schwamm in der Mitte der Meeresrinne; offenbar wollte er gerade etwas zum Frühstück fangen. Da er sie zu spät gehört hatte, versuchte er jetzt, zum Ufer zu flüchten. Er war mit Tauchermaske, Schnorchel und Schwimmflossen ausgerüstet. Seine fleischigen braunen Arme peitschten das Wasser. Als er die Harpune losließ, sah Strachan, dass er drei Meeräschen aufgespießt hatte. Eine wand sich noch im Todeskampf.

Einen Moment lang meinte er, Shleppy würde es schaffen,

doch er irrte sich. Schwimmflossen sind dafür geeignet, Wasser zu verdrängen, nicht aber zum Rennen an Land. Schon nach wenigen Schritten stürzte Shleppy. Verhoeven lenkte das Boot herum und sprang vom Bug. Er landete in knietiefem Wasser und rannte den Strand entlang. Kurz darauf hatte er Shleppy erreicht.

Strachan gab Gas und setzte das Boot auf Grund. Mit dem Kiel pflügte er eine Furche in den Sand. Verhoeven hatte Shleppy beim Haar gepackt und zerrte ihn so grob weiter den Strand hoch, dass die Füße des armen Jungen kaum den Boden berührten. Dann blieb er stehen. Er hatte einen wilden Blick: eine Mischung aus Erregung, Verzweiflung und Gier. Er drückte dem Jungen den Gewehrlauf unters Kinn. »Jetzt hört ihr mir mal zu!«, rief er. »Ihr alle, wo immer ihr stecken mögt.«

Diese Entwicklung gefiel Strachan gar nicht. Piets Befreiungsplan war plötzlich hinfällig geworden. Er kletterte über die Reling auf den Strand. Verhoevens Tonfall sagte ihm, dass der Mann von Interpol es ernst meinte.

»Ich zähle jetzt bis vier!«, rief Verhoeven Richtung Dschungel und umliegende Hügel. »Ich weiß, dass ihr da seid. Wenn ihr euch nicht zeigt, schieße ich dem Jungen in den Kopf.«

Strachan rannte auf die beiden zu. Er hatte keine Ahnung, was er tun sollte, aber irgendetwas musste er unternehmen. Verhoeven war nur fünfzehn Meter entfernt. Der Niederländer fuhr herum und feuerte einen Schuss ab. Die Kugel streifte Strachan oberhalb der Hüfte. Geschockt blieb er stehen. Der nächste Schuss könnte ihn umbringen. Verhoeven anzugreifen wäre Selbstmord gewesen. Zaghaft warf er einen Blick auf die Hüfte. Er blutete, aber die Verletzung war nicht tief. Es war kaum mehr als ein Kratzer. Wenn der Schuss gezielt gewesen war, dann war Verhoeven ein Meisterschütze.

»Keinen Schritt weiter, Strachan.« Verhoeven atmete schwer.

Er stand unter Adrenalin und schwitzte wie ein Junkie auf Entzug. Er begann zu zählen. »Eins.«

Strachan kniete im Sand und musterte den Dschungel. Nichts regte sich. Selbst die Zikaden waren verstummt.

Noch immer nichts. Wo zum Teufel steckten sie? Strachan konnte sich nicht vorstellen, dass sie von einem Bluff ausgingen. Wenn Piet den harten Mann spielen wollte, würde Sumo ihn daran hindern.

Bei »drei« ließ Verhoeven Shleppy los. Er legte das Gewehr an und zielte auf den Kopf des Jungen. Shleppy erstarrte, genau wie die Ratte auf dem umgedrehten Korbdeckel. Voller Todesangst suchte er Strachans Blick. Seine braunen Augen flehten ihn an, etwas zu unternehmen. Als Strachan sich aufrichtete, verschwamm ihm die Sicht.

»Vier.«

75

Piet und Sumo erschienen am Rand des Dschungels. Sie hatten sich in dem Bambusdickicht versteckt, aus dem sie sich die Hebebäume besorgt hatten. Sie betraten den Strand, Sumo ging voran. Er hatte die Fäuste geballt, seine Augen funkelten. Er blinzelte nicht. Die Zähne hatte er zusammengebissen. Die straff gespannte braune Gesichtshaut war so glatt wie Teakholz. Verhoeven musste aufpassen, denn wenn sich Sumo eine Gelegenheit böte, würde er ihn unsäglich leiden lassen.

»Ausgezeichnet.« Verhoeven seufzte erleichtert auf, als er die beiden Männer sah. »Also, wo ist der Safe?« Verhoeven hatte Shleppy wieder beim Haar gepackt. Er wich ein paar Schritte zurück, bis die anderen Strachan erreicht hatten und er die ganze Gruppe mit dem Gewehr in Schach halten konnte.

»Ich stehe direkt drauf«, sagte Strachan mit zusammengebissenen Zähnen.

»Keine Tricks, Strachan. Sonst stirbt der Junge.«

»Zum Teufel mit Ihnen, Verhoeven.« Strachan war es fast gleichgültig, ob Verhoeven erneut auf ihn schoss. Zumal wenn Piet dadurch Gelegenheit bekommen hätte, das Gewehr an sich zu bringen. Er wandte sich seinem Freund zu. »Wo hast du gesteckt?«

»Ich habe auf dich gewartet. Ich wusste, dass du kommen würdest.«

Verhoeven verlor allmählich die Geduld. »Maul halten und graben. Ihr alle.«

Es blieb ihnen nichts anderes übrig, als zu gehorchen. Sie knieten nieder und begannen, mit den Händen zu graben. Strachan hatte seinen Paten begraben. Jetzt exhumierte er den Safe.

Sie hatten ihn einen knappen halben Meter tief vergraben, doch der Sand war feucht vom Regen. Schon nach ein paar Minuten sahen sie die Oberseite, es dauerte dennoch fast eine halbe Stunde, bis sie die Seiten freigelegt hatten. Strachan musste dringend etwas trinken. Seine Hüfte brannte. Sand klebte an der Wunde. Es tat höllisch weh, aber wenigstens blutete es nicht mehr.

Verhoeven saß mitten auf dem Strand. Mit dem Gewehr zielte er noch immer auf Shleppys Kopf. Er ließ sie einen Moment Atem schöpfen, dann schlenderte er herüber, wobei er Shleppy an den Haaren hinter sich herzerrte, und inspizierte den Safe. Strachan bemerkte, dass der Niederländer überrascht wirkte. Offenbar hatte er damit gerechnet, dass sie versuchen würden, ihn reinzulegen. Er wirkte sogar ein wenig enttäuscht darüber, dass er jetzt niemanden mehr zur Rechenschaft ziehen konnte, doch seine Enttäuschung machte alsbald gespannter Erwartung Platz. Jetzt gehörte der Safe fast schon ihm. Er brauchte ihn nur noch an Bord zu schaffen, dann wäre er ein reicher Mann. Mit der Mündung des AK-47 zielte er auf KT. »Herkommen.«

KT trat widerwillig vor. Verhoeven gab sich keine Mühe zu verhehlen, dass ihn der Anblick ihrer Kurven beeindruckte. Ihr Blick hätte Medusa in Stein verwandelt.

»Im Vorpiek sind ein paar Stricke. Bringen Sie sie her.«

KT kletterte gehorsam an Bord der *Ping-Pong Taboo*. Sie wühlte im Vorpiek, bis sie die Stricke gefunden hatte. Insgesamt waren drei vorhanden. Piet und Sumo befestigten sie um den Safe. Verhoeven befahl KT, eine Laufplanke vom Boot auf den Strand zu legen. Dann ging er zusammen mit Shleppy an Bord. »Und jetzt zieht den Safe an Bord.«

»Er ist zu schwer«, sagte Strachan.

»Nicht für drei starke Jungs wie euch. Ich sag's nicht noch einmal.« Um seinen Worten Nachdruck zu verleihen, schlug er Shleppy mit dem Lauf des AK-47 auf den Kopf. *Klong!* Shleppy zuckte zusammen.

Zu dritt schufteten sie wie Maultiere. Die Stricke schnitten in Schultern und Hände. Schon nach kürzester Zeit bildeten sich Blasen, doch der Safe rutschte zentimeterweise aus dem Loch: die Beute einer längst geschlagenen Schlacht.

Aus verschiedenen Gründen war es diesmal einfacher, den Safe zu bewegen, unter anderem deshalb, weil es bergab ging. Als sie erst einmal in Schwung waren, rollten sie den Safe mit erstaunlich geringer Kraftanstrengung auf die Laufplanke. Dann kletterten sie an Bord und zogen den Safe über die letzten fünf Meter. Die Planke bog sich unter dem Gewicht. Strachan glaubte schon, sie werde brechen, doch das Holz war glatt poliert und bot kaum Reibungswiderstand. Dass Verhoeven mit dem Gewehr auf Shleppys Kopf zielte, verlieh ihnen ungeahnte Kräfte. Sumo zerrte wie ein Wahnsinniger an dem Strick, und schließlich hatten sie den Safe an Deck gezogen.

Anschließend stützten sie die Hände auf die Knie und rangen nach Atem. Es war schwül. Strachan hatte einen sauren Geschmack im Mund. Die Luft war feucht, und er hatte einen Wahnsinnsdurst. Der Liter Wasser war nur ein Tropfen auf den heißen Stein gewesen. Da er an Blutverlust und Erschöpfung litt, wurde es allmählich kritisch. Trotzdem brachte er die Kraft auf, Verhoeven als Schweinehund zu beschimpfen. »Lassen Sie ihn jetzt gehen. Sie haben den Safe.«

Piet steuerte ein paar Flüche bei. Verhoeven hob die Brauen, als wunderte er sich, so fern der Heimat seine Muttersprache zu vernehmen. Er lächelte sie an. Er war ein Profi. Jetzt, da er es so weit gebracht hatte, würde er sich nicht mehr aus der Fassung bringen lassen. »Zurück. Ihr alle.« Mit einer Hand schwenkte er das Gewehr wie eine Wünschelrute. Dann setzte er die Mündung wieder auf Shleppys Schläfe auf. Seine Armsehnen spannten sich an. Sie wichen zurück. Verhoeven hatte den Zeigefinger am Abzug. Selbst wenn es ihnen gelungen wäre, sich auf ihn zu werfen, hätte er vorher abgedrückt. »Runter vom Boot.«

Verhoeven beobachtete sie mit Argusaugen. Bevor er die nächste Anweisung erteilte, wartete er, bis sie seinen Befehl ausgeführt hatten. Im Gänsemarsch gingen sie über die Planke an Land. »Und jetzt ganz langsam den Strand hochgehen.«

Sie gehorchten schweigend. Jeder dachte das Gleiche.

»Tu's nicht, Sumo.« Piet hatte gemerkt, dass Sumo in Versuchung war, sich auf Verhoeven zu stürzen. »Noch nicht, Mann. Es wird sich schon noch eine Gelegenheit bieten. Du musst am Leben bleiben. Shleppy passiert schon nichts.«

Natürlich hatte er recht. Shleppys Überlebensaussichten waren dann am besten, wenn sie kooperierten. Das sagte Strachan sich im Stillen vor, als sie über den glühend heißen Sand stapften. Am Rand des Bambusgehölzes blieben sie stehen. Sie wussten nicht, was sie tun sollten. Verhoeven hatte den Safe, und der Abstand zum Boot betrug dreißig Meter. Strachan war unbewaffnet. Jetzt war Verhoeven am Zug. Solange Shleppy in seiner Gewalt war, waren ihnen die Hände gebunden. Ohnmächtig standen sie da.

»Strachan?«, rief Verhoeven. Wie in Schiphol sprach er auch diesmal seinen Namen falsch aus.

»Ja?«

»Ich will Ihre Visage nie wiedersehen. Deshalb werde ich Sie jetzt töten.« Er legte das Gewehr an und zielte.

Strachan reagierte sofort. Er warf sich hinter eine Ansammlung von Steinen. Gleichzeitig knallte es, und die Kugel pfiff dicht an seinem Kopf vorbei. Das war das Signal für Shleppy. Er rannte übers Deck, sprang vom Heck und tauchte im tieferen Wasser unter.

Verhoeven ließ ihn laufen. Er hatte es auf Strachan abgesehen. Die Schüsse fielen in rascher Folge. Im Dschungel knackte, pfiff und krachte es von den Einschlägen der Salven. Verhoeven schoss scheinbar wahllos auf die Steine und das Unterholz, bis das Magazin fast leer war. Strachan konnte sich nicht vom Fleck rühren, während die anderen ins Bambusdickicht flüchteten. Er beobachtete, wie sie in Deckung gingen. Shleppy war zur anderen Seite der Meeresrinne getaucht und ebenfalls hinter großen Steinen in Deckung gegangen.

Verhoeven hielt inne. Er musterte das Dickicht. Er wirkte verärgert. Er hätte Strachan töten sollen, solange er Gelegenheit dazu gehabt hatte. Als der Safe aufs Boot geladen worden war, hatte es sich vom Untergrund gelöst und vom Strand entfernt. Jetzt trieb die *Ping-Pong Taboo* in die Mitte des Kanals, wo die Strömung stärker war. Als die Laufplanke ins Wasser fiel, verzichtete Verhoeven darauf, sie aufzuheben.

Obwohl die anderen noch am Leben waren, hatte er gute Chancen, sich mit dem Gold in Sicherheit zu bringen. Die wollte er nicht aufs Spiel setzen. Er feuerte noch ein paar Mal in die Luft, bis das Magazin leer war, dann warf er das Gewehr aufs Deck. Er drehte sich um und stürzte zum Heck, um den Motor anzulassen.

Sumo brach wie ein wütender Stier aus dem Gebüsch hervor und stieß ein urtümliches Gebrüll aus. Was ihm in den Weg kam, machte er platt und stürmte dann den Strand entlang. In der Hand hielt er eine Machete. Schwerfällig rannte er dem Boot nach. Der Boden erbebte unter seinen Schritten.

Dabei war das völlig unnötig. Es war vorbei, Shleppy war in Sicherheit. Strachan rief Sumo zu, er solle stehen bleiben, traf jedoch auf taube Ohren. Der dicke Mann sah rot. Die Wut vernebelte ihm das Hirn. Er konnte Verhoeven nicht verzeihen, dass er seinem Neffen ein schweres Trauma zugefügt hatte. Am Wasserrand angelangt, schleuderte er die Machete. Sie wirbelte durch die Luft und blitzte in der Sonne. Es war ein teuflisch guter Wurf. Die Klinge blieb im Türrahmen des Salons stecken und zitterte noch eine ganze Weile nach wie ein Pfeil.

Sumo war noch fünf Meter vom Heck entfernt, als der Motor grollend ansprang. Die Schraube quirlte das Wasser schaumig. Das Heck schwenkte nach rechts und nach links, während Verhoeven sich bemühte, das Boot unter Kontrolle zu bekommen. Sumo fiel zurück. Frustriert schlug er mit der Faust aufs Wasser. Es war ein ungleicher Wettlauf. Der Abstand zur *Ping-Pong Taboo* vergrößerte sich mit jeder Sekunde. Dann verschwand das Boot hinter der nächsten Biegung. Das Brummen des Motors verhöhnte sie. Der Safe war weg.

76

Die *Esprit Bleu* hatte hundert Meter entfernt festgemacht. Das Ufer war so steil und der Dschungel so dicht, dass es eine Weile dauerte, bis sie das Boot erreicht hatten.

Rutger Verhoeven hatte eine Viertelstunde Vorsprung. Die *Esprit Bleu* war schneller als das andere Boot, doch als sie das offene Meer erreichten, war der Interpol-Mann nicht mehr zu sehen. Wahrscheinlich schlängelte er sich zwischen den Inseln hindurch, bis er irgendwann Kurs auf das Festland nehmen konnte. Es würde ihnen kaum gelingen, ihn noch einzuholen.

Dabei hatte er kaum eine Chance, den Safe in Sicherheit zu bringen. Aufgrund des Gewichts konnte er ihn nicht allein bewegen. Der Zoll würde ihm ein paar unangenehme Fragen stellen. Am wahrscheinlichsten war, dass Verhoeven mit der *Ping-Pong Taboo* bis nach Holland fahren würde. Strachan hatte Besseres zu tun, als seinen Gegner über eine Strecke von sechstausend Meilen zu verfolgen.

Die *Fubuki* hingegen brannte ihnen unter den Nägeln. Als sie Dragon Point umrundeten, sahen sie das Boot, das immer noch über dem Schiffswrack ankerte. Wakahama hatte es anscheinend aufgegeben, auf die Rückkehr der drei Wachmänner zu warten. Vielleicht hatte er ja das Gewehrfeuer gehört und ging vom Schlimmsten aus. Für einen Mann in seiner Position waren Bodyguards ebenso leicht zu ersetzen wie Rasierklingen, und jetzt schickte er sich an, ohne sie in See zu stechen. Strachan machte auf dem Vordeck der Yacht die drei restlichen Safes aus. Elf Tresore waren genug. Wakahama hatte nicht vor, auf den zwölften zu warten. Verhoeven durfte ihn behalten.

Die *Fubuki* lichtete gerade den Anker, als man an Bord das Sportfischerboot bemerkte, doch es war bereits zu spät. Die große Yacht war vergleichsweise schwerfällig. Die *Esprit Bleu* hatte sie in Minutenschnelle erreicht und setzte ihr nach wie ein Orca einem größeren Wal. Die *Fubuki* hatte sich gerade erst hundert Meter von ihrem Ankerplatz entfernt, als Piet KT und Shleppy anwies, unter Deck zu gehen. Dann kletterte er zu Sumo und Strachan auf die Brücke, um den letzten Akt einzuleiten.

An Bord der *Fubuki* war bereits Alarm gegeben worden. Durchs Fernglas sah Strachan, wie Wakahama und drei seiner Bodyguards auf dem Oberdeck in Stellung gingen. Auch der Mann, der ihn an Bord gefangen genommen hatte, war dabei. Er hatte das Gewehr angelegt, doch Wakahama befahl ihm, noch zu warten.

Wakahama wirkte äußerst aufgebracht. Strachan hätte inzwischen eigentlich tot sein sollen. Er hätte in seine Einzelteile zerlegt sein und sich im Bauch eines Warans befinden sollen. Strachan beobachtete ihn mit distanzierter Belustigung. Wakahama fragte sich, was sie vorhatten. Wenn er lange genug wartete, würde er es am eigenen Leib erfahren.

Piet öffnete das vor ihm befindliche Staufach. Sumos Leuchtpistole war noch nie verwendet worden. Die Signalwaffe Kaliber 12 war noch in der Schachtel. Darauf stand *Ausschließlich im Notfall verwenden.* Die Pistole war in einem leuchtenden Orange lackiert. Sie wirkte wie ein Kinderspielzeug, hatte einen kurzen Lauf mit dem Durchmesser eines Auspuffs und drei Patronenkammern. Piet lud die Signalpistole mit einer Patrone, dann reichte er sie Strachan.

Wakahama entriss dem Schläger an seiner Seite die Waffe. Mit allen Anzeichen von Panik lud er durch. Die beiden Boote waren noch fünfzig Meter voneinander entfernt. Der Abstand verringerte sich rasch. Wakahama hatte ein Sturmgewehr, das auf eine Entfernung von über einer Meile tödlich war. Strachan hatte eine Signalpistole mit einer Reichweite von einhundert Metern. Strachan feuerte als Erster.

Im selben Moment nahm Sumo das Gas weg. Die *Esprit Bleu* sank ins Wasser ein. Die Signalrakete flog hinter der *Fubuki* ins Wasser. Wakahama senkte das Gewehr. Seine Verärgerung machte Belustigung Platz.

Sie wussten, was er dachte. Er glaubte, Strachan habe auf ihn gezielt. Er glaubte, Strachan habe sein Ziel verfehlt, und er wähnte sich in Sicherheit.

In allen drei Punkten irrte er sich.

Sie hatten die Treibstoffschleppe schon vor geraumer Zeit bemerkt. Blauschwarz schlängelte sie sich übers Wasser, eine hochexplosive Mischung aus Dieseltreibstoff und Motorenöl.

Als Strachan längst an der Ankerkette an Bord geklettert war, um das Gelex zu deponieren, war Piet noch unter Wasser beschäftigt gewesen. Die Erbauer der Yacht hatten es ihm leicht gemacht. Die Wartungsluken des Motors waren auf Englisch beschriftet. Er hatte fünf kleine Löcher in die Treibstofftanks gebohrt und weitere fünf Löcher in die Ölpumpe. Die Lecks waren gerade so groß, dass sich ein steter Strom von Treibstoff und Öl daraus ergoss, der jedoch zu spärlich war, als dass es dem Kapitän aufgefallen wäre. Das Meer war spiegelglatt. Das Öl hatte sich nicht weit verteilt. Es bildete an der Wasseroberfläche einen ein Meter breiten Streifen. Die Signalrakete fiel fünf Meter hinter dem Bug ins Wasser. Sumo legte den Rückwärtsgang ein.

Einen Moment lang dachte Strachan, es wäre schiefgegangen. Die Rakete zischte. Sie brannte in einer roten Flamme ab. Plötzlich aber flammte sie auf wie eine Feuerwerksrakete in einer Regennacht. Einige Wachleute lachten, bis sich der Diesel endlich entzündete. *Ausschließlich im Notfall verwenden.* Strachan grinste.

Die Treibstoffschleppe fing mit einem deutlich vernehmbaren Zischen Feuer. Dann breiteten sich die Flammen aus. Das Öl entzündete sich fauchend. Sauerstoff wurde aus der Umgebung angesaugt und nährte den Feuerball. Die nicht einmal zehn Knoten schnelle *Fubuki* hatte ein wundervoll glattes Kielwasser. Die auf die Yacht zuschießenden Flammen wurden von keinem Wellenschlag behindert.

Das Lächeln der Bodyguards verflüchtigte sich. Als die Flammen die lecke Treibstoffleitung erreichten, duckte Strachan sich unwillkürlich, so heftig war die Explosion. Als er wieder hochsah, stand das Heck der Yacht in Flammen. An Bord war Hektik ausgebrochen. Wakahama marschierte hin und her und brüllte seine Leute an, sie sollten das Feuer löschen. Das aber war aussichtslos. Außerdem ahnten sie nicht, dass Piet acht Sprengstoffstangen am Rumpf angebracht und Strachan drei weitere Stangen im Ankerkasten versteckt hatte. Dann waren da noch die beiden Stangen im Rettungsboot und weitere drei im Staufach mit den Wasserskiern.

Der Sprengstoff im Staufach ging als Erstes hoch. Es war, als sauge die Explosion meilenweit im Umkreis die Luft an. Strachan wurde von der Druckwelle umgeworfen. Der Explosionsdonner rollte übers Meer und hallte an den Hügeln der Kerkullas wider.

Dann explodierten einer nach dem anderen auch die anderen Sprengstoffladungen. Die Explosionen entlang dem Kiel erfolgten in nahezu gleichen Zeitabständen. Wakahamas Yacht flog in die Luft wie ein Pulverfass. Trümmerteile wurden hundert Meter emporgeschleudert. Die messerscharfen Trümmer fielen ins Meer. Die weitgehend unbeschädigten Safes krachten wie Bomben ins Wasser. Bei dem Aufprall schleuderten sie fünfzehn Meter hohe Fontänen hoch.

Die Überreste des Bootes waren nicht mehr als Yacht zu erkennen. Die größeren Wrackteile versanken im brennenden Meer. Sumo tuckerte näher heran, musste am Rand der Flammen aber anhalten. Die meisten größeren Trümmerteile waren bereits gesunken, doch es schwammen noch allerhand kleinere

Bruchstücke umher, die dem Sog der sinkenden Yacht entgangen waren. Deckplanken zischten, als die Bugwelle der *Esprit Bleu* darüber hinwegschwemmte und die an deren Rand emporleckenden Flammen löschte. Zusammen mit einem Stuhl, einem Rettungsring und einem Wasserski drehte sich langsam ein verkohlter Leichnam im Kreis. Ein Stück weiter weg trieb ein Lederkoffer auf den Wellen. Waschschüsseln, Liegestuhlauflagen, Colaflaschen und Fender sammelten sich zu Gruppen, die irgendwann an den Stränden der Kerkullas angetrieben werden würden. Dann hätte die Parkaufsicht ihren bislang größten Fall zu lösen.

Das Meer brannte noch immer. Dicker schwarzer Qualm stieg in den Himmel. Für Strachan und seine Freunde wurde es allmählich Zeit zu verschwinden.

Sie befanden sich auf offenem Meer. Die *Fubuki* hatte sich ganze zweihundert Meter von ihrem Ankerplatz entfernt gehabt, als sie gesunken war. Auf dieser Strecke hatte sich der Meeresgrund beträchtlich abgesenkt. Strachan blickte auf die Instrumentenanzeige. Der digitale Tiefenmesser zeigte 1820,7 Meter an. Das war tief. Sehr tief. Ohne ein U-Boot war es unmöglich, das Gold zu bergen.

Piet und Sumo begaben sich unter Deck, um nach KT und Shleppy zu sehen. Strachan blieb mit seinen Gedanken allein auf der Brücke zurück. Als wieder Ruhe eingekehrt war, hörte er, wie Sumo über Funk seinen Vetter in Kuantan anrief.

Strachan musterte den Horizont und machte zur Linken einen kleinen dunklen Fleck aus. Rutger Verhoeven war drei Seemeilen entfernt. Ihn zu jagen wäre reine Zeitverschwendung. Der letzte Safe war unterwegs nach Holland.

Strachan hatte nicht vor, ihn aufzuhalten.

77

Verhoeven würde für die Heimreise ebenso lange brauchen wie Strachan. Die *Esprit Bleu* wollte die Abkürzung durch den Panamakanal nehmen, die *Ping-Pong Taboo* den Sueskanal durchfahren. Vielleicht würde Verhoeven eine Weile im Mittelmeer kreuzen und die Wärme Nordafrikas genießen, bevor er im November nach Amsterdam zurückkehrte. Unterdessen würde er zu dem Schluss kommen, dass die Kopfjagd lohnender war als die Polizeiarbeit. Wenn er nicht bereits wegen unerlaubten Fernbleibens gefeuert worden war, würde er vielleicht freiwillig aus dem Polizeidienst ausscheiden.

Mit seiner zehnjährigen Diensterfahrung wusste Verhoeven vermutlich, wie man einen Safe voller Goldmünzen auf dem Schwarzmarkt an den Mann brachte. In ein paar Wochen würde die *Ping-Pong Taboo* im Hafen von Tripolis oder Palermo festmachen, und er würde an Land Nachforschungen anstellen.

Zunächst aber musste er den Safe öffnen.

Er würde sich einen Schneidbrenner oder Plastiksprengstoff kaufen. An einem sonnigen Tag würde er weit aufs Meer hinausfahren. In gespannter Erwartung würde er den Motor abstellen und vor dem Safe niederknien. In totaler Abgeschiedenheit würde er sich an den Türscharnieren zu schaffen machen. Vor Aufregung würde er sich kaum darüber Gedanken machen, dass die Versiegelung der Tür neuer wirkte als der Rest des Safes. Die Tür würde mit einem lauten Rumms aufs Deck fallen, und er würde sich dazu beglückwünschen, dass es ihm so mühelos gelungen war, den Safe zu öffnen.

Dann würde sich der Inhalt des Tresors aufs Deck ergießen. Wie ein kleiner Erdrutsch würde er Verhoeven vor die Füße und auf die Hände fallen. Es gäbe keine Augenzeugen, die seinen Gesichtsausdruck sehen oder sein Wutgebrüll hören würden. Irgendwo auf der anderen Seite der Welt aber würde Strachan es spüren. Und wenn es ein Leben nach dem Tod gab, würden Hamilton und Molly Newchris mit ihm zusammen lächeln, während Stein um Stein aufs Deck der *Ping-Pong Taboo* kullerte.

Es war eine Mordsarbeit gewesen, das Gold in den Sporttaschen zu verstauen. Noch mühsamer war es gewesen, die Taschen an Bord der *Esprit Bleu* zu schleppen. Ihre Umsicht hatte sich jedoch ausgezahlt. Strachan hatte darauf bestanden, den Safe so mit Steinen vollzupacken, dass sie nicht klapperten. Nachdem Piet die Tür verschweißt hatte, hatten sie den Safe mit letzter Kraft am Strand eingebuddelt.

Irgendwann würde Verhoeven nach Strachan suchen. Sie würden sich wiedersehen, davon war Strachan überzeugt. Bis dahin würde er seinen Sieg auskosten. Er stand auf der Brücke und schaute dem dunklen Fleck hinterher, bis Verhoevens Boot am Horizont verschwand. Strachan war froh, Malaysia mit seinen Schlangen und Waranen hinter sich lassen zu können. Als er die Hände aufs Ruder legte, spürte er die von der Sonne aufgeheizten Manschettenknöpfe an der Brust. Links und rechts. Länge und Breite. Yin und Yang.

Sie hatten ihre Aufgabe erfüllt und ihm Glück gebracht, aber auch Unheil bewirkt. Jetzt war die Zeit gekommen, sich von ihnen zu trennen. Seine Entschlossenheit, ihre Prophezeiung zu erfüllen, hatte dazu geführt, dass er Molly Newchris, Pili Parang, Wakahama und eine unbekannte Zahl japanischer Gangster getötet hatte. Michelle Newchris und Rutger Verhoeven waren in ihren Bann geraten und hatten beide ihren Einsatz verspielt. Adrian Hamilton war ihrer Magie verfallen und hatte den denkbar höchsten Preis dafür gezahlt. Und in London wuchs ein kleiner Junge ohne Mutter auf.

Die Manschettenknöpfe waren wertlos geworden. Ihre Magie hatte sich verbraucht. Ohne zu überlegen nahm Strachan die Halskette ab, ballte die Hand über ihr zur Faust und schleuderte sie über die Reling. Die Manschettenknöpfe verschmolzen mit dem Sonnenschein. Er konnte nicht erkennen, wie sie im Wasser landeten.

Sie fuhren nach Tioman zurück, wo Strachan den Fotokalender und den Rest des Bargelds aus der Hütte holte. Sie bezahlten die Miete für die Strandhütten, dann tuckerten sie durch die Meeresstraße nach Kuantan. Unterwegs hielt Strachan eine kleine Versammlung ab, um zu klären, wie mit dem Rest des Goldes zu verfahren war. Er hatte bereits eine genaue Vorstellung, was er damit anfangen wollte, und bald darauf hatte er die anderen von seiner Idee überzeugt.

Sumos Vetter erwartete sie mit Nadel und Faden. Er behandelte Strachans Hüfte mit einem Antiseptikum. Piet lachte schadenfroh, als die Verletzung seines Freundes ohne Betäubung genäht wurde.

»Wie willst du das Gold nach Hause schaffen?« Sumo legte Strachan die Hand auf die Schulter.

»Wir chartern ein Boot. Mann, wir können uns auch eins kaufen.«

»Ich habe eins zu verkaufen.«

»Ausgezeichnet«, sagte Strachan. »Können wir's mal sehen?«

»Meinetwegen sofort.«

Strachan blickte sich im Hafen um. Hauptsächlich hatten Fischerboote darin festgemacht. Die *Esprit Bleu* war das einzige Boot, das keinen Holzrumpf hatte. »Äh, lieber nicht, Sumo. Ich glaube nicht, dass die es übers Meer schaffen würden.«

Sumo kniff die Augen zusammen und lachte so heftig, dass sein Bauch und seine Brüste bebten. Dann stampfte er mit dem

Fuß aufs Deck. »Nein, Strachan. Die *Esprit Bleu*. Sie gehört dir.«

Strachan meinte, sich verhört zu haben. Die *Esprit Bleu* war die einzige Sie in Sumos Leben. Das Boot war seine große Liebe. Quell seiner Freude und sein ganzer Stolz. »Du nimmst mich doch auf den Arm!«

»Nein. Das Boot ist Schrott. Du kannst es kaufen. Ich kauf mir was Schnelleres.«

Strachan lachte wie ein Kind. Er schlang die Arme um Sumos Schultern und drückte ihn an sich. Das Ganze musste ein fürchterlicher Irrtum sein. Sumo erwiderte seine Umarmung.

Sumo und Shleppy brauchten ein paar Stunden, um ihre Habseligkeiten von Bord zu schaffen. Am Rand der Hafenanlage hatten sie eine Garage, in der sie die Sachen verstauten. Strachan zählte ihren Anteil ab und legte noch ein paar Goldstücke für die *Esprit Bleu* dazu. Das Gold luden sie in den Kofferraum des Arztes. Die Stoßdämpfer ächzten, und die Radfenster kamen den Reifen gefährlich nahe. Dann setzten sie sich an den Kai und tranken Eistee. Der Moment des Abschieds war gekommen.

»Versprich mir, dass du das restliche Gold in Ruhe lässt.« Strachan sah Sumo gerade in die Augen.

»Versprochen. Unser Anteil reicht uns. Ich kann mir ein neues Boot leisten, aber kein U-Boot. Du wirst es schon richtig machen.« Der dicke Mann schüttelte Strachan die Hand. Bei ihm war das Geheimnis gut aufgehoben.

KT umarmte Shleppy und küsste ihn auf die Wange. Der Junge wand sich wie ein Aal. Piet und Strachan knufften ihn.

Dann stiegen sie in den Wagen des Arztes, und Sumo ließ das Fenster herunter. »*Ada air adalah ikan.*«

»Sag das noch mal.« Strachan hatte ihn nicht verstanden.

»*Ada air adalah ikan.*«

»Was bedeutet das?«

»Ein altes malaysisches Sprichwort. Es bedeutet: Wo Wasser ist, da sind auch Fische. Que sera, sera, wenn dir das lieber ist.«

Strachan zog das malaysische Sprichwort vor. *Ada air adalah ikan* klang viel besser. »Wo Wasser ist, da sind auch Fische. Das gefällt mir.«

Der Wagen entfernte sich in einer Staubwolke.

Um acht Uhr abends brachen sie auf. Ein Neffe von Sumo arbeitete beim Zoll, weshalb das Ausdeklarieren der *Esprit Bleu* problemlos vonstatten ging. Strachan verzog keine Miene, als sie erklärten, sie hätten nichts zu verzollen.

Auf dem Weg nach Singapur besprach Strachan mit KT, wie das Geld am besten nach Amerika zu transferieren wäre. Da sie von Pili Parang gefoltert worden war, hatte sie sich ihren Anteil ebenso verdient wie alle anderen. Es würde einige Zeit dauern und juristischen Beistand erfordern, die Sovereigns zu Geld zu machen, doch Strachan wollte, dass KT gleich anschließend ihren Scheck auf Curaçao persönlich abholte.

Als er vorschlug, sie solle mit ihm über den Pazifik fahren, lachte sie nur und meinte, er solle realistisch bleiben. Vor einer Woche habe sie mit ihrem Freund Tauchurlaub gemacht. In der Zwischenzeit sei sie Haiköder gewesen und mit einem Schnellfeuergewehr beschossen worden. Jetzt wolle sie nichts wie heim.

Strachan setzte sie in Singapur im Hafen ab. Er ging mit ihr über den Steg zum Taxistand. Die Lichter der Containerschiffe waren auf dem Meer aufgereiht wie Lampions. Eine Frage musste Strachan ihr noch stellen. Sie beschäftigte ihn, seit er sie kennengelernt hatte. Seit sie ohne hinzusehen zehn Bierdeckel geschnippt hatte. Jetzt musste er es wissen. Er fasste sie bei der Hand und sah ihr in die Augen. »Wofür steht KT?«

Ihr Gesicht hellte sich unerwartet auf, und da wusste Strachan, dass er den richtigen Moment abgepasst hatte. Sie verdrehte die Augen. Dann beugte sie sich vor und flüsterte es ihm ins Ohr.

»Nett«, sagte er. »Hübsch.«

»Findest du?«

»Ich hab schon Schlimmeres gehört.«

»Und was ist mit dir? Ich hab neulich einen Blick in deinen Pass geworfen, und da steht, dein richtiger Name wär Banbury.«

»Das stimmt.«

»Banbury? Wie in Banbury Cross?«

»Genau.«

»Das hat Klasse.«

»Findest du?«

»Ich hab schon Schlimmeres gehört.«

Strachan küsste KT auf den Mund. Jetzt, da sie sich einander vorgestellt hatten, war auch schon der Moment des Abschieds gekommen. Sie küssten sich ein zweites Mal. Dann stieg KT ins Taxi und fuhr los.

Schwer beladen mit Gold und Dieselfässern lag die *Esprit Bleu* tief im Wasser. Bei der Achttausend-Seemeilen-Reise über den Pazifik mussten sie sich vor Brechern hüten. Bei Sturm bestand die Gefahr, dass hohe Wellen über die Reling schlugen. Sie würden schwer kämpfen müssen, um sich über Wasser zu halten. Wie ihr Vorbesitzer aber war auch die *Esprit Bleu* stabil und zuverlässig und würde sie auf ihrer Reise von Ost nach West nicht im Stich lassen.

In Mikronesien würden sie neuen Treibstoff bunkern, dann Kurs auf Südamerika nehmen. Langsam genug, um Diesel zu sparen, aber auch so schnell, dass das Boot gut im Wasser lag. Von den Galapagosinseln aus wollten sie in nordöstlicher Richtung nach Panama fahren, die Abkürzung durch den Kanal nehmen und in die ruhigere Südkaribik gelangen. Von dort aus war es nicht mehr weit nach Hause. Sie brauchten nur noch die Nordküste von Venezuela zu umfahren, dann hätten sie die St. Michiel's Bay auf Curaçao erreicht.

Piet würde sich über Funk mit Koopmans in Verbindung setzen und ihn gnädig stimmen. Strachan war jetzt vermögend genug, um die Einwanderungsbehörde von Curaçao zufriedenzustellen. Die St. Michiel's Bay war nicht mehr unerreichbar. Sie war sein neues Zuhause.

Strachan schloss die Augen. Er stellte sich vor, wie er in der Hängematte liegen würde. Er stellte sich vor, wie der Horizont vom Abschiedskuss der Sonne erröten würde. Er stellte sich die Delfine vor, die in der Lagune ihre Sprünge vollführten. Der in den Palmkronen rauschende Wind wehte den Duft von gegrilltem Hummer heran. Irgendwo in der Ferne spielte eine Calypsoband.

Epilog

Einen Monat später.

Michelle Newchris saß in ihrer Londoner Wohnung auf dem Sofa. Nebenan schlief ihr Enkel. Er wuchs schnell.

In Händen hielt sie ein Paket. Heute Morgen war es per Luftexpress angeliefert worden. Es war auf Curaçao abgestempelt, und sie zögerte, es zu öffnen. Das Wort Curaçao weckte unangenehme Erinnerungen. Sie betrachtete das Paket genauer. Offenbar kam es nicht von einer Behörde. Die Adresse war handgeschrieben.

Michelle Newchris trank einen Schluck Kaffee. Sie holte ein Messer aus der Küche. Nervös öffnete sie das Paket.

Darin war ein Buch. Eine Sammlung von Kinderreimen. Ein Lesezeichen steckte darin. Sie nahm es heraus. Es war ein silbernes Kreuz an einer Kette. Mollys Initialen und eine Koordinate waren eingraviert. Länge und Breite. Schlicht, elegant, unbezahlbar.

Michelle Newchris legte das Kreuz auf den Tisch. Sie holte den Jungen aus dem Schlafzimmer und bettete ihn aufs Sofa. Er begann zu weinen.

Sie streifte ihm die Kette über und zeigte ihm das Kreuz. Er ergriff es mit seinen kleinen Wurstfingern. Er hörte auf zu weinen und lächelte.

Behutsam setzte Michelle Newchris sich das Kind aufs Knie. Der Mann, von dem das Buch war, hatte auf der Seite, die mit dem Lesezeichen markiert gewesen war, eine zweite Strophe hinzugefügt. Sie kannte den Kinderreim, nicht jedoch die Strophe. Der Mann hatte am Seitenrand eine kurze Anmerkung gemacht, die als Erklärung und Anweisung gedacht war. Als sie sich noch einmal das Kreuz mit den eingravierten Koordinaten besah, fiel bei ihr der Groschen.

Ihr Enkel quietschte und gurgelte entzückt. Sie schaukelte ihn auf dem Knie und sagte den Kinderreim auf.

Reit mit dem Schaukelpferd nach Banbury Cross …

Dank

John Capron las die erste Fassung mit der Sorgfalt eines Rechtsanwalts. Er machte mehrere Vorschläge, die für den Plot zentrale Bedeutung gewannen, und war mir während der ganzen Arbeit an dem Manuskript eine große Hilfe. Elizabeth Wright, meine Agentin von der Darley Anderson Literary Agency, erhält jede Woche zweihundertfünfzig Manuskripte. *Kalter Sog* gefiel ihr auf Anhieb. Ihr Rat, ihr Enthusiasmus und ihre Ermutigung waren von unschätzbarem Wert für mich. Oliver Johnson, mein Lektor bei Random House, war geduldig und streng. Mit ihm zusammen den Feinschliff der letzten Fassung zu besorgen hat mir großen Spaß gemacht. Danke.

Außerdem möchte ich noch folgenden Personen für ihren Rat, ihre Hilfe und Ermutigung danken: Darley Anderson, Nick Austin, Giles Bryan, Warren Chester, Julia Churchill, Joffy Conolly, Kevin und Victoria Dowd, Catrine Grapper, Allan Gasson und den Beschäftigten von Burlington Consultants, JP McManus, Nathalie O'Dwyer, Don Starr, Boris Starling, James Taylor, Erich Zielinski, meinen Eltern und meiner Schwester Kate.